Elizabeth Everett

Die Lady und der Leibwächter

Roman

Deutsch von Wolfgang Thon

blanvalet

Die Originalausgabe erschien 2021 unter dem Titel
»A Lady's Formula for Love« bei Berkley, an imprint of Penguin
Publishing Group, a division of Penguin Random House LLC.

FSC www.fsc.org MIX Papier aus verantwortungsvollen Quellen FSC® C014496

Klimaneutral* Druckprodukt ClimatePartner.com/14044-1912-1001

Penguin Random House Verlagsgruppe FSC® N001967

1. Auflage 2022

einem Unternehmen der Penguin Random House Verlagsgruppe GmbH,
Neumarkter Str. 28, 81673 München
Umschlaggestaltung und -motiv: © Johannes Wiebel | punchdesign, unter Verwendung von Motiven von stock.adobe.com (Алена Ган, korkeng, milanares, prapann) Shutterstock.com (KathySG, Vasya Kobelev) und © Lee Avison/Trevillion Images
LA · Herstellung: sam
Satz: Buch-Werkstatt GmbH, Bad Aibling
Druck und Bindung: GGP Media GmbH, Pößneck
Printed in Germany
ISBN 978-3-7341-1139-6

www.blanvalet.de

Für meinen Ehemann,
einen romantischen Helden im wahren Leben.

1. KAPITEL

London, 1842

Erst nach der zweiten Explosion machte sich Violet allmählich Sorgen.

Da sie sich bereits für die Nacht zurückgezogen, nach ihrer Zofe geklingelt und sich ein Glas Brandy eingeschenkt hatte, hatte Violet Hughes, Lady Greycliff, die erste Explosion einfach ignoriert. Sie versuchte, auch die zweite nicht zu beachten, doch dann stellte sie sich die Reaktion ihrer Haushälterin vor.

Violet bezahlte Mrs Sweet ein kleines Vermögen, um die Wände, Böden und Möbel von Beacon House und dem angrenzenden Gebäude von einer erstaunlichen Vielfalt chemischer Zutaten zu reinigen. Und sie hatte weder Zeit noch Lust, überall auf den Britischen Inseln nach einer anderen Haushälterin zu suchen, die Brandflecken aus Damast entfernen konnte.

Die dritte Explosion veranlasste Violet schließlich, hastig ihr Schlafgemach zu verlassen und über die Hintertreppe hinabzuhuschen.

Die ehemaligen Nebengebäude waren jetzt mit Beacon House verbunden und bildeten ein einziges Bauwerk, dessen Haupteingang in der nächsten Straße lag. Nachdem Violet den größten Teil ihres Vermögens in den Bau dieses Anbaus gesteckt hatte, hatte sie Londons ersten Gesellschaftsclub für Damen, Athenes Refugium, gegründet. Doch noch mehr lag ihr der kleine Club innerhalb des Clubs am Herzen. In den Augen der Öffentlichkeit war das Refugium ein Treffpunkt für Damen mit einem eher flüchtigen Interesse an den Naturwissenschaften. Hinter verschlossenen Türen jedoch machten ebendiese Damen Entdeckungen, welche die Entwicklungen in den Fachbereichen der Mathematik, Biologie und Chemie, um nur einige zu nennen, erheblich vorantrieben.

Gelegentlich jedoch waren es laute und rauchgeschwängerte Entdeckungen.

Die dicke Eichentür des Verbindungskorridors vor ihr stand offen und gab den Blick auf den ersten Stock des Clubs und die dort untergebrachten Labore frei. In der Luft hing der Geruch von Schwefel und Käse, zusammen mit einer beunruhigenden Menge wabernden grünen Rauchs.

»Kein Grund zur Sorge«, rief eine belegte Stimme, gefolgt von einem Hustenanfall. »Habe mich leicht verrechnet. Kein Grund zur Besorgnis.«

Violet stieß eine Verwünschung aus, als Mildred Thornton und ihre Partnerin, Wilhelmina Smythe, aus dem Raum, der offenbar die Quelle des Qualms war, auftauchten. Die beiden Damen, liebevoll Milly und Willy genannt, hatten ihr hoch und heilig versprochen, nicht mehr mit instabilen Flüssigkeitsverbindungen zu experimentieren.

»Sie haben mir gesagt, Sie erforschen die Eigenschaften von Pulvern!«, rief Violet. »Wie haben Sie es geschafft, mit Talkum eine Explosion zu erzeugen?«

»Pardon. Haben wir tatsächlich Talkum gesagt? Verzeihung«, krächzte Milly. Ein feiner Schleier aus Ruß überzog ihr silbernes Haar und hing wie schwarze Perlen in ihren Augenbrauen.

»Wir erforschen tatsächlich alle möglichen Pülverchen, Liebes«, mischte sich Willy ein. Sie war einen Fuß größer als Milly und halb so breit und schüttelte gerade eine Aschewolke aus ihren Röcken. »Talkumpulver, Reispulver …« Sie senkte die Stimme und schien etwas höchst Interessantes in der Nähe ihrer Schuhe zu inspizieren. »… Schießpulver …«

Violet half Milly, ein paar Glutnester auf ihrem linken Ärmel zu ersticken. »Wie auch immer, was haben Sie sich dabei gedacht?«, stöhnte sie.

»Wir dachten daran, wie weit uns diese unausstehlichen Italiener an der Universität von Turin in der Entwicklung von Pyroglycerin voraus sind«, antwortete Milly. »Obwohl wir unsere Arbeit nicht mit der Welt teilen können, sind doch einige Männer in unsere Forschung eingeweiht und nehmen uns ernst. England kann es sich einfach nicht leisten, auf diesem Gebiet das Nachsehen zu haben.«

Die Stimme von Mrs Sweet drang nun laut durch den Anbau, aber ihr weicher, westindischer Akzent milderte die Strenge ihrer lauten Evakuierungsbefehle. Die Türen im Korridor öffneten sich, und Frauen in unterschiedlichen Stadien der Aufregung stürzten aus ihren Laboren. Viele trugen Leinenschürzen über ihren Kleidern, andere dicke gepolsterte Handschuhe.

»Müssen wir wirklich hinausgehen? Meine Arbeit ist gerade in einem sehr heiklen Stadium«, beschwerte sich eine feinknochige Frau in einem schlichten, aber fachmännisch geschneiderten blauen Wollkleid. »Wer war es denn dieses Mal?«

»Letty«, begrüßte Violet die zierliche Mathematikerin. »Helfen Sie mir, alle aus den Labors in die Salons zu bringen, damit wir entscheiden können, was zu tun ist.«

Miss Letitia Fenley, die Clubsekretärin von Athenes Refugium, machte sich sofort an die Arbeit, und Violet schickte ein Dankgebet für ihre Effizienz gen Himmel.

Zwanzig Minuten später stand Violet im Gemeinschaftsraum des Clubs. Die Einrichtung erinnerte an die der Männerclubs in der St. James's Street. Die untere Hälfte der Wände war mit Eichenholz verkleidet, die obere Hälfte leuchtete in einem fröhlichen Cranberry-Ton. An einem Ende des Raumes loderte ein Feuer in einem großen Kamin, der von einem Sims aus gemustertem Marmor eingerahmt wurde.

»Wenn ich um Ihre Aufmerksamkeit bitten dürfte!«, rief Violet.

Etwa zwanzig Frauen im Alter von achtzehn bis fünfundachtzig Jahren wandten sich Violet zu. Trotz der unglücklichen Umstände hob ihr Stolz über das, was sie hier geschaffen hatten, ihre Stimmung. Diese Mitglieder des wahren Athenes Refugium waren zur Verschwiegenheit verpflichtet, gebunden von etlichen Regeln, die die Weitergabe von Wissen untereinander und den Schutz der anderen Mitglieder förderten.

Violets Freude sank jedoch beim Anblick von Mrs Sweet sofort wieder in sich zusammen. Sie hatte die Arme verschränkt und die Lippen missbilligend gespitzt. Violet winkte zaghaft in Richtung der Haushälterin.

Mrs Sweet winkte nicht zurück.

Verflixt.

»Es gab heute Abend ein kleines Missgeschick«, verkündete Violet.

»Sie wollen sagen, Milly und Willy haben mal wieder Mist gebaut.« Die trockene, kultivierte Stimme durchdrang das amüsierte Gemurmel.

»Also …« Violet warf der Sprecherin, Lady Phoebe Hunt, einen warnenden Blick zu. Violet hatte gehofft, eine Diskussion über Millys und Willys Neigung, Schäden zu verursachen, vermeiden zu können. »Ein Vorteil der Verbindung von Athenes Refugium mit meinem Anwesen Beacon House ist die Möglichkeit, einige Phänomene, die sich hier ereignen, meiner Küche zuzuschreiben.«

»Ihrer Köchin wird das aber nicht gefallen«, bemerkte Letty.

»Vielen Dank für diesen Hinweis, Miss Fenley«, gab Violet zurück. »Als Präsidentin des Clubs delegiere ich es an Sie, eine alternative Erklärung für die Explosion zu finden und diese Erklärung in unser Clubtagebuch einzutragen.«

Letty blinzelte konsterniert, aber Violet hatte andere Sorgen. »Wir müssen unsere Aktivitäten für heute Abend leider beenden«, fuhr sie fort. »Sonst riskieren wir, die Wahrheit darüber aufzudecken, was jenseits der öffentlichen Räume passiert.«

»Ist die Gefahr einer Explosion gebannt?« Lady Phoebe lehnte sich zurück, platzierte ihren von einem teuren Stiefel bedeckten Fuß auf einen Hocker und wedelte mit einer Hand in Millys Richtung. »Ich will nicht, dass meine Arbeit in Flammen aufgeht, weil diese beiden leichtsinnigen …«

»Leichtsinnig? Doch wohl eher brillant«, widersprach Willy. »Eines Tages wird unsere Arbeit die Wirtschaft von ganz Großbritannien verändern.« Ihre Schutzkappe, die sie zum Arbeiten trug, hing wie ein verkokelter Zopf an ihrem Haarknoten herunter und schwang hin und her, als wollte sie Willys Empörung unterstreichen, die nachdrücklich mit den Armen wedelte. »Sie hingegen erscheinen lieber in den Klatschblättern, als Ihre Arbeit zu beenden. Ich habe bislang nicht die Spur irgendwelcher Fortschritte im sogenannten Elektrolyseverfahren zu Gesicht bekommen.«

Violet unterbrach diesen Wortwechsel, bevor er in einen handfesten Streit ausartete. »Wie dem auch sei, können wir alle Experimente, die die Gefahr einer Explosion in sich bergen, stoppen? Bitte denken Sie daran, dass wir in einem Monat unsere erste öffentliche Veranstaltung abhalten. Miss Fenley hat sie als ›Abend der Aufklärung und Anleitung‹ angekündigt.«

»Das sind entsetzliche Alliterationen«, raunte Phoebe.

»Es ist ein Abend der Aufklärung und des Amüsements«, verbesserte Letty Violet.

»Das ist ja noch schlimmer«, flüsterte Milly.

Violet brauchte einen Moment, bis sie ihre Gesichtszüge wieder unter Kontrolle hatte und eine damenhaft ausdruckslose Miene zeigte. »Es gibt viel zu gewinnen, wenn wir weitere Mitglieder für unseren Club rekrutieren können, aber wir verlieren alles, wenn wir der Lächerlichkeit preisgegeben werden. Für heute Abend wäre ein diskreter Abgang das Beste. Wollen Sie beginnen, Lady Phoebe?«

»Diskretion ist uns vielleicht nicht vergönnt, Mylady«, erwiderte Letty. »Wie es scheint, wartet draußen eine Handvoll Reporter, um mit Lady Phoebe zu sprechen. Es geht wohl um eine Wette mit Lord Henderson?«

»Er hat Althea Dertlinger gequält«, erwiderte Phoebe gespielt unschuldig. »Ich habe nur mit ihm gewettet, dass ich meinen Stiefel gänzlich in seinen …«

»Sie waren so laut, dass die Nachbarn die Wache alarmiert haben«, unterbrach Letty sie hastig und wandte sich an Violet. »Als ich Winthram bat, uns Mietdroschken zu rufen, berichtete er, dass sich vor dem Eingang eine Menschenmenge versammelt hat. Unter ihnen befindet sich auch Ihr Stiefsohn, Lord Greycliff.«

Doppelt verflixt.

Dutzende von Frauen umringten Violet, die sie zur Garderobe geleitete, wo Winthram, der Hausdiener, ihnen in ihre Mäntel und bei den Hauben half. Vor dem Clubeingang drängte sich die Reportermeute, die auf Phoebes Auftauchen und das der anderen Frauen wartete.

Nachdem schließlich die aufregenden nächtlichen Ereignisse ihren Abschluss gefunden hatten, war Violet erneut von Menschen umringt, als ihre Bediensteten sie bettfertig machten. Und doch hatte sich Violet Hughes trotz all dieser Menschen um sie herum noch nie so allein gefühlt.

*

Arthur Kneland war gern allein.

In seinem Metier waren Menschenmengen der ultimative Feind. Das Gaslicht in dieser kleinen Straße in Knightsbridge beleuchtete kaum den hölzernen Gehweg darunter. Schatten, groß und gedrungen, schlängelten sich zwischen der sich windenden Masse von Gestalten um ihn herum.

Ein Schwefelhauch drang aus dem Stadthaus, als eine Prozession von Damen das Gebäude verließ.

»So haben Sie sich Ihre erste Nacht in privaten Diensten nicht vorgestellt, was? Vom Beschützer von Staatsoberhäuptern zum Aufpasser meiner Stiefmutter.«

William Hughes, Viscount Greycliff – Grey für seine Freunde –, stocherte, während er sprach, mit seinem von einem goldenen Knauf verzierten Gehstock in einer Ritze im Gehweg herum. Man hätte den Stock für eine affektierte Marotte halten können, aber Arthur wusste, dass in diesem Stock ein langer Dolch steckte, mit dem Grey durchaus umzugehen verstand.

Sie hatten beide für eine kleine geheime Abteilung des Büros des Premierministers gearbeitet, die mit der Ausführung heikler Operationen betraut war. In Fällen, bei denen es für die britische Regierung nicht opportun gewesen wäre, offiziell involviert zu sein, hatte Grey die Rolle des unterkühlten Aristokraten gespielt, während er insgeheim Informationen sammelte.

Arthur arbeitete nur selten mit anderen Agenten zusammen. Die einzige Ausnahme war jene grässliche Nacht in Brüssel mit Grey gewesen, bei der ein Adjutant des Großherzogs William vergiftet worden war und zwei Huren aus der Privatkutsche von Prinz Frederick hatten befreit werden müssen. Es hatte eine Schießerei gegeben und anschließend ein ausschweifendes Gelage mit dem Orchester des Théâtre Royal. Diese Nacht hatte zu einer Beziehung zwischen den beiden Männern geführt, die für Arthur einer Freundschaft am nächsten kam.

»Eine kleine Witwe zu beschützen ist in der Tat etwas Neues«, erwiderte Arthur. Er dachte unwillkürlich an die Huren und die ungeheuren Mengen billigen Weins, die sie in sich hineinschütten konnten.

Schweigen antwortete auf seine Bemerkung. Grey wurde von einer zierlichen Blondine abgelenkt, die sich um die abreisenden Damen kümmerte.

»Sonderbar, wie das Chaos bestimmte Frauen zu verfolgen scheint«, murmelte Grey.

Chaos, fürwahr! »Ich erwähnte doch, dass ich mich auf ein gemächlicheres Leben freue, oder?«, sagte Arthur.

Grey verzog das Gesicht. »Heute Abend ist nur eine Ausnahme. Außerdem verdienen Sie das Vierfache dessen, was Sie als Angestellter der Regierung Ihrer Majestät bei einer ähnlichen Aufgabe verdienen würden. Sie sind zwar der Letzte, von dem ich erwartet hätte, dass er seine Jahre auf dem Lande verbringt, aber wenn Sie diesen Hof unbedingt wollen, von dem Sie immer gesprochen haben, kostet Sie das ein nettes Sümmchen. Immerhin ist das hier längst nicht so schlimm wie damals, als der Premier Minister Sie nach Amerika geschickt hat.«

Arthur schüttelte sich unwillkürlich.

Amerikaner! Laut, zu Superlativen neigend und fast schon unangenehm freundlich. Arthur hatte für Verbrüderungen dieser Sorte nichts übrig. Es brachte nichts, Freunde in einem Beruf zu haben, in dem ständig entweder auf einen geschossen wurde oder man selbst auf andere schießen musste.

»Sie sind der beste Leibwächter, den wir haben«, fuhr Grey fort, »und ich will das Beste aus Ihnen herausholen, bevor Sie für immer in der Wildnis der Highlands verschwinden. Ich zahle Ihnen genug, um Ihr neues Leben zu beginnen, wenn Sie mir diesen einen kleinen Gefallen tun.«

Ein neues Leben. Arthur hatte sich immer gewünscht, seine letzten Tage auf einem Bauernhof zu verbringen. Er hatte es so oft gesagt, dass sich die Worte irgendwann von der Realität gelöst hatten.

Es wurde Zeit, sie zu verwirklichen.

Einstweilen jedoch betrachtete Arthur die Szenerie vor sich. »Sie sind sich sicher, dass ich der Richtige für diese Aufgabe bin? Ich bin seit zwanzig Jahren zum ersten Mal wieder in England. Die Leute haben ein ausgezeichnetes Gedächtnis, was Skandale angeht. Wenn mich nun jemand wiedererkennt? Es könnte mehr Ärger geben, als die Sache wert ist.«

Während er sprach, beobachtete Arthur weiter die Menschenmenge vor dem Haus. Irgendetwas stimmte da nicht.

»Sie machen sich zu viele Sorgen. In einem Monat bin ich im Norden fertig, dann steht es Ihnen frei zu tun, was Sie wollen. Außerdem ist der Skandal zwei Jahrzehnte her. Seitdem haben Sie einige der einflussreichsten und mächtigsten Männer der Welt bewacht.« Grey legte Arthur eine Hand auf die Schulter, und seine kühle Miene wurde weicher. »Lady Greycliff liegt mir sehr am Herzen. Ich würde ihre Bewachung niemand anderem überlassen. Ihnen vertraue ich.«

Arthur schüttelte unauffällig die Hand seines Freundes ab und hoffte, dass er Greys Vertrauen auch wirklich verdiente. Mit seinen erst vierzig Lebensjahren hatte er Dutzende von Aufträgen erfolgreich ausgeführt und nur einmal versagt.

Ein Mal zu viel.

Die Tür des Stadthauses öffnete sich. Die Vicomtess trat heraus und zog die Aufmerksamkeit der Reporter auf sich. Er konnte ihre Gesichtszüge von seiner Position aus nicht genau erkennen, und doch wusste er, dass sie entzückend war, so wie er wusste, dass der Reporter, der ihr am nächsten stand, unter Schwindsucht litt, dass die beiden zerzausten und versengten Ladys, die in einer Mietdroschke davonfuhren, nach Hause zurückkehrten und dasselbe Bett teilten. Und dass der Hausdiener, der sie hinausbegleitete, mehr war, als er zu sein schien.

»Ich bin zu alt für so etwas«, murmelte er, mehr zu sich selbst als zu Grey. »Nach diesem Auftrag mache ich Schluss.«

Arthur machte einen Schritt nach vorn als die Vicomtess die Treppe herunterkam und über etwas lachte, das einer der Männer um sie herum gesagt hatte. Unter ihrem voluminösen Schal zeichnete sich ihre wohlgerundete Figur ab. Sie hatte weich geschwungene Hüften und einen üppigen Busen, und ihre Locken waren zerzaust, als wäre sie gerade aus dem Bett gestiegen. Der Anblick brachte ihn aus der Fassung.

»Ich verspreche Ihnen, Arthur«, versicherte ihm Grey, »dies wird der einfachste Auftrag sein, den Sie jemals angenommen haben. Sie werden nicht einmal merken, dass Sie arbeiten. Tatsächlich werden …«

Arthur sollte nie erfahren, was Grey hatte sagen wollen. Er rannte geradewegs auf die Lady zu, die mittlerweile auf dem Gehweg vor einem Fenster im Erdgeschoss stand.

Während er sich rücksichtslos seinen Weg durch die

Menge der Reporter bahnte, konnte Arthur endlich ihr Gesicht sehen. Unter langen schwarzen Wimpern schimmerten dunkelbraune Augen in der Farbe von Kaffee. Sie war kleiner als die Männer um sie herum und hob ihr perfektes kleines Kinn, während sie Scherze machte. Ihre Lippen hatten die Farbe von reifen Pflaumen und lösten ein überraschendes Gefühl von Lust in Arthur aus.

Die Welt war voller Frauen, die schöner waren als Violet Hughes. Arthur hatte einige von ihnen getroffen, mit einigen von ihnen geschlafen und von einer eine massive Kopfwunde verpasst bekommen. Aber keine hatte eine derart spontane, animalische Anziehung in ihm hervorgerufen.

In diesem Moment ließ eine Explosion die Fenster des zweiten Stocks zerbersten, und Arthur überwand mit einem Satz die zwei Meter Abstand, die ihn von der Vicomtess trennten. Er packte sie mit kontrollierter Kraft und schirmte ihren Körper ab, als er sie zu Boden riss.

Allerdings hatte er nicht mit dem unglaublich hässlichen Sessel gerechnet, der aus einem Fenster flog, Zentimeter vor seinem Kopf auf dem Boden zerschellte und Splitter auf ihn regnen ließ. Um sie herum brach blankes Chaos aus.

Für seinen Geschmack konnte das beschauliche Landleben gar nicht früh genug beginnen.

2. KAPITEL

Üblicherweise beendete Violet ihr nächtliches Ritual, bestehend aus einem Brandy und einem Vollbad, gefolgt von dem Gang in ihr leeres Bett, mit einem letzten Schritt. Sie stellte sich vor, wie jemand auf der anderen Seite zu ihr ins Bett stieg, die Kerze ausblies und sie in die Arme nahm, bevor sie gemeinsam einschliefen.

Diese Fremden besuchten sie jedoch ausschließlich in ihrer Phantasie. Violets verstorbener Mann hatte nachdrücklich argumentiert, dass eine Frau mit körperlichem Appetit sich sowohl unladylike als auch geschmacklos gebärde. Obwohl sie vermutete, dass dies nicht unbedingt immer der Fall war, hatte sie sich im wirklichen Leben nie einen Liebhaber gesucht, um ihm das Gegenteil zu beweisen. Ihr Ruf war zu wichtig für die Zukunft von Athenes Refugium.

Schlimmer noch: Wenn er nun recht gehabt hatte?

In all diesen einsamen Nächten hatte sich Violet nie Arme ausgemalt, die sie so umschlossen wie die dieses Mannes, der sie jetzt hielt. Das Gefühl eines warmen, festen Körpers an ihrem machte sie benommener als das Chaos und die überall verstreuten Glasscherben und Holzsplitter. Schritte dröhnten. Um sie her erhoben sich Stimmen zu wütenden oder verängstigten Schreien.

Nichts von alledem berührte sie.

Sie war in Sicherheit.

Und das nicht nur, weil der Mann, in dessen Armen sie lag, ihr diese Worte mit seiner rauen Stimme ins Ohr geraunt hatte. Obwohl es reizvoll gewesen war, wie seine Lippen über ihr empfindliches Ohrläppchen gestrichen waren. Nein. Etwas anderes sagte ihr, dass alles gut werden würde.

Sie hatte ihn vor der Explosion gesehen. Er hatte neben Grey gestanden. Und in dem Tumult um sie herum war die dunkle Gestalt an Greys Seite fast unnatürlich still gewesen, bis sie sich in Bewegung gesetzt hatte.

Die natürliche Reaktion wäre gewesen zurückzuweichen oder vor diesem fremden Mann, der sich auf sie stürzte, zurückzuschrecken. Doch als er sich ihr näherte, hatte Violet stattdessen sogar den seltsamen Drang verspürt, auf ihn zuzugehen.

Dabei signalisierte nichts an seiner Erscheinung Sicherheit. Er trug einen nichtssagenden braunen Gehrock, der schon ein paar Jahre außer Mode war. Er war groß, aber nicht riesig. Breitschultrig, aber nicht stämmiger als ein durchschnittlicher Arbeiter. Sein Zylinder aus gefilzter Wolle war ebenso unauffällig wie sein dunkles lockiges Haar und der Backenbart, der bis zur Hälfte seiner Wangen reichte. Tiefe Falten in seinem Gesicht bezeugten, dass er viele Jahre lang den Elementen ausgesetzt gewesen war. Und irgendwann hatte er sich offenbar die Nase gebrochen.

Und doch hatte sie keine Sekunde Angst gehabt, als er sie gepackt und mit sich gerissen hatte.

Er hatte ihren Kopf mit seiner großen Hand abgeschirmt, um ihn vor dem Aufprall zu schützen, und ihren Körper fest an sich gedrückt. Als er den Mund von ihrem Ohr genommen und ihr in die Augen gesehen hatte, hatte Violet es gewusst. Sie hatten einen unauffälligen Braunton, aber diese Augen sagten Violet, dass sie in Sicherheit sein würde, ganz gleich was geschähe.

Sein Blick glitt über ihr Gesicht und wanderte über ihren Körper, bevor er den Kopf drehte, um die Menge zu beobachten. Seine undurchdringliche Miene und seine übernatürliche Ruhe täuschten über die intensive Wachsamkeit seines Blicks hinweg.

»Geht es Ihnen gut?«, fragte er sie.

Ging es ihr gut?

Es war schon so lange her, dass jemand sie gehalten hatte, ganz zu schweigen von einem Mann, zu dem sie sich augenblicklich und sehr stark hingezogen fühlte. Sie registrierte eine Vielzahl von Einzelheiten: die Form seiner Oberlippe, die winzigen Tropfen des feuchten Nebels an seinen Wimpern, den schnellen Rhythmus ihres Herzschlags.

Sie spürte die Wärme seines Körpers, die sie umhüllte, und ihre Haut erwachte unter seinen Händen zum Leben. Nahm er ihre Reaktion wahr? War er amüsiert oder entsetzt?

»Ich danke Ihnen für Ihren Mut«, nuschelte Violet gedämpft in die Krawatte des Mannes, während er sie weiterhin vor dem Tumult abschirmte.

»Und was für ein Glück, dass Sie hier gelandet sind«, fuhr sie fort. Sie blickte auf die Stelle, wo seine Hüften fest gegen ihre drückten, und errötete. »Ich meine nicht an der Stelle gelandet, an der wir uns gerade berühren. Ich will damit sagen, nicht … Wir berühren uns natürlich nicht absichtlich …«

Er blieb stumm.

Sie räusperte sich verlegen. »Wenn Sie mich bitte aufstehen lassen, dann kann ich besser …«

»Wenn ich bis drei gezählt habe, ziehe ich Sie hoch«, unterbrach er sie. »Sie bleiben vor mir, während wir in westliche Richtung gehen. Falls sich jemand nähert, lassen Sie sich auf den Boden fallen und bedecken Ihren Kopf mit den Armen. Eins, zwei …«

Auf drei sprang der Mann auf und hob Violet hoch, als wöge sie nicht mehr als eine Feder. Erstaunlich. Er war weit stärker, als es unter seinem unauffälligen Mantel den Anschein hatte. Jetzt musterte er die Menge und erteilte ihr weitere Befehle.

»Bleiben Sie dicht an den Mauern der Häuser. Ducken Sie sich so tief wie möglich, ohne über Ihre Röcke zu stolpern. Also los!«

Seine Augen ruhten nicht mehr auf ihr. Frei von seinem prüfenden Blick kehrte Violets Vernunft zurück, und sie blieb einfach stehen. Athenes Refugium oblag ihrer Verantwortung. Sie konnte nicht gehen, bevor sie sich nicht überzeugt hatte, dass die Clubmitglieder unverletzt waren und sie der Presse eine vernünftige Erklärung gegeben hatte.

»Hat die Explosion Ihr Gehör beeinträchtigt, Mylady?« Er beobachtete immer noch die Menge.

»Mein Gehör ist völlig in Ordnung, mein Kopf ist heil, und meine Gliedmaßen sind dank Ihres Eingreifens vollkommen intakt, Sir. Ich bin unverletzt, nur ein wenig durcheinander, wegen der Explosion und wegen meines Körpers, wo Sie mich … berührt haben.«

Hatte sie vielleicht doch unbemerkt eine Kopfwunde davongetragen? Wie sonst ließe sich ihre Reaktion erklären? Sie lachte nervös auf, verstummte dann jedoch sofort unter seinem starren Blick.

Violet schluckte. »Ich bin Ihnen dankbar, gewiss, aber ich muss mich vergewissern, dass niemand sonst verletzt worden ist. Wenn Sie mich also entschuldigen würden?«

»Nein.«

Violet blinzelte. War es vielleicht ihr Retter, der unter einem Hörverlust litt?

Sie erhob ihre Stimme. »Ich gehe da hin«, sagte sie überdeutlich und zeigte auf den Club.

Er warf ihr einen undurchdringlichen Blick zu, so ausdruckslos, dass er Violet auch nicht den geringsten Hinweis darauf gegeben hätte, was der Mann dachte. Aber aus irgendeinem Grund wollte sie, dass er wohlwollend von ihr dachte.

»Ich kann Sie sehr gut hören«, erwiderte er tonlos. »Sie gehen nirgendwo hin, außer in meiner Begleitung.«

Violet schrie vor Überraschung leise auf, als der Mann einen Arm um ihre Taille schlang und sie einfach hochhob. Kein ehrbarer Mann würde eine Frau auf diese Art und Weise davonschleppen, aus der höchst ruchlose Absichten sprachen.

Sie war noch nie Objekt ruchloser Absichten gewesen. Erregung flammte in ihr auf, unmittelbar gefolgt von Scham.

»Ich bin nicht undankbar. Sie sind mutig und …« Violet nahm sich einen Moment Zeit, um seine Gestalt zu würdigen, »gut gebaut, und Sie riechen gut. Ich habe nur einfach nicht die Zeit, um mich retten zu lassen.« Sie drehte sich in seinen Armen und erblickte ihren Stiefsohn.

»Grey, könntest du diesem Herrn erklären, dass ich keine Zeit habe, mich retten zu lassen?«

Grey drängte sich durch die Menge, um sich ihnen anzuschließen. »Lassen Sie sie los, Arthur. Sie wollen doch nicht, dass jemand Sie mit ihr sieht und irgendwelche ungehörigen Schlüsse zieht.«

Der Mann, der offensichtlich Arthur hieß, setzte sie so abrupt ab, dass sie schwankte. Er streckte die Hand aus und hielt sie fest. Er umfasste ihren Ellbogen dabei nur mit einer leichten Berührung, aber er strahlte genug Wärme aus, um sie vor der Kälte zu schützen.

»Sie haben mich Ihr nicht angekündigt?«, wandte sich Arthur an Grey.

Grey verzog den Mund in vertrauter Weise. Was hatte er vor?

»Dazu wollte ich gerade kommen, bevor Sie losgerannt sind«, erwiderte Grey. »Woher wussten Sie eigentlich, was passieren würde?«

Der Mann neben ihr zuckte beiläufig mit den Schultern. »Es ist meine Aufgabe, so etwas zu wissen. Also los, gehen wir.«

Violet wappnete sich dagegen, erneut gepackt zu werden, aber Arthur bedeutete ihr höflich, sie möge vorgehen.

»Bitte, lass mich ausnahmsweise einmal derjenige sein, der die Dinge für dich in Ordnung bringt«, bat Grey sie etwas schroff. Er vertraute darauf, dass Violet die Emotionen, die sich unter seinen Worten verbargen, nicht öffentlich kommentieren würde.

Als sie sich nicht sofort wehrte, setzte er nach. »Wenn du mit uns kommst, lasse ich meine Agenten hier für dich aufräumen.«

Sie überlegte kurz, dann schüttelte sie den Kopf. »Das hier hätte zu keinem ungünstigeren Zeitpunkt passieren können. Ich kann hier nicht weggehen, bevor alle Mitglieder unversehrt und in Sicherheit sind.«

»Ich verspreche dir, dass ihre Sicherheit gewährleistet wird«, erwiderte Grey. »Darüber hinaus werde ich Mrs Sweet davon abhalten zu kündigen.«

»Das allerdings wäre sehr hilfreich.« Violet schlang ihren Schal um ihre Schultern. »Dennoch hätte ich gern eine Erklärung. Wenn das nächste Mal so etwas passiert ...«

»Deshalb bin ich hier«, fiel Arthur ihr ins Wort. »Um dafür zu sorgen, dass es kein nächstes Mal gibt.«

*

Vor etlichen Jahren hatte Arthur einen Lepidopterologen bewacht. Allerdings nicht, weil Schmetterlinge etwas mit dem Schicksal des Britischen Empire zu tun hätten. Der Wissenschaftler war der Sohn eines griechischen Generals und das Ziel von Attentätern, die der osmanische Sultan geschickt hatte.

Die Art und Weise, wie der Lepidopterologe die winzigen Markierungen auf seinen Exemplaren untersucht hatte, wies eine erschreckende Ähnlichkeit mit der Art und Weise auf, wie die beiden Frauen, die auf der anderen Seite des Raumes saßen, ihn gerade musterten und ihn sozusagen auf seinem Platz festnagelten, als er nach einem Stück Obstkuchen griff.

Die eine Frau war groß und dunkelhaarig, die andere klein und blond, und ihre durchdringenden Blicke zuckten zwischen Arthur und Lady Greycliff hin und her.

»Sie werden gar nicht merken, dass er hier ist«, sagte Grey gerade. Der jüngere Mann stand in der Mitte des Wohnzimmers, nachdem er sich mit einer Anmut um die Bücherstapel, die gepolsterten Ottomanen und die Teetische herummanövriert hatte, die in Anbetracht seiner Statur und des beengten Raums bewundernswert war.

Lady Greycliff drehte, ohne auf ihr Publikum zu achten, im Raum ihre Bahnen. Wenn sie sich bewegte, wehte ihr riesiger Schal hinter ihr her und ließ Papiere und Zimmerpflanzen in ihrem Kielwasser zittern. Sie strahlte eine fast fieberhafte Energie aus, die die Luft um sie herum aufzuladen schien. Ihre Haltung deutete darauf hin, dass diese Energie ein Nebenprodukt ihres angeregten Denkens war.

Leute, die einen Leibwächter brauchten, waren oft umstrittene oder unangenehme Charaktere. Arthur hatte wenig Erfahrung, was den Schutz Unschuldiger betraf. Diese Lady wirkte erheblich jünger als ihre dreißig Jahre. Die großen Augen, die ihn vorhin so forschend angeblickt hatten, hatten eine beunruhigende Verletzlichkeit enthüllt. Er war der Kater, den man beauftragt hatte, auf eine Maus aufzupassen.

»Ich kann die Anwesenheit eines Attentäters in meinem Haus nicht ignorieren!«, rief Lady Greycliff jetzt.

Großer Gott! Die Blicke der Damen schlugen von intensiver Neugier zu grimmiger Missbilligung um.

»Ich bin kein Attentäter«, beruhigte Arthur sie.

»Sie sehen aber aus wie ein Attentäter«, widersprach die grimmige kleine Blondine, eine Miss Letitia Fenley.

»Ich bin dennoch keiner«, versicherte Arthur ihr.

Zuvor hatte Grey ihm unter vier Augen den Aufstieg von Miss Fenleys Familie von einem einfachen Metzgerbetrieb zum Inhaber des größten Einkaufszentrums in London geschildert.

»Letty Fenley hat nicht viel für die Aristokratie übrig, außer wenn wir die Kasse ihrer Familie füllen«, hatte er gesagt. »Ansonsten interpretiert sie jedes Wort aus dem Mund eines Adligen entweder als Befehl oder als Beleidigung.«

Das könnte ihr abweisendes Verhalten Grey gegenüber erklären. Nach der Art, wie sie den Mann musterte, wenn er nicht hinsah, vermutete Arthur jedoch eher einen persönlicheren Grund für ihre Feindseligkeit.

»Sie würden es uns ja wohl kaum mitteilen, wenn Sie ein Mörder wären«, warf die große, gut aussehende Frau neben Miss Fenley ein. Lady Phoebe Hunt, Tochter eines Marquis, war eine Sensation in den Londoner Gesellschaftskreisen. Sie war eine Frau, die unerschrocken das Wort ergriff und ihre Meinung kundtat, mit Vorliebe, um dem zu widersprechen, wofür sich ihr Vater gerade einsetzte. Sie hatte hohe Wangenknochen und einen vollen Mund, aber ihr auffälligstes Merkmal waren ihre spektakulären amethystfarbenen Augen.

Arthur kämpfte gegen den Drang an, auf seinem Stuhl hin und her zu rutschen.

»Andererseits … Wenn er ein halbwegs fähiger Attentäter wäre, hätte er es mit der Schar von Reportern draußen spielend aufgenommen«, bemerkte Miss Fenley.

»Er ist kein Attentäter!« Grey mahlte mit dem Kiefer, ein seltenes Zeichen von Frustration. Er hatte seit einer halben Stunde erfolglos versucht, die Frauen zum Gehen zu bewegen. »Er ist ein ausgebildeter Konter-Attentäter. Mr Kneland hat in den letzten zwei Jahrzehnten wichtige Persönlichkeiten in Europa und Amerika beschützt. Er rettete Lord Dickersons Leben, trotz dreier Anschläge auf sein Leben im letzten Jahr.«

»Moment. Wurde Dickerson am Ende nicht erschossen?«, fragte Lady Phoebe. »Das spricht nicht gerade für ihn, wenn seine Klienten voller Einschusslöcher sind.«

»Eine Kugel bewegt sich mit einer Geschwindigkeit von etwa 830 Fuß pro Sekunde«, sagte Miss Fenley. »Man muss außergewöhnliche Reflexe haben, um sie zu stoppen, wenn sie einmal abgefeuert wurde.«

Lady Phoebe neigte den Kopf. »Er ist kein junger Mann mehr. Langsame Reflexe könnten der Grund sein, warum er sich zur Ruhe gesetzt hat.«

»Haben Sie einen ermäßigten Preis bekommen, weil er schon so alt ist?«, erkundigte sich Miss Fenley bei Grey. »Mein Vater sagt immer, man bekommt das, wofür man bezahlt. Hätten Sie nicht einen jüngeren Mann finden können?«

»Ich sitze vor Ihnen«, warf Arthur ein. »Ich kann Sie folglich hören. Und die Kugel ging durch mich hindurch, bevor sie Dickerson tötete.«

Die Frauen blinzelten überrascht. Sie hatten ihn tatsächlich vergessen.

Arthur richtete den Blick an die Decke und zählte bis zwanzig, damit er nicht etwas Unverzeihliches sagte.

»Still, Letty«, tadelte Lady Greycliff Miss Fenley. »Mr Kneland hat mich vorhin ziemlich wirkungsvoll gerettet.« Ihre Wangen röteten sich, und er unterdrückte ein Lächeln, als er sich an ihre Worte erinnerte.

Sie sind mutig und gut gebaut, und Sie riechen gut.

Er hatte schon geschliffenere Komplimente erhalten, aber noch nie ein so aufrichtiges.

Miss Fenley zerdrückte ihr Kleid mit den Fäusten. »Könnten wir bitte auf den Grund zurückkommen, aus dem er hier ist?« Sie sah Grey finster an. »Clubmitglieder haben berichtet, dass fremde Männer in den Stallungen und der Gasse hinter Athenes Refugium herumgelungert haben. Letzte Woche wurden die Fenster des Labors, in dem Lady Greycliff arbeitete, mit Ziegelsteinen eingeworfen.«

Die Tochter eines Ladenbesitzers sollte von einem so großen und hochgeborenen Mann wie Grey eigentlich eingeschüchtert sein. Dennoch trotzte Miss Fenley ihm im Namen ihrer Freundin und stellte ihn direkt zur Rede. »Und das hat angefangen, nachdem Lady Greycliff sich bereit erklärt hatte, Ihnen bei Ihrer Arbeit für die Regierung zu helfen, Mylord.«

Grey massierte seinen Nasenrücken. »Dass du daran arbeitest, sollte eigentlich geheim bleiben.«

Lady Greycliff zuckte ein wenig zusammen. »Ich habe ihnen nicht verraten, woran ich arbeite – nur, dass es lebenswichtig ist. Verstehst du, ich hatte eine Frage über die Reaktion von Schwefelsäure und Kaliumhydroxid, also habe ich Phoebe konsultiert.«

Grey seufzte. »Selbstverständlich.«

»Dann war da noch die besonders komplexe Gleichung, als ich das Dalton'sche Gesetz berücksichtigte, und wer könnte besser als Letty …?« Sie unterbrach sich, als ihr eine Frage in den Sinn kam. »Ich habe dir schon früher bei deiner Regierungsarbeit geholfen, und niemand hat es herausgefunden. Was ist diesmal anders?«

Arthur hatte sich die gleiche Frage gestellt. Jetzt musterte er misstrauisch die Freundinnen der Lady.

»Ich bin mir nicht sicher.« Grey warf Arthur einen kurzen Seitenblick zu. »Aber ich glaube nicht, dass die Explosion im zweiten Stock ein Unfall war.«

»Was auch immer da vorgeht, es muss aufhören!«, erklärte Lady Phoebe. »Athenes Refugium veranstaltet am Ende des Monats seine erste Abendveranstaltung für die Öffentlichkeit. Wir können nicht zulassen, dass Attentäter hier frei herumlaufen, wenn wir versuchen, die bessere Gesellschaft von unserer Seriosität zu überzeugen.«

Grey wandte sich an Arthur und hob flehentlich die Handflächen. »Können Sie sie beruhigen? Ich muss noch heute Abend abreisen.«

Arthur war als verwaister Bauernjunge in den Highlands bei einem gleichgültigen Verwandten aufgewachsen, bis er zum Arbeiten weggeschickt worden war. Man hatte ihn seine niedere Stellung niemals vergessen lassen. Doch nachdem er zwei Jahrzehnte auf Tuchfühlung mit den Hochwohlgeborenen Europas gelebt hatte, wusste er besser als die meisten, dass Titel zumeist nur leere Ehrenbezeichnungen waren. In Ermangelung eines Stammbaums hatte er gelernt, stille Einschüchterung und seinen muskulösen Körper einzusetzen, um die Aufmerksamkeit mächtiger Männer und Frauen zu erregen, die ihn sonst nie beachtet hätten.

Arthur nahm sich Zeit, stand auf und schickte seine Botschaft. Ohne ein Wort zu äußern, machte er diesen Frauen klar, dass er eine Bedrohung sein konnte.

Das Leben von Lady Greycliff war in Gefahr. Folglich war es notwendig, dass alle hier seinen Anordnungen Folge leisteten. Er ging zum Fenster und zog den Vorhang zu.

»Omnium Democratia ist eine illegale Arbeiterorganisation, die im Nordosten und in den Midlands entstanden ist und nun in London Anhänger rekrutiert. Ursprünglich gehörten sie zur Chartistenbewegung und traten für eine Reformierung des Parlaments und das Wahlrecht für alle Männer ein.«

»Natürlich nur das Wahlrecht für alle Männer!«, murmelte Miss Fenley. Arthur überprüfte die Riegel an den Fenstern und runzelte die Stirn. »Omnium Democratia wurde ungeduldig. Sie sind mittlerweile viel radikaler geworden und scheuen nicht vor Gewalt zurück, um ihre Ziele zu erreichen.«

»Dieser Pöbel redet nur und handelt nicht, soweit ich weiß«, meinte Lady Phoebe.

»Nun, sie sind offenbar zum Handeln übergegangen«, antwortete Arthur. »Ihre letzte Kundgebung endete in Gewalttätigkeiten. Als die Constables auftauchten, wurden sie mit einer neuen Art von Waffe konfrontiert.«

»Eine Waffe? In den Flugblättern war nur von Rauch und Verwirrung die Rede.« Miss Fenley betrachtete Lady Greycliff besorgt. »Sie entwickeln doch eine Theorie über Druckgas. Was hat das mit Aufruhr zu tun?«

Lady Greycliffs Gesicht leuchtete auf vor fachlicher Begeisterung. »Sie haben kleine Kanister hergestellt«, erklärte sie, »mit zwei getrennten Kammern, die jeweils eine Mischung unbekannter Herkunft enthielten. Wenn man sie stark genug schüttelt, zerbricht die Membran zwischen den Kammern, und die Chemikalien verbinden sich, wodurch ein schädliches Gas entsteht.«

»Abhängig von der eingeatmeten Menge«, fuhr Arthur fort, »reichen die Auswirkungen von Desorientierung und Übelkeit bis hin zu schweren Schäden an Augen und Lunge. Zwei Polizisten wurden nach dem Angriff mit geschädigter Lunge und teilweiser Blindheit ins Krankenhaus gebracht. Letzte Nacht ist einer von ihnen gestorben.«

Lady Phoebe schlug mitfühlend die Hand vor den Mund.

»Warum hat das Gas die Randalierer nicht ebenfalls beeinträchtigt?«, wollte Letty wissen.

»Auf dem Kanister steckt ein Siphon«, erklärte Grey, »einer wie ihn Antoine Perpigna für kohlensäurehaltiges Wasser erfunden hat. Die Randalierer richteten die Siphons direkt auf die Ordnungshüter.«

»Ich habe die Zusammensetzung ihres Giftes analysieren können«, verkündete Lady Greycliff. »Zurzeit können sich die Constables mit Masken schützen, aber das Gas breitet sich ziemlich schnell aus. Ein unglücklicher Unbeteiligter könnte davon betroffen werden. Ich bin auf einem guten Weg, um ein Mittel zu entwickeln, das das Gas in der Luft neutralisiert. Aber selbst mit Ihrer Hilfe komme ich nur langsam voran.«

»Die Omnis führen einen vergeblichen Feldzug.« Miss Fenley schüttelte resigniert den Kopf. »Gewalt wird den

Adel nicht dazu zwingen, ein Gewissen zu entwickeln. Ein Angriff auf ihr Vermögen dagegen wäre erheblich wirkungsvoller.«

Grey betrachtete Miss Fenley herablassend. »Bis Sie es schaffen, uns amoralische Peers zu stürzen und jahrhundertealte politische Traditionen auszuradieren, würde ich gern verhindern, dass weitere Menschen zu Schaden kommen.«

Er ignorierte ihren finsteren Blick und wandte sich an Lady Greycliff. »Athenes Refugium hat etwa dreißig Mitglieder. Alle haben Familie, Freunde und sogar Diener, die von der Existenz des Clubs wissen könnten. Jeder von ihnen könnte hinter der Explosion stecken.«

Während ihre Freundinnen über die Unmöglichkeit eines solchen Szenarios diskutierten, kümmerte sich Lady Greycliff um die Glut des ersterbenden Kaminfeuers. Eine leuchtend rote Schramme verunzierte die elfenbeinfarbene Haut ihrer Wange. Arthur bezweifelte, dass sie Zeit gehabt hatte, die Wunde zu reinigen, weil sie ständig Tee für die Wache geholt und die verängstigten Umstehenden beruhigt hatte. Sie hatte alle mit tröstenden Worten verabschiedet und versprochen, dass bis zum Ende der Woche alles wieder wie neu sein würde.

Doch wenn Arthur Mitleid mit ihr empfand, brach er seine Kardinalregel: Empfinde niemals etwas für deine Schutzbefohlenen – und das war alles, was diese schöne Frau für ihn sein sollte. Eine Schutzbefohlene.

»Während Lady Greycliff ein Gegenmittel entwickelt«, sagte Arthur, »werde ich sowohl sie als auch die Formel beschützen. Ich werde mich als der Haushofmeister des Clubs ausgeben, der angesichts der Ereignisse des heutigen

Abends zum Zwecke der zusätzlichen Sicherheit engagiert wurde.«

Er richtete den Blick auf die Frauen vor ihm.

In seiner Ausbildung vor vielen Jahren hatte er gelernt, dass jeder Gegenstand eine Waffe sein konnte. Ein Stuhlbein könnte als Keule oder Schwert dienen. Mit einem Hut konnte man jemanden ersticken. Eine Haarnadel könnte eine tödliche Dosis Gift in das Herz eines Menschen injizieren.

Und diese drei Damen konnte er bei diesem Auftrag zu seinem Vorteil nutzen. Der Schlüssel war, sie einfach als Objekte zu betrachten, wie jeden anderen, der in sein Leben trat.

Sie alle waren lediglich Mittel zum Zweck.

3. KAPITEL

Violet verabschiedete sich von Grey, schloss die Tür und ließ sich gegen die Wand sinken. Die beiden Öllampen zu beiden Seiten des großen Spiegels im Foyer warfen durch ihre Glasscheiben ein unheimliches, orangefarbenes Licht über den schwarz-weiß gefliesten Fußboden.

Als Violets Mann sehr krank gewesen war und sie ihn gepflegt hatte, war sie nachts durch das Haus gewandert und hatte sich die Details komplexer Formeln eingeprägt, während im Hintergrund der Tod lauerte. Hier in Beacon House war die Nacht nie still, und sie kannte den Ursprung eines jeden Klickens und Quietschens genau. Deshalb konnte sie sich an den großen Schatten in der Ecke des Zimmers wenden, ohne vorher hinsehen zu müssen.

»Sie bewegen sich unheimlich ruhig für einen so großen Mann. Wie machen Sie das nur?«

Arthur tauchte aus einer flachen Einbuchtung unterhalb der Treppe auf. Flackerndes Licht betonte seine sonnengebräunten Wangen.

»Ich habe zwanzig Jahre lang Übung gehabt«, antwortete er. »Es zahlt sich aus, leise zu sein, wenn man den Feind ausschalten möchte. Selbst wenn man zu einem ermäßigten Preis engagiert wurde.«

Violet lachte leise. »Sie haben sicher nicht mit uns dreien gerechnet, als Grey an Sie herangetreten ist«, meinte sie. »Er nennt uns den ›Hexenzirkel‹, wussten Sie das? Haben die Ladys Sie erschreckt?«

»Ja«, gab er trocken zu.

Violet lachte anerkennend angesichts dieser Ehrlichkeit. Sie war froh, dass in dieser stoischen Gestalt ein echter Mensch steckte. »Grey hat mir von Ihren Verdiensten erzählt, bevor er ging. Er sagte, die Königin wollte Ihnen einen Titel verleihen, nachdem Sie Lord Dickerson gerettet hatten, doch Sie hätten abgelehnt.«

Er trat von der Wand weg, scheinbar unbeeindruckt von der königlichen Gunstbezeugung. Obwohl sein Blick auf sie gerichtet blieb, hätte es Violet nicht gewundert, wenn er sich die exakte Position der geschliffenen Glasschale auf dem Eingangstisch gemerkt und genau gewusst hätte, wie viele Wandleuchter an der Wand hinter ihm angebracht waren.

Sie musterten sich ohne Scheu in dem schummrigen Flur. Diese Vertrautheit zwischen ihnen war eigenartig, nach den sonderbaren Ereignissen der Nacht. Sie hatte seinen Körper auf ihrem gespürt, bevor sie auch nur seinen Namen gekannt hatte.

»Und doch hat er es versäumt, mich vor Ihren Freundinnen zu warnen«, fuhr Arthur fort. »Grey sagte nur, Sie hätten die Angewohnheit, Ladys unter Ihre Fittiche zu nehmen.«

»Letty und Phoebe sind Gründungsmitglieder von Athenes Refugium, keine hilflosen Vögelchen, die vor allem beschützt werden müssen. Und obwohl er sich über sie beschwert, wenn sie in der Nähe sind, vermisst er sie, wenn sie weg sind.« Sie beugte sich verschwörerisch zu Arthur. »Was er aber niemals zugeben würde.«

»Sie stehen Grey sehr nahe.«

»Ja«, bestätigte sie.

Ah. Allein durch seinen Tonfall hatte Arthur eine Frage gestellt, ohne wirklich etwas zu fragen – ein bemerkenswertes Talent.

»Greys Vater Daniel hat mich im ersten Monat meiner Debütsaison im Sturm erobert.« Ein vertrautes Kribbeln in der Magengrube setzte ein, als sie weitersprach. »Er war der Inbegriff von Kultiviertheit und Romantik. Im Vergleich zu ihm wirkte jeder andere Mann unbedarft und träge – auch jene, die jünger waren als er.«

Das schwache Licht verbarg Arthurs Reaktion auf dieses Geständnis – falls er überhaupt reagiert hatte.

»Grey erwähnte, dass sein Vater sehr charismatisch war«, gab er zurück.

Violet legte den Kopf schräg, als sie darüber nachdachte. »Er strahlte eine große Selbstsicherheit aus – als ob er auf alles eine Antwort hätte. Als junge Frau, in deren Hirn Tausende von Fragen herumschwirrten, fand ich diese Eigenschaft unglaublich anziehend.«

So unwiderstehlich anziehend, dass sie die Bedenken ihrer Familie und die leisen Warnungen in einem Winkel ihres Verstandes ignoriert und sich in die Ehe gestürzt hatte. Daniel war genauso voreilig gewesen. Besorgt wegen Greys Gesundheit hatte er sich ausgerechnet, dass eine junge Frau die Chance auf ein weiteres Kind garantieren würde. Zudem war er von der Möglichkeit begeistert gewesen, eine junge Frau zu formen, die das Potenzial zur Brillanz hatte.

Doch ebendas, was sie aneinander am meisten angezogen hatte, trieb sie auseinander. Daniels übergroßes Selbstbewusstsein führte dazu, dass er stets urteilte und kontrollierte. Und Violets Brillanz erstreckte sich nicht auf die Bereiche Politik und gesellschaftliches Taktieren, wo Daniels Interessen lagen.

»Kleingeistige Menschen weisen mit Vorliebe darauf hin, dass Grey ein paar Jahre älter ist als ich«, räumte sie ein.

Greys Kampf mit der Fallsucht hatte ihn als Kind isoliert, obwohl seine Anfälle nur noch selten vorkamen, als sie sich kennenlernten. In den ersten Jahren ihrer Ehe mit seinem Vater hatte Violet nach Heilmitteln geforscht und die altmodischen Linderungsmethoden mit kalten Bädern und Aderlässen untersagt. Ihre zarte Freundschaft war immer enger geworden, als die Schwächen seines Vaters deutlicher zu Tage traten, aber bald darauf war er zur Armee gegangen und nur selten zu Besuch nach Hause zurückgekehrt, selbst als Daniel schwer erkrankte.

Violet räusperte sich, als die Flut dieser mitternächtlichen Erinnerungen sie zu überwältigen drohte. Sie zwang sich zu einem unbeschwerteren Ton und kam auf Arthurs Frage zurück. »Obwohl er nicht mein leiblicher Sohn ist, ist Grey doch meine Familie.«

Arthur neigte den Kopf auf die Seite. Er lauschte auf das, was sie nicht sagte.

Er stand regungslos da. Violet erwiderte seinen Blick. Seine Ruhe inmitten des Chaos hatte als Erstes ihre Aufmerksamkeit erregt. Es war, als umgebe ihn ein unsichtbarer Kreis der Stille. Am liebsten hätte sie mit der hohlen Hand aus diesem Becken der Ruhe geschöpft, sie über sich gegossen oder einen tiefen Schluck daraus getrunken. Je nachdem, welche Methode auch immer sie ihren eigenen Frieden finden ließ.

»Glauben Sie wirklich, dass ich bedroht werde?« Dieser Mann wäre sicherlich nicht hier, wenn dem nicht so war, er vergeudete sicherlich nicht seine Zeit. Aber sie stellte die Frage trotzdem, in der Hoffnung, doch noch eine verneinende Antwort zu erhalten. »Könnte die Explosion im zweiten Stock nicht Zufall gewesen sein?«

»Grey hat ein hervorragendes Gespür für Gefahren. Er hätte mich nicht gebeten, in London zu bleiben, und würde mir nicht eine solch beträchtliche Summe zahlen, wenn er nicht der Meinung wäre, dass Ihre Fähigkeiten Sie zu einem Ziel gemacht haben.«

Violet seufzte. »Ich bin längst nicht so begabt, wie er glaubt.«

Ihr Beschützer trat näher, bis seine Schuhe ihre Röcke berührten. Hitze kroch Violets Hals hinauf, als sie sich daran erinnerte, wie er mit der Hand ihren Hinterkopf umfasst hatte, wie sich seine Hüften an ihre gedrückt hatten, und an das Gefühl von Geborgenheit, das sie in seinen Armen empfunden hatte.

Ihre Handschuhe waren schmutzig geworden und zerrissen, als sie zu Boden gefallen war. Sie hatte sie ausgezogen, und jetzt nahm er ihre bloße Hand in seine. In seinen großen Händen wirkte ihre Hand fremd auf sie – so zart und weiblich, gar nicht mehr rissig und unbeholfen, trotz der winzigen Narben, mit denen ihr Handrücken und die Fingerspitzen übersät waren.

»Diese Verletzungen beweisen, dass Sie zahlreiche Experimente durchgeführt haben.« Seine nüchterne Stimme kontrastierte sehr deutlich damit, wie er bedächtig mit dem Daumen über ihren Handballen strich.

Wie lange war es her, dass ein Mann Violet so intim berührt hatte?

Ihre Nerven prickelten vor Erregung.

»Oder irrt sich Grey? Sind Sie nur die unfallgefährdetste Chemikerin in Europa, statt die brillanteste?«

»Er …« Violet musste sich räuspern, um die Worte herauszubekommen. »Er überschätzt meine Fähigkeiten gewiss.«

Erneut erinnerte sie sich an Arthurs intensiven Blick, mit dem er sie angesehen hatte, als die Welt um sie herum explodierte.

»Aber wichtiger als meine Sicherheit ist das Wohl der Frauen im Club im Nebengebäude. Sie riskieren sehr viel, allein dadurch, dass sie Nacht für Nacht hierherkommen und ihrer Arbeit nachgehen. Grey versteht meine Hingabe für diesen Club, und ich bin ihm dankbar, dass er Sie zu uns geschickt hat. Bis er zurückkehrt, betrachten Sie bitte Beacon House als Ihr Zuhause.«

Der zynische Gesichtsausdruck, der sich auf seinem Gesicht ausbreitete, überraschte sie, und sie drückte seine Hand. »Sie finden uns vielleicht unkonventionell. Ich dagegen halte uns trotzdem für eine glückliche Hausgemeinschaft. Sie müssen mich Violet nennen.«

Seine Wangenmuskeln traten kurz hervor, bevor seine Miene zu einer Maske der Gleichgültigkeit erstarrte. »Ich bin Ihr Leibwächter. Ich bin weder Ihr Freund noch ein Gast. Grey bezahlt mich, damit ich hier bin und Sie beschütze.«

Ein Schauer lief ihr bei seinen Worten über ihren bloßen Nacken.

Arthur ließ abrupt ihre Hand los. »Meine Aufgabe ist es, dafür zu sorgen, dass Sie am Leben und unversehrt bleiben, nicht mehr und nicht weniger.«

Seine Stimme klang weder kalt noch wirkte er in irgendeiner Weise verächtlich. Nichts in seinem Ton oder seiner Haltung hätte einen Hinweis auf seine Gefühle gegeben, aber nur einen Wimpernschlag später stand er zwei Fuß von ihr entfernt, die Hände auf dem Rücken verschränkt.

Ihr schwindelte, als seine Berührung so unvermittelt endete. »Ich wollte Ihnen nicht zu nahetreten«, sagte sie. »Ich wollte Sie nur in meinem Haus willkommen heißen, während Sie Ihre Pflichten erfüllen.«

»Tun Sie das nicht.« Seine Worte vertrieben die sinnliche Atmosphäre so wirkungsvoll wie ein Spritzer Eiswasser. »Lassen Sie mich meine Arbeit tun. Alles, was Sie darüber hinaus unternehmen, ist eine Ablenkung. Und Ablenkungen führen zum Scheitern. Und Versagen kann in meinem Beruf Ihren Tod bedeuten.«

*

Arthur betrachtete den Teller mit Bücklingen auf dem Tisch vor sich mit mehr Sympathie als die Ladys von Athenes Refugium gestern Abend. Zu seinem Glück hatten sie sein Verhalten gegenüber Lady Greycliff anschließend nicht registriert.

Was hatte Miss Fenley gesagt? Eine Kugel legt eine Strecke von 830 Fuß pro Sekunde zurück. Nur ein einziger

Augenblick der Unaufmerksamkeit, und ein Attentäter konnte seine Mission erfüllen.

Er hatte es selbst miterlebt. Vor zwanzig Jahren hatte Arthur seine Mission einen Augenblick aus dem Fokus verloren, und ein Mann war gestorben.

Violet zurückzustoßen war richtig gewesen. Es musste an dem schummrigen Licht gelegen haben, dass ihr Lächeln einen Moment zittrig gewirkt und ihre lebhaften Augen traurig ausgesehen hatten. Mit ihm hatte es gewiss nichts zu tun.

Jetzt, am ersten Morgen seines neuen Auftrags, starrte er sein Frühstück an, während er an einem langen Eichentisch in der Küche von Beacon House saß. Mitten auf dem Tisch stand eine Reihe zugedeckter Platten mit Speisen. Um den Tisch herum saß das Personal in kleinen Grüppchen. Die Leute unterhielten sich und scherzten, während der Geruch von Tee, gebratenen Eiern, Haferbrei mit Muskat und Zimt, Räucherhering und Brötchen die Luft erfüllte.

Mrs Sweet umkreiste die Sitzenden, forderte einige auf, noch einmal zuzugreifen, und beriet sich mit anderen über die anstehenden Aufgaben. Die Haushälterin strahlte Kompetenz und Dynamik aus. Ihre dunkelbraune Haut leuchtete im Morgenlicht, das durch die blank geputzten Küchenfenster fiel. Nun richtete sie den Blick ihrer großen bernsteinfarbenen Augen auf Arthur und trat zu ihm.

Die Bediensteten, die ihn bislang neugierig beäugt hatten, seit er sich mitten zwischen sie gesetzt hatte, wandten sich jetzt in seine Richtung.

»Es wird euch alle freuen zu erfahren, dass Lady Greycliff das Personal für den Club nebenan aufgestockt hat«, verkündete Mrs Sweet der Runde. »Mr Kneland fungiert ab sofort als Haushofmeister des Refugiums.«

Violet hatte der Haushälterin Arthurs wahre Aufgabe offenbart. Sie sprach von ihrem Personal mit so viel Wärme und Zuneigung, wie manche von ihrer Familie sprechen würden, und behauptete beharrlich, es wäre unmöglich, vor Mrs Sweet Geheimnisse zu bewahren. Für die restlichen Hausangestellten war er einfach nur ein neuer Bediensteter.

»Danke, Mrs Sweet«, erwiderte er. »Es ist offenkundig, dass Sie dieses Haus mit maximaler Effizienz und großem Erfolg führen. Meine Rolle sehe ich darin, Ihnen die Bürde von den Schultern zu nehmen, die Sicherheit von Athenes Refugium zu gewährleisten und zu versuchen, die Geschäfte des Clubs von der Führung von Beacon House zu trennen.«

Die Bediensteten stimmten ihm zu, und etliche Seufzer der Erleichterung mischten sich in ihr zustimmendes Nicken.

Am Verhalten der Mitglieder von Lady Greycliffs Haushalt konnte sich der »Hexenzirkel« ein Vorbild nehmen. Während Mrs Sweet jeden von ihnen Arthur einzeln vorstellte, versicherten sie begeistert ihre Unterstützung für alle Veränderungen, die er vornehmen würde. Bereits am Ende des Nachmittags hatte Arthur einen gründlichen Überblick über das tägliche Leben in Beacon House gewonnen. Die Dienerschaft war zufrieden, wurde gut bezahlt und war Lady Greycliff treu ergeben.

Und genau das war ein Problem.

Er brauchte ein paar zertrümmerte Fenster, die noch

nicht repariert waren, unbezahlte Kohlenhändler und anonyme nächtliche Besucher, die sich durch geheime Eingänge Zutritt verschafften.

»Wenn man den Kohlenhändler nicht bezahlt, hegt er einen Groll und hat zudem Zugang zum Haus. Das wäre der erste Ort, den jemand, der Böses im Schilde führt, betreten würde, und entsprechend der erste Ort, an dem er erwischt würde«, erklärte Arthur Mrs Sweet später in ihrem kleinen Salon.

Beim Eintreten hatte er einen wahren Schock erlitten. Eine Wand wurde von Regalen mit Gläsern voller verschiedener innerer Organe eingenommen, die in farbigen Flüssigkeiten schwebten. Den Regalen gegenüber war ein bewegliches menschliches Skelett aufgehängt.

Als sein Blick auf einen Stapel Papiere voller komplizierter anatomischer Zeichnungen fiel, dämmerte ihm endlich die wahre Berufung von Mrs Sweet.

»Ist denn jede Frau in diesem Haus eine Wissenschaftlerin?«, hatte er gefragt. »Ist die kleine Alice eine Ornithologin? Und die Köchin in Wirklichkeit Mathematikerin?«

»Seien Sie nicht albern. Alice interessiert sich natürlich für Himmelsmechanik, nicht für Zoologie. Und ich studiere, um Ärztin zu werden«, antwortete Mrs Sweet. »Das heißt, ich betreibe meine Studien auf eigene Faust, bis ich eine medizinische Fakultät finde, die mich akzeptiert.«

Arthur seufzte und nahm Platz. Mrs Sweet hoffte auf die Aufnahme an ein medizinisches College? Er hatte noch nie von einer Ärztin gehört, geschweige denn von einer dunkelhäutigen Ärztin.

Hoffnung war jedoch ein rares und kostbares Gut, besonders in London. Hinter jeder Ecke verkörperte ein Bauwerk Perspektivlosigkeit und Glaubensverlust. Er sagte daher nichts zu ihren Bestrebungen. Es würde ohnehin nichts fruchten. Träume neigten dazu, hartnäckig an einem zu kleben, und ließen sich nicht so leicht abschütteln.

Er wechselte das Thema und sprach über die Haushaltsplanung, während sie ein Teetablett abstellte. Der volle Pfirsichduft des Darjeeling war angenehm. Daneben stand ein Teller mit wenig appetitlichen Keksen. Mrs Sweet mochte keinen Kuchen.

»Zu viel Zucker führt zu einer Reizleber«, verkündete sie.

In der Küche seiner Mutter hatte immer der Duft von Mürbegebäck in der Luft gelegen. Das silbrige Lachen seiner Schwester erklang in seinen Ohren, und bei der verirrten Erinnerung daran, wie wenige Torten aus dem Ofen es unversehrt auf den Tisch geschafft hatten, knurrte sein Magen, während sich ihm gleichzeitig die Kehle angesichts der Erinnerung an das, was er verloren hatte, zusammenschnürte.

Bilder seiner kleinen Schwester hatten ihn seit seiner Rückkehr nach England immer wieder heimgesucht. Der Geruch von zerkleinertem Stechginster und Sirup ließ ihn mitten im Schritt innehalten, und mehr als einmal hatte er sich umgedreht, als er hinter sich das Trippeln kleiner Füße hörte.

Sie war jedoch nicht der einzige Geist, der ihn bei seiner Heimkehr begrüßt hatte.

»Die Kohlenhändlersache klingt jedenfalls logisch.« Mrs Sweets Stimme holte ihn in die Gegenwart zurück, als sie sich auf seine früheren Beobachtungen bezog. »Unsere Bediensteten sind Lady Greycliff treu ergeben. Sie behandelt ihr Personal außergewöhnlich freundlich und ist mehr als großzügig Arbeitern und Ladenbesitzern gegenüber«, sagte sie. »Das bedeutet doch gewiss, dass Sie sich um weniger Leute sorgen müssen?«

»Im Gegenteil, es macht meine Arbeit schwieriger«, widersprach er. »Nehmen wir einmal an, dass die Dame nächtlichen Besuch hatte. Wenn die Dienstmädchen zufrieden sind, würden sie es mir nicht verraten, weil sie ihren Ruf schützen wollten. Also erfahre ich nicht, ob jemand von außen einfachen Zugang zu ihrem Schlafzimmerfenster hat. Das ist ein Schwachpunkt, den ein Attentäter ausnutzen könnte.«

Mrs Sweet lachte verächtlich. »Ich kann Ihnen versichern, Mr Kneland, dass in diesem Haus keine unsittlichen Dinge vor sich gehen. Lady Greycliff hat seit dem Tod ihres Mannes keine Besucher mehr im Obergeschoss empfangen.«

Arthur ignorierte den verräterischen Anflug von Genugtuung über diese Aussage und hob eine Hand, um sie zu unterbrechen. »Das war natürlich ein hypothetisches Szenario. Ich bin sicher, Lady Greycliff ist ein Vorbild an Ehrbarkeit.« Doch wie kam sie mit der Einsamkeit zurecht? Sie war dreißig Jahre alt. Warum war sie – so schön und humorvoll sie war – nicht längst wieder verheiratet? »Ich wollte nur darauf hinweisen, dass Ihr zufriedener Haushalt mir meine Aufgabe erschwert.«

Schwierig oder nicht, Arthur würde diesen Auftrag wie jeden anderen behandeln.

Ganz gleich, wie reizvoll seine Schutzbefohlene auch sein mochte.

*

»Und dieser Raum fungiert als Speisekammer des Clubs. Wie Sie sehen, sind alle unsere Kräuter deutlich beschriftet. Safran, Salbei und so weiter. Sie werden nichts Ungewöhnliches zu sehen bekommen, Arthur.«

Ihr Leibwächter verzog das Gesicht, weil sie ihn beim Vornamen nannte, aber Violet weigerte sich, den Mann, der vielleicht zwischen sie und einen gewaltsamen Tod treten musste, zu behandeln, als wäre er irgendein Lakai.

Heute früh hatte sie in der Küche vorbeigeschaut und hätte ihn fast übersehen. Er hatte in einer Ecke gesessen und leise mit zwei Bediensteten geplaudert. Mit seiner schwarzen Hose und dem unauffälligen grauen Gehrock sah er aus wie jeder beliebige Hausangestellte. Seine Schultern waren gebeugt, und er hatte die scheinbar müden Füße auf die unterste Sprosse eines anderen Stuhls gestellt. So fügte er sich vollkommen in seine Umgebung ein und unterschied sich sehr von dem wachsamen und tüchtigen Mann, den sie am Abend zuvor kennengelernt hatte.

Ihr verstorbener Mann hatte sich darüber beschwert, dass Violet sich nicht für Menschen interessierte, die es nicht mit ihrem Intellekt aufnehmen konnten. Er behauptete, ihr Versagen als Gastgeberin läge darin begründet, dass sie die Gesellschaft derer nicht schätzte, die das Tanzen dem Destillieren vorzogen.

Das stimmte ganz und gar nicht. Sie unterhielt sich gerne mit jedem, der das, was er tat, mit Leidenschaft verfolgte, ganz gleich, ob es ein Tischlermeister oder ein Abgeordneter war. Arthur Kneland war gut in seinem Beruf, und das faszinierte sie. Doch nein, sie fand ihn selbst faszinierend, alles an ihm. Nichts weckte Violets Interesse mehr als ein Geheimnis, und das rätselhafte Wesen und Auftreten dieses Mannes kündete von tief vergrabenen Geheimnissen.

»Wenn also jemand durch den Club schlenderte, würde er auf ihn wie das Spiegelbild eines Männerclubs wirken«, stellte er nach einer Weile fest.

»Ganz genau. Wir präsentieren London eine harmlose Fassade. Statt eines Billardzimmers haben wir eine Speisekammer. Anstelle eines Kartenraums haben wir ein Bastelzimmer«, sagte sie. »Obwohl wir die Tiefe unserer geheimen wissenschaftlichen Bemühungen nicht enthüllt haben, ist die Öffentlichkeit neugierig auf uns geworden, allen voran die Presse. Deshalb hatten Letty und Phoebe die Idee, ein Abendprogramm zu gestalten. Die feine Gesellschaft kann kommen und sich selbst davon überzeugen, dass wir keinen ungewöhnlichen Beschäftigungen nachgehen. Wir hoffen, dass man uns danach in Ruhe lässt.«

Arthur stimmte ihr zu. »Ja«, meinte er, »es wäre das Beste, wenn die vornehme Gesellschaft das Interesse an diesem Haus verlieren würde.«

Seine ablehnende Erwiderung enttäuschte sie. Andererseits, warum sollte dieser Mann Sympathie für ihre Arbeit hegen? Violet strich ihre Röcke glatt, um ihre Irritation zu verbergen.

Körbe mit getrockneten Blütenblättern standen etwas

abseits auf dem Boden, und der pudrige Duft von Lavendel erfüllte die Luft.

»Je weniger Leute über den Club Bescheid wissen, desto sicherer sind Sie«, fuhr er fort.

Letzte Nacht hatte Violet lange über Arthurs abrupte Art nachgedacht, mit der er im Flur auf Distanz zu ihr gegangen war. Das hieß, in Wahrheit hatte sie lange über *ihn* nachgedacht. Es hatte ewig gedauert, bis sie eingeschlafen war.

Was er gesagt hatte, hatte ihr zu denken gegeben. In seinem Beruf konnte jede Ablenkung von seiner Pflicht den Tod von jemandem nach sich ziehen.

Galt das nicht auch für sie, nur vielleicht etwas weniger dramatisch? Athenes Refugium diente als Zufluchtsort für ihre Mitglieder. Wenn sie den Fokus verlor, was sollte dann aus ihnen werden?

Violet beschloss, ihre Gedanken auf angemessene, damenhafte Angelegenheiten zu richten. Sie musste Speisen und Getränke ordern und Aktivitäten planen. Da blieb ihr keine Zeit für Spekulationen über den Mann, der in der Dunkelheit jetzt so nah bei ihr stand.

»Es finden sich jede Menge Geschichten über Ihren Club in den Zeitungen«, stellte er fest.

»Ah, das, ja. Wir verderben die Frauen, indem wir radikale Ideen fördern.« Violet zählte die beliebtesten Gerüchte auf. »Wissen außerhalb der häuslichen Künste zu erlangen ist gefährlich für unseren zerbrechlichen Geist und führt dazu, dass wir am Ende über noch aufwühlendere Themen nachdenken, wie zum Beispiel über Politik oder, schlimmer noch, allgemeines Wahlrecht. Außerdem sind wir unattraktiv und nicht ehetauglich und müssen die Gesellschaft gleichgesinnter Frauen suchen, um uns darüber hinwegzutrösten.«

Es waren noch andere Geschichten im Umlauf, gewagtere und sogar grausamere. Violet nahm an, dass er sie ebenfalls gehört hatte, aber er ließ sich nichts anmerken. »Warum finden Männer die Vorstellung unseres Clubs so abstoßend?«, erkundigte sie sich.

»Männer werden leicht nervös, wenn Frauen sich ohne ihre Gesellschaft vergnügen. Sie könnten ja möglicherweise feststellen, dass wir nur von begrenztem Nutzen sind«, erwiderte Arthur trocken und verschränkte die Arme vor der Brust.

»Oh, Männer haben zweifellos ihren Nutzen«, sagte sie, ohne nachzudenken. Sein schweifender Blick erstarrte und richtete sich auf sie.

Um Himmels willen ... Sie musste aufhören, solche Dinge zu äußern. Wie sollte sie die vornehme Gesellschaft davon überzeugen, dass Athenes Refugium eine ehrbare Institution war, wenn sie ihre Zunge nicht zu zügeln vermochte?

»Ich wollte sagen, es gibt mehr als nur eine Verwendung für einen Mann.«

Nein, halt! Das klang auch nicht richtig.

Er erbarmte sich ihrer und wechselte das Thema. »Machen Sie solche Gerüchte wütend?«, erkundigte er sich.

Schwang da Mitgefühl in seiner Stimme mit?

Violet suchte in seinem Gesicht nach einem Hinweis, warum er ihr eine so seltsame Frage gestellt haben könnte. Er neigte jedoch nur leicht den Kopf, als wollte er wissen, warum sie nicht antwortete.

Es war schwierig, einen Mann wie Arthur Kneland in der Dunkelheit zu durchschauen.

Nein, es war schwierig, überhaupt aus ihm schlau zu werden, ganz gleich zu welcher Zeit.

»Ladys werden nicht wütend«, erklärte sie. Sie hatte das Gefühl, als klänge Daniels Stimme in ihren Worten mit. »Wir sind vielleicht gelegentlich indisponiert, aber nur hinter verschlossenen Türen.«

Ihr Versuch, unbeschwert zu reagieren, klang tonlos und hohl in dem kleinen Raum, aber Arthur nickte, als ob er die Lüge nicht wahrgenommen hätte.

»Wollen wir unsere Tour fortsetzen?«, erkundigte sie sich.

Als sie an ihm vorbeiging, hielt er sie mit der bloßen Berührung seiner Fingerspitzen auf. Federleicht nur und doch so kraftvoll wie ein Griff, so sehr war sie auf seinen Körper eingestimmt.

»Ja?« Es erstaunte sie, dass sie die Worte überhaupt über die Lippen brachte.

»Sie haben recht«, sagte er leise.

»Womit?«

Er glitt langsam wie ein Wolf in der Dunkelheit an sie heran und neigte seinen Kopf zu ihr herab. »Wir Männer, wir haben tatsächlich unseren Nutzen«, murmelte er ihr ins Ohr.

Violets felsenfester Entschluss, unbeeindruckt zu bleiben, schmolz wie Schnee in der Sonne, als Arthur vor ihr durch die Tür ging.

4. KAPITEL

»Wenn wir statt einer Punschschüssel eine Nachbildung des Vesuvs hätten«, sagte Violet, »und der Punsch aus dem Boden über eine versteckte Pumpe hinaufströmen würde?«

Eine Salve von Neins aus verschiedenen Ecken des Raums prasselte auf sie ein, und das so nachdrücklich, dass, wären Worte Steine, sie voller blauer Flecke gewesen wäre.

»Wir versuchen, unsere Experimente geheim zu halten«, erklärte Phoebe, »das gilt auch für alle neuen Entdeckungen im Maschinenbau. Keine Pumpen!«

»Du hast recht«, ruderte Violet mit gezwungener Heiterkeit zurück.

Sechs Frauen saßen in dem kleinen Versammlungsraum des Clubs und steckten die Köpfe zusammen, um ihre Diskussion über die Dekoration für die bevorstehende Veranstaltung fortzusetzen. Unter ihnen waren auch Milly und Willy. Violet kauerte auf einem Stuhl an einer Seite des Kreises, voller Eifer, sich an der Diskussion zu beteiligen. Veranstaltungen waren zwar nie ihre Stärke gewesen, aber der Erfolg des Abends lag den Frauen des Clubs so sehr am Herzen, dass sie unbedingt etwas dazu beitragen wollte.

»Wir haben bereits Rückmeldungen von einigen Frauenjournalen bekommen«, verkündete Letty. »Drei haben sich bereit erklärt, Artikel über die vielen guten Werke zu drucken, die unsere Clubmitglieder verrichten, und …«

»Wir tun gute Werke?«, fragte Willy in die Runde.

»Eure Explosionen zu ertragen ist mein gutes Werk«, murmelte Phoebe.

»Wie ich schon sagte …« Letty hob die Stimme. »Unser guter Ruf darf nicht infrage gestellt werden, wenn die Öffentlichkeit Athenes Refugium akzeptieren soll. Hat sonst noch jemand einen Vorschlag?«

Das fröhlich knisternde Kaminfeuer konterkarierte die leisen kultivierten Stimmen, als die Mitglieder die Details ausarbeiteten. Violets Vorschläge wurden allesamt mit gequälten Blicken und höflichen Ablehnungen quittiert. Sogar Millys alberner Wunsch, Limonade aus getrockneten, pulverisierten und dann wieder zusammengesetzten Zitronen zu servieren, stieß auf mehr Begeisterung als Violets Ideen. Sie hatte zufällig von diesem Treffen erfahren, als sie gesehen hatte, wie Winthram Phoebes Mantel über den Arm zur Garderobe getragen hatte. Sie hatte sich auf die Suche nach ihr gemacht.

Wäre sie misstrauisch, könnte sie auf die Idee kommen, dass ihre Freunde versuchten, sie auszuschließen.

Letty beugte sich vor, tätschelte Violets Knie. »Wir können Ihre Vorschläge bei einer anderen Veranstaltung ganz gewiss umsetzen, davon bin ich überzeugt«, sagte sie leise. »Wir haben uns bereits für eine Präsentation von Haushaltsinnovationen und einen Kurzvortrag entschieden, und wir schließen die Veranstaltung mit ein paar Runden Kontratanz ab.«

Die Pläne waren sinnvoll. Violet lehnte sich auf ihrem

Stuhl zurück, ohne noch einmal das Wort zu ergreifen. Sie widmete sich angelegentlich einigen Nähten, die sich an ihrem Handschuh zu lösen drohten, und ignorierte den Schmerz über die Vorsicht, mit der die Ladys ihr entgegentraten – als wäre sie ein nervöses Pferd, das jeden Moment durchgehen könnte.

Die Tür öffnete sich, und einer der neuen Bediensteten trat ein. Er ging zu Arthur, der das Treffen seit einer Stunde verfolgt hatte und mit seinen verschränkten Armen und dem ernsten Gesichtsausdruck an einen Menhir erinnerte, einen der alten Stehenden Steine im Norden. Wachsam und regungslos.

Der Name des Dieners war Thomas. Obwohl Violet seine Anstellung widerspruchslos hinnahm, ärgerte es sie, dass Arthur ohne jede Rückfrage mit ihr das Personal mit Leuten seiner Wahl ergänzt hatte. Was dazu führte, dass sie stets nur wenige Schritte von ihm oder von jemandem entfernt war, den er ausgebildet hatte. So unter Beobachtung zu stehen war ihr unangenehm und trug zu ihrer Nervosität bei, je näher die Nacht der Veranstaltung rückte.

»Du kannst unmöglich an Kerzen sparen!«, schimpfte Phoebe. »Wir reden hier über die Crème de la Crème der Gesellschaft. Da können die Zimmer nicht nach Talg stinken.«

Letty verschränkte, verächtlich schnaubend, die Arme. »Wir bezahlen die Kerzen aus der Clubkasse. Die enormen Kosten für Bienenwachskerzen mögen Ihnen vielleicht nicht aufgefallen sein, Lady Phoebe. Aber jede zusätzliche Ausgabe geht zulasten von Instrumenten und Material für die Arbeit der Mitglieder.«

In den letzten Monaten waren Violets Freundinnen zunehmend häufiger aneinandergeraten.

Sie waren schon immer ein höchst ungewöhnliches Trio gewesen.

»Köpfchen, Schneid und Schönheit«, hatte Phoebe bei ihrem ersten Planungstreffen gescherzt.

Sie hatten sich ein paar Jahre vor Daniels Tod kennengelernt. Auf einem besonders langweiligen Ball, den Phoebes Vater, der Marquis von Larkbrough, veranstaltete, hatte sich Violet in die Bibliothek geschlichen und zu ihrer großen Freude ein Exemplar von Avogadros bahnbrechendem Werk über die relativen Massen von Elementarmolekülen gefunden. Sie war in die Seiten vertieft gewesen, als die Tür zur Bibliothek aufflog.

Vor dem beleuchteten Flur posierte eine hochgewachsene Gestalt im Eingang. Sie trug ein mit Diamanten und Smaragden verziertes Diadem, das prunkvoll funkelte. Wie auch seine Besitzerin.

»Entschuldigen Sie mich. Sie müssen sich einen anderen Ort zum Verkriechen suchen. Ich erwarte in den nächsten fünf Minuten einen ungeschickten, aber amüsanten Verführungsversuch, und mein Möchtegern-Don-Juan hat sicher keine Lust auf Publikum.«

»Oh, ich bitte um Verzeihung«, entschuldigte sich Violet. Sie war von der Souveränität der jungen Frau beeindruckt, ganz zu schweigen von ihrem Redeschwall. Sie markierte die Seite mit ihrem Daumen. »Ich bin gleich weg.«

Die Fremde hielt eine Hand hoch, die mit einem ellenbogenlangen Samthandschuh bekleidet war. »Einen Moment.« Sie trat in die Mitte des Raums und deutete auf das

Buch in Violets Händen. »Ist das das Werk von Amedeo Avogadro? Wie stehen Sie zu seiner Theorie, dass gleiche Gasvolumina bei gleicher Temperatur und gleichem Druck auch gleiche Volumina an Elementarmolekülen enthalten?«

Violet klappte undamenhaft der Mund auf. Die Vertrautheit dieser hochelegant frisierten Adeligen mit dem piemontesischen Wissenschaftler und seiner umstrittenen Theorie verblüffte sie. Obwohl viele Aristokratinnen sehr gebildet waren, war es unmodern geworden, mit solchem Wissen zu protzen.

»Avogadro? Ist das nicht der Mann, der behauptet hat, der Druck eines Gases mit fester Masse und festem Volumen wäre proportional zur Temperatur des Gases?« Eine dritte Frau steckte ihren Kopf in die Bibliothek und blinzelte in dem schummrigen Licht erst Violet, dann Phoebe an. »Oder war das Gay-Lussac?« Sie wartete nicht auf eine Antwort. Die zierliche Person stemmte die Fäuste in die schmalen Hüften, legte den Kopf auf die Seite und musterte Violet interessiert.

»Sie sind Lady Greycliff«, sagte sie dann. »Sie stehen in dem Ruf, eine Exzentrikerin zu sein.« Ihr Blick glitt zu Phoebe. »Und Ihr Ruf eilt Ihnen ebenfalls voraus, Lady Phoebe. Mein Bruder Sam sollte mich heute Abend nach Hause begleiten. Ich möchte unbedingt diesen Ball verlassen, aber er ist verschwunden.« Sie musterte die Adlige misstrauisch. »Sie haben ihn nicht zufällig gesehen?«

»Aber … aber …« Violet presste das Buch an ihre Brust, beflügelt vor Aufregung. »Woher kennen Sie Avogadro?«, wandte sie sich an die große Schönheit. »Und was wissen Sie über Gay-Lussac?«, fragte sie die zierliche Blondine.

So begann die erste von vielen Nächten, in denen sie sich stritten, lachten und stibitzten Portwein tranken, während der Rest Londons um sie herum tanzte.

So ungewöhnlich es für eine so wohlhabende Frau wie Phoebe auch sein mochte, sich mit den Wissenschaften zu beschäftigen – Lettys fundiertes Interesse war noch weit außergewöhnlicher, wenn man ihre bescheidene Herkunft bedachte. Trotz des Klassenunterschieds und ihrer sehr unterschiedlichen Temperamente hatten Letty und Phoebe in den darauffolgenden Jahren Hand in Hand gearbeitet, um ihren Traum von einem Zufluchtsort für gleichgesinnte Frauen zu verwirklichen. Inzwischen lief der Club reibungslos, aber dafür traten ihre Unstimmigkeiten jetzt häufiger in den Vordergrund. Letty reagierte ungeduldiger auf Phoebes absichtliche Provokationen, und Phoebe litt unter Lettys Beschimpfungen.

Violet liebte sie beide. Sie bewunderte ihren Mut und ihre Unerschrockenheit, aber sie wünschte sich, so wie jetzt zum Beispiel, dass sie ihr ähnlicher wären: fähig, ihren Zorn zu unterdrücken, die Zähne zusammenzubeißen und alles hinter einem gelassenen Gesichtsausdruck zu verbergen.

Plötzlich schoss Violet eine wunderbare Idee durch den Kopf. Sie beugte sich aufgeregt vor. »Ich habe einen Brief von einer Freundin aus Guernsey erhalten. Einer ihrer Verwandten, Mr Warren De La Rue, experimentiert mit Elektrizität und hat eine Möglichkeit gefunden, sie in Innenräumen zur Beleuchtung zu nutzen. Was wäre, wenn wir die Tanzfläche beleuchten würden …?«

Sie wagte nicht, zu Ende zu sprechen, angesichts Lettys,

die vergeblich versuchte, ihre Miene von entsetzt zu scheinheilig interessiert zu ändern. Ihre Augen traten hervor, als hätte sie Pfefferkörner verschluckt. Alle Frauen im Raum zeigten einen ähnlichen Ausdruck, außer Phoebe.

»Darling«, erwiderte Phoebe gedehnt. »Sie sind die brillanteste Frau, die ich kenne, abgesehen von mir selbst, aber Sie wollen Elektrizität in einen überfüllten Ballsaal leiten? Wir wollen doch nicht noch einmal so eine Sache wie mit den Hummern erleben.«

Ein paar Frauen lachten, und Letty starrte so grimmig in ihre Richtung, dass sie schlagartig einen Schluckauf bekamen.

Violet gewann rasch ihre Fassung zurück. »Als das mit den Hummern passierte, war ich achtzehn.«

»Sie waren die berüchtigtste Gastgeberin in ganz London«, erinnerte Phoebe sie. »Wir wollen diese Meute einlullen, damit sie glaubt, wir sind eine Gruppe langweiliger Blaustrümpfe, die von der reinigenden Wirkung von Zitronensaft und dem Lebenszyklus von Astern fasziniert sind.«

Eines der älteren Mitglieder, Lady Potts, rutschte auf ihrem Stuhl hin und her und bedachte Phoebe mit einem vernichtenden Blick.

»Wenn Sie jemanden wirklich überzeugen wollen, dass Sie harmlos sind, Lady Phoebe, dann hören Sie einfach auf, junge Männer bei Dinnerpartys zu Duellen herauszufordern«, ermahnte sie Phoebe.

»Pfft.« Phoebe tat die Warnung mit einer verächtlichen Handbewegung ab. »Jeder Mann, der seine Hände dorthin legt, wo sie nicht hingehören, soll wissen, dass ich ihn zur Rechenschaft ziehen werde.«

Letty wollte unbedingt weitermachen und übertönte mit ihrer Stimme das Gelächter. »Es wäre zu gefährlich, wenn jemand sich erkundigen würde, wie wir es geschafft haben, eine elektrische Beleuchtung zu installieren, ohne den Club niederzubrennen.«

»Maisy White hätte das herausfinden können«, meinte Milly wehmütig. Schweigen breitete sich bei diesem Namen aus, und Violet presste eine Hand auf ihren Bauch. Sogar Phoebes Grinsen erlosch.

Eine tiefe Stimme durchbrach ihr Geschwätz. »Es wird keinen Abend der Erbauung geben …«

»Aufklärung«, warf Willy ein.

»… wenn wir die Schäden nicht reparieren, die durch die unglückliche Explosion neulich abends entstanden sind«, sagte Arthur hinter Violets Stuhl. Sie hatte nicht gehört, dass er nähergetreten war. »Lady Greycliff, haben Sie einen Moment Zeit, um mich zu informieren, wie Sie die notwendigen Arbeiten ausführen lassen möchten?«

Letty runzelte die Stirn. Sie hatte sich in der letzten Woche mehr als einmal über Arthurs ständige Anwesenheit beschwert. Phoebe dagegen, getrieben von ihrem geradezu sprichwörtlichen Widerspruchsgeist, nahm sofort die Gegenposition ein. »Wie prickelnd, Violet, wenn du Mr Kneland den Ort deines Beinahe-Untergangs zeigen würdest.«

»Warum behelligen Sie Lady Greycliff mit einer solchen Pflicht?«, widersprach Letty. »Sie kann Winthram damit beauftragen.«

Violet konnte ihr Gezänk nicht länger ertragen und stand auf. »Eine hervorragende Idee, Mr Kneland. Ich werde eine

Bestandsaufnahme machen, was vielleicht noch zu retten ist. Wir sollten unser Geld zusammenhalten, wenn Phoebe in Sachen Kerzen ihren Willen bekommt.«

Arthur blieb stumm, während er ihr in Richtung der unauffälligen Tür folgte, die den geheimen Teil des Clubs von den öffentlichen Räumlichkeiten trennte.

Sie konnte seine Gedanken trotzdem hören.

»Ich verstehe, warum die anderen meine Vorschläge abgelehnt haben«, sagte sie wie zu sich selbst. »Die meisten meiner häuslichen Experimente waren dramatische Misserfolge. Die Geschichte mit den Hummern ist berüchtigt.« Sie blieb an der Tür stehen und sah über ihre Schulter zu ihm zurück.

Er erwiderte ihren Blick, und die vertraute Intensität in seinen Augen wurde durch ein sanfteres Gefühl gemildert. Mitgefühl? Er schien ein zu harter Mann zu sein, um solche Gefühle zuzulassen.

Violet schüttelte den Drang ab, sich zu verteidigen, und ging die Treppe hinauf in Richtung des von Rußflecken verschmutzten Raums. Unvermittelt blieb sie stehen, als sie sah, dass die Tür zu einem Chemielabor einen Spalt breit offen stand.

»Diese Tür sollte eigentlich verschlossen sein …«

Noch bevor sie ihren Satz beenden konnte, hatte er sie hinter sich geschoben. An seinen Rücken gepresst, konnte sie wegen seiner breiten Schultern nichts sehen. Also beugte sich Violet vor und sog den köstlichen Geruch von Mann und Seife ein. Als er das Labor betrat, wäre sie fast nach vorne gekippt.

»Bleiben Sie hier!«, befahl er. Der Befehl löste eine winzige Welle der Erregung aus. Ein seltsames, kitzelndes Bewusstsein erwachte angesichts seiner dunkel grollenden Stimme in ihrem Körper zum Leben.

Nach einem Moment erschien er wieder an der Tür und bedeutete ihr einzutreten. Jemand war unvorsichtig gewesen. Ein Schrank stand offen, und Chemikalien waren dem Licht ausgesetzt.

»Das sind flüchtige Chemikalien«, erklärte sie, während sie aufräumte. »Dieses Labor und der Lagerschrank im Obergeschoss sind speziell für den Brandfall ausgelegt.« Sie deutete auf Eimer mit Sand in der Ecke des Raums. »Bei bestimmten Chemikalien verschlimmert Wasser ein Feuer noch.«

Arthur inspizierte die Eimer, während Violet eine kurze Erklärung zu dieser Form der Verbrennung gab, dann schlenderte er zum Waschbecken. Er öffnete einen Hahn und nickte zustimmend, als das Wasser in das Becken und dann durch ein Sieb in ein anderes Rohr strömte. »Ich habe etwas Ähnliches in einem Haus gesehen, als ich in Amerika war«, sagte Arthur. »Dort waren die Rohre allerdings unter der Täfelung verborgen.«

»Amerika.« Sie presste die Hände auf die Brust. »Ist es so aufregend, wie ich es mir vorstelle?«

Arthur verzog das Gesicht. »Ich würde mir lieber ein Dutzend fliegender Lehnstühle auf den Kopf fallen lassen, als nach Amerika zurückzukehren. Die Menschen dort sind laut, alles ist unnötig überdimensioniert, und man bekommt nirgendwo anständiges Gebäck.«

Er begutachtete den Raum und nahm die Details des Arbeitsbereichs in sich auf. »So etwas wie das hier habe ich noch nie gesehen. Von der Fassade der öffentlichen Räume bis hin zur Ausstattung der Labore ist Ihr Club wahrlich eine unglaubliche Errungenschaft.«

Die Selbstverständlichkeit, mit der er das Kompliment aussprach, erschütterte sie. Arthur redete so wenig, dass jedes seiner Worte das Gewicht von Wahrheit trug, als könnte er keine Energie für eine Lüge aufbringen. Ein wärmendes Glücksgefühl strömte bis in ihre Zehen.

»Ein seltsames Unterfangen für eine Witwe«, fuhr er ohne eine Spur von Verurteilung fort. »War das ein Vermächtnis von Greys Vater? Wenn er weitergelebt hätte, hätten Sie das hier zusammen geschaffen?«

Die Freude verpuffte, und Violet hustete, um ein abfälliges Auflachen zu überspielen. Kurz darauf hatte sie ihre Miene wieder im Griff. Erinnerungen regten sich in ihr, und sie atmete tief ein. Während ihrer Ehe hatte Violet häufig um Atem ringen müssen, ganz gleich wie viele Fenster sie öffnete oder wie locker sie ihr Korsett schnürte.

»Das dachte ich einmal, ja. Als Daniel mir den Hof machte, wusste er von meiner Vorliebe für Chemie und versprach, meinen Forschungen nicht im Wege zu stehen. Meine Eltern zögerten, mir ihre Zustimmung zu der Ehe zu geben, aber ich bestand darauf. Er war so verlässlich und vernünftig, während ich so viel Zeit in meinem Kopf verbrachte. Ich dachte, er könnte mich davon abhalten davonzutreiben. Nur …«, Violet unterbrach sich und sog tief den beruhigenden Duft von Chemikalien und Holzpolitur ein.

Sie war bei ihrem Debüt so einsam gewesen. Keines der anderen Mädchen interessierte sich für Chemie oder Physik, und keiner der oberflächlichen jungen Männer wollte sich dazu herablassen, über die Themen zu sprechen, die sie interessierten. Während ihre gleichaltrigen Gefährten tranken und flirteten, hielt sich Violet stets abseits und tat so, als wäre sie an Klatsch und Mode interessiert – bis sie Daniel traf.

Wie sollte sie es erklären, ohne Schuld zuzuweisen?

»Keinem von uns beiden war klar, wie sehr meine Pflichten als Ehefrau meine Arbeit als Wissenschaftlerin beschneiden würden. Nachdem wir verheiratet waren, schob ich meine wissenschaftliche Beschäftigung beiseite, um einen Haushalt zu ordnen, in dem es zu lange keine Ordnung gegeben hatte. Daniels zweite Frau war eine führende Persönlichkeit der Gesellschaft. Ich glaube, er hatte sich vorgestellt, dass ich ihrem Beispiel nacheifern würde. Das wollte ich auch. Leider hat meine begeisterte Anwendung der Wissenschaft auf die häuslichen Künste unser beider Hoffnungen zerstört.«

Die anderen Mitglieder von Athenes Refugium hatten ähnliche Geschichten zu erzählen, ungeachtet ihrer Klasse oder ihres Vermögens. Es überraschte Violet nur, wie viele von ihnen mutig oder verzweifelt genug waren, um ihre Hilfe zu suchen.

»Ich konnte keine ordentliche Versuchsanordnung aufbauen, wenn ich an einem Ball teilnehmen musste. In meinem Gehirn ist kein Platz für mehr als ein Projekt«, erklärte sie. »Aus einem Ball wurden rasch zehn. Aus zwei Wohltätigkeitsveranstaltungen wurden zwanzig. Und dann war da noch das Anwesen. Nach zwei Jahren Ehe erkrankte mein Mann und brauchte meine Pflege.«

Der Schlaganfall hatte Daniel seine geistige Überlegenheit geraubt, und es war ihr schwer gefallen, seinen Niedergang mit anzusehen. Er wurde quengelig und kindisch, verlangte ihre volle Aufmerksamkeit und nahm ihr ihre Arbeit übel. Für die Erleichterung, die sie empfunden hatte, wenn sie sich aus Daniels Gesellschaft in den Trost ihrer Theorien flüchtete, hatte sie mit den Schuldgefühle bezahlt, die sie nach seinem Tod plagten.

»Ich blieb wach, wenn alle anderen schon eingeschlafen waren, und versuchte, ein oder zwei Stunden für meine Formeln herauszuschlagen.«

Es hatte einige Zeit gedauert, bis die Kluft zwischen dem, was Violet und Daniel unter einer Ehe verstanden, deutlich wurde. Als es dann geschah, richtete Violet ihre Energie darauf, die Kluft zu überbrücken, statt ihre Erwartungen zu ändern – oder sich zu bemühen, Daniels zu verändern. Was hätte sie wohl alles haben können, wenn sie sich mehr angestrengt hätte?

»Andere Frauen mit viel mehr Talent und Potenzial erleben jeden Tag das Gleiche«, fuhr sie fort. »Sie kümmern sich zuerst um ihre Lieben um sie herum, wischen das, was ihnen wichtig ist, beiseite, um die Träume eines anderen Menschen zu verwirklichen. Für sie habe ich Athenes Refugium geschaffen. Ein Ort, an dem sie sich für ein paar Stunden von der Außenwelt zurückziehen können.«

Arthur hob eine Braue. »Aber warum diese Täuschung? Die Arbeit, die Sie hier leisten, ist viel beeindruckender als alles, was ich in der populären Presse gelesen habe. Warum bringen Sie es nicht an die Öffentlichkeit?«

»Wir sollen unsere Arbeit der Welt zeigen? Wir dürfen

nicht einmal neben Männern an der Universität studieren. Wir besitzen kein Eigentum. Wir dürfen nicht wählen. Glauben Sie, die Männer würden uns erlauben, sie mit unseren wissenschaftlichen Entdeckungen zu übertrumpfen? Oder ihre Überzeugungen infrage zu stellen?« Ihre Stimme wurde mit jedem Wort schriller. Es war unangemessen. Violet schlug sich die Hand vor den Mund und atmete langsam durch ihre Nase aus.

»Wären Sie keine Lady, würde sich mir der Eindruck aufdrängen, dass Sie das sehr wütend macht«, sagte Arthur mit sanfter Ironie.

Die geplante Veranstaltung des Clubs zerrte Violets Unsicherheiten ans Tageslicht. Daniels Geist hatte sie in den letzten Monaten unbehaglich verfolgt.

»Die Wut einer Frau ist verzerrt, kleinlich und unattraktiv für jeden, der das Unglück hat, Zeuge davon zu werden.« Als Violet Daniels Kritik laut aussprach, klang sie weniger prägnant und weit kleingeistiger, als sie es in Erinnerung hatte.

»Einem Mann ist Wut erlaubt, weil stärkere Emotionen in seiner Natur liegen«, fuhr sie fort. »Seine Wut ist rechtschaffen oder rein. Gerät ein männlicher Gott in Wut, erschafft er Berge. Ist eine Göttin wütend, verwandelt sie einen Mann in eine Tulpe oder ihre Rivalin in eine Kuh.«

»Ich habe die stärkeren Emotionen einer Frau nie in diesem Licht betrachtet.« Arthur dachte kurz nach. »Heißt das, wenn ich Sie wütend mache, verwandeln Sie mich in einen Stier?«

Neckte er sie? Ihr schwindelte etwas, und sie nahm ihren Mut zusammen.

»Es bedeutet, wenn Sie mich wütend machen, verwandle ich Sie in einen Ochsen.« Violet wusste nicht, welchen Gesichtsausdruck sie aufgesetzt hatte, aber was auch immer Arthur auf ihrem Gesicht sah, genügte, um diesen unerschütterlichen Mann erblassen zu lassen. Als er dann lächelte, hätte sein Lächeln genügt, um eine Explosion auszulösen.

*

Der dumpfe Knall aus dem Flur war eindeutig keine Detonation, aber Arthur reagierte, bevor seine Gedanken ihn einholen konnten. Er rannte durch den Flur und kam taumelnd zum Stehen, als eine Tür aufflog und eine winzige Gestalt in den Flur stolperte.

Vor Schreck stieß er einen Fluch aus. Die zierliche Frau vor ihm zuckte zusammen.

»Ich bitte sehr um Verzeihung, Miss. Ich meine Madam, will sagen …« Arthur versuchte, ihr Alter und ihren Status zu erkennen, aber er scheiterte kläglich.

»Pettigrew. Mrs Caroline Pettigrew. Und Sie brauchen mich nicht um Verzeihung zu bitten. Sie haben genau das ausgesprochen, was ich gedacht habe.« Die Stimme der Frau klang ein wenig zittrig.

Es dauerte einen Moment, bis das Hämmern seines Herzens langsam nachließ und die Angst von ihm zu weichen begann. Er musterte die Person vor ihm, bis er sich gänzlich beruhigt hatte.

Mrs Pettigrew war klein, noch kleiner als Letty Fenley. Sie trug eine lange Segeltuchschürze über weiten Röcken, unter denen praktische, dickbesohlte Schuhe hervorlugten.

»Gütiger Himmel, Caroline!« Violet war Arthur gefolgt und erreichte sie etwas außer Atem. »Was immer auch pass ... Oh. Oh! Ach du meine Güte.«

Violet bewegte sprachlos die Lippen, während sie nach Worten rang. Was gab es da auch schon zu sagen?

Mrs Pettigrew war von Kopf bis Fuß pinkfarben besprenkelt. Es war ein beunruhigendes, knalliges Pink, das, davon war Arthur überzeugt, in der Natur nicht vorkam.

»Lady Greycliff, es tut mir leid. Ich weiß nicht ...« Mrs Pettigrews Hände zitterten vor Verzweiflung.

Während Violet etwas Beruhigendes murmelte, schob sich Arthur an der Frau vorbei und warf einen Blick in den Raum. Auf einem großen Tisch stand ein Schrank voller Geschirr, Sektgläser, Bowlenschalen, Servierplatten und Teeservices. Der Rest des Raumes war kahl, die Wände waren weiß getüncht.

Bis auf die riesigen pinkfarbenen Zickzacklinien.

Pinkfarbene Flecken zierten die Decke, den Boden, die elfenbeinfarbenen Gardinen und leider auch die hübschen weißen Porzellantassen und das restliche Geschirr.

Violet und Mrs Pettigrew tauchten neben ihm auf und begutachteten gemeinsam den Schaden.

Mrs Pettigrew stöhnte. »Ich wollte das neue Aerosolverteilungssystem testen.«

»Aerosolverteilungssystem? Was ist das?«, erkundigte sich Arthur.

»Caroline hat an dem Konzept einer Aerosolpumpe gearbeitet, ähnlich dem Treibmittel in den Kanistern, die die Omnis benutzen. Ich habe sie gebeten, mir zu helfen.« Violet sah sich die gesprenkelte Wand an. »Warum ausgerechnet pink?«

»Da Sie Ihr Gegenmittel noch nicht fertig haben und ich für meine Experimente eine Flüssigkeit benötigte, habe ich meinen Kanister mit Farbresten aus dem oberen Schrank gefüllt. Miss Fenley hatte erwähnt, das Porzellanservice des Clubs zeige Abnutzungserscheinungen, und wir hätten nicht die Mittel, ein neues zu kaufen. Ich wollte als Erstes den Rand dieser Teetasse damit besprühen.« Mrs Pettigrew zeigte auf eine einsame Teetasse, die abseits des übrigen Geschirrs stand.

»Ich hatte gerade die Düse gedrückt, als eine riesige Spinne, so groß wie meine Faust, von einem Turm von Teetassen auf meine Schulter sprang. Ich habe versucht, sie zu vertreiben und in meiner Panik den Kanister nach ihr geworfen. Die Düse klemmte, dann fiel der Kanister auf den Boden und rollte umher.« Sie gestikulierte auf den Raum, um zu verdeutlichen, was gefolgt war.

Arthur sah sich in der Kammer um. Er sah nirgendwo ein solches Biest. So groß wie ihre Faust? Übertrieb sie nur, oder log sie aus einem bedrohlicheren Grund?

»Das sind doch gewiss nicht alle Teller und Tassen, die dem Club gehören?«, sagte Violet. Resignation machte sich auf ihrem Gesicht breit, als Mrs Pettigrew zerknirscht nickte. »Oh. Verflixt.«

»Sie sagen uns doch immer: ›An jedem noch so dunklen Himmel gibt es einen Silberstreif‹«, erklärte Mrs Pettigrew. »Er muss hier irgendwo sein. Eine Spur von Silber in all diesem Pink.« Sie ließ den Kopf hängen und legte beschämt eine pinke Hand auf ihren pinken Mund.

Violet untersuchte die Gläser und die Stapel mit den Tellern, die mit Farbe verschmiert und bespritzt waren.

»Das war so dumm von mir«, stöhnte Mrs Pettigrew. »Ich habe den Abend der Information und Belebung ruiniert.«

Violet hob ruckartig den Kopf. Ihre Augen leuchteten, als sie Mrs Pettigrews Hände in ihre nahm, ungeachtet der Farbe, die diese genauso bedeckte wie ihr Kleid. »Erinnern Sie sich an das Gelübde, das wir als Mitglieder abgelegt haben? Wir versprachen, uns niemals ›dumm‹ zu schimpfen. Sie sind das Gegenteil von dumm. Sie sind brillant. Ihre Erfindung funktioniert. Vielleicht wirkt sie nicht gegen eine Riesenspinne, aber sie funktioniert.«

Bei Violets Worten schlug Mrs Pettigrews Miene von Verzweiflung in Begeisterung um. »Sie funktioniert tatsächlich, richtig? Das Problem war das Verhältnis zwischen Druck und Lösungsmittel.«

Das Desaster um sie herum schmolz dahin, während die beiden Frauen über Sulfate, Druck, Lösungsmittel und Federn sprachen. Sie sprangen auf, untersuchten, wie die Farbe verspritzt worden war, und innerhalb weniger Sekunden war auch Violet komplett mit pinker Farbe beschmiert.

»Wie Sie sehen können«, erklärte Mrs Pettigrew, »ist die Farbe gut drei Fuß weit gespritzt und hat sich auf eine Breite von sieben Fuß ausgefächert.«

»Erstaunlich!«, jubelte Violet. »Caroline, Sie haben sich selbst übertroffen.«

Arthur unterbrach das Gespräch mit einer, wie ihm schien, dringlicheren Frage. »Wem haben Sie noch von dieser Erfindung erzählt?«

Mrs Pettigrews erstarrte, während sie die Farbkleckse auf ihrer Schürze betrachtete. »Ich glaube … niemandem außer Lady Greycliff.«

Ihre Stimme klang brüchig, und bei jedem Wort schien Mrs Pettigrew weiter zu schrumpfen. Arthur starrte die Frau misstrauisch an. Warum brachte eine so einfache Frage sie derart in Verlegenheit? Hatte sie ein schlechtes Gewissen? War es wirklich nur ein Zufall, dass die Omnis einen Behälter entwickelt hatten, der ebenfalls Gas aus einer Düse ausstieß? Und was war das für ein Unsinn mit einer Riesenspinne?

»Sie haben sich das alles selbst ausgedacht? Ohne mit jemandem zu sprechen?« Arthur gab sich keine Mühe, seine Ungläubigkeit zu kaschieren.

Mrs Pettigrews Hände schienen imaginäre Werkzeuge zu betätigen, während sie unbehaglich die Schultern hochzog. »Ich leide unter dem, was Mr Pettigrew einen ›unruhigen Geist‹ nennt. Mir kommt eine Idee, und der Drang, etwas zu erschaffen, verzehrt mich, bis ich es zu Ende bringe, ob ich nun weiß, wie das Ergebnis aussehen wird oder nicht.« Die Frau sah Violet an. »Ich kann mit niemanden außerhalb des Clubs darüber sprechen. Mr Pettigrew hat hart gearbeitet, um seine Anstellung zu sichern. Wenn die Direktoren der Bank von meinen Experimenten erfahren, könnten sie vielleicht annehmen, dass er über seinen Stand hinaus nach Höherem strebt. Er hat mich gewarnt, keine wilden Behauptungen aufzustellen, mich zurückzuhalten und keine Aufmerksamkeit auf meine Projekte zu lenken.«

Sie seufzte. »Was wird er sagen, wenn ich pinkfarben

nach Hause komme? Was werden unsere Nachbarn sagen? Ich habe angedeutet, dass ich bei einem wohltätigen Verein helfe. Welche mögliche Erklärung könnte es dafür geben, dass das Pink auch noch in meinem Haar ist?« Mrs Pettigrew berührte ihre rosa Mütze und klimperte bestürzt mit ihren pinkfarbenen Wimpern.

Violet massierte sich den Nasenrücken, dann schüttelte sie den Kopf und hob die Schultern. »Wir verwenden Porzellan aus Beacon House. Den anderen sagen wir, dass wir aufgrund einiger unglücklicher Missgeschicke meinerseits nicht genug passendes Geschirr für den Abend der Erbauung haben. Hoffen wir, dass es niemandem auffällt, wenn wir die Muster mischen. So wird sich am Ende alles zum Besten wenden.«

Violet hatte in einer verräterischen Geste den Kopf gesenkt, während sie sprach, als erwartete sie, dass ihr jemand widerspräche, als sie das Kommando übernahm. Sie wappnete sich gegen den zweifellos bevorstehenden Schlag.

Leider hat meine Begeisterung für die Anwendung der Wissenschaft auf die häuslichen Künste unser beider Hoffnungen zerstört.

Wir haben uns versprochen, uns nie »dumm« zu schimpfen.

Peinlich berührt von dem beunruhigenden Engegefühl in seiner Brust, trat Arthur an den Tisch mit dem Geschirr und untersuchte es umständlich. Was kümmerte es ihn, wenn ihre Veranstaltung ruiniert war? Für ihn war sie eine lächerliche Zeitverschwendung und bedeutete nur zusätzliche Arbeit.

Er öffnete den Mund, um genau das zu sagen, doch dann fiel sein Blick auf Violet. »Es ist eine sehr … auffällige Farbe. Aber ich finde sie recht ansprechend.«

Sie fuhr herum und sah ihn überrascht an.

Hatte ihn Mitgefühl zu diesen Worten veranlasst? Nein, der gesunde Menschenverstand. Wenn sie sich Sorgen um den Abend der Was-auch-immer-es-sein-sollte machte, hatte sie weniger Zeit, an dem Gegenmittel zu arbeiten. Und je schneller sie mit ihrer Arbeit fortschritt, desto schneller konnte er ihr Haus wieder verlassen.

Er wandte sich an Mrs Pettigrew und deutete auf einen Teller mit pinkfarbenen Streifen in der Mitte. »Und wenn Sie die Düse reparieren und den ganzen Teller mit der Farbe besprühen? Oder neue Muster kreieren? Das Ergebnis könnte … recht innovativ sein.«

Mrs Pettigrew legte den Kopf auf die Seite. »Nun, wenn ich die Öffnung der Düse verkleinere und das Treibgas anpasse, kann ich den Farbfluss besser kontrollieren. Es wäre einen Versuch wert. Was meinen Sie, Lady Greycliff?«

Obwohl sie Mrs Pettigrew antwortete, starrte Violet Arthur aus leuchtenden Augen an, als sie antwortete. »Das ist eine wunderbare, sehr umsichtige Idee.«

»Na ja, also …« Er misstraute ihrer Miene. War das Dankbarkeit? Sein Vorschlag war rein praktischer Natur und kein Ausdruck von Freundschaft gewesen. »Sie werden offensichtlich hier gebraucht. Ich werde Winthram aufsuchen und ihn bitten, an Ihrer Stelle die Schäden mit mir zu begutachten.«

Trotz seines schroffen Tons strahlte Violet weiter, als er sich verabschiedete. Ein Lächeln erhellte ihr Gesicht. Ein

Lächeln, gegen dessen Anziehungskraft Arthur ankämpfen musste.

Er hatte schon viele lächelnde Gesichter gesehen, und das von Violet war nur eines von vielen.

Doch als er den Raum verließ, spürte er, dass er log.

5. KAPITEL

Der Hausdiener hatte Besseres zu tun, als Arthur dabei zuzusehen, wie er die verbrannten Überreste des Zimmers im zweiten Stock untersuchte, in dem die Explosion stattgefunden hatte. Natürlich sagte er es nicht. Zu gut ausgebildet, um irgendwelche Kommentare abzugeben, teilte Winthram seine Unzufriedenheit dadurch mit, dass er von einem Fuß auf den anderen trat und vernehmlich schnaufte. Seine dichten Augenbrauen waren um etliche Nuancen dunkler als das kastanienbraune Haar, das er sich mit Pomade aus der Stirn gekämmt hatte. Sie lenkten die Aufmerksamkeit auf seine hellblauen Augen. Da er weder Koteletten noch einen Anflug von Bart vorweisen konnte, stachen die wenigen Sommersprossen auf seinem schmalen Nasenrücken hervor. Sie verliehen seinem Gesicht einen schelmischen Ausdruck, der im Widerspruch zu seiner kaum verhohlenen Feindseligkeit stand.

Arthur ignorierte ihn für den Moment. Er hatte sich hingehockt und versuchte, die wellenförmigen Rußmuster an den Wänden zu studieren, aber seine Gedanken kehrten immer wieder zu Violet zurück. Im Gegensatz zu den Spuren einer Explosion hinterlassen manche Angriffe keine sichtbaren Spuren.

Eine Lady wird nicht wütend.

Wie muss es sich anfühlen, die eigene Wut herunterschlucken zu müssen, Jahr für Jahr? Hat es dem Schmerz geglichen, mit unausgesprochener Trauer und Schuld zu leben?

Arthur riss sich zusammen. Es war das Beste, solche Fragen gar nicht erst zuzulassen. Es stand ihm nicht zu zu versuchen, hinter die beeindruckende Mauer der unerbittlich guten Laune zu blicken, die Violet über all die Jahre errichtet und gepflegt hatte. Wenn er seine Aufmerksamkeit schon auf ein Geheimnis lenken wollte, dann auf die Frage, wer die Bombe gezündet hatte. Er unterdrückte den Anflug von Mitgefühl und fuhr mit einem Finger durch den Trümmerstaub.

»Hier lagern jede Menge Chemikalien. Ein oder zwei könnten von einem wackeligen Regal gefallen sein«, meinte der Hausdiener.

»Glauben Sie, die Explosion war ein Unfall?« Arthur roch an einem Brocken Gips.

Der junge Mann warf sich in die Brust. »Ich kenne jeden, der hier im Club ein und aus geht, Sir. Es kommt niemand in diesen Club, der nicht dazugehört. Und die Ladys würden nie etwas tun, was Lady Greycliff schaden könnte.«

Arthur stand auf und ging aus dem Labor in den Flur. »Die Wand dieses Gebäudes grenzt an Beacon House, nicht wahr?«

Winthram senkte das Kinn und nickte mürrisch.

Als er an die Wand gegenüber dem Labor klopfte, waren Arthurs Fingerknöchel von Ruß verschmiert. »Welcher Raum liegt auf der anderen Seite dieser Wand?«

Winthrams Miene zeigte, dass es ihm dämmerte. Auf der

anderen Seite der Wand, keine zwei Meter vom Ort der Explosion entfernt, lag Violets Schlafgemach.

Violets Schlafgemach.

Die Bilder, die der Gedanke daran in Arthur hervorrief, waren fast eine Bombe für sich. Es würde ihm erheblich leichter fallen, Abstand zu wahren, wenn die Frau nicht so verdammt unwiderstehlich wäre. Arthur fuhr sich über das Gesicht und lenkte die Aufmerksamkeit von der unteren Region seines Körpers wieder auf das anstehende Problem.

»Aber ... wer würde Lady Greycliff etwas antun wollen?« Der Hausdiener schüttelte den Kopf. »Nein. Das ist einfach nicht einleuchtend.«

Die ständige Suche nach Gründen, warum Menschen anderen Menschen gegenüber grausam waren und ihnen Schmerz zufügten, hatte Arthur ermüdet. All die Jahre, in denen er Menschen als Objekte, als Waffen, gesehen hatte, hatten ihn ausgelaugt. Würde ihm noch ein Rest Menschlichkeit geblieben sein, wenn er ein Zuhause fand? Wusste er überhaupt noch, wie man mit einer anderen Seele über ein anderes Thema als die Wahrscheinlichkeit, ermordet zu werden, reden konnte? Er konnte sich nicht daran erinnern, wann er das letzte Mal versucht hatte, mit jemandem Freundschaft zu schließen.

Doch das spielte keine Rolle. Er hatte noch Zeit genug, um über seine Untauglichkeit für die Gesellschaft nachzudenken, wenn er diesen Job erledigt hatte.

»Wer Lady Greycliff etwas antun will?« Arthur ging auf den Hausdiener zu und setzte eine drohende Miene auf. »Vielleicht jemand mit einer dunklen Vergangenheit. Wer in diesem Club könnte etwas zu verbergen haben?«

Als Arthur näher kam, spreizte Winthram die Füße und reckte kämpferisch das Kinn vor. Er hielt sich gut, aber Arthur witterte Angst.

»Ich weiß nicht, was Sie meinen könnten«, antwortete Winthram mit hoher Stimme und riss den Kopf zurück, während seine Angst die scharfen Spitzen seiner Konsonanten wegschliff und einen Hauch von Nordengland verriet. Eine Strähne kastanienbraunen Haares rutschte dabei über ein Auge, zweifellos angestupst von einem aufdringlichen Haarwirbel, der sich trotz reichlicher Anwendung von Pomade nicht hatte bändigen lassen.

»Sie waren doch bei mehreren Treffen der Chartisten, richtig? Wenn ich mich umhören würde, hätte Sie da jemand auch bei einer Versammlung von Omnium Democratia gesehen?« Arthur feuerte die Fragen ab, während er Winthram zurückdrängte, bis der mit dem Rücken gegen die schmutzige Wand stieß.

Eine Schweißperle rollte über Winthrams Schläfe, und er ballte die Hände zu Fäusten. »Das ist schon ewig her. Ich habe meinen Bruder besucht. Heute habe ich mit niemandem von zu Hause mehr etwas zu tun. Ich würde nie …«

»Soweit ich weiß, sollte diese Bombe genau in dem Moment hochgehen, als Lady Greycliff in ihrem Bad war. Durch Gottes Gnade ging da etwas schief. Sonst wäre sie zerfetzt worden!«, stieß Arthur hervor. »Ihr Bruder ist Adam Winters, nicht wahr?«

Obwohl Grey seiner Stiefmutter freie Hand über Beacon House und dessen Umgebung ließ, behielt er sie immer noch im Auge. Bevor er in den Norden aufbrach, hatte er in seinen Akten Winthrams Verbindung zu Adam Winters vermerkt. Winters war einst ein einflussreiches Mitglied der Chartisten-Bewegung gewesen und wurde jetzt von der Krone wegen verdächtiger Aktivitäten überwacht. Das schloss die Zusammenarbeit mit Omnium Democratia ein. Violet hatte Grey gegenüber darauf bestanden, dass man sich auf Winthram verlassen konnte. Sie war überzeugt, dass Winthram niemals zulassen würde, dass den Damen von Athenes Refugium etwas zustieß.

Arthur hatte allerdings schon vor langer Zeit gelernt, niemals auf die Meinung anderer zu vertrauen.

»Ich habe gehört, dass Adam Winters sich nach der Convention im Jahre 1837 mit Lovett und dem Rest der Chartisten-Moderaten zerstritten hat«, sagte Arthur. »Jetzt druckt er Flugblätter und schwingt Reden über die Tyrannei der herrschenden Klasse.«

Der Hausdiener schloss erschöpft die Augen und legte eine Hand auf seinen Bauch, als müsste er sich von einem Schlag erholen.

Arthur ließ ihm keine Zeit zum Nachdenken und fuhr mit seinen Fragen fort.

»Winters ist ein ziemlicher Aufwiegler. Er hat zwar niemals eingeräumt, Mitglied bei Omnium Democratia zu sein, hat aber deren Anliegen bei seinen Treffen aufgegriffen. Wann haben Sie beide das letzte Mal miteinander gesprochen?«

»Das letzte Mal, als wir miteinander sprachen …« Winthrams Stimme brach, und er schwankte leicht. »Das letzte Mal sprachen wir vor zwei Jahren.«

Arthur las Elend und Trotz auf dem Gesicht des Mannes. Aber verbarg sich da vielleicht noch mehr?

Winthrams Worte wurden undeutlich, als er fortfuhr und gegen die Tränen ankämpfte. »Er sagte mir, ich sei für ihn gestorben, und ich habe ihn seitdem nicht mehr gesehen. Nach diesem Tag legte ich den Namen Winters ab.«

Doch in Greys Akten hatte noch etwas anderes gestanden. Arthur neigte fragend den Kopf. »Wie auch den Namen Henrietta?«

Winthrams Wangen röteten sich. Selbst in seinem Kummer noch trotzig, unterdrückte er die Tränen und straffte die Schultern.

»Henry«, sagte Winthram und legte seine Hand auf die Brust. Er betonte den Namen würdevoll und zärtlich. »Mein Name ist Henry. Und ich würde niemals zulassen, dass jemand Lady Greycliff ein Leid zufügt.«

In dem darauffolgenden Schweigen sahen sie einander an. Der Hausdiener durchbrach die Stille, als ihm eine Frage in den Sinn kam.

»Wie kommen Sie darauf, dass es die Omnis waren? Die Mitglieder des Clubs kommen hierher, um die Wissenschaft voranzutreiben. Die meisten von ihnen reden über Verbindungen und Reagenzien, nicht über Wahlen oder Aufstände.«

»Lady Greycliff ist in der Lage, ein Geheimnis der Omnis zu lüften«, antwortete Arthur. Er wich zurück und untersuchte die verstreuten Trümmer zu seinen Füßen. »Davon gibt es eine Menge hinter den Türen dieses Clubs, nicht wahr?«

»Was meinen Sie?«

»Geheimnisse.« Arthur deutete auf den Raum hinter ihm. »All diese Ladys kommen hierher, um ihren Verstand und ihre Talente vor der Welt zu verbergen. Sie tun, als stickten sie Rosen oder klebten Muscheln auf Schachteln, während sie die ganze Zeit Entdeckungen machen, die sich kaum jemand vorstellen kann.«

Winthram schnaubte. »Sie verstecken sich nicht. Geheimnisse werden vor allem da draußen vor den Menschen verborgen. Warum schauen Sie nicht mal dort nach?«

Arthur schüttelte ablehnend den Kopf. »Irgendjemand weiß, was hier letzte Nacht passiert ist. Es wäre das Beste, wenn wir zusammenarbeiten. Wollen Sie mir nicht helfen, den Vorfall aufzuklären?«

»Wir wollen Lady Greycliff beschützen, aber niemand hier wird Ihnen vertrauen«, erwiderte Winthram. »Dieser Ort wurde von uns und für uns geschaffen. Wenn Sie hier eindringen, ohne zu verstehen, wer wir sind, oder warum wir hier sind, gibt es für einen Mann wie Sie keinen Platz auf dieser Seite der Mauern.«

*

Violet sagte sich, dass sie nicht beleidigt sein sollte, weil Phoebe und die anderen ihre Vorschläge abgewiesen hatten. Die Zukunft von Athenes Refugium war wichtiger als ihr Ego. Trotzdem hatte sie sich an den Ort zurückgezogen, an dem sie sich am geborgensten fühlte. Der schwache Duft von Ethanol und Graphit umhüllte sie wie ein Nebel, und sie tippte zufrieden mit dem Fuß auf den Boden, als sie ihre kleine Oase betrat.

Mit Hilfe fähiger Handwerker hatte Violet sich ein privates Arbeitszimmer im dritten Stock des Beacon House eingerichtet, indem sie drei Räume zu einem zusammenführen, die Decke anheben und die Fenster verlängern ließ, um genügend natürliches Licht hereinzulassen. Auf der Nordseite befanden sich Bücherregale, vollgestopft mit Büchern unterschiedlichen Umfangs, daneben Dutzende von Gläsern, gefüllt mit allen möglichen Chemikalien. Etliche Reihen von Schubladen in langen niedrigen Schränken waren mit getrockneten Pulvern und Unmengen nützlicher Dinge gefüllt, wie dicken Seidenfäden und selbstgemachten Zitronenbonbons. Neben dem grün gekachelten Herd stand eine bequeme gepolsterte Couch, die sie als Bett benutzte, wenn sie zu müde war, um sich in ihr Schlafgemach zurückzuziehen.

»Himmlisch«, flüsterte sie.

Sie setzte sich an ihren Arbeitstisch und ließ ihren Blick über die obere Hälfte der aufgeschlagenen Seite in einem Notizbuch gleiten, das seitlich neben ihr lag.

Auch fünf Jahre nach Daniels Tod wurden ihre Recherchen oft noch von Schuldgefühlen begleitet. Sie sollte ihre Arbeit an Greys Büro abgeben. Dort würde man jemand anderen finden, der das Gegengift entwickelte, wenn auch vielleicht langsamer als sie. Aber die Mitglieder ihres Clubs bedurften ihrer ganzen Aufmerksamkeit.

»Eine halbe Stunde. Wenn mir nichts einfällt, schicke ich die Unterlagen weg«, flüsterte Violet.

Ein Kribbeln breitete sich von ihren Zehen bis zu den Fingerspitzen aus, als sie sich in die Arbeit stürzte und immer tiefer darin versank. Ein paar Stunden später wandte sie eine komplexe Gleichung an, um eine Lösung zu finden. Falls es sich um eine endotherme Reaktion handelte, bei der Delta die Wärme der Reaktion symbolisierte, dann …

»Nein. Lauf nicht vor mir weg. Ich muss deiner Spur folgen«, krächzte sie der Aneinanderreihung aus Symbolen und Zahlen zu, die ihr eine Nase drehten.

Hierhin gehörte sie. Nicht in ein Abendkleid gepresst und den aufdringlichen Blicken missbilligender Matronen zum Fraß vorgeworfen. In ihrem Kopf spielte es keine Rolle, ob sie dick oder dünn, unansehnlich oder hübsch war, es war ganz gleich, ob ihre Bälle ein Erfolg waren oder dass sie keine fünf Minuten lang Small Talk führen konnte, ohne in ein Fettnäpfchen zu treten. Wenn sie arbeitete, vergaß sie, wie einsam ihre Nächte waren und wie lang ihre Tage sich vor ihr ausdehnten. Sie summte zufrieden ein Lied und strich einen Fehler aus.

Es klopfte einmal vernehmlich an der Tür, die geöffnet wurde, bevor sie der Person sagen konnte, sie solle weggehen.

»Lady Greycliff?«

Violets Kopf ruckte hoch, und all die Theorien zerbarsten unter dem Klang von Arthurs Stimme.

Er stand in der Tür und starrte sie an, als ob sie nackt wäre. Violet sah an sich herunter, um sich zu vergewissern, dass sie nicht nackt war. Gott sei Dank! Man konnte ja nie wissen.

Sie blinzelte.

Warum schlugen ihre Gedanken jedes Mal, wenn Arthur den Raum betrat, die unanständigsten Richtungen ein? Welche Einsicht sie auch immer mit der Formel gewonnen hatte – sie entglitt ihr mit jeder Sekunde weiter.

Sie legte eine Hand auf die Stirn und versuchte vergeblich, die Lösungen wieder in ihr träges Gehirn zu pressen.

»Warum starren Sie mich so an?«, fragte Violet. Ihre Wangen brannten verräterisch.

»Wie lange sitzen Sie schon hier?«

»Längst nicht lange genug. Ich habe diesen letzten Formelsatz fast durchgearbeitet und brauche noch ein paar Minuten Ruhe. Schön, Sie zu sehen.« Violet deutete in Richtung Tür, in der Hoffnung, er würde den Hinweis verstehen.

Stattdessen bewegte sich Arthur auf die für ihn so typische Art auf sie zu – schleichend und doch zielstrebig. Trotz ihrer Frustration durchfuhr bei diesem Anblick ein Kitzel von Lust ihren Körper.

Sie musste sich zusammenreißen. Eine anständige Lady gestattet sich keine Nervenkitzel.

Als er vor ihrem Tisch stand, zog Arthur die Augen zusammen. »Wann haben Sie zum letzten Mal Ihre Kleidung gewechselt?«

»Was für eine sonderbare Frage.« Violet senkte den Blick. »Wenn Sie es unbedingt wissen wollen, dieses Kleid ist nicht einmal ein Jahr alt. Nein … zwei, drei … vielleicht mehr.« Sie schüttelte den Kopf, um ihre Gedanken zu ordnen, und schwankte, als ihr von der plötzlichen Bewegung schwindlig wurde.

»Wann haben Sie das letzte Mal etwas gegessen oder getrunken?«, fragte Arthur.

Dicke lilafarbene Vorhänge hingen über den Fenstern, hielten das Tageslicht fern und verbargen die Tageszeit. Süßlich duftende Bienenwachskerzen, die schief in einem angelaufenen Leuchter steckten, erhellten ihren Arbeitsplatz. Den Kerzenstummeln nach zu urteilen, hatte sie ihre Arbeit nicht mehr verlassen seit … gestern? Das konnte nicht stimmen.

»Ich habe heute schon zu Mittag gegessen, glaube ich. Und ich erinnere mich an ein Abendessen. Heute ist doch noch Donnerstag?«, fragte Violet.

Arthur hob die Brauen und zog sie dann besorgt zusammen.

Meine Güte, wie lange hatte sie denn gearbeitet?

»Warum machen Sie nicht einfach eine kleine Pause und trinken eine Tasse Tee?«, erkundigte sich Arthur.

»Tee? Wie könnte ich an Tee denken, wenn ich eine Verbindung zwischen dieser Arbeit und meiner ursprünglichen Forschung zum avogadroschen Gesetz gefunden habe?« Violet setzte zu einer Erklärung an, wie gleiche Volumina von Gasen bei gleicher Temperatur und gleichem Druck die gleiche Anzahl von Molekülen enthalten konnten, aber plötzlich schmerzte ihre Kehle.

»Wo Sie es erwähnen.« Sie versuchte, ihre Beine zu zwingen, sich zu entspannen, und stöhnte über die Steifheit in ihren Gelenken. »Ich bin fast ausgetrocknet … Oh, oh nein.«

Violet sank unbeholfen zu Boden. Feurige Nadeln prickelten in ihren Gliedern. »Das ist seltsam. Meine Beine wollen nicht mehr funktionieren.«

Arthur war da, bevor sie ihren Satz beendet hatte, und nahm sie in seine Arme. »Johnson!«, rief er einem vorbeigehenden Diener zu, als er sie aus dem Arbeitszimmer trug. Seine tiefe Stimme erzeugte angenehme Schwingungen an

Violets Brust. »Bitten Sie Mrs Sweet, ein Teetablett für Lady Greycliff hinaufbringen zu lassen.«

»Lassen Sie mich runter. Meine Beine sind eingeschlafen, das ist alles.«

Sie hatte bereits wieder Gefühl in ihren Zehen, aber er bestand darauf, sie zu tragen.

Na gut. Wenn ein grüblerischer, begehrenswerter Mann sie unbedingt auf Händen tragen wollte, konnte sie es auch genießen.

Violet schnupperte verstohlen an seiner Weste. Der Mann roch nach Winter und Seife. Wie lächerlich attraktiv.

»Sie sind ziemlich stark«, sagte sie.

Er brummte.

Wahrscheinlich war er an solche Komplimente gewöhnt.

»Die meisten Männer würden jetzt ins Schwitzen kommen, wenn sie eine Frau meiner Statur die Treppe hinauf- und hinuntertragen müssten«, bemerkte sie.

Er runzelte die Stirn, und seine dichten schwarzen Brauen schienen zusammenzuwachsen. »Was meinen Sie? Sie sind ...« Sein Blick fiel auf ihren Busen, dann glitt er die Kurven von ihrer Brust über ihre Taille bis zu ihren Hüften entlang.

Er räusperte sich und packte sie fester. Als er wieder sprach, klang seine Stimme tiefer. »Sie sind keineswegs zu schwer.«

»Das hier geht aber weit über Ihre Pflichten hinaus«, stellte sie fest.

War es Einbildung, oder drückte er sie noch dichter an sich? »Das macht mir keine Mühe«, sagte er.

»Trotzdem. Ich danke Ihnen.« Arthur sah sie bei ihren

letzten Worten an, als hätte sie ihm einen Stromschlag verpasst. Hatte sich denn noch nie jemand bei ihm bedankt?

»Wie konnten Sie vergessen zu essen?«, wollte er wissen.

Violet lehnte ihren Kopf an seine Brust, als er um eine Ecke bog, und ließ ihn dort. Eingelullt von der Wärme seines Körpers und dem Gefühl von Sicherheit.

»Ich habe oft versucht zu erklären, was passiert, wenn ich mich in meine Arbeit stürze. Ich habe nur nie die richtigen Worte gefunden. Es ist, als würde ich die Verbindung zwischen meinem Gehirn und meinem Körper verlieren.«

Es wäre wohl besser, sie würde die Verbindung zwischen ihrem Gehirn und ihrer Zunge kappen. Ihre Worte klangen unnatürlich, und außerdem sollte eine Lady niemals über ihren Körper sprechen, schon gar nicht mit einem … Was war Arthur eigentlich? Er war kein Diener, und er hatte mehr als deutlich klargestellt, dass er auch kein Freund war.

War er etwas anderes? War er vielleicht mehr?

Er stieß die Tür zu ihren Privaträumen mit der Schulter auf und manövrierte um einen Stapel Bücher herum. In diesem Raum empfing sie für gewöhnlich nur enge Freunde. Hinter der Verbindungstür lag ihr Schlafzimmer.

Die Bitte kam ihr unwillkürlich über die Lippen.

»Können Sie mich ins Bett bringen, Arthur?« Ihre trockene Kehle verwandelte ihre Frage in ein geflüstertes Flehen.

Die Zeit schien stillzustehen.

Zumindest für sie. Und natürlich in einem metaphorischen Sinn, denn die Zeit ist immer in Bewegung. Aber, meine Güte, diese Augen! Sein Blick schien ihre Stoffschichten zu durchdringen: das Kleid, das Korsett und das Hemd darunter. Der Blick, den Arthur ihr zuwarf, war hungrig und grimmig, und er löste Erstaunliches in ihrem Inneren aus.

Gut, dass er sie noch in den Armen hielt, denn ihr Körper wurde plötzlich weich und geschmeidig, als wäre sie eine Blume, die sich der Sonne öffnet. Sie fuhr mit der Zungenspitze über ihre ausgetrockneten Lippen. Er reagierte, indem er sie noch fester packte. Violets Herz hämmerte wie verrückt.

Würde er es tun?

Langsam stellte er sie auf die Beine und stützte ihren Rücken mit einem starken Arm. Ihre Muskeln zitterten vor Anspannung, als sie sich an seinen Schultern festhielt und gegen ihn sank. Seine braunen Augen wurden dunkler, und sein Blick glitt suchend über ihr Gesicht. Blitze zuckten unter ihrer Haut.

Er würde sie küssen.

Und sie würde den Kuss erwidern.

Diese überwältigende Gier, die sie überkommen hatte, seit sie ihn zum ersten Mal gesehen hatte, würde endlich befriedigt werden – es sei denn, ihr Herz hämmerte sich direkt aus ihrer Brust.

Er fuhr mit seinen langen Fingern über ihre Arme bis zu ihren Ellbogen hinauf, was Schauer der Vorfreude in ihr auslöste. Violet drückte ihre Brüste an ihn und wünschte die Schichten aus Leinen und Wolle weg.

Dann legte er mit vernichtender Schroffheit seine Hände auf ihre Schultern und trat zurück.

»Wie ich sehe, geht es Ihnen gut genug, um ohne Hilfe stehen zu können«, stellte er fest. »Johnson braucht zu lange. Ich hole Ihren Tee selbst.«

Oh.

Wie hatte sie nur so dumm sein können?

Die Demütigung ließ die Luft zwischen ihnen erkalten. Violet wandte verlegen den Kopf ab, angesichts ihrer zugeschnürten Kehle und dieses schrecklichen Drucks hinter ihren Augen. Daniel hatte sie immer wieder gewarnt, dass ihr Verlangen nach körperlichem Kontakt unattraktiv war. Violets Reaktion auf seine Berührung hatte Arthur wohl verschreckt.

Sie zwang sich trotz des Kloßes in ihrem Hals zu einem Lachen. »Es ist nicht Ihre Aufgabe, mir Tee zu servieren. Mir geht es ohnehin bereits besser. Ich habe nur die Zeit aus den Augen verloren.« Violet schnappte nach Luft, als ihr Blick auf die Uhr auf dem Kaminsims fiel. Der Schock vertrieb den Schmerz.

»In nicht einmal einer Stunde findet ein Treffen der Chemikerinnen des Clubs statt«, rief sie. »Sosehr Letty sich auch bemüht, sie im Zaum zu halten, Lady Peckinpaugh versucht Miss Makepeace ständig mit ihren Formeln zu übertrumpfen. Die beiden haben schon zahlreiche Löcher in den Teppich gebrannt, als sie ihre Lösungsmittel miteinander verglichen haben. Ich muss sofort gehen.«

Arthur weigerte sich jedoch zu weichen und verschränkte die Arme auf eine Art und Weise, als hätte er sich von Fleisch in Stein verwandelt. »Sie bleiben hier, bis Sie den Tee getrunken haben. Das Treffen der Club-Chemikerinnen war am Donnerstag um sechzehn Uhr.«

»Ja, ich weiß. Heute um … *War?*«

»Heute ist Freitag«, erwiderte er.

Violet legte überrascht die Hand an ihre Stirn, mit dem

Effekt, dass Arthur sich über sie beugte und vor Sorge den Kiefer anspannte.

»Haben Sie Fieber?«, fragte er. »Fühlen Sie sich krank?«

»Möge es Fieber sein und nicht etwa Vorbote von Dingen, die da noch kommen!«, rief sie. »Wenn mein Gehirn noch träger wird, trage ich am Ende Hüte an den Füßen und Schuhe um den Hals. Freitag, sagen Sie? Wer hat mir den Donnerstag gestohlen?«

Er grinste plötzlich, und die Geste veränderte seine versteinerte Miene vollkommen. Violet wich verblüfft zurück. Sie hatte schon einmal einen Blick auf sein Lächeln erhaschen können, aber dieses – dieses Lächeln ließ ihn wie einen Mann aus Fleisch und Blut erscheinen, nicht nur wie eine … Präsenz.

Sie zeigte anklagend auf ihn. »Sie lächeln.«

So schnell, wie es gekommen war, verschwand das Lächeln, und sein Gesicht zeigte wieder den natürlichen Zustand verhärteter Abgeklärtheit. Zu spät.

»Zu spät«, triumphierte sie. »Ich habe es gesehen. Ich habe Sie zum Lächeln gebracht.«

Peinlich berührt, senkte er den Blick und musterte angelegentlich etwas auf dem Boden. Die Verletzlichkeit dieser Geste berührte sie. Als sein Blick schließlich auf seine Schuhe fiel, zeigte sich einen Moment eine kleine Falte in seinem Mundwinkel, verschwand aber augenblicklich wieder.

Zweimal! Sie hatte es zweimal vollbracht.

»Es ist nicht so, als hätten Sie Wasser aus einem Stein gezaubert!«, schimpfte er.

»Oh, ich finde, es steht durchaus auf einer Stufe mit ähnlichen Wundern«, widersprach sie.

Als er aufblickte, war das Grinsen verschwunden, und seine dichten Brauen zogen sich besorgt zusammen. »Fieber kann gefährlich sein. Sie müssen vorsichtig sein.«

»Natürlich.« Violet legte ihre Hand auf seinen Arm. Ihre Hand strich über die Wolle seiner Jacke. »Danke, dass Sie sich um mich gekümmert haben.«

Ein Schauer der früheren Spannung lief über ihren Rücken, als er ihre bloße Hand mit seiner bedeckte.

»Das ist keine Mühe«, wiederholte er und starrte auf die beiden Hände, die sich berührten.

Er drückte sie ganz leicht, und hätte sie nicht auf eine solche Geste gewartet, wäre ihr vielleicht ihre Bedeutung entgangen. Ihr erster zaghafter Schritt auf ihn zu wurde belohnt, als er von ihren Händen aufblickte, ohne die Begierde in seinem Blick zu verbergen.

Es würde passieren. Arthur würde sie in seine Arme nehmen, sie auf das Bett legen und …

»Hallo, altes Mädchen.«

Violet fuhr erschrocken zusammen, als die Tür ihres Gemachs gegen die Wand knallte. Ihre Vision davon, wie Arthur ihren Körper mit Küssen bedeckte, schmolz dahin beim Anblick des blonden Mannes, der in der Türöffnung stand.

Mit wenigen Schritten durchquerte er den Raum und packte mit beiden Händen ihre Hand. »Bist du wieder in deine Arbeit versunken? Hast du vergessen, dass ich heute kommen wollte?«

Verflixt!

»Und wer ist das?«, fragte Arthur sichtlich uninteressiert. Eine Mauer aus Eis hatte sich um ihren Leibwächter gebildet und löschte die Glut der Lust, die sie gerade beide noch gespürt hatten.

Doppelt verflixt!

»George Willis, Earl Grantham, ich möchte Ihnen Mr Arthur Kneland vorstellen«, stammelte Violet mühsam, während ihr Gesicht in Flammen aufzugehen schien.

Grantham streifte Arthur mit einem Blick, als hätte sie ihm ein neues Möbelstück gezeigt, dann bleckte er seine kräftigen weißen Zähne. »Ich bin auf deinen Hilferuf, so schnell ich konnte, hergeeilt. Und jetzt bin ich hier, um jeden wachen Moment deinem Vergnügen zu dienen. Ich bin ganz der Deine, Vi.«

Dreimal verflixt hoch fünf.

6. KAPITEL

Earl Grantham thronte auf einem Kissen aus blauem Brokat in Violets formellem Salon und spannte deutlich sichtbar seine Muskeln an, als er den Arm über die Sofalehne legte. Er musterte Arthur neugierig. Die Klatschblätter, die die Köchin in der Küche herumliegen ließ und die Arthur in Ermangelung anderer Lektüre gelesen hatte, hatten den kurzen Eintrag über den Earl, den Grey in den Dossiers hinterlegt hatte, mit noch einigen saftigen Details unterfüttert.

Grantham war Soldat im 24. Infanterieregiment gewesen und hatte nach dem Tod eines entfernten kinderlosen Verwandten dessen Titel geerbt. Die Klatschblätter betonten seine Freundschaft mit Prinz Albert und seine Beliebtheit bei den Ladys der Oberschicht. Grey hatte ebenfalls erwähnt, dass Grantham in einem Haus auf dem Anwesen von Violets Familie aufgewachsen war.

»Grey hat mir geschrieben, dass er einen Mann engagiert hat, der auf Vi aufpasst, während er sich selbst im Norden aufhält«, sagte Grantham. »Ich nehme an, Sie arbeiten für diese Leute im Büro des Premierministers. Beschützen Despoten und Schlächter.«

»Despoten, die sich mit der Krone verbünden«, erwiderte Arthur, um einen gelassenen Ton bedacht. »Schlächter, die zum Wohle unseres Königreichs töten.«

Der Hüne gähnte, als hätte er Arthurs Antwort nicht gehört, und streckte seine massiven Arme über dem Kopf aus. »Kneland, was? Schottisch, ja?«

Arthur nickte.

»Irgendwie kommt mir dieser Name bekannt vor …«

»Es ist ein sehr verbreiteter Name«, erwiderte Arthur. Sein Magen verkrampfte sich in einem Anflug von Beklemmung.

»Lady Greycliff hat mich nach London zurückgerufen, um ihr als Knappe zur Seite zu stehen, während sie für eine Veranstaltung im Refugium wirbt.« Der Earl machte eine Pause. »Sie sind ziemlich klein für einen Leibwächter, nicht wahr?«

Ein Mann von Granthams Größe würde jedenfalls einen äußerst befriedigenden Knall erzeugen, wenn er auf dem Boden aufschlug.

Bevor Arthur diese Theorie jedoch einem Test unterziehen konnte, stürmte Violet ins Zimmer. Sie hatte das Kleid, das sie vorhin getragen hatte, gegen ein anderes getauscht. Ihre Wangen waren gerötet, und sie sah hübsch aus.

Nein, nicht nur hübsch.

Begehrenswert.

Sie schloss kurz die Augen, und die Röte auf ihren Wangen vertiefte sich. Sie hatte ihn vorhin küssen wollen. Sie hatte sich vorgebeugt, die Augenlider geschlossen und die Lippen leicht geöffnet. Fast hätte er es zugelassen. Er hatte sich vorgestellt, wie er schmecken würde, dieser Mund. Weich und süß, warm und einladend. Nach all dem, was er sich seit seinem ersten Auftrag versagt hatte.

Der Ausdruck reinen Entzückens in ihrem Gesicht,

wenn sie von ihrer Arbeit sprach, dieser trotz ihrer Unsicherheit sprühende Funke der Begeisterung in ihr faszinierte ihn. Sein Ruhestand würde Rückzug aus einem Leben bedeuten, das er in der Gesellschaft von Fremden gelebt hatte, immer wieder begleitet von Ausbrüchen schrecklicher Gewalt. Doch in Violets Gesellschaft war er zum ersten Mal seit Jahren kein Beobachter, kein Außenstehender gewesen. Zwischen ihnen bestand eine ... Verbindung.

Das war gefährlich. Sich Anteilnahme zu erlauben war wie über Treibsand zu wandeln. Jeden Moment konnten die Menschen, an denen einem etwas lag, für immer davon verschluckt werden. Diese Frau verwandelte ihn wieder in den dummen Jungen, der er vor fast zwanzig Jahren gewesen war. Ein Schauer lief Arthur über den Rücken.

Es musste aufhören.

Denn dieser dumme Junge hatte sich für einen Helden gehalten, und der Mann, den er hatte beschützen sollen, war tot.

Arthur könnte es nicht ertragen, erneut zu versagen.

»Du hast also tatsächlich vergessen, dass ich komme«, neckte Grantham Violet gespielt schmollend.

»Aber nein«, widersprach Violet.

Der Earl kicherte. »Du bist eine ausgesprochen unbegabte Lügnerin.«

Sie lächelte spöttisch. »Ich bin eine brillante Lügnerin. Wer hat dich überredet, am zweiten Weihnachtsfeiertag am Pumpengriff zu lecken, weil das angeblich Glück bringt?«

»Ich war sieben«, knurrte Grantham. »Viel zu jung, um

schon zu wissen, wann eine Lady mit gespaltener Zunge redet. Wie auch immer, das war jedenfalls das letzte Mal, dass ich auf eine deiner Geschichten hereingefallen bin. Schon im nächsten Sommer habe ich dich durchschaut, als du mir weismachen wolltest, Fledermäuse sähen mit den Ohren.«

»Sie sehen nicht mit ihren Ohren. Sondern sie navigieren mithilfe von Geräuschen. Es gibt dazu eine interessante Arbeit von einem Italiener ...«

»Sicher. Ein Glück, dass du mich angefleht hast, dir zu Hilfe zu kommen. Wie lange hast du dieses Mal nichts gegessen? Du siehst furchtbar aus!« Granthams tiefer, satter Bariton hatte nichts von dem näselnden Ennui, das die modische Gesellschaft so gern annahm. Der Earl klang aufrichtig besorgt bei seiner Erkundigung, ob sie auch auf ihre Gesundheit achtete.

»Auf der Liste der Formulierungen, die man nie einer Lady gegenüber verwenden sollte, steht ›Sie sehen furchtbar aus‹ ziemlich weit oben.« Sie war in die Mitte des Raumes getreten und positionierte sich zwischen den beiden Männern.

Arthur sollte gehen. Violet hatte mit diesem gut aussehenden Earl, der aus jeder Pore Charme versprühte, viel zu besprechen. Dieser Sprühnebel aus Charme war dicht genug, um einem den Appetit zu verderben.

Stattdessen öffnete er den Mund und mischte sich ein. »Lady Greycliff ist erschöpft aufgrund des Auftrags, den Grey ihr erteilt hat. Genialität fordert ihren Tribut.«

Violet öffnete vor Staunen den Mund, klappte ihn dann jedoch rasch wieder zu. Sie unterdrückte ihr Grinsen, als wäre ihre Freude ungehörig. Ihr Entzücken über jedes noch so kleine Kompliment war so süß und machte so süchtig wie Zucker.

Grantham starrte Arthur etwas überrascht an, richtete seine Worte aber an Violet. »Ein Genie, hm? Nun, du Genie, ich bleibe ein paar Wochen in der Stadt. Mama ist …« Er biss sich auf die Lippe.

Violet runzelte mitleidig die Stirn. »Es ist egoistisch von mir, dich von ihr und eurem Anwesen wegzuholen«, sagte sie besorgt. »Du solltest zurückkehren.«

Arthur stimmte ihr voll und ganz zu.

»Nein, meine Cousine Mrs Applewhite und ihre Tochter bleiben dort, um Mama Gesellschaft zu leisten, bis Lizzie mit der Schule fertig ist. Sie debütiert nächsten Frühling.«

»Sag bloß, Elizabeth ist schon alt genug, um in die Gesellschaft eingeführt zu werden«, staunte Violet. »Ich kann es kaum glauben. Ich weiß noch, wie ich ihr zum Abschied zugewinkt habe, als sie zur Akademie ging.«

Grantham strahlte. »Sie ist eine Top-Studentin. Kennt sich mit diesen Dingsbumsen aus, die man nur mit einem dieser Dingsbumse sehen kann.«

»Du meinst Zellen. Ja, meine Tante hat mir von Elizabeths Arbeit geschrieben. Ich bin von ihren Theorien zur Zellteilung fasziniert.«

Während Violet über seine Schwester plauderte, räusperte sich Grantham und starrte erst Arthur an und richtete den Blick dann auf die Tür.

Arthur, der sich über die hervortretenden Adern am Hals des großen Mannes amüsierte, tat so, als würde er den Wink nicht verstehen.

Grantham gab seine Versuche von Subtilität auf und unterbrach Violets Träumerei. »Die Zeit vergeht schnell – für uns beide. Ich denke, ich sollte lieber früher als später zur Sache kommen.«

»Zur Sache kommen?«, erkundigte sich Violet.

Der Earl warf Arthur noch einmal einen vielsagenden Blick zu. Arthurs Füße klebten jedoch am Boden.

Grantham runzelte die Stirn. »Grey ist jetzt in einem Alter, in dem er allmählich sesshaft werden will. Was wirst du tun – als Witwe im Beacon House bleiben?« Der Tonfall war zwar sanft, aber die Worte waren eindeutig ein Vorwurf.

»Wir haben uns darauf geeinigt, dass ich es ihm abkaufe«, erklärte sie. »Sobald er von seinem letzten Auftrag zurückkehrt.«

»Und ihm damit eine weitere Ausrede liefern, um weiterhin Missionen anzunehmen, die er nicht will, und die Gründung einer Familie aufzuschieben?«, fragte Grantham.

Vielleicht hatte Violet diese Möglichkeit nicht bedacht. Sie rang bestürzt die Hände, und ihr hübscher Mund kämpfte mit Worten, die sie nicht aussprechen wollte.

Arthur wusste, dass er etwas tun sollte, um die Spannung aus dieser Situation zu nehmen, aber ihm fiel nichts ein. Unzählige Male hatte er abseits gestanden und beobachtet, wie sich das Leben der Menschen abspielte. Als wäre er ein Bild an der Wand, hatte er getan, als wäre er unsichtbar, während sich das Drama vor ihm entfaltete. Doch jetzt sorgte er sich zum ersten Mal seit Jahren um das Ergebnis. Nur, wie sollte er eingreifen?

»Warum kommst du nicht für vierzehn Tage mit mir nach Hause nach Morningside«, schlug Grantham vor, »statt dir Sorgen über Explosionen und dergleichen zu machen. Ein Besuch von dir würde gewiss Wunder für Mamas Gesundheit wirken.« Sein Ton wurde ernst. »Mir gefällt der Gedanke nicht, dass du hier allein ohne Grey bist.«

Violet hob konsterniert die Brauen. »Du bist ein Schatz, dass du dir Sorgen um mich machst, Grantham, aber bei Mr Kneland bin ich in guten Händen.«

Alle drei erstarrten für einen Moment. Als sie zu Arthur hinübersah, färbte sich Violets Gesicht in einem kräftigen Karmesinrot. »Ich meine nicht wirklich in seinen Händen, natürlich. Nicht, dass er mich schon gehabt hätte. In seinen Händen, versteht sich. Jedenfalls bis auf dieses eine Mal«, stammelte sie.

Granthams Blick wanderte zwischen Arthur und Violet hin und her, und er zog misstrauisch die Brauen zusammen.

»Was ich sagen will, ist, dass ich in seinen Händen lag, aber seine Hände waren nicht an Stellen … Vergessen wir es. Vergessen wir das Thema Hände. Oder irgendwelche anderen Körperteile. Jedenfalls seine Körperteile. Und meine. Oder meine und seine. Zusammen.«

Arthur hüstelte und hielt die Hand vor den Mund, um seine Belustigung zu verbergen.

Violet verschränkte die Arme und räusperte sich. »Also, zusammenfassend kann ich sagen, dass es mir gut geht, und niemand hatte seine Hände an jemand anderem – es war der Rest unserer Körper, die dieses eine Mal aufeinander auf dem Boden lagen … Du musst erschöpft von der Reise sein. Wollen wir uns bei einem Tee unterhalten? Sagen wir, morgen?«

»Verzeihung?«, fragte Grantham.

Violet schlug erschrocken die Hände an die Wangen. »Ich sagte Tee ... Da fällt mir ein, ich bin am Verhungern. Ich sehe kurz in der Küche nach, ob die Köchin etwas für mich beiseitegestellt hat.«

»Dieser Teil in der Mitte«, meinte Grantham. »Was war das mit dem Rest deines Körpers?«

Violet zog sich langsam zur Tür zurück. »Freitags gibt es normalerweise Eintopf. Ich bin verrückt nach Eintopf.«

Grantham machte Anstalten, sich zu erheben, als Arthur einen Schritt auf sie zu machte. Die Situation hätte in einem peinlichen Tauziehen enden können, wenn nicht ein Schrei die Spannung durchbrochen hätte.

Der Earl war verdammt schnell für einen so großen Mann. Arthur und er erreichten beide gleichzeitig die Tür. Ein paar Sekunden lang waren beide im Ausgang verkeilt. Grantham war zwar ein paar Zentimeter größer, aber Arthur genoss die Gewissheit, dass er dem Mann in zwei Sekunden die Rippen brechen konnte, wenn er wollte.

Verdammt. Was dachte er sich nur? Das hier war weder die Zeit noch der Ort für einen Machtkampf, noch war Violet eine Trophäe, um die man kämpfen musste. Arthur fuhr zurück. Grantham taumelte durch die Tür und krachte gegen die gegenüberliegende Wand.

Als ein weiterer Schrei ertönte, verdrängte Arthur alles andere aus seinem Kopf.

Auf dem Treppenabsatz zum zweiten Stock stand Alice, das Hausmädchen, und deutete auf Violets Laboratorium.

»Da ist jemand in den Arbeitsräumen von Lady Greycliff!«, rief sie.

Noch bevor sie ihren Satz beendet hatte, sprang Arthur an ihr vorbei. Er stieß die Tür auf und überblickte den Raum. Fast unhörbar unter dem Trampeln schwerer Schritte hinter ihm, vernahm er das leise Quietschen eines rostigen Scharniers. Arthur schwang sich über den verschlissenen Sessel vor dem Kamin und näherte sich einer Tür im hinteren Teil des Raumes, die halb offen stand.

Sie war geschlossen gewesen, als er vorhin ins Zimmer gekommen war.

Die Tür führte zu einem kleinen begehbaren Schrank. Darin standen auf einer niedrigen Kommode eine Porzellanschüssel und ein schnabelförmiges Gerät aus Stahl. In der gegenüberliegenden Wand war ein Fenster, so hoch, dass der Sims sich in fast zwei Metern Höhe befand. Eine schwarz gekleidete Gestalt stand darauf, ein Bündel Papiere unter einem Arm. Arthur stürzte auf sie zu und packte das Bein des Diebes.

Der Eindringling ließ die Papiere fallen, klammerte sich an die Fensterbank und trat mit dem freien Bein nach Arthurs Gesicht. Arthur hielt sich trotz der Tritte fest und versuchte gerade, sich an den Beinen des Diebes hochzuziehen, als sich die Kleiderkammer mit Menschen füllte.

»Meine Güte, Arthur, sei vorsichtig«, rief Violet.

»Was für ein Spiel treibt er denn da?«, brüllte Grantham.

Als Arthur den Kopf drehte, um zu antworten, rammte der Dieb seinen Absatz in sein Auge. Blendender Schmerz schoss durch sein Gesicht, und er fiel, schlug mit dem Hinterkopf auf den Boden und rollte zur Seite. Grantham stolperte und landete direkt auf Arthurs Brust.

»Bewegung, Kneland«, knurrte Grantham. »Der Mann entkommt.«

Bewegung? Arthur hätte ihm ein paar ausgesuchte Worte zu sagen gehabt, wäre seine Lunge nicht von dem riesigen Trampel lahmgelegt worden.

Grantham rappelte sich auf und nutzte den Schrank als Kletterhilfe, um hinter dem Dieb her zu steigen. Die Gestalt in Schwarz war jedoch schneller und glitt durch das Fenster, bevor der Earl sie erreichen konnte.

Immer noch außer Atem, rollte sich Arthur auf die Seite und rappelte sich hastig auf. Er rannte die Dienstbotentreppe hinunter und schrie den Dienern zu, sie sollten das hintere Tor versperren.

Zu spät.

Als Arthur durch die Küchentür in die Stallungen stürmte, war der Dieb schon weg.

*

Grantham kniete am Boden und untersuchte die harte Erde auf der Rückseite des Hauses. In der Zwischenzeit beendete Arthur das Gespräch mit zwei Dienern. Sein Gesicht war weiß vor Anspannung, als er mit zusammengebissenen Zähnen eine Reihe von knappen Befehlen erteilte.

Die Dämmerung warf Schatten über seine tief in den Höhlen liegenden Augen. Er hob sein Gesicht in den scharfen Wind und sog die Luft tief ein, als könnte er den Möchtegerndieb allein durch dessen Geruch aufspüren.

Grantham erhob sich und klopfte seine Hose ab.

»Irgendetwas gefunden?«, erkundigte sich Arthur barsch. Sie unterhielten sich in diesem gereizten Ton, seit der Dieb entkommen war.

Grantham schüttelte den Kopf. »Ein paar Farbsplitter. Nichts, was uns weiterhelfen würde.«

»Nun. Das war es dann wohl«, sagte Violet. »Kein Dieb, der etwas auf sich hält, dürfte noch einmal versuchen, in Beacon House einzubrechen.«

»Er hätte es erst gar nicht versuchen dürfen!«, stieß Grantham vorwurfsvoll hervor.

Arthur spannte sich an, und Violet mischte sich hastig ein. »Es war meine Schuld. Mr Kneland hatte mir eingeschärft, die Fenster meines Arbeitszimmers zu schließen. Ich habe es vergessen.«

Sie wandte sich an Grantham. »Ich danke dir für deine Hilfe. Wenn ihr mich jetzt beide entschuldigen würdet. Ich muss jetzt gehen und …«

»Nicht so hastig«, sagte Arthur.

»Du kannst diese Angelegenheit nicht einfach als erledigt abtun«, stimmte Grantham ein.

»Und ob ich das kann«, beharrte Violet. »Ihr beide habt ihn fast erwischt. Warum sollte er zurückkommen? Ich werde vorsichtiger sein und die Fenster verriegeln.«

Sie fühlte sich trotz der Anwesenheit der beiden großen Männer verletzlich und spähte in den Gemüsegarten. Die Explosion hatte Violet auf ein schiefgelaufenes Experiment und die Ziegelsteine auf dumme Jungs zurückführen können. Das Auftauchen eines Diebes in ihren Privaträumen jedoch machte es ihr unmöglich, die Augen länger vor der

Wahrheit zu verschließen. Jemand wollte ihre Arbeiten sabotieren.

»Ihre Gelassenheit macht Ihnen alle Ehre, Mylady«, sagte Arthur. »Sie waren sehr mutig.«

Oh. Sehr mutig? Violet fühlte sich geschmeichelt.

Dann wandte er sich an Grantham. »Lady Greycliff ist sicher, solange sie meinen Anweisungen folgt.«

»Sicher? Mit weit geöffneten Fenstern?«, höhnte Grantham. Die Männer schienen sie angesichts ihrer Streitigkeiten völlig vergessen zu haben.

»Miss Pickering wäre zweifellos in heller Aufregung, wenn sie diese Posse sehen würde.« Phoebes geflüsterte Bemerkung versetzte Violet einen unangenehmen Stich. Miss Pickerings Fachgebiet war das Paarungsverhalten großer Raubtiere.

»Oh! Ich habe Sie gar nicht kommen hören.« Violet drehte sich um, um ihre Freundin zu begrüßen. »Hallo, Liebes.«

Phoebe glich in ihrem prächtigen knöchellangen blauen Überwurf, der mit Hermelin besetzt war, einer Winterkönigin. Violet fühlte sich neben ihr wie Aschenputtel, während ihre verschlissenen Unterröcke sich zeigten, als ein eisiger Windstoß ihre Röcke in die Höhe fegte.

»Erinnern Sie sich an den Vortrag, den sie letzten Monat gehalten hat?«, fuhr Phoebe fort. »Nach einer Konfrontation markieren die männlichen Raubtiere ihr Revier mit Moschus.«

»Igitt.« Violet schüttelte sich. »Aber es besteht kein Grund zur Sorge. Das ist kein Paarungsverhalten, weil …« Sie verstummte angesichts des zynischen Lächelns auf Phoebes Gesicht.

»Grantham scheint bereit zu sein, Mr Kneland die Kehle herauszureißen«, sagte Phoebe. »Was ist denn passiert? Ich kam zufällig hier vorbei und sah den Tumult.«

»Ein Dieb ist in meinen Arbeitsraum eingedrungen und hat versucht, meine Forschungen zu stehlen«, erklärte Violet. »Grantham will, dass ich Beacon House vorläufig verlasse.«

Phoebes amüsierter Gesichtsausdruck schlug in Besorgnis um. »Eine Frau sollte niemals klein beigeben, nur weil ein Mann es ihr sagt. Aber zerbrochene Scheiben, eine Bombe und jetzt ein versuchter Diebstahl? Liebes, überlegen Sie sich, ob Sie nicht tun sollten, was er sagt.«

Sie beobachtete, wie Grantham sich mit den Fingern ins Haar griff, ohne darauf zu achten, wie sehr er es dadurch aus der Form brachte. »Er meint es gut. Daran habe ich nie einen Zweifel gehabt.«

Phoebe ging mit den meisten Männern in ihrer Bekanntschaft um wie eine Katze, die mit einer Maus spielt. Je unpassender ein Mann war, desto reizvoller schien er für sie zu sein. Phoebe umkreiste ihre unglücklichen Verehrer, die sie wie Spielfiguren in einem Krieg behandelte, den Phoebe mit ihrem Vater führte und von dem diese Spielfiguren nichts wussten.

Eine Zeit lang hatte sie einer eher gemäßigten Gruppe angehört, zu der auch Grantham gehörte, die sich für Philanthropie, Kunst und Politik interessierte, jedenfalls als Zeitvertreib. Sie hatte sogar Letty mit vorher nicht dagewesener, detailreicher Kenntnis der entsetzlichen Bedingungen der Arbeiterschaft überrascht. Violet hatte Phoebes Freundschaft mit Grantham gefördert, und eine Zeit lang war sogar von einer Verlobung die Rede gewesen. Trotz Granthams manchmal arrogantem Äußeren hatte er einen scharfen Verstand, einen subtilen Sinn für Humor und ein großzügiges Herz. Alles Eigenschaften, die Phoebe gefallen mussten, die darum kämpfte, ihren Frieden zu finden.

Doch Phoebe hatte das Werben in dem Moment beendet, als sie die allgemeine Zustimmung spürte. »Es war nicht Granthams Schuld. An seiner Seite wäre ich zu dem geworden, was die Gesellschaft von mir erwartet«, hatte sie Violet gestanden. »Aber je mehr ich mich anpasse, desto weniger bin ich ich selbst.«

Phoebes verruchtes Grinsen war verschwunden, und ihre Alabasterhaut hatte sich unter einer Grimasse des Elends angespannt. »Außerdem ist Papa nicht rot angelaufen vor Wut und hat mir nicht einmal verboten, ihn wiederzusehen. Nichts tötet die Romantik so gründlich wie die Zustimmung eines Vaters.«

Danach war Phoebe wieder in alte Gewohnheiten zurückgefallen, und die Skandalblätter waren erneut voll von wenig schmeichelhaften Analogien zu Raubtieren und unglücklicher Beute.

Als Grantham nun Phoebe vor dem Beacon House erblickte, erblasste er. Doch seine guten Manieren siegten. Er gesellte sich zu den beiden und verbeugte sich vor Phoebe.

»Das war mutig, selbst für die Omnis«, sagte er.

»Wenig überraschend für eine Gruppe, die eine geheime Wahl, die Abschaffung der Monarchie und ein Ende des Oberhauses fordert«, bemerkte Violet.

»Gewiss.« Phoebe schlug wieder ihren gewohnt sarkastischen Tonfall an. »Als ob die unteren Klassen intelligent genug wären, dass man ihnen das Wahlrecht zugestehen könnte. Dreist, in der Tat.« Sie tippte mit einem Finger an ihr Kinn. »Die Abschaffung des Oberhauses ist jedoch keine schlechte Idee. Es ist nur eine Rumpelkammer für überfütterte, inzüchtige und nutzlose alte Männer.«

Grantham zupfte an seinem Halstuch und beäugte das Tor, als wöge er die Möglichkeiten einer Flucht ab. »Ich nehme nicht an, dass Sie mich als Ausnahme von dieser Beschreibung betrachten, Lady Phoebe?«

Phoebes Lachen, so trocken wie Papier, strapazierte Violets ohnehin bloßliegende Nerven. »Ich meinte meinen Vater«, sagte sie. »Ein Mann wie Sie, der nicht mit einem Titel aufgewachsen ist, würde dem vielleicht nicht zustimmen. Aber diejenigen von uns, die von solchen Männern großgezogen wurden, wissen es besser.«

Grantham versteifte sich, und Phoebe lachte wieder.

Ihre Zankerei verstärkte das dumpfe Pochen in Violets Schläfen. Zu ihrer Verlegenheit spürte sie, dass ihr schwindelig wurde. Sie wollte nicht, dass Grantham hier die Rolle des älteren Bruders übernahm. Und sie wollte sich Phoebes spitze Bemerkungen nicht anhören.

Gab es noch andere Frauen, die im Verborgenen erstickten? Andere Frauen, die ihre Widersprüche an kleinen, dunklen Orten in ihrem Inneren vergruben und an ihrer Unzufriedenheit und Bestürzung fast vergingen?

Die pfützenartigen Schatten vor ihr vergrößerten sich, als Arthur zu ihr kam und sich neben sie stellte. Die Anspannung wich aus ihren verkrampften Muskeln, als seine Ruhe sie wie mit einer sanften Welle aufnahm.

Violet akzeptierte dieses tröstliche Angebot, so flüchtig es auch sein mochte.

Wie konnte es sein, dass sie sich in der Gesellschaft von so vielen Menschen trotzdem so einsam fühlte?

7. KAPITEL

»Kommen Sie!« Arthurs tiefe Stimme grollte, als er den Arm um ihre Taille legte. Sie ließen Phoebes bissigen Spott und Granthams stammelnde Antworten hinter sich. Er führte Violet in die Küche, wo Mrs Sweet sie begrüßte. Sorgenfalten krausten die glatte Haut ihrer Stirn. »Ich hoffe, Sie werden diesen Vorgängen bald ein Ende setzen, Mr Kneland?« Sie wandte sich an Violet. »Kein Grund zur Sorge, Mylady. Die Köchin bereitet eine stärkende Brühe nach meinem eigenen Rezept zu. Seetang, Wildsalat und Fischbrühe. Sie nährt das Blut und belebt das Gehirn.«

Violet schickte ein stummes Flehen in Arthurs Richtung, riss die Augen auf und schüttelte verneinend den Kopf. Mrs Sweet hatte ein übernatürliches Talent für Diagnosen, aber ihre Heilrezepturen schmeckten häufig nicht sonderlich erfreulich und nach ungewaschenen Strümpfen.

»Ich werde dafür sorgen, dass Lady Greycliff viel von dieser Brühe trinkt, Mrs Sweet. Aber sie ist jetzt überreizt.« Arthur stupste Violet verstohlen an. Sie nickte verschlagen, dann fächelte sie sich Luft ins Gesicht und versuchte, verzweifelt zu wirken.

Es kostete sie nicht allzu viel Mühe. Wie demütigend, dass er mitbekommen hatte, wie sie fast in Ohnmacht fiel. Arthur musste sie für eine richtige dumme Gans halten.

»Ich bringe sie in mein Büro, wo sie sich ausruhen kann.« Er führte Violet zu dem schmalen Korridor am gegenüberliegenden Ende der Küche.

Das Büro des Butlers, in dem Arthur untergebracht war, war ein großer, solide ausgestatteter Raum. Die Wände hatten die Farbe von dünnem Tee, und jemand hatte einen billigen Druck von Glencoe über den Kamin gehängt. Ein stabiler Schreibtisch stand an einer Wand, und zwei gepolsterte Sessel drückten sich in eine Ecke.

Violet lehnte Arthurs Angebot, sich zu setzen, ab, und er kniete sich vor den Kamin, um die Kohlen aufzuschichten.

»Grey hat mir nicht gesagt, dass Sie heiraten wollen. Meinen Glückwunsch«, sagte er tonlos.

»Ich werde nicht heiraten«, widersprach Violet. »Grantham ist nicht hierhergekommen, um mir den Hof zu machen.«

»Nein?« Er klang gleichgültig. »Es klang so, als stünde eine Heirat an.«

Sie beschrieb mit dem Fuß einen kleinen Bogen auf den unebenen Holzdielen. »Ich kenne ihn seit meiner Kindheit. Es wäre … das Einfachste«, gestand sie. »Ich könnte ihm helfen, sich an die Pflichten eines Earls zu gewöhnen. Und er ist sehr beliebt und angesehen und könnte den Ruf von Athenes Refugium stützen.« Sie hielt inne. »Ich hätte gern eine Familie.«

Arthur sagte nichts, während sie die Wahrheit dieses Satzes auskostete. Es klang normal. Es war eher verwunderlich, dass eine dreißigjährige Frau mit einem Titel und gesunden Zähnen so etwas nicht schon längst fertiggebracht hatte.

Arthur sprach zu den Kohlen, als würde er das Gespräch mit ihnen führen. »Das klingt vernünftig. Kein Gerede über Liebeswerben oder Romantik oder so einen Unsinn.«

»Ganz genau«, stimmte sie ihm zu. »Aus wissenschaftlicher Sicht gibt es keinerlei Beweise dafür, dass ein als ›Liebe‹ definierter emotionaler Zustand zu gesunden Kindern oder einer erfolgreichen Ehe beiträgt.«

Seltsam, dass etwas so Vernünftiges so unsympathisch klingen konnte. Grantham würde sich nicht darum kümmern, was sie trug oder ob sie in der Lage war, eine Dinnerparty zu organisieren. Ihm wäre alles, was sie tat, recht, solange sie das Anwesen verwaltete und sich um seine Mutter kümmerte.

Eine erschreckende Idee kam ihr in den Sinn.

»Sind Sie …« Violet musste sich zwingen, die Frage über ihre Lippen zu bringen. »Sind Sie verheiratet?«

Er starrte sie an, als hätte sie gefragt: »Sind Sie Amerikaner?« In seinem Blick lag eine Kombination aus Schock und Verachtung.

»Das bin ich nicht. Obwohl …« Seine dichten schwarzen Brauen zogen sich zusammen. »Ich habe vor, einen Hof zu erwerben, wenn dieser Auftrag beendet ist. Ich nehme an, ich werde dann eine Frau brauchen. Oder eine Haushälterin. Da ich in London bin, könnte ich eine Anzeige in den Zeitungen aufgeben«, sagte er. Er sprach über die Aussicht, eine Gefährtin zu finden, als überlegte er, Vieh oder Möbel anzuschaffen.

»Natürlich brauchen Sie eine Ehefrau!«, erwiderte sie. »Wie wollen Sie sonst Kinder haben?«

»Kinder?«, fragte er. »Niemals.«

War das Angst in seiner Stimme?

»Haben Sie keine Freude an Kindern?«, wollte sie wissen.

Er stocherte mit dem Schürhaken in den Kohlen herum. »Ich habe zu wenige kennengelernt, um sie zu mögen oder nicht zu mögen. Ich ziehe aufs Land. Dort ist es einsam, und es gibt nur wenige Ärzte außerhalb von Städten und Ortschaften. Es könnte alles Mögliche passieren.«

Seine Worte wogen schwer wie Steine. Aufziehende Wolken verdunkelten die ohnehin schon dämmrigen Räume noch weiter, und Violet hatte Schwierigkeiten, seine Gesichtszüge zu erkennen. Sie überlegte, ob sie fragen sollte, wen er verloren hatte. Er hatte nichts dergleichen gesagt, aber sie spürte, dass da mehr war hinter dieser seltsamen Ruhe. Doch als sie darüber nachdachte, behielt sie die Frage für sich. Mauern dienten dazu, Dinge zu schützen und zu verhindern, dass sie nach außen drangen. Und wie ihre eigenen Schutzwälle, waren auch seine solide gebaut.

Als ein Diener an Arthurs Tür klopfte, wäre Violet fast aus den Schuhen gefahren, und der Moment war verloren. Meine Güte, sie war heute schon oft genug erschrocken.

»Wir haben mit dem Personal von nebenan gesprochen«, sagte der Lakai. »Keiner hat etwas gesehen.«

»Ich danke Ihnen.« Arthur wartete, bis sich die Tür geschlossen hatte, um sich wieder dem Feuer zu widmen.

Violet seufzte. »Ich schulde Ihnen eine Entschuldigung.«

Er hob ruckartig den Kopf und starrte sie an. Obwohl er darin geübt war, seine Mimik zu kontrollieren, konnte er seine Reaktion nicht ganz verbergen.

War er überrascht? Misstrauisch?

»Entschuldigung? Wofür?«, fragte er. Er richtete seine Aufmerksamkeit wieder auf das Feuer und fachte es langsam und bedächtig an, während er auf ihre Erklärung wartete. Sie trat näher an den Kamin heran und betrachtete eine Handvoll kleiner Specksteinfiguren auf dem Kaminsims. Etwas sagte ihr, dass ihre nächsten Worte von großer Bedeutung waren.

»Ich habe mir eingeredet, die Explosion wäre ein Unfall gewesen. Und nach Ihren Warnungen war es sehr unklug von mir, die Fenster meines Arbeitszimmers offen zu lassen. Außerdem muss ich mich dafür entschuldigen, dass ich anscheinend die Fassung verloren habe. Eine Lady verliert nie die Fassung.« Schließlich war Angst genauso unattraktiv wie Wut.

»Es kann einem Angst machen, das Opfer eines Diebstahls zu werden«, erwiderte er.

»Trotzdem.« Violet rieb ihre Hände und fröstelte bei der Vorstellung, was hätte passieren können, wenn sie allein in ihrem Arbeitszimmer gewesen wäre, als der Dieb eindrang.

»Ist Ihnen kalt?«, fragte er.

Als sie nickte, stand er auf und zog eine abgewetzte Steppdecke von der Rückenlehne eines Sessels.

»Ich werde nicht zulassen, dass Ihnen etwas zustößt.«

Vor einer Stunde hätte sie ihm noch geglaubt. Jetzt hatte sich alles verändert, und ihr Zuhause war nicht mehr sicher. Der tiefe karmesinrote Kreis an seiner Schläfe, wo der Dieb ihn getreten hatte, hatte sich blau verfärbt. Was, wenn ihm etwas zugestoßen wäre? Oder den Ladys?

»Violet?«, fragte er.

Dass er sie beim Vornamen nannte, erschreckte sie. Er breitete die Bettdecke aus und erwiderte fest ihren Blick.

»Ich *werde* Sie beschützen.«

Auch wenn sie sich den feinen Beiklang vielleicht einbildete, ihr war nicht entgangen, wie er vorhin durch den Garten gestrichen war, wie ein Tiger, dem seine Beute entkommen war.

»Ich weiß, dass Sie das tun werden«, versicherte sie ihm.

Dankbar ließ sie zu, dass er die Decke über ihre Schultern legte. Plötzlich fand sie sich in seinen Armen wieder, als er die Decke um sie herum festzog.

Eine verblasste Narbe durchtrennte das Ende seiner linken Augenbraue. Ihr Blick huschte zu seinen Lippen, dann zurück zu seinen Augen. Winzige goldene Linien zogen sich durch die schokoladenbraunen Iriden. Sie hatte sie in der ersten Nacht nicht bemerkt, als er sie in seinen Armen gehalten und ihr gesagt hatte, dass sie in Sicherheit war.

»Sie müssen von jetzt an tun, was ich sage!«, befahl er.

Hypnotisiert von den goldenen Glanzlichtern in seinen Augen, antwortete sie ihm, ohne zu überlegen.

»Ich werde alles tun, was Sie verlangen.«

Er lächelte nicht über ihre impulsive Erklärung. Stattdessen zog er sie dichter an sich heran und hielt sie fester, sodass die Decke ihre Arme an der Seite einklemmte und sie seiner Willkür auslieferte.

»Alles?«, wollte er wissen.

Außerhalb des Kreises, in den er sie gezogen hatte, existierte wohl noch eine andere Welt. Der Küchenjunge rief einem der Diener etwas zu, als sie die Hintertreppe hinaufpolterten. Die Köchin und die Mägde tratschten, während sie den Tisch für das Abendessen der Dienerschaft deckten. Draußen vor Beacon House rumpelte der Verkehr vorbei, aber in diesem Raum stand die Zeit still.

Sein Blick fesselte sie stärker als die weiche Decke, in die er sie gewickelt hatte. Ihr Körper zitterte, bebte von den Zehenspitzen bis zu ihren leicht geöffneten Lippen.

Sie hatte vorhin gewollt, dass er sie küsste. Jetzt brauchte sie es, dass er sie küsste. Um sie zu halten, bevor ihre Sehnsucht sie noch zerriss.

Mit der zartesten Berührung, wie von Satin auf ihrer Haut, streifte er ihre Lippen mit den seinen und hinterließ eine Spur aus Feuer wie den Schweif einer Sternschnuppe.

Viel zu kurz. Viel zu wenig. Und nahezu perfekt.

Sie schloss ihre Augenlider, um das Gefühl auszukosten. Einen Moment später öffnete sie die Augen wieder und begegnete seinem Blick.

»Tut mir leid, das habe ich nicht gehört«, sagte sie. »Könnten Sie das bitte wiederholen?«

Er lachte kurz, bevor er seine Lippen wieder auf ihre legte, eine sanfte, zärtliche Berührung. Er streifte sie, einmal, zweimal, in einer süßen Beruhigung.

Bevor er zurückweichen konnte, stellte sie sich auf die Zehenspitzen und presste ihren Mund auf den seinen. Sie schob die Zunge heraus, um seine kompromisslosen Lippen zu liebkosen. Sie schmeckten schwach nach Aprikosen. Dann ließ Violet sich auf die Fersen sinken. Ihr schwindelte vor Hoffnung, und sie war gleichzeitig benommen vor Furcht.

War sie zu weit gegangen?

Der zärtliche Ausdruck war aus seinem Gesicht gewichen, verdrängt von einem gierigen Hunger. Er beugte sich herab zu ihr, und sie öffnete sich für ihn. Heiß und gierig fuhr seine Zunge über ihren Mund, drang in ihn ein, spielte mit der ihren, während seine Arme sie eisern und fest hielten.

Er küsste sie mit einer Dringlichkeit, als fürchtete er, sie würde vor seiner Berührung fliehen. Stattdessen schmiegte sie sich noch enger an ihn, versuchte sich aus der engen Decke zu befreien. Sie knabberte an seiner Unterlippe, und er stöhnte auf, ein Geräusch, das bis in ihr Innerstes drang. Sie sehnte sich danach, ihn mit sich zu Boden zu ziehen und sich von seinem Körper bedecken zu lassen. Stattdessen jedoch wich er zurück. Sie starrten sich schweigend an, bis das Geräusch von knackender Kohle ihre Blicke trennte. Ihre Lippen pochten empfindlich, und ein staunendes Gefühl breitete sich in ihr aus.

»Vergessen Sie Ihr Versprechen nicht«, stieß er rau hervor. »Ich verlasse mich auf Sie.«

Süßer Himmel, konnte der Mann küssen! Violet sog den berauschenden Duft von Seife, Leinen und Mann ein.

»Ja, natürlich. Sie können mich … Sie können sich auf mich verlassen.« Ihre Stimme klang stammelnd und belegt. Die Lust machte sie wirr im Kopf.

Er verzog einen Mundwinkel angesichts ihrer uneleganten Beteuerung, aber ansonsten war ihm nicht anzumerken, dass das, was zwischen ihnen gerade passiert war, irgendeine Wirkung auf ihn hätte.

Wie konnte das sein? Hätte er die Decke nicht festgehalten, läge sie jetzt, zu einem haltlosen Haufen zusammengesunken, zu seinen Füßen.

Arthur ließ die Ränder der Steppdecke los und kniete sich gelassen vor den Kamin, um mehr Kohle nachzulegen. Als ob sie nach diesem Erlebnis ein Feuer gebraucht hätte! Ein Eisbad wäre zweckdienlicher! Diese zwei Sekunden, in denen sie Arthur geküsst hatte, hatten sie stärker erregt als alles, was sie während ihrer gesamten Ehe erlebt hatte.

In diesem Moment schwor sich Violet, die Gelegenheit beim Schopf zu packen. Oder vielmehr, den Mann zu packen. Sie würde Daniel widerlegen und einen Weg finden, sich begehrenswert zu machen.

Keine imaginären Liebhaber mehr, die ihr nachts Gesellschaft leisteten.

Sie wollte einen echten Mann.

*

Mrs Sweet ließ sich nicht abwimmeln. Sie trat in Arthurs Büro, fühlte Violets Puls, nahm ihre geröteten Wangen als Beweis, dass die Lady ärztliche Hilfe benötigte, und zog sie mit sich in die Küche.

Arthur beobachtete aus seiner Ecke, wie das Personal mit Zuneigung und Sorge um Violet gluckte. Eine Gruppe von Ausgestoßenen und Außenseitern. Nicht unähnlich den Frauen auf der anderen Seite der Mauer in Athenes Refugium.

Violet erwies sich als gefährlich gutmütig. Sie machte sich angreifbar für Verrat, ohne offensichtliche Angst vor den Konsequenzen zu zeigen. War das dumm oder heilig? Was auch immer sie sein mochte, es erschwerte ihm seine Aufgabe beträchtlich.

Dazu kam sein eigenes, unergründliches Verhalten. Was um alles in der Welt war ihm eingefallen, sie zu küssen? Hatte sein zwanzigjähriges Exil nicht ausgereicht, um ihn von jeglichem Verlangen zu heilen, sich in das Leben seiner Schutzbefohlenen einzumischen?

Ihre Angst hatte ihn dazu gebracht. In diesem Moment hatte er keine andere Möglichkeit sehen können, ihr Trost zu spenden.

Er ignorierte geflissentlich, dass er durchaus die Möglichkeit gehabt hätte, sie mit einem Klaps auf die Schulter zu beruhigen, und konzentrierte sich lieber auf die Anwesenden in der Küche. Woher hatte der Dieb gewusst, wo sie ihre Papiere aufbewahrte? Seine Erfahrung hatte ihn immer wieder gelehrt, dass man niemandem trauen konnte, egal wie freundlich oder besorgt er schien.

»Werden Sie ihn erwischen?«

Winthram lehnte sich an die Wand und schien Arthurs Haltung nachzuahmen – die Arme an der Seite, bereit, das Messer zu zücken.

»Das wäre jedenfalls erheblich einfacher, wenn alle hier meinen Anweisungen folgen würden«, gab Arthur zurück.

Winthram schürzte seine Lippen, während die Köchin Violet eine weitere Tasse Tee einschenkte und Mrs Sweet ihr einen ihrer ekligen Kekse aufschwatzte. »Mylady ist zu vertrauensselig«, stellte der Hausdiener fest. »Sie will keine Wache an den Türen zwischen den öffentlichen Räumen und dem hinteren Teil aufstellen, in dem sie ihrer Arbeit nachgehen.«

Arthur wartete, während der junge Mann überlegte, ob

er weiterreden sollte. Schließlich wandte sich Winthram zu ihm um. Die Sorgenfalten in seinen Augenwinkeln verstärkten sich. »Ich kann das verstehen. Sie wollen nicht, dass jemand ihr Kommen und Gehen ausspioniert. Der Mann einer Lady, einer Mrs White, hat mitbekommen, was sie hier gemacht hat. Er war ein jähzorniger Typ. Er hat sie heftig verprügelt und sie zu Hause eingesperrt. ›Zu ihrem eigenen Besten‹. Mylady Greycliff war deswegen tagelang krank.«

Davon war nichts in Greys Dossiers aufgetaucht. Eine tiefe und schreckliche Wut loderte in Arthurs Bauch. Bei Gott, wie er Männer wie White verabscheute! Arthur hatte einige Sorgen Violets um die Gesundheit der Clubmitglieder als albern abgetan. Er hätte es besser wissen müssen.

»Warum haben Sie mir das nicht vorher gesagt?«, fuhr Arthur Winthram an. »Ich brauche seine Adresse, sofort!«

Winthram hob beschwichtigend die Hand. »Es war nicht White. Er starb ein paar Monate später an einem Schlaganfall, und Lady Phoebe brachte Mrs White in den Norden.«

Als Arthur die Tragweite der Geschichte bedachte, wuchs seine Wertschätzung für Lady Phoebe.

Winthram wies mit dem Kinn auf Violet. »Wir haben versucht, ihm weiszumachen, dass seine Frau in der Nacht, in der er sie nach Hause schleppte, nicht hier wäre, aber ihr Name stand in dem Buch, in das sich alle eingetragen haben. Von da an durften wir nicht mehr kontrollieren, wer hinein- oder hinausgeht.«

Violet hatte ihren Tee getrunken, und Mrs Sweet führte

sie hastig in ihre Gemächer. Der Rest der Dienerschaft räumte das Geschirr ab, und das leise Murmeln der Gespräche legte sich wie eine Decke der Normalität über sie.

»Woher sagten Sie, kommen Sie?«, erkundigte sich eine hohe Stimme neben Arthur.

Arthur warf einen Blick auf das kleine Dienstmädchen, Alice. Er bemerkte ihre ausgefranste Nagelhaut und das abgekaute Ende eines Zopfes. Das Mädchen scharrte mit dem Fuß auf dem Boden und verbarg hastig die Hände hinter dem Rücken, als sie seinen Blick bemerkte.

»Das habe ich nicht gesagt«, erwiderte er.

»Mrs Sweet sagte, Sie kämen aus den Highlands. Daher stamme ich auch. Ich komme aus der Nähe von Dingwall. Kennen Sie das?« Große graue Augen starrten ihn neugierig an.

Ein Mädchen aus einer großen Familie konnte leicht in Versuchung geraten, mehr als ihren kargen Lohn nach Hause zu schicken. Es braucht nicht viel, um ein Dienstmädchen zu bestechen, damit es die Warnung vor einem Dieb in den Zimmern ihrer Herrin hinauszögert. Es konnten ihre angegriffenen Nerven sein, die sie so nervös machten – oder aber es war die Schuld, die ihr dünnes, blasses Gesicht so verzerrte.

»Nein.«

Das Mädchen mochte unschuldig sein, aber er war nicht hier, um mit dem Personal zu plaudern. Wie plauderte man überhaupt? Zum Beispiel das ach so beliebte Thema Wetter! Was gab es schon über das Wetter zu reden? Es war heiß, kalt, nass oder trocken.

»Wir reden hier über ernste Angelegenheiten, Alice«,

schimpfte Winthram. »Verschwinde und wische irgendwo Staub.«

Alice rümpfte angewidert die Nase. »Ich hasse Staubwischen.«

Sie widersprach jedoch nicht und ging hinaus. Winthram schnalzte mit der Zunge. »Dieses Kind beschwert sich wirklich über alles.«

Arthur knurrte unverbindlich und verbarg seine Belustigung darüber, dass ein Mann von etwa achtzehn Jahren ein Mädchen, das nur ein paar Jahre jünger war, als Kind bezeichnete.

»Was ich zuvor gesagt habe …«, fuhr Winthram fort. »Ich meine, als ich behauptete, dass keiner von uns Ihnen helfen wird.« Er runzelte die Stirn. »Ich habe meine Meinung geändert. Wir müssen sie beschützen.«

»Sie meinen Lady Greycliff?«, hakte Arthur nach.

»Alle. Wir müssen alle Ladys beschützen, weil es sonst niemand tut.«

8. KAPITEL

»Noch ein Mann, der vorgibt, jemand zu sein, der er nicht ist«, beschwerte sich Mrs Sweet. »Wann ist es genug, Mr Kneland?«

Arthur unterdrückte ein Seufzen, als er sich zwei Tage nach dem vereitelten Einbruch mit der Haushälterin stritt. Er hatte noch nie einen Auftrag gehabt, bei dem die Leute so viele Fragen hatten. In anderen Haushalten hatte er seine Befehle geknurrt, und die Dienerschaft hatte sich förmlich vor Gehorsam überschlagen.

Aber nicht hier.

Jemand im Beacon House hatte Geheimnisse. Wie sonst hätte der Dieb wissen können, wann es gefahrlos möglich war, die Unterlagen zu stehlen? Wenn man Winthram glauben wollte – und Arthur hatte immer noch seine Zweifel, ob das angeraten war –, waren in der Nacht der Explosion nur Clubmitglieder im Refugium gewesen. Wer von ihnen könnte sie ausgelöst haben?

»Thomas ist als Hausbediensteter ausgebildet, Mrs Sweet. Sie haben damit einen weiteren Hausdiener und eine zusätzliche Sicherheit für Lady Greycliff in einer Person. Wenn Sie ihn das Tagespersonal hier und im Club einteilen lassen, haben Sie damit eine Aufgabe weniger zu erledigen. Und es ist nur vorübergehend.«

Thomas war bereits seit fünf Jahren Agent, als Arthur der verdeckten Ermittlungsgruppe des Premierministers beitrat. Der ältere Mann hatte den jungen Arthur zunächst unter seine Fittiche genommen und garnierte seine Lektionen stets mit einer gehörigen Portion trockenen Humors. Thomas' entspanntes Auftreten und sein ansteckendes Lachen hatten es leicht gemacht, ihn in Haushalte einzuschleusen, in denen die Gruppe einen Insider brauchte. Er und Arthur hatten in den Jahren, seit Arthur England verlassen hatte, nur sporadisch zusammengearbeitet, da Thomas Auslandseinsätze in wärmeren Gefilden vorzog. Zum Glück für Arthur hatte Grey es jedoch geschafft, Thomas von einer anderen Mission abzuwerben und ihn nach Beacon House zu versetzen.

Mrs Sweet erwies sich jedoch als unempfänglich sowohl für Thomas' Charme als auch für Arthurs Beteuerungen. »Ich brauche keinen zweiten Hausdiener. Stattdessen brauche ich zwei weitere Mädchen. Ich bin mit der Arbeit für diese Abendveranstaltung überfordert. Wie sollen wir diese zusätzlichen Mäuler stopfen?«

Thomas versuchte, sie zu beschwichtigen. »Die Jungs werden in einem Speisehaus essen, Ma'am.«

»Ein Speisehaus?« Mrs Sweet stemmte die Hände in die Hüften. »Diese Straßenküchen sind schmutzig. Und Sie bekommen dort auch nicht genug Gemüse.«

Bevor Thomas den tödlichen Fehler begehen konnte anzumerken, dass er weniger Gemüse und mehr Beefsteak vertragen könnte, unterbrach sie eine stämmig gebaute ältere Frau, die einen furchterregenden Turm aus hennagefärbtem Haar auf dem Kopf balancierte.

Lady Potts rauschte in die Küche und rief die Dienerschaft zur Räson.

»Die Verbindungstüren zwischen Beacon House und dem Club wurden offen gelassen!«, beschwerte sich die Frau. »Und in dem ganzen Trubel um diesen Abend der Epochen und der Erbauung habe ich vergessen, die Türen einiger meiner Käfige zu verriegeln. Ein paar meiner Freunde haben sich entschlossen, bei Ihnen allen vorbeizuschauen. Aber es ist …«

Der Fluch, der Mrs Sweet daraufhin entwich, ließ sogar Arthur erröten. Die Köchin stieß etwas kaum weniger Deftiges aus als Mrs Sweet, schnappte sich einen Besen und fuhr damit in jede Ecke, während die Diener, die am Tisch gelümmelt hatten, die Dienstbotentreppe hinaufrannten. Alice kletterte auf einen wackeligen Schemel, die Röcke bis über die Knöchel hochgezogen.

Lady Potts ignorierte, unbeeindruckt von der Aufregung, den dumpfen Schlag, mit dem der in Ohnmacht gefallene Küchenjunge auf dem Boden landete. »Es ist Fütterungszeit, und wir müssen sie einsammeln. Passt auf, dass ihr nicht auf sie tretet. Taranteln sind empfindliche kleine Geschöpfe.«

Thomas' ebenholzfarbene Haut hellte sich zu einem kränklichen Grau auf, und er warf Arthur einen finsteren Blick zu.

Verdammt.

Während Lady Potts den Stab requirierte, um ihre fünf oder sechs – vielleicht auch sieben – entlaufenen Exemplare einzufangen, beschloss Arthur, diese ausgezeichnete Gelegenheit zu nutzen, um die Sicherheit auf einer anderen Etage zu überprüfen.

Und ganz sicher nutzte er die Verwirrung nicht aus, um Thomas' Zorn zu entgehen.

Unglücklicherweise war Thomas ein Experte, was Fährtenlesen anging, und er folgte Arthur dicht auf den Fersen, bis er ihn am Ende des zweiten Korridors einholte.

»Sie haben gesagt, es wäre eine einfache Aufgabe, Kneland!«, beschwerte sich Thomas und musterte ängstlich die Fußleisten. »Sie sagten, ich könnte sie, mit beiden Händen auf dem Rücken gefesselt, erledigen. So wie ich das jetzt sehe, ist das alles andere als einfach.«

»Wenden Sie sich an Grey«, gab Arthur zurück. »Er sagte mir, ich müsste mich nur um eine zerstreute kleine Witwe kümmern. Die einfachste Aufgabe der Welt, sagte er. Wie auch immer, was gibt es zu meckern? Grey zahlt das Dreifache von dem, was wir sonst für einen Auftrag bekommen. Und es gibt obendrein reichlich Gemüse!«

»Bei der Liebe zu allem, was heilig ist! Hier sind drei von ihnen drin!«, schrie ein Diener aus der vorderen Stube am anderen Ende des Saals. Man hörte ein entferntes, kolossales Krachen, und ein Dienstmädchen kreischte auf.

Thomas starrte Arthur an und hob eine buschige weiße Augenbraue. Arthur starrte zurück.

Thomas tippte mit dem Fuß auf den Boden.

Arthur kapitulierte und lächelte schwach. »Ich habe vergessen, dass Ihnen nicht allzu viel an Spinnen liegt.«

»Tatsächlich? Sie haben Kairo vergessen?«

Kairo vergessen zu können wäre herrlich, aber manche Dinge konnte man nicht einfach ungeschehen machen. Man musste trotzdem weitermachen.

Thomas warf ihm einen ungläubigen Blick zu. »Und was

war mit den Herkules-Vogelspinnen bei dem Auftrag in Malindi? Jetzt haben Sie und Grey mich in das einzige Haus in England geschleppt, in dem Taranteln frei herumlaufen.«

»Tut mir leid«, sagte Arthur.

Thomas blinzelte, dann verengte er den Blick. »Entschuldigung, wie bitte? Und was machen Sie überhaupt hier, Kneland? Ich dachte, Sie wollten direkt in die Highlands. Warum haben Sie Grey nicht gesagt, er soll sich jemand anderen suchen?«

Der Bodensatz eines Traums gerann in Arthurs Magen. Der Grundherr, dem auch Arthurs Elternhaus gehörte, hatte all die kleinen Ländereien in seinem Besitz zu einem riesigen Privatgelände zusammengefasst. Das Bauernhaus war verschwunden, und Schafe weideten dort, wo er einst gespielt hatte. Eine langwierige Suche nach einem anderen Ort, an dem er zur Ruhe kommen konnte, erwartete ihn, sobald er hier fertig war.

»Heutzutage braucht man Zeit und Geld, um einen Hof im Norden zu finden. Grey hat mir die Mittel versprochen«, erklärte Arthur. »Haben Sie nicht selbst daran gedacht, aus diesem Hamsterrad auszusteigen?«

»Ja, aber Sie werden mich nicht auf dem Land vertrocknen sehen. Ich überlege, den Dienst zu quittieren und für die Company in Jalalabad zu arbeiten.« Aufrichtige Freude erhellte Thomas' Gesicht. Außer Vogelspinnen brachte ihn nur aus der Ruhe, zu lange an einem Ort leben zu müssen.

In diesem Moment drang ein Hilferuf aus der Bibliothek zu ihnen, und Arthur seufzte. Er sollte sich bei Mrs Pettigrew für seine anfängliche Ungläubigkeit entschuldigen. Spinnen so groß wie eine Faust, also wirklich!

»Ich kümmere mich darum. Gehen Sie mit Winthram ein Pint trinken, bis es wieder sicher ist, hierher zurückzukommen. Ich traue ihm nicht. Es ist ein zu großer Zufall, dass sein Bruder bei den Omnis ist.«

»Er scheint Sie jedenfalls zu mögen«, sagte Thomas. »Er folgt Ihnen und hört auf jedes Ihrer Worte.«

»Das habe ich noch gar nicht bemerkt«, log Arthur.

»Er erinnert mich an einen grünen Jungen, den ich vor zwanzig Jahren kennengelernt habe.« Thomas zwinkerte. »Hat eine Weile gedauert, aber aus dem Jungen ist ein guter Mann geworden.«

Arthur grunzte. »Heben Sie sich Ihr Augenzwinkern und Ihre hübschen Geschichten für Mrs Sweet auf.« Er drehte sich um und ging mit hochgezogenen Schultern den Flur hinunter, als ein weiteres Krachen von oben kam.

»Niemand hat etwas von Spinnen gesagt!«, rief Thomas ihm nach. »Wenn ich das mit den Spinnen gewusst hätte …!«

Arthur hob beschwichtigend die Hand, bevor er die Bibliothek betrat.

Es dauerte einen Moment, bis sich sein Blick an das dämmrige Licht gewöhnt hatte. Er wusste, dass Violet hier drin war, schon wegen des Geruchs. Es war eine Kombination aus getrockneten Fliedern und feuchtem Schiefer, der ihn bis in die frühen Morgenstunden nach ihrem Kuss verfolgt hatte.

Es gab keine logische Erklärung für diesen Kuss und den Drang, sie an sich zu ziehen und ihr sein Zeichen aufzudrücken – als ob sein Kuss sie vor irgendetwas schützen könnte.

Was für eine törichte Vorstellung. Ein Kuss kann keine Kugel aufhalten oder ein Fieber senken.

Er wäre vielleicht von der Lust genug verwirrt gewesen, um noch mehr zu tun, als sie zu küssen, wenn sie ihn nicht unter schweren Lidern hervor mit einem Gefühl angeschaut hätte, wie er es vorher noch nie erlebt hatte.

Und er würde es auch nicht mehr erleben.

Eine intensive körperliche Anziehung konnte man verstehen und ihr nachgeben. Einmal. Alles andere bedeutete, eine Grenze zu überschreiten. Gefühle führten zu Komplikationen. Und Komplikationen erhöhten die Wahrscheinlichkeit, dass eine Mission scheiterte.

»Oh, Arthur«, rief Violet. »Ich bin froh, Sie zu sehen.«

Violet stand breitbeinig auf einer Regalwand, die so hoch war, dass ihre Mütze die Decke berührte. Sie hatte einen Fuß auf eine schief in den Raum ragende Leiter gestellt, den anderen auf ein Regal. »Ich habe versucht, einen bestimmten Band zu erreichen, als die Leiter unter mir wegrutschte. Jetzt komme ich nicht mehr runter.«

Dies wird die einfachste Aufgabe sein, die Sie je erledigt haben. Sie werden nicht einmal merken, dass Sie arbeiten.

»Was ist das für ein Aufruhr da draußen?«, wollte Violet wissen, als er näher kam.

»Sie sollten nicht allein hier drin sein«, sagte Arthur. »Wo ist der Diener, den ich Ihnen zugewiesen habe?«

»Ich bin durchaus in der Lage, mir selbst ein Buch aus dem Regal zu nehmen.« Violet wischte seine Besorgnis mit einer Handbewegung weg.

Plötzlich begann sie zu kreischen: »Oh! Nehmen Sie es weg, nehmen Sie es weg!«

Der Instinkt übernahm die Kontrolle. Arthur streckte seine Arme rechtzeitig aus, um sie aufzufangen. Ein kleiner haariger Körper flog über seinen Kopf, prallte zweimal von den Bodenbrettern ab und flitzte dann zur Tür hinaus.

»Meine Güte, Sie sind ja effizient«, meinte Violet gut gelaunt, bemerkenswert unberührt von ihrem fast tödlichen Sturz. »Wie habe ich es nur geschafft zu überleben, bevor Sie gekommen sind?«

Arthurs Herz raste angesichts der knappen Rettung, und ein Anflug von Wut verdrängte seine Erleichterung. »Ist Ihnen klar, wie nahe Sie daran waren, sich das Genick zu brechen? Was haben Sie sich dabei gedacht, so hoch zu klettern, ohne die Leiter zu sichern?«

Violet reagierte mit einem Blinzeln auf seinen Tonfall. Er stellte sie auf die Füße und schämte sich für seinen Zorn.

»Ich wollte Sie nicht erschrecken«, flüsterte sie.

»Mich erschrecken?« War das etwa Angst, was da in seinen Adern pulsierte? Arthur atmete tief durch. »Ich habe nie Angst. Ich möchte nur meine Arbeit ohne Ablenkung machen. Stattdessen vergessen Sie zu essen, lassen die Fenster offen, und heute fallen Sie von den Regalen herunter.«

Arthur stockte, als sie den Kopf senkte, als betrachte sie den Teppich unter ihren Pantoffeln. Doch sie hatte recht. Es hatte ihm tatsächlich Angst gemacht, als sie stürzte. Was, wenn er nicht rechtzeitig da gewesen wäre?

Und was würde passieren, wenn er sie im Stich ließ?

Er räusperte sich, sein Tonfall wurde versöhnlicher. »Hören Sie wenigstens auf, sich vor den Mahlzeiten von den Bücherregalen zu stürzen. Wenn ich Ihnen alle fünf Minuten das Leben retten muss, mache ich das lieber mit vollem Magen.«

Als sie lächelte, erschien ein winziges Grübchen unter ihrer vollen Unterlippe.

»Verzeihen Sie mir?«, erkundigte sie sich.

Er hatte Grübchen noch nie als erotisch empfunden. Auf ihrem Gesicht jedoch weckte es in ihm den Wunsch, es mit seiner Zunge zu berühren.

Ihr Busen hob und senkte sich vor Erregung, und ihre runden Wangen färbten sich karmesinrot.

»Da gibt es nichts zu verzeihen.« Er musterte prüfend ihr gerötetes Gesicht. »Fühlen Sie sich wohl?«

Sie räusperte sich und klopfte sich auf die Wangen. »Diese ganze Aufregung steigt mir zu Kopf«, sagte sie.

»Kopfschmerzen können ein Vorbote von Fieber sein«, warnte er sie.

»Nein, ich meinte das wörtlich. Sehen Sie, mein Herz schlägt schneller, was wiederum mein Blut mit erhöhter Geschwindigkeit durch das Kreislaufsystem pumpt, was zu der Rötung in meinem Gesicht führt.« Ihre Unbeholfenheit verschwand, und die Worte sprudelten vor Aufregung aus ihrem Mund. »William Harvey war der erste Wissenschaftler, der die Physiologie des Blutkreislaufs erforschte. Es gibt vieles, was wir nicht verstehen. Ich habe gehört …«

Etwas passierte, als Violet eine wissenschaftliche Theorie erklärte. Sie begann zu glühen.

Sie hob ihre fleckigen abgearbeiteten Hände in plötzlicher Anmut in die Höhe und fuhr damit durch die Luft, als ob sie das Wissen aus dem Nichts griff. Was für ein schöner Anblick, sie dabei zu beobachten, wie sie sich daran ergötzte, die Geheimnisse zu vermitteln, wie die Welt funktioniert. »… und solche Reaktionen werden verstärkt, wenn die Stimulation zunimmt. Spreche ich zu schnell?«, fragte Violet plötzlich. »Ich will Sie nicht überfordern.«

Es lag keine Spur von Ironie in ihren Worten.

Ich will Sie nicht überfordern.

Mein Gott, er fühlte sich dieser Frau auf eine Art und Weise nahe, wie er es seit seiner Kindheit nicht mehr erlebt hatte. Ein Mann, der daran gewöhnt war, im Schatten zu leben, bis er durch Gewalt herausgefordert wurde – ihre Aufmerksamkeit machte ihn frei.

»Sie haben mich nicht überfordert.« Die nackte Wahrheit brach aus ihm heraus. »Ich bin ganz hier bei Ihnen.«

Violet strahlte.

Noch immer knisterte diese Energie zwischen ihnen, aufgeladen mit ihrer unausgesprochenen Anziehung. Violets üppiger Mund öffnete sich, und sie befeuchtete mit ihrer Zunge ihre volle Unterlippe. Der Beweis für ihre Durchblutungstheorie flatterte in der Vertiefung ihrer Kehle, als sich ihr Puls unter seinem Blick beschleunigte.

»Ich wünschte …« Sie unterbrach sich. »Ich will damit sagen …« Das ganze Selbstvertrauen, das sie kurz zuvor noch empfunden hatte, verpuffte. Ihre Bewegungen verlangsamten sich, und sie hielt ihre linke Hand dicht an der Seite – der kleine Finger war von ihrer Körpermitte abgewinkelt. Bereit, sich vor Verletzungen zu schützen.

Der Beschützerinstinkt brannte in Arthurs Brust, als es ihm auffiel: Diese schöne, lebendige Frau wusste nicht, wie verlockend sie war, hatte keine Ahnung von ihrer Anziehungskraft. Dieses törichte Gerede, dass Wut und Leidenschaft sie unattraktiv machten, hatte sich in ihrem Kopf festgesetzt.

Ein Kuss könnte genau das sein, was sie brauchte. Was, wenn er …?

Bevor Arthur den Gedanken beenden konnte, stürmte Earl Grantham in die Bibliothek.

»Da seid ihr ja. Die Diener rennen herum wie Verrückte, und ihr zwei hockt allein in diesem dunklen Raum und starrt euch an wie Grubenhunde. Schon wieder. Solltest du nicht drüben im Club sein, Vi, Stühle aufstellen oder etwas in die Luft jagen?«

Arthur zog sich auf die andere Seite des Raumes zurück, dankbar für die Unterbrechung.

Ja, das war eindeutig Dankbarkeit, die durch seine Adern pulsierte. Nicht der Drang, Grantham aus dem Fenster zu werfen.

Unbeeindruckt von der Spannung im Raum, schlenderte Grantham zu einem Sofa hinüber und nahm Platz. »Du solltest dich vielleicht dafür entschuldigen, dass du mich neulich mit Phoebe allein gelassen hast. Diese Frau ist …«

»Einer der klügsten Köpfe, die ich kenne«, beendete Violet seinen Satz.

»Ich wollte gemein sagen«, beschwerte sich Grantham. »Phoebe Hunt ist gemein.«

»Sie ist verletzt«, sagte Violet. »Du weißt ja, wie jemand, der unter Schmerzen leidet, um sich schlagen kann.«

Granthams Ohren färbten sich rosa. »Ich bin nicht derjenige, der den Schmerz verursacht hat. Ich habe angeboten, sie zu beschützen, wenn du dich vielleicht erinnerst.

Hätte sie mich geheiratet, hätte ihr Vater keine Macht mehr über sie.«

Violet trat ans Fenster und überprüfte den Sitz ihrer Mütze, während sie nachdachte. »Phoebe trägt ihre Kämpfe selbst aus, und eine Ehe sollte außerdem mehr sein als ein Rettungsversuch.«

Grantham räusperte sich und wechselte das Thema. »Du hast diese Woche schon zwei Partys verpasst. Du hast mich nicht ohne Grund nach London zurückgerufen.«

Er warf ein Päckchen mit Briefumschlägen auf den niedrigen Tisch vor ihm. »Wenn du willst, dass die Veranstaltung gut besucht wird, musst du Leute treffen, ein oder zwei Hauskonzerte besuchen und …« Er brach seine mürrische Tirade ab und musste über Violets finsteres Gesicht lachen. »Mach nicht so ein Gesicht. Der Ruf einer Lady ist alles. Komm schon, es wird wie in alten Zeiten sein, als wir beide uns zusammen allerlei Streiche ausgedacht haben. Wenn der Club Erfolg haben soll, musst du auch erfolgreich sein. Ist es nicht so, Kneland?«

*

Violet schwieg, während Arthur und Grantham die Frage ihrer Sicherheit bei verschiedenen gesellschaftlichen Ereignissen diskutierten. Was sollte sie schon sagen? *Verschwinde, Grantham. Ich will diesen Mann verführen?* Sie war kurz davor gewesen, Arthur einzuladen, sie später am Abend in ihrem Schlafgemach aufzusuchen.

Sie war sich zu hundert Prozent sicher, dass sie es auch wirklich gewagt hätte. Nun, vielleicht zu fünfundsiebzig

Prozent sicher. Aber jetzt war der Schwung verloren. Es würde ewig dauern, bis sie wieder so viel Mut aufbringen würde.

Arthur hatte sie mit seinen Küssen vollkommen auf den Kopf gestellt. Es gab Augenblicke, in denen Violet vollkommen sicher war, dass Daniel unrecht hatte, dass ihr Bedürfnis nach körperlicher Zuneigung nicht unnatürlich war. Dann wieder verstand sie seine Besorgnis. Was anderes als Verderbtheit konnte ihren ganzen Körper durch diese Küsse so in erregte Schwingung versetzen?

Violet überlegte sich eine Vielzahl von Szenarien, in denen sie einen Weg fand, Arthur dazu zu bringen, sich zu ihr zu legen. Oder mit ihr zu stehen. Sie hatte sogar einmal eine unanständige Radierung gesehen, auf der beide Partner …

»Ich beschaffe die nötigen Informationen, Kneland.« Granthams Stimme riss sie aus ihrem Tagtraum. »Stellen Sie sich nur zwischen Violet und irgendwelche fliegenden Objekte, wie Sie es schon bei Dickerson getan haben. Wie schwer kann das schon sein?«

Beschämt über seine unbedachte Art, ermahnte Violet ihn. »Grantham, also wirklich! Du bist unhöflich.«

»Lady Greycliff wird ausreichend bewacht, sodass ich neuen Spuren nachgehen kann«, sagte Arthur. »Ich muss so viele Informationen wie möglich sammeln, um eventuelle Gefahren vorhersehen zu können.«

»Grey hat Sie nicht angeheuert, um eine Untersuchung zu leiten«, widersprach Grantham. »Sie sind hier wegen Ihrer Muskeln, nicht um zu denken. Er hat Sie angeheuert, um Kugeln abzufangen.«

»Sag nicht so was«, keuchte Violet.

»Es gab Zeiten, da habe ich genug davon abbekommen.« Arthur war äußerlich offenbar nicht beleidigt. Sein Gesicht blieb teilnahmslos, als er anfing, die Vorfälle aufzuzählen. »Ich habe Kugeln abbekommen, bin von einem Gebäude gefallen und wurde in Brand gesetzt. Ich habe sogar verschiedene Gifte zu mir genommen und so eine Immunität aufgebaut, damit ich das Essen eines Mannes vorkosten konnte. Das war eklig. Und es hatte etwas mit Pilzen zu tun. Noch schlimmer war, dass ich ein Jahr lang amerikanisches Essen zu mir nehmen musste. Zum Glück habe ich dadurch meinen Geschmackssinn nicht verloren.«

Der Kontrast zwischen den gewalttätigen Bildern und der nonchalanten Art und Weise, wie Arthur darüber sprach, machte Violet fassungslos. Wie musste sein Leben gewesen sein, dass er von solchen Dingen redete, als wären sie alltäglich? Kein Wunder, dass er sich von allen anderen fernhielt. Sein seltenes Lächeln gewann noch mehr an Wert.

»Das ist ja furchtbar!«, stieß sie hervor. »Ich hatte keine Ahnung, dass die Regierung einem Mann solche Foltern zumutet. Ich versichere Ihnen, dass ich niemals ein solches Opfer verlangen würde.«

»Sie haben mich auch nicht engagiert, sondern Grey«, erinnerte Arthur sie. »Er erwartet, dass er etwas für sein Geld bekommt.« Er hob den Finger, um ihre Proteste zu ersticken, und warf Grantham einen rätselhaften Blick zu. »Ich habe sieben Sprachen gelernt, von Carême zubereitete Speisen gegessen und in zwanzig verschiedenen Hauptstädten auf vier Kontinenten gelebt. Meine Arbeit erfordert gelegentlich mehr, als mich zwischen eine Kugel und ihr Ziel zu stellen.«

»Meine Güte.« Violet schüttelte erstaunt den Kopf. »Was für ein bemerkenswertes Leben Sie geführt haben. Sie müssen nach all diesen Abenteuern doch erschöpft sein.«

Grantham brummte. »Auf mich wurde auch schon geschossen, wenn du dich erinnerst.« Er verschränkte trotzig die Arme. »Und eingestochen. Wurden Sie schon einmal niedergestochen?«

»Niedergestochen?« Arthur neigte den Kopf, als er sich erinnerte. »Drei ... nein, viermal.«

»Ertränkt?«, schnappte Grantham.

Arthur nickte. »Zweimal war ich als Wache an Bord eines Schiffes, das von Piraten angegriffen wurde. Einmal haben sie es geschafft, mich über Bord zu werfen. Ich erwischte ein Schiff im nächsten Hafen und rettete meinen Mann.«

»Gehängt?« Grantham wollte nicht klein beigeben.

Arthur schüttelte den Kopf, während er die Nase rümpfte. »Ich kann nicht sagen, dass jemand versucht hat, mich zu hängen.«

»Gewür ...?«

Violet schlug Grantham bestürzt auf den Arm. »Das reicht, Georgie!« Sie schüttelte den Kopf. »Männer. Müsst ihr aus allem einen Wettkampf machen?«

Grantham warf den Kopf zurück und schmollte. Entweder wegen der Unterbrechung seiner makabren Inquisition oder deshalb, weil sie seinen Spitznamen aus ihrer Kindheit benutzt hatte. Oder beides.

»Absichtlich Gift eingenommen, was?«, sagte Grantham schließlich. »Klingt nicht gerade clever. Hat Sie wahrscheinlich unfruchtbar gemacht.«

Arthur zuckte mit den Schultern. »Ich habe nicht vor, eine Familie zu gründen, also ist das kein Problem.«

Wie das Einrasten eines Schlosses verschloss sich seine Miene. Wieder einmal fragte sich Violet, was oder wer der Grund für Arthurs Distanz war.

Bevor sie weiter darüber nachdenken konnte, ergriff Grantham erneut das Wort. »Der Punkt ist, dass Kneland hier ist, um eine Sache zu erledigen, und zwar nur eine Sache.«

Arthur drehte sich zu Violet und fixierte sie mit seinem Blick. »Wie auch immer ich mich entscheide, meine Aufgabe ist es, Sie am Leben zu erhalten. Bis Sie Ihre Arbeit beendet haben, weiche ich nicht von Ihrer Seite.«

»Ich ebenso wenig, meine Liebe.« Grantham strich eine Locke seines butterblonden Haares zurück und kreuzte seine gestiefelten Füße. »Such dein schönstes Kleid heraus. Ich freue mich schon darauf, morgen Abend die schönste Frau Londons an meinem Arm zu haben.«

9. KAPITEL

»Ich kann mich nicht daran erinnern, dass sie je so nachlässig gekleidet gewesen wäre. Gewiss, die sechs Kilo, die sie zugelegt hat, und ihr schrecklicher Teint, weil sie sich nur noch im Club herumdrückt, sind ihrer Attraktivität auch nicht gerade förderlich. Ich mache mir aufrichtige Sorgen um ihre Gesundheit.«

Violet aß gerade einen Keks am Tisch mit den Erfrischungen und hielt jetzt inne. Ihre Haut kribbelte unangenehm, als sie unwillentlich den Kommentar der Frau hörte, die hinter einer großen Säule stand. Die abfällige Betonung des Wortes »Club« ließ es unerlaubt, fast unanständig klingen. Konnte die Frau tatsächlich von ihr sprechen?

Sechs Kilo?

Nachlässig gekleidet?

Violet warf einen Blick auf ihr Ballkleid. Sie hatte zwar ihre Trauerzeit beendet, sich aber nicht die Mühe gemacht, nach Daniels Tod neue Kleider anfertigen zu lassen. Sie hatte nicht bedacht, wie sehr sich die Mode verändert hatte. Stattdessen hatte sie einfach nur ihre alten Kleider ein wenig ausgelassen. Doch schon wenige Augenblicke nach ihrer Ankunft auf dem Ball hatte sie begriffen, wie unmodern das Kleid war, das sie heute Abend trug, und wie schlecht es saß.

Sie ließ den Keks sinken. Grantham hatte mit Billigung von Phoebe entschieden, dass der Thornton-Hammersmith-Ball genau die richtige Veranstaltung war, auf der Violet erscheinen und allen versichern konnte, wie respektabel ihr Club sei, während sie versuchte, neue Mitglieder zu werben. Sie war vor einer Stunde angekommen und wartete auf Granthams Erscheinen, bevor sie sich daran machen wollte, Kontakte zu knüpfen. Glücklicherweise erkannte Violet einige vertraute, freundliche Gesichter aus der Zeit vor Daniels Tod.

Es gab aber auch andere …

Als sie um die Säule spähte, erblickte sie eine schlanke blonde Frau mit einer majestätischen Nase und strengen Augenbrauen. Mrs Fanny Armitage.

»Was für ein Treiben«, klagte eine andere Frau.

Als Violet sich weiter vorbeugte, kam die zweite Dame ins Blickfeld. Aha. Lady Olivia. Sie und Fanny hatten ein paar Jahre vor ihr debütiert.

»Ein Gesellschaftsclub für Damen?«, fuhr Lady Olivia fort. »Was für eine lächerliche, ja sogar gefährliche Idee. Diese Frauen wären besser beraten, sich um ihre Häuser und Kinder zu kümmern.«

»Es überrascht mich nicht, dass Lady Greycliff auf diese Idee gekommen ist, da sie ja nichts hat, worum *sie* sich kümmern könnte«, gab Fanny zurück. Sie war gealtert, seit Violet sie zuletzt gesehen hatte. Eine Reihe von Falten hatte sich um ihren Mund gebildet, das Ergebnis davon, dass sie ihre Lippen in ständiger Missbilligung verzog.

Lady Olivia kicherte. Violett gefärbte Federn hingen ihr über ein Ohr, und mit ihren hervortretenden Augen musterte sie die Tanzfläche auf der Suche nach jemandem, über den sie herziehen konnte. »Letzteres kann man ihr schwerlich verübeln, Fanny. Greycliff war bei ihrer Heirat immerhin dreimal so alt wie sie.«

Fanny war anderer Meinung. »Greycliff hatte einen Sohn. Das Problem muss bei ihr gelegen haben.« Wie als Nachgedanke fügte sie ekelhaft-süßlich hinzu: »Die arme Frau.«

Violet war nicht überrascht über Fannys Neigung zu solchem Klatsch und Tratsch. Sie liebte es, die anzüglichsten Gerüchte unter dem Deckmäntelchen der Sorge um die betreffende Person breitzutreten.

»Es ist vielleicht das Beste, dass sie keine Kinder bekommen hat.« Lady Olivias Worte klangen wohlwollend, hatten aber einen verächtlichen Unterton. »Nicht jeder kann ein musterhaftes Haus führen, wie wir es vermochten. Trotzdem, vielleicht hat sie es ja versucht.«

Violet lehnte sich haltsuchend an die Säule und legte eine Hand auf ihren brennenden Magen. Sie kniff vor Schmerz fest die Augen zusammen.

Violet hatte Daniels ruhige Präsenz, sein bodenständiges Leben und sein reserviertes Auftreten attraktiv gefunden. Sein Durchsetzungsvermögen und seine Sachlichkeit hatten sie in ihren Bann gezogen, da sie als Kind nur von Träumern und Denkern umgeben gewesen war. Sie hatte sich so sehr gewünscht, seiner Wertschätzung würdig zu sein.

Sie verbrachte Stunden damit, Einladungen zu Dinnerpartys zu schreiben, sich die Namen und Gewohnheiten von Daniels Gästen einzuprägen und das Hauspersonal zu beaufsichtigen, statt ihrer Arbeit nachzugehen. Nachdem er ihr Ehebett verlassen hatte, hatte sie sich lächerlich viel Mühe gegeben, ihn zurückzulocken, bis seine Krankheit ihren Träumen ein Ende bereitete.

Sie war dem jugendlichen Optimismus entwachsen und setzte ihre Energie jetzt ein, einen Ort zu schaffen, an dem andere Frauen nicht so leiden mussten wie einst sie selbst.

Violet hatte gehofft, der Schmerz würde mit der Zeit verblassen. Doch manche Schmerzen heilten wohl nie.

»Hallo, Lady Greycliff. Was für eine Freude, Sie hier zu sehen.«

Violet öffnete die Augen. Miss Althea Dertlinger stand vor ihr, eine große bebrillte junge Frau mit einem abenteuerlichen Hang zu Turbanen. Sie war eine Cousine zweiten Grades von Lady Potts und teilte die Liebe ihrer Verwandten zur Wissenschaft. Zum Glück für den Rest der Familie beschränkte Althea ihr Interesse auf fast unsichtbare Tierchen, auf Bakterien.

»Meiner Cousine und mir hat der Vortrag über die Pflege und den Anbau von Orchideen in Athenes Refugium neulich sehr gut gefallen«, sagte sie. »Ich habe Mama gefragt«, Althea wies mit der Hand auf eine ältere Frau, die in der Nähe des Orchesters stand, »und sie hat mir erlaubt, an dem bevorstehenden Abend der Aufklärung teilzunehmen.«

»Das sind ja wunderbare Neuigkeiten, Miss Dertlinger«, erwiderte Violet und schluckte ihren Schmerz herunter.

»Miss Dertlinger, das sollten Sie sich vielleicht noch einmal überlegen. Weiß Ihre Mama denn, was dort vor sich geht?«

Violet und Althea drehten sich um und sahen sich Fanny

und Lady Olivia gegenüber, die in grotesker Synchronizität die Köpfe hinter der Säule hervorgereckt hatten. Die beiden traten näher und betrachteten sie mit einer nahezu identischen spöttischen Miene.

Lady Olivia stieß einen leisen Seufzer aus und fuchtelte mit ihrem Fächer. »Es vergeht kein Tag, an dem der Club und Lady Greycliffs Name nicht in der Boulevardpresse auftauchen, und in letzter Zeit gab es Gerüchte, die zu anzüglich sind, um sie zu erwähnen. Sie sind noch so jung und unschuldig«, sagte sie zu Althea. »So ein Umgang könnte Ihrem Ruf schaden.«

»In der Tat.« Fannys dünne Finger krampften sich vor Schadenfreude über Altheas fassungslose Bestürzung zusammen. Sie wirkte wie eine dürre alte Löwin beim Anblick eines schönen fetten Rehkitzes zum Abendbrot. »Ihre Mama hat bei Ihrer Einführung weder Mühe noch Kosten gescheut, meine Liebe. All das dürfte umsonst gewesen sein, wenn Sie eine Neigung für exzentrisches Verhalten und radikale Ansichten kultivieren.«

Altheas Brille verrutschte, während sie an den Schnüren ihres Pompadour-Täschchens nestelte. »Mama ist in der Tat sehr kritisch«, murmelte sie.

Violet unterdrückte den brennenden Drang, Fanny ihren boshaften Ausdruck aus dem Gesicht zu schlagen. Wie oft hatte Fanny ihr am Tisch gegenübergesessen und Violets Unbehagen und Verlegenheit genossen, als würde sie sich von Bosheit ernähren?

»Seien Sie doch vernünftig, Lady Greycliff. Sie ist wirklich nicht gerade eine Schönheit.« Lady Olivia wedelte mit ihrem Fächer in Altheas Richtung. »Sich in Ihrem Club zu zeigen verschlechtert ihre ohnehin geringen Chancen noch mehr.«

Bevor Violet wusste, was sie tat, schnappte sie sich den Arm eines ihr vage bekannten jungen Mannes und zog ihn zu sich.

»Was für ein reizender Zufall«, sagte Violet zu dem Jüngling. »Wie ist es Ihnen ergangen, seit wir uns das letzte Mal gesehen haben?«

Der rotblonde junge Mann starrte Violet schockiert an, aber seine Manieren gewannen die Oberhand. »Guten Abend. Reizend, in der Tat«, stammelte er.

Gott segne die Jugend Englands, die die Tradition der Gelassenheit selbst in den absurdesten Situationen hochhielt.

Violet setzte ihr strahlendstes Lächeln auf, während sie versuchte, sich an den Namen des Jungen zu erinnern. »Ich habe Ihre Patentante schon ewig nicht mehr gesehen. Wie geht es ihr?«

»Oh.« Die Brauen des Mannes zogen sich konsterniert zusammen. »Meine Patin? Sie ist … sie ist gestorben.«

Die Köpfe von Fanny, Lady Olivia und Althea ruckten zwischen Violet und dem Mann hin und her, und auf ihren Gesichtern zeigten sich identische Mienen der Verwirrung.

Verflixt!

»Wirklich sehr bedauerlich, dass ich die Beerdigung verpasst habe. Und wie geht es Ihrer Tante?« Violet beschwor alle Götter, dafür zu sorgen, dass der junge Mann ihr endlich einen Namen nannte, der ihr weiterhalf.

»Meinen Sie die Schwester meines Vaters, Mrs Penelope Forthbright, oder die meiner Mutter …?«

»Ja, genau!« Violet jubilierte. »Die Forthbrights. Wir stehen uns nahe, wie Sie sich sicher erinnern. Sie sind nach Pennys Mann benannt, nicht wahr?«

»Ich fürchte … Ihre Erinnerung trügt Sie«, stammelte der bemitleidenswerte Bursche. »Ich bin nach meinem Onkel benannt, dem Bruder meiner Mutter, Robert Fish …«

»Robbie«, unterbrach Violet ihn erleichtert, »Sie müssen Lady Olivia und Mrs Armitage kennen, wenn Sie in den letzten drei Saisons auf irgendeinem Ball in der Nähe der Bowle gewesen sind.« Sie tat, als kippte sie sich hastig einige Gläser Champagnerbowle in die Kehle. »Aber ich wette, Miss Althea Dertlinger haben Sie noch nicht kennengelernt. Ihre Cousine Lady Potts ist so glücklich, sie in dieser Saison zu präsentieren.«

Althea hüstelte verlegen. »Pardon, aber das ist meine zweite …«

Violet trat ihr auf die Zehen. »Ihre Mutter hat mich beauftragt, sie vor all den Tunichtguten zu beschützen, die heute Abend auf Beutejagd sein könnten. Da Sie aber aus einer so ausgezeichneten Familie kommen, werde ich Ihrer Bitte nachkommen, sie zum nächsten Tanz entführen zu dürfen.«

Plötzlich hellte sich Robbies verwirrte Miene interessiert auf.

»Also wirklich!«, rief er. »Ist Ihre Cousine zufällig dieselbe Lady Potts, die einen Leserbrief in der letzten Ausgabe des *Arthropods* verfasst hat?«, erkundigte er sich bei Althea.

»Wenn Sie den Brief meinen, in dem sie das derzeitige

System der Unterklassifizierung von Opiliones kritisiert, dann ja«, antwortete Althea.

Lady Olivia ließ vor Überraschung ihren Fächer fallen, und Violet stieß einen Seufzer der Erleichterung aus. Die beiden jungen Leute machten sich auf den Weg zur Tanzfläche, während Fanny ihren Blick wieder auf Violet richtete.

»Fremde junge Männer anzusprechen wird Ihrem Ruf nicht zuträglich sein.«

»Mein Ruf ist makellos, Mrs Armitage«, konterte Violet. »Da Sie ja übermäßig viel Zeit damit verbringen, das Verhalten aller anderen zu überwachen, wird Ihnen das wohl nicht entgangen sein.«

Lady Olivia trat vor und schob ihren Arm unter den ihrer Freundin. »Sie wurden vielleicht nicht in einen Skandal verwickelt, aber Ihr Club überschreitet sämtliche Grenzen. Sie nehmen Frauen wie Lady Phoebe auf – und wir alle wissen, mit welcher Art von Leuten sie sich herumtreibt. Zudem gibt es Gerüchte, dass einige Mitglieder Ihres Personals eine unappetitliche Vergangenheit haben.«

Violet scherte sich einen Dreck um den üblen Klatsch, den Lady Olivia verbreitete. Ihre Mitarbeiter standen unter ihrem Schutz, und sie würde sie mit allen Mitteln verteidigen.

Sie schluckte eine böse Erwiderung hinunter und verzog die Lippen zu einer Grimasse, von der sie hoffte, dass sie wie ein Lächeln aussah. »Sollten Sie tatsächlich so sehr daran interessiert sein, was in meinem Club vor sich geht«, erwiderte Violet, »sind Sie eingeladen, an unserem Abend der Aufklärung teilzunehmen. Es gibt Limonade und eine Präsentation einer angesehenen Autorität aus dem British

Museum. Sie werden unsere Mitglieder sympathisch und zugänglich empfinden. Im Gegensatz zu gewissen anderen Personen.«

»Und werden Sie auch Hummer servieren?« Fanny riss in vorgetäuschter Neugier die Augen auf.

Rotglühende Wut ließ Violet von den Zehen bis zum Kopf erbeben. Unvergessliche und unverzeihliche Flüche drängten gegen ihre fest zusammengekniffenen Lippen. Als sie den Mund öffnete, um sie auf die beiden Frauen loszulassen, hielt eine tiefe Stimme sie von dieser Torheit ab.

»Mylady. Bitte verzeihen Sie meine Verspätung. Wenn Sie so liebenswert wären, mir diesen Tanz zu gewähren ...?«

Er wartete nicht auf eine Antwort. Noch bevor Fannys Augenbrauen vor Überraschung ihren Haaransatz erreichen konnten, hatte Arthur Violet bereits auf die Tanzfläche gezogen und einen wundervollen Walzer mit ihr begonnen.

»Es war nicht nötig, mich zu retten«, teilte sie ihm mit.

Das kurze Zucken seiner Lippen war Antwort genug.

Auf ihren finsteren Blick hin zog er sie näher an sich heran und drehte sich im Walzerschritt, um sie den giftigen und neugierigen Blicken von Fanny Armitage und ihren missgünstigen Freundinnen zu entziehen.

Seine feste warme Hand an ihrem Rücken beruhigte sie. Sie entspannte sich in seinen Armen, während die Menge um sie herumwirbelte. Er hatte sie zum Ball begleitet und war in dem Moment, als sie die überdimensionale Eingangshalle betreten hatten, ohne ein weiteres Wort in der Menge verschwunden.

Warum hätte er auch bei ihr bleiben sollen? Er war da, um sie zu bewachen, nicht um mit ihr zu tanzen.

Zumindest hatte sie das gedacht.

»Sie sehen ziemlich gut aus«, stellte sie fest. In der Tat bildete das tiefe Burgunderrot seiner Krawatte einen dramatischen Kontrast zum strahlenden Weiß seines Hemdkragens und seiner goldfarbenen Weste. Anders als die meisten Männer im Saal brauchte er keine zusätzlichen Polster, um die breiten Schultern seines festlichen Jacketts auszufüllen.

Die goldenen Fäden in seinen tiefbraunen Augen flackerten im gelben Kerzenlicht. Er neigte den Kopf und räusperte sich. »Sie sehen heute Abend auch sehr gut aus«, erwiderte er ihr Kompliment.

Lügner.

Auf der Tanzfläche versprühten Hunderte von glitzernden Edelsteinen auf den Kleidern der Tanzenden winzige Funken. Lila, rosa, weiße und blaue Blüten aus geflammter Seide entfalteten sich zu den reinen Kristalltönen einer Komposition des talentierten polnischen Komponisten Chopin. Unter dem Kronleuchter des Ballsaals erschien alles prachtvoller – die Farben waren intensiver, und selbst die billigsten Juwelen konnten blenden.

Violet hatte vergessen, wie sinnlich es sein konnte, Walzer zu tanzen. Die Seide ihres Kleides glitt über ihre Haut, und sie genoss es, sich von einem Partner durch den Raum wirbeln zu lassen. Der Druck seiner Handfläche löste ein Kribbeln auf ihrer Wirbelsäule und der Rückseite ihrer Beine aus.

Doch während sie sich in Arthurs Armen wiegte, dämpften die Nachwirkungen der Konfrontation mit Lady Olivia und Fanny ihre Freude.

»Sie zittern ja.« Seine Lippen waren dicht an ihrem Ohr.

»Ich nehme an, mir ist kalt«, log sie.

»Aha. Und ich dachte, Sie wären verärgert wegen dem, was die Ladys gesagt haben.«

»Verärgert?« Ihr gezwungenes Lachen tönte dissonant vor dem Klang des Orchesters. »Sie müssen meine Miene missverstanden haben.«

Sie richtete ihre Aufmerksamkeit auf die Nadel aus billigem Messing, die seine Krawatte hielt.

Sie war eine schrille Note der Realität inmitten der eleganten Kleidung, die er heute Abend trug. Sie erinnerte Violet daran, dass Arthur niemanden hatte, der sich um ihn kümmerte und ihm vielleicht etwas Schöneres schenkte. Zweifellos hatte er die Brosche unter zweckmäßigen Gesichtspunkten erstanden und nur an ihre Funktion gedacht.

Niemals, nicht einmal in einer Million Jahren wäre es schicklich, wenn sie ihm eine Krawattennadel kaufte. Eine andere Frau würde sich dieses Mannes annehmen, wenn seine Aufgabe erledigt war. Andere Hände würden über die Schultern seines Jacketts streichen und eine verirrte Haarsträhne zurückschieben.

Doch heute Abend war Violet seine Partnerin, wenn auch nur für wenige Minuten. Als die Musik das Crescendo erreichte, gab sie sich seinen Armen hin und genoss die gestohlene Zeit.

*

Arthur hatte mit seiner kleinen Schwester Deoiridh auf einem Spaziergang einmal ein Moorhuhn in einer Schlinge entdeckt. Deoiridh hatte entsetzt aufgeschrien und auf den gefangenen Vogel gezeigt. Da sie noch zu jung für Worte war, hatte sie in ihrer Verzweiflung mit den Armen geschlagen und das hilflose Tier nachgeahmt. Eine wilde Kreatur, die sich an eine wilde Kreatur wandte. Unfähig, ihr den Wunsch abzuschlagen, hatte Arthur die Schlinge durchtrennt. Dann hatten er und Deoiridh zugesehen, wie der Vogel lautlos in die Freiheit entschwand.

Die gleiche Verzweiflung hatte in Violets Blick gelegen, dort am Rande der Tanzfläche bei diesen beiden Frauen mit den boshaften Gesichtszügen. Der Drang, die Türen des Ballsaals für sie aufzureißen, hatte ihn aus dem Schatten getrieben. Die Menschenmenge war jedoch nicht die Schlinge, aus der sie sich zu befreien versuchte. Stattdessen hielten die Worte eines toten Mannes sie vom Fliegen ab.

Er war damals dafür bestraft worden, dass er die Schlinge durchtrennt hatte. Das Moorhuhn hatte jemandes Abendessen werden sollen. Die Erleichterung auf Deoiridhs Gesicht war jedoch die Strafe wert gewesen.

Er würde sich für das, was er heute Abend hier tat, ähnlichen Konsequenzen stellen müssen. Es gab keinen triftigen Grund, Violet einfach auf die Tanzfläche zu zerren. Wie sollte er das Drängen erklären, das in seinen Adern siedete, als er beobachtete, wie sie sich zu wehren versuchte?

Während er nach der Antwort suchte, betrachtete er die Frau in seinen Armen. Trotz oder vielleicht gerade wegen ihres schlichten Kleides ging unbestreitbar eine große Anziehungskraft von ihr aus. Ihr tief sitzender Knoten hatte sich teilweise gelöst. Die Locken hatten sich von der Fesselung der Haarnadeln befreit und fielen über die sanften Rundungen ihrer Schultern. Er bemühte sich, sein Spiegelbild in ihrer Iris zu erkennen, die sich von Schokoladenbraun zur Farbe von Tee aufhellte.

»Ah richtig, eine Lady ist niemals verärgert«, sagte er.

»Das stimmt«, bestätigte Violet.

Sie drehten sich erneut in einer engen Drehung, er spreizte seine Finger auf ihrem Rücken und zog sie fester an sich als nötig.

»Ich nehme an, Ladys werden auch nicht wütend?«, setzte er die Befragung fort.

Sie rümpfte die Nase. »Wütend? Niemals.« Die Furchen zwischen ihren Augenbrauen glätteten sich. Was Arthur registrierte.

»Fuchsteufelswild?«, erkundigte er sich.

»Völlig außer Frage«, konterte sie.

»Ingrimmig?«

Ihr Mundwinkel hob sich leicht.

»Das klingt ja fast biblisch. Ich fürchte, dass auch gewisse Rasereien im Alten Testament als ungeziemend gelten, also lautet die Antwort Nein.«

Das weckte Arthurs Interesse. Was im Alten Testament könnte ungeziemend sein? Er unterdrückte jedoch seine Neugier und konzentrierte sich wieder auf das ursprüngliche Thema.

»Furibund?«

»Furi …?« Sie neigte einfach nur den Kopf, aber seine Brust schien sich zusammenzuziehen. Ihr Lächeln hatte eine starke Wirkung auf seinen Kreislauf, von dem sie so oft sprach.

Violet schüttelte ungläubig den Kopf und antwortete. »Damit habe ich nicht gerechnet. Furibund. Gut gemacht.«

Ein alberner Anfall von Stolz erfüllte ihn. Sie strahlten sich gegenseitig an.

Die letzten Töne des Walzers drangen in Arthurs Bewusstsein. »Soll ich Sie zum Tisch mit den Erfrischungen begleiten, Mylady?«

»Oh, nein, bitte. Bringen Sie mich einfach nach Hause.«

Die Traurigkeit in ihrer Stimme veranlasste ihn dazu, sie so hastig aus dem Ballsaal zu führen, als würden sie von bewaffneten Marodeuren verfolgt. Innerhalb weniger Augenblicke hatte er ihren Kutscher aus einer Gruppe tratschender Bediensteter geholt und Violet in die Kutsche gesetzt, die dann aus der langen Schlange wartender Droschken herausfuhr.

Sie saß ihm gegenüber und starrte aus dem Fenster, während sie nur stockend und ruckelnd vorwärtskamen. Die Straßen waren vom schrillen Londoner Verkehr verstopft. Sie schwiegen ganze zehn Minuten. In seiner Gegenwart hatte sie noch nie so lange geschwiegen. Ein seltsames Unbehagen legte sich auf seine Brust, weil sie so verloren wirkte.

Nicht, dass ihr Kummer ihn etwas anging. Sich um sie zu sorgen würde seine Aufmerksamkeit ablenken. Er beschäftigte sich mit den Schlössern des Kutschschlags und ließ weitere fünf Minuten verstreichen, bevor er es nicht mehr aushielt.

Er räusperte sich und übertrat die Grenze zwischen einem bloßen Leibwächter und einem Vertrauten.

10. KAPITEL

»Soll ich den Kutscher anweisen, Sie zu einer anderen Veranstaltung zu bringen? Lady Phoebe erwähnte, dass sie heute Abend in einem nahe gelegenen Etablissement einkehren wolle.«

Seine Worte rissen Violet aus ihrer Grübelei. Sie schüttelte den Kopf.

»Wenn ich Phoebe jetzt erzähle, was passiert ist, fürchte ich um Fannys Sicherheit. Nicht, dass ich die Frau mag, aber manchmal geht Phoebe einfach zu weit.« Sie seufzte. »Ich werde nie wieder mit Grantham sprechen, weil er mich diesen Furien ausgeliefert hat – und es Ihnen überließ, mich zu retten.«

Als er etwas erwidern wollte, hob sie die Hand. »Ich weiß, dass das Ihre Aufgabe ist. Sie erinnern mich ja täglich daran. Ich hoffe, Grey zahlt Ihnen wenigstens ein hübsches Sümmchen für den Ärger, den ich Ihnen bereite.«

Arthur rutschte auf seinem Sitz hin und her. »Er hat nicht … Ich habe nicht aus Pflichtgefühl mit Ihnen getanzt.«

»Oh.« Ihre Wangen röteten sich leicht. »Schön zu hören.« Sie seufzte, hob ihren Blick aber nicht von ihren Röcken. »Ich war wie eine Krähe im Mohnblumenfeld. Ich muss mir wohl neue Kleider für diese verflixten Partys anfertigen lassen.«

»Sie wollen da wirklich hin?«, fragte er. »Sie wollen sich erneut dem Gehacke dieser Hühner aussetzen? Warum?«

»Was soll ich tun? Zu Hause bleiben? Ich bin das öffentliche Gesicht von Athenes Refugium. Laut Letty verschafft es uns Respekt und Vertrauen, wenn ich rausgehe und mit der feinen Gesellschaft darüber spreche, was wir tun.«

Arthur runzelte die Stirn. Warum war Grantham heute Abend nicht gekommen und hatte ihr geholfen? Wozu war der Mann denn sonst gut? »Sie könnten den Earl an Ihrer Stelle schicken. Oder Lady Phoebe.«

»Lady Phoebe? Wohl eher nicht.«

Die roten Samtvorhänge wurden von einer eisigen Windböe in die Kutsche geweht. Violet hielt ihr Gesicht in die kalte Luft. »Jahrelang habe ich mich vergraben, in der Hoffnung, die Zeit würde meine rauen Kanten abschleifen, oder mein Gehirn würde meine Zunge in den Griff bekommen, oder eine weibliche Chemikerin würde aufhören, ein derartiges Unding zu sein. Nichts von alledem ist passiert. Und doch geht das Leben unerbittlich weiter.« Ihre Stimme zitterte vor Unsicherheit. »Wenn ich oft genug ausgehe, gewöhnen sie sich vielleicht an mich – an die exzentrische Violet Hughes, mit ihren hässlichen Händen und ihren schrecklichen Kleidern. Eines Tages kann ich sie vielleicht sogar von mir überzeugen.«

Arthur hatte ein ganzes Leben damit verbracht, die unausgesprochenen Hinweise von Männern und Frauen rund um den Globus zu lesen, und er wusste, dass Violet diese Worte nicht sprach, um von ihm vom Gegenteil überzeugt zu werden. Sie war durch und durch wahrhaftig. Trotz ihres Alters und ihrer Errungenschaften fehlte ihr die Fähigkeit, zu täuschen und sich zu verstellen, die ihre Altersgenossen besaßen. Sie wusste nicht, dass viele Frauen in seinem Bekanntenkreis jetzt innegehalten und darauf gewartet hätten, dass er ihrer unverblümten Beschreibung widersprach.

Doch er wollte widersprechen. Sie hatte keine hässlichen Hände. Violet war schön und freundlich. Und noch wichtiger, sie war authentisch. Sie stolperte und strauchelte nur, wenn sie versuchte, jemand anderes als Violet zu sein.

»Erst als Fanny von den Hummern anfing …« Sie zog ihren Schal fester um ihre Schultern. »Ich nehme an, Sie haben die Geschichte gehört.«

Arthur schüttelte den Kopf.

»Daniel hatte mir erzählt, dass sie Lord Insleys Lieblingsspeise wären, und ich habe sie auf dem Tisch in einer kunstvollen Auslage zubereitet. Um sie bis kurz vor dem Flambieren frisch zu halten, hatte ich sie in eine selbst erfundene Betäubungslösung getaucht.« Sie seufzte. »Ich habe leider die Stärke der Lösung falsch berechnet. Die Tierchen sind während des ersten Ganges aufgewacht. Wie Sie sich vorstellen können, blieben sie nicht auf den Platten hocken, um ergeben darauf zu warten, flambiert zu werden. Sie machten sich davon. Wir merkten es erst, als einer das Bein von Lady Whitsley hinaufkletterte.«

Sie senkte das Kinn, als wartete sie auf Arthurs Spott. Er blieb jedoch ruhig und stellte sich vor, wie schwer es für sie gewesen sein musste, sich der Missbilligung ihres Mannes ausgesetzt zu sehen.

»Es war grausam von ihr, Sie daran zu erinnern«, sagte er.

»Ich habe mich damit abgefunden, dass sie mich verspotten, aber ich kann es nicht ertragen, wenn Frauen wie Fanny auf anderen herumhacken, die sich nicht wehren können. Sie machen einem Mädchen wie Althea das Leben schwer. Sie von Athenes Refugium fernhalten zu wollen, dem einzigen Ort auf der Welt, der ein Mädchen wie sie beschützen und behüten kann, macht mich so …«

Sie sog scharf die Luft ein, um das Wort nicht über ihre Lippen kommen zu lassen.

Er wartete auf den Ausbruch, beugte sich vor, als wolle er ihre Worte auffangen.

»So …« Violet ballte die Fäuste. »So wütend!« Sie brach in Tränen aus.

Tränen!

Arthur sah sie starr vor Entsetzen an.

»Ich bin stinkwütend.« Sie schüttelte sich vor Wut. »Aufgebracht. Erbost.«

Arthur kramte in seinen Taschen nach einem Taschentuch und versuchte zu verstehen, wie es so weit hatte kommen können.

Mein Gott, er hatte sie zum Weinen gebracht.

»Wenn Sie wütend sind, warum weinen Sie dann?« Das Schluchzen, das ihren Körper gepackt hatte, entsetzte ihn.

»Ich weiß es nicht«, jammerte sie. »Ich … Da ist etwas zerbrochen. Ich weine sonst nie. Niemals!«

Arthur fand das Stofftuch, setzte sich auf die Bank neben sie und drückte das Taschentuch in ihre schlaffen Finger.

»Fühlt es sich so an, wenn man seiner Wut freien Lauf lässt?«, erkundigte sie sich. »Es gefällt mir überhaupt nicht. Helfen Sie mir, es zu beherrschen, bitte.«

»*Na bith a' gul.*« Er verfiel in den gälischen Dialekt und tätschelte ihre Hand. »*Na bith a' gul.* Weine nicht.«

Als die Kutsche schwankte, zog er ihr die Haube vom Kopf und legte einen Arm um ihre Schulter. Violet vergrub ihr Gesicht in seinem Mantel, und sie schaukelten hin und her, bis ihre Tränen versiegt waren. Er war noch nie so erleichtert gewesen wie in dem Moment, als sie sich schließlich abwandte und ihr Gesicht trocknete.

»*Na bith a' gul*«, wiederholte sie. »Hat Ihre Mutter Ihnen das zugeflüstert?«

»Das habe ich immer zu meiner kleinen Schwester gesagt, wenn sie geweint hat«, erwiderte Arthur.

Violet blickte mit geröteten Augen zu ihm auf und schniefte. »Sie müssen ein wunderbarer älterer Bruder sein. Ich habe mir selbst immer einen älteren Bruder gewünscht.«

Seltsam, wie dieser Verlust auch nach Jahren noch schmerzen konnte. War er ein wunderbarer Bruder gewesen? Gott, er hoffte es.

Violet ließ sein Taschentuch sinken und zog ihre Handschuhe aus. Dann nahm sie seine Hand und verschränkte ihre Finger mit seinen.

»Ist sie die Person, die Sie verloren haben?«, flüsterte sie.

Wie konnte sie das wissen? Hatte es ihr jemand gesagt?

Er öffnete den Mund, um ihr zu sagen, dass er nichts verloren hatte. Seine Geschichte war für niemanden von Bedeutung.

»Ihr Name war Deoiridh«, kam stattdessen über seine Lippen.

Als bräche ein rostiges Schloss auf, überflutete die bittere Süße der Erinnerung seine Brust. Deoiridh liebte Pflaumenkuchen, und ihre Zöpfe lösten sich immer wieder auf. Ihre Finger waren dick wie kleine Würstchen, und sie hatte sein achtjähriges Ich erschreckt, wann immer sie sich in oder auf oder von unbeweglichen Gegenständen warf.

»Was ist passiert?«, fragte sie.

»Grippe.« Ein Wort. Ein Wort für die Verwüstung, von der er sich nie erholt hatte. So leuchtend rote Wangen an einem Nachmittag, die nach der Teestunde nicht mehr weggehen wollten. Ein Fieber, das nicht beherrscht werden konnte. Quälender Husten, der in einer schrecklichen Stille endete.

»Ist das schon lange her?«

Lebensspannen. Vor Hunderten von Jahren und Millionen von Meilen.

»Ich war acht, und sie war drei. Meine Eltern sind kurz danach gestorben.« Sein Vater gab am Tag nach Deoiridhs Tod auf und drehte sein Gesicht zur Wand, während heftige Hustenanfälle seinen Körper schüttelten. Mam versuchte ihr Bestes, um durchzuhalten, aber der Griff des Fiebers war unerbittlich.

»Es ist ein Feind, gegen den man sich nicht wehren kann«, stellte Violet fest.

Arthur legte einen Finger unter ihr Kinn. »Der Tod kommt an jedem Wächter vorbei, wenn er will.« Er wollte, dass sie es verstand, bevor sie zu weit gingen. Bevor er diese wichtigste aller Lektionen vergaß, wegen ihrer Süße, die ihn anzog, so entzückend und tröstend.

Sie wandte ihm den Kopf zu und musterte sein Gesicht.

»Sie beschützen mich. Ich habe mich noch nie so sicher und behütet gefühlt.«

Er senkte seinen Kopf zu ihr. »Du bist nicht sicher.« Seine Lippen zeichneten die Worte auf ihrer Haut nach. »Keiner von uns ist das. Das ist ein Auftrag, und du darfst mir nichts bedeuten.«

*

Was dann geschah, war alles andere als süßlich. Kein behutsames Erforschen. Er schüttelte verneinend den Kopf, aber seine geschlossenen Lippen streiften ihre, bis sie sich nicht mehr zurückhalten konnten. Flammen schienen unter seiner Berührung aufzulodern. Begierde lud die Luft zwischen ihnen auf, knisterte, als ihre Schenkel seine berührten.

Seine Küsse waren rau und gierig und brachten ihre Knochen zum Schmelzen. Sie küssten sich wieder und wieder, ihre Zähne stießen aneinander, ihre Zungen tanzten. Winzige Funken sprühten unter ihrer Haut, als seine Finger sich in ihr Haar krallten. Sie biss auf seine Lippen, saugte an seinem Mund, als wollte sie ihn verschlingen. Er schmeckte nach Gewürz und Feuer.

Die Hitze seines Körpers brannte durch die Schichten aus Baumwolle und Leinen zwischen ihnen. Wolle kribbelte unter ihren Fingerspitzen, bis sie die glatte Seide seines Halstuchs fand. Sie fummelte ungeduldig an dem Knoten herum, unwillig, den Kuss zu unterbrechen, um zu sehen, was sie tat.

Seine fordernde Zunge kontrastierte mit der Sanftheit,

mit der sein Daumen über ihre Wange strich. Enorme Kraft lag in den Händen, mit denen er ihr Gesicht umfasste. Seine Selbstkontrolle erregte sie fast so sehr wie seine Leidenschaft. Sein Kuss war so innig, dass sie das Gefühl hatte, als würde sie in ihn hineinstürzen, fallen, als wäre sie berauscht, immer und immer wieder, bis sie jedes Zeitgefühl verlor.

Er unterbrach den Kuss, legte die Lippen an die Seite ihres Halses, und sie keuchte erstickt, als die Lust zwischen ihren Schenkeln zu pochen begann, während er seine Zähne in ihre Haut grub.

Violet wollte seine Schultern packen, kam jedoch gerade noch zur Besinnung und ließ ihre Hände wieder sinken. Sie durfte auf keinen Fall zu begierig erscheinen.

Er drehte sich herum, legte sie auf den gepolsterten Kutschensitz, dann drängte er seine schmalen Hüften zwischen ihre Schenkel, stemmte einen Fuß auf den Boden, um sie abzustützen, während die Kutsche hin und her schwankte. Ein dunkles, samtiges Knurren kam tief aus seiner Brust, als sie an seiner Zunge saugte, und er stieß mit dem Becken gegen sie. Es war ein herrlicher Druck an der Stelle, die sich so nach ihm sehnte.

Er zog mit den Zähnen einen Handschuh aus, fuhr mit dem Daumen unter den Rand ihres Korsetts und befreite eine Brust aus ihrem Gefängnis.

Violet sehnte sich danach, mit ihren Fingern durch sein Haar zu streichen. Sie hob immer wieder die Hände, und ließ sie dann wieder sinken. Als er innehielt, zuckte sie zusammen. Hatte sie etwa ein Geräusch von sich gegeben?

Er vertrieb jedoch ihre Ängste, als er den Mund auf ihre

Brust legte und mit der Zunge den Umriss ihrer Brustwarze nachzeichnete. Die feuchte Hitze jagte ihr einen Schauer über den Rücken. Sie ging das Risiko ein, zog ungeduldig ihre Handschuhe aus und fuhr mit den Fingern durch seine dichten Locken.

Hatte sie sich zu sehr unter ihm bewegt? Sie sollte aufhören! Sie konnte nicht aufhören!

Als er sie von ihrem Mieder befreit hatte und wieder an ihren Brustwarzen saugte, entrang sich ihr ein Schrei der Lust. Er hörte sich so verzweifelt und wollüstig an, dass sein Klang sie aus der Lust herausriss und in die Realität zurückschleuderte.

»Es tut mir leid. Es tut mir leid«, flüsterte sie und ließ Arthurs Haare los, bevor er sich beschweren konnte.

Ihre nasse Haut kribbelte in der kalten Luft, als er sie losließ. Zu spät. Tränen der Scham stiegen ihr in die Augen.

»Du bist mit deinen Händen, die nie zur Ruhe kommen, wie ein verrückter Kolibri«, murmelte er.

»Es tut mir leid«, flüsterte sie wieder.

»Warum tut es dir leid? Was hält dich davon ab, mich zu berühren?« Er strich ihr über die Wange, und sein prüfender Blick ließ ihr keine Chance, sich zu verstellen.

»Ich wollte nicht zu eifrig erscheinen. Oder etwa meine Stimme erheben«, sagte sie. »Ich entschuldige mich für mein unanständiges Verhalten. Ich werde es nicht wieder tun.«

»Atme ruhiger.«

Erst als er es ihr befahl, bemerkte Violet, wie flach und hastig sie nach Luft rang.

»Zuerst einmal, atme«, sagte er. »Und dann sag mir: Was willst du, Violet?«

Was sie wollte? Die Wahrheit drängte aus ihr heraus, schob ihre Angst beiseite und stieß unaufhaltsam an die Oberfläche.

»Ich will berühren und berührt werden. Ich will begehren und begehrt werden.«

Während sie sprach, spielten seine Finger mit ihrer Brustwarze. Violet musste alle Willenskraft aufbieten, um nicht vor Hingabe die Hüften zu heben.

»Natürlich willst du das. Genau das wollen wir alle. Ein solches Verlangen ist in keiner Weise unnatürlich.« Er sprach mit derselben Sicherheit, mit der er ihr befohlen hatte, sich von den Fenstern fernzuhalten oder dicht neben ihm zu gehen.

Er beugte sich vor, sodass sie nur noch sein Gesicht sehen konnte. »Hat es dir Vergnügen bereitet, was ich mit dir gemacht habe, Violet?« Seine Stimme träufelte über sie wie dicker, dunkler Honig.

»Oh ja!«, stieß sie hervor. »Ich meine … es hat mir nichts ausgemacht.«

Seine Mundwinkel hoben sich in einem wölfischen Grinsen. Er ließ seinen Kopf sinken, legte die Lippen auf die Stelle zwischen Hals und Schulter, öffnete den Mund weit und biss zu. Hitze durchströmte ihren Körper, und der Puls zwischen ihren Schenkeln pochte heftiger.

Dann nahm er den Mund von ihrer Haut und legte seine Lippen an ihr Ohr. »Hat dir das gefallen?«, flüsterte er.

»Ja.«

»Hab keine Angst, mir zu sagen, wenn es sich gut anfühlt«, bat er sie.

Dann beugte er sich wieder über sie und legte seine Stirn an ihre. Ein verirrter Strahl Mondlicht fiel auf seine Wange. »Und noch wichtiger ist, dass du dich niemals scheust, mir zu sagen, was du nicht magst. Vergnügen muss auf Gegenseitigkeit beruhen.«

Violet hatte gehört, dass einige Männer so empfanden. »Meinst du das ernst?«

Kaum hatte sie die Worte ausgesprochen, hätte sie sie am liebsten zurückgenommen. Sie klang wie ein Kind.

Arthur nahm es ihr jedoch nicht übel und umfasste ihr Kinn. »Vertraust du mir?«

Noch bevor sie ein einziges Wort gewechselt hatten, hatte dieser Mann etwas in Violet geweckt, was sie lange in sich vergraben hatte. Sie hatte ihm von dem Moment an vertraut, in dem er sie zum ersten Mal berührt hatte.

»Ja«, antwortete sie.

»Dann lass es uns üben, ja?«

Noch einmal beugte er sich zu ihren Brüsten hinab. Diesmal liebkoste er ihre Brustwarze mit der Zunge, bis sie ihre Augenlider zusammenkniff.

Er hielt inne. »Violet?«

»Oh, ja. Ja, es gefällt mir. Es gefällt mir.«

Arthur lachte leise an ihrer Brust und fuhr mit der Zunge zu ihrer Kehle hinauf.

»Ooooooh ja!«, stöhnte sie. »Oh, das gefällt mir auch.«

»Freut mich, das zu hören.«

»Ich möchte dich mehr berühren«, bat sie.

Sie wollte ihn sehen, das dunkle Kribbeln spüren, wenn sie ihn in ihrer Hand hielt. Die Aussicht, ihn mit ihrer Zunge zu erforschen, das Salz seiner Haut zu schmecken machte ihr Höschen feucht. Sie griff nach den Verschlüssen seiner Hose.

Mit für ihn uncharakteristischer Unbeholfenheit versuchte Arthur gleichzeitig, ihre Unterröcke hochzuschieben. Er fluchte, als sie wieder nach unten fielen, wie ein Wasserfall der Frustration. Der Anblick dieses gerissenen Raubtiers, das von etlichen Metern Spitze und Musselin an seine Grenzen gebracht wurde, brachte Violet zum Kichern. Er blickte beschämt auf und lächelte, strahlend und gelassen.

Ein Fremder saß vor ihr, die Hand halb unter ihren Rock geschoben, die Lippen geschwollen von ihren Küssen. Ein Arthur, der nicht darauf wartete, dass der Tod über sie herfiel. Ein Arthur, der über einen Witz lachen oder gelassen durch den Park schlendern konnte, ohne sich Sorgen zu machen, wer ihm folgen könnte.

Er war so wunderschön.

Er streckte die Hand aus, um ihr Lachen wegzuküssen, hielt jedoch unvermittelt inne. Die Kutsche rumpelte und fuhr in eine scharfe Kurve.

»Verdammt!«, flüsterte er.

Sie kamen abrupt zum Stehen. Violet drehte überrascht ihren Kopf zur Seite. »Sind wir schon zu Hause?«

»Ich habe nicht aufgepasst. Ich kann nicht glauben, dass …« Hastig und sachlich zog er ihr Mieder hoch, strich ihre Röcke herunter und nahm auf der Sitzbank ihr gegenüber Platz.

»Wir könnten dem Kutscher sagen, dass ich meinen Umhang vergessen habe«, flehte sie ihn an. Das Verlangen pochte noch immer zwischen ihren Beinen. »Wir müssen nicht anhalten.«

Ein Blick des Bedauerns war alles, was sie erhaschte, bevor Arthur verschwand und ihr Leibwächter zurückkehrte. Ein teilnahmsloser, ungerührter Mann, der ihr nun die Handschuhe reichte, die sie auf den Boden der Kutsche hatte fallen lassen.

»Und wenn ich ...« Die Worte blieben ihr im Hals stecken, als sie den grimmigen Ausdruck um seinen Mund sah.

»Ich habe meine Pflichten vernachlässigt. Ich bitte Sie zutiefst um Verzeihung.« Arthur klang ruhig und gelassen, während die Kutsche schaukelte, als der Diener abstieg. »In der Zwischenzeit sollten wir vergessen, dass das hier passiert ist.«

Violet verzog die Lippen und schwieg, als sich die Tür öffnete und der junge Mann die kleine Treppe ausklappte. Arthur half ihr beim Aussteigen und verschwand, ließ sie unter dem abnehmenden Mond allein.

Vergessen, dass das passiert ist?

Wie?

Sie ging hinauf in ihr Schlafgemach und stellte sich vor ihren Spiegel. Zitternd zog sie mit den Fingerspitzen den Umriss ihrer geschwollenen Lippen nach. Eine der Haarsträhnen, die sich aus dem Knoten in ihrem Nacken gelöst hatten, flatterte unter ihren schnellen Atemzügen.

Violet konnte sich nicht daran erinnern, wann sie das letzte Mal so geküsst worden war – so als würde sie jemand wirklich wertschätzen, als wäre sie außergewöhnlich. Was in dieser Kutsche passiert war, war reine Chemie.

Violet hatte zwar keine Ahnung, wie man jemanden verführte – aber sie wusste jetzt, welche Elemente es dafür brauchte. Und wenn Arthur wirklich glaubte, er könnte ihr vorschreiben, wann die chemische Reaktion zwischen ihnen vorbei war, dann war er vollkommen auf dem Holzweg.

11. KAPITEL

Kurz nach Tagesanbruch machte sich Violet mit Feuereifer an die Arbeit. Drei Stunden später hatte sie einen schwarzen Schlamm erzeugt, der nach Rübensalat roch und sich durch ihren Holztisch fraß.

»So geht das nicht«, schalt sie sich selbst.

Sie musste sich von dem ablenken, was zwischen ihr und Arthur in der Kutsche passiert war. Und von den Bildern in ihrem Kopf, was alles nicht passiert war. Vor lauter Sehnsucht und Frustration war sie ganz rastlos.

Ausnahmsweise konnte Violets Arbeit sie nicht aus ihren Gedanken reißen. Sie kreisten immer wieder um den Moment, als sich alle Schleusen geöffnet hatten und sie in Tränen ausgebrochen war. Arthurs Gesichtsausdruck war derselbe gewesen wie in der Nacht der Explosion. Er war bereit gewesen, sie zu retten, falls sie zu erschüttert gewesen wäre, um sich zusammenzureißen. Nicht eine Spur von Abscheu oder Mitleid hatte in seiner Miene gelegen.

Das berührte sie mehr als die köstlichen Küsse, mehr als Arthurs sinnliche Liebkosungen. Benommen von einer unerklärlichen Leichtigkeit, ließ sie ihre Arbeit liegen und streifte durch das Haus, bis sie Alice beim Aufräumen des Ankleidezimmers fand.

Nachlässig gekleidet, hatte Fanny Violet gestern Abend genannt.

Als sie jetzt ihren Kleiderschrank durchsah, musste Violet ihr zustimmen. Nichts in diesem Schrank war auch nur annähernd so hübsch wie die Kleider, die sie auf dem Ball gesehen hatte.

Dann hatte sie Alice losgeschickt, um einen Stapel Modezeitschriften zu besorgen. Jetzt saßen die beiden in Violets Vorzimmer vor dem kleinen Kamin und betrachteten die neueste Mode. Der Raum war voller Bücher, loser Blätter, nicht zusammenpassender Möbel. Außerdem beherbergte er eine halbfertige Standuhr, über die eine rosa- und orangefarbene Decke drapiert war, und hatte nach Daniels Tod seine vornehme Ruhe verloren.

»Warum haben die Frauen in der Reklame für Korsetts Körper, die eigentlich kein Korsett brauchen?«, erkundigte sich Violet.

»Weil Männer die Zeichnungen anfertigen, Mylady«, antwortete Alice.

Violet hielt in ihren Händen das Bild eines grün-goldenen Kleides mit gewagt tief angesetzten Schultern, um dessen Saum sich ein hübsches Band aus gestickten Ranken schlängelte. Sie legte es weg und nahm es dann doch wieder zur Hand.

Nur eine Frau, die auf ihre Verführungskraft vertraute, würde ein solches Kleid tragen. Es war eine unausgesprochene Einladung. Sie fuhr mit dem Finger die Umrisse des Rocks nach und seufzte.

»Hat Ihnen der Ball gestern Abend gefallen, Mylady?«, erkundigte sich Alice.

»Hmm.«

Fanny Armitage würde das grüne Kleid gewiss skandalös finden, schließlich hatte Violet vor allem an ihren Brüsten an Gewicht zugelegt.

Doch sie empfand den brennenden Wunsch, Fanny Armitage zu verärgern.

»Mr Kneland schien es nicht gefallen zu haben«, fuhr Alice fort.

Violets Kopf ruckte hoch. »Wie bitte?«

»Er hat Winthram furchtbar angeschnauzt, als Sie zurückkamen. Er ist längst nicht so freundlich wie Mr Thomas.«

Violet hob eine Braue und wartete darauf, dass Alice fortfuhr. Das kleine Dienstmädchen starrte auf die Tabletts mit den Modezeitschriften vor ihr. »Ich sagte ihm, dass ich aus der Nähe von Dingwall komme. Und fragte ihn, ob er Verwandte in der Nähe hätte. Er hat mich nur böse angesehen«, beklagte sich das zierliche Dienstmädchen. »Ich wollte nicht neugierig sein. Es wäre nur schön gewesen, mit einem anderen Schotten zu plaudern.«

»Vielleicht hat er ebenfalls Heimweh, Alice. Manche Menschen schmerzt es mehr, von der Heimat zu sprechen, als nicht davon zu reden.«

Während Alice darüber nachgrübelte, dachte Violet selbst über ihre Worte nach. Was mochte es Arthur an Überwindung gekostet haben, ihr gestern Abend seine Familiengeschichte zu erzählen? Konnte es sein, dass ihn diese emotionale Nähe mehr beunruhigt hatte als die körperliche?

»Vielleicht«, sagte Alice. »Oder er ist vielleicht gar nicht aus dem Norden.«

»Wie kommst du darauf?«, wollte Violet wissen. »Er stammt von einem kleinen Bauernhof in den Highlands. Das hat Lord Greycliff gesagt.«

»Kleine Höfe gibt es dort nicht mehr. Jetzt gibt es dort nur noch die großen Ländereien und Schafzucht. Der Rest sind Pächter – deshalb mussten wir ja dort weg.«

Arthur hatte also mehr als nur eine Familie verloren. Er hatte eine ganze Lebensweise verloren.

»Hallo, Liebes.« Phoebe betrat den Raum und starrte auf die über einen Stuhl drapierten Stoffbahnen, dann fiel ihr Blick auf Alice. »Sie trinken Tee mit Ihrem Dienstmädchen? Wie überaus … demokratisch!«

Die arme Alice sprang auf und beeilte sich aufzuräumen. Mit einem zustimmenden Nicken ließ sich Phoebe auf den Stuhl fallen und betrachtete desinteressiert den Stapel mit den Damenzeitschriften.

»Danke, Alice«, sagte Violet. »Wir setzen unser Gespräch fort, nachdem Lady Phoebe mich genügend getadelt hat, denn deswegen ist sie zweifellos hergekommen.«

Alice knickste und verschwand hastig.

»Woher wussten Sie, dass ich gekommen bin, um Sie auszuschelten?«, wollte Phoebe wissen.

»Sie haben diesen gewissen Blick. Als hätte ich Ihre Stiefel angezündet oder eine gestreifte Mütze mit einem Paisley-Schal kombiniert.«

»Paisley und Streifen an sich sind bereits ein Verbrechen an der Menschheit. Sie sind ein Meuchelmord an der Mode, und ich werde nie aufhören, dafür Genugtuung zu verlangen«, beschwerte sich Phoebe. »Haben Sie etwas zu trinken?«

»Warum heucheln Sie so?«, erkundigte sich Violet.

Phoebe erstarrte kurz, dann warf sie eine Zeitschrift zu Boden und neigte ihr Gesicht zur Seite, um ihren schlanken Hals von seiner Schokoladenseite zu präsentieren.

»Was Sie zu Alice gesagt haben …«, begann Violet.

Phoebe tat Violets Ermahnungen mit einem Achselzucken ab und zupfte ihre Röcke zurecht. »Sie können nicht erwarten, dass die Tochter eines Marquis Tee mit einer ungebildeten …«

»Sie waren immerhin diejenige, die Alice überhaupt mit den Werken von Giovanni Plana bekannt gemacht hat.« Violet warf ihre Decke beiseite und ging zum Feuer, wo sie frustriert in den glühenden Kohlen herumstocherte.

Sie drehte sich um und musterte ihre Freundin. Das schön geschnittene Kleid aus zerknitterter rosa Seide hing viel zu locker um Phoebes Taille, und ihr rotbraunes Haar hatte nicht den üblichen Glanz.

»Warum spielen Sie die überhebliche Aristokratin, obwohl wir beide wissen, dass Sie gar nicht an diesen Unsinn glauben?«

Ein Sonnenstrahl durchdrang die Dämmerung, und Phoebe streckte eine Hand aus, als wolle sie den Strahl auffangen.

»Seltsam, nicht wahr?« Der gelangweilte Tonfall war aus ihrer Stimme verschwunden, als sie ihre Handfläche in dem schrägen Strahl hin und her drehte. »Wie sehr ich auch versuche, mich dem Einfluss meines Vaters zu entziehen, plappere ich doch immer wieder seine Vorurteile nach.«

Die Muskeln in ihrem Gesicht spannten sich zu einem gezwungenen Lächeln an. »Auf jemandem herumzuhacken, der schwächer ist, wenn man sich niedergeschlagen fühlt, liegt bei den Hunts in der Familie, fürchte ich. Zu meiner Ehrenrettung kann ich jedoch vorbringen, dass sich meine Antipathie nicht auf die unteren Klassen beschränkt. Grantham hat auch seinen Teil davon abbekommen.«

Sie verschwendete so viel Energie, um eine Fassade aufrechtzuerhalten, die so gar nicht zu dem passte, was sich dahinter verbarg. In Wahrheit empfand Phoebe Hunt viel zu stark, sorgte sich zu sehr, als dass sie sich in ihrer Haut hätte wohlfühlen können.

Die Sonnenstrahlen fielen an Violet vorbei und tauchten die Wände zaghaft in weiches Licht.

»Sie haben Maisy White vor ihrem Mann gerettet«, sagte sie. »Sie haben mir beigestanden, als sich alle über die Idee von Athenes Refugium lustig machten. Warum darf der Rest der Welt nicht auch Ihr großes Herz sehen?«

»Sie meinen, ich sollte ein Licht in die dunklen Ecken werfen?«

Einen kurzen Moment trafen sich ihre Blicke, und eine andere Frau schien sich hinter Phoebes Augen zu zeigen: eine unsichere, verlorene Frau, die auf ihre Freundin angewiesen war. Violet erstarrte, aber offenbar hatte sich ihr Mitgefühl auf ihrem Gesicht gezeigt. Als hätte die Sonne ihre Anspannung gespürt, zog sie sich zurück, und Phoebe ballte im plötzlichen Dämmerlicht die Faust. Sie straffte die Schultern, biss die Zähne zusammen, als wollte sie jeden Gedanken an Verletzlichkeit vertreiben, und zwang sich zu einem spröden Lachen.

»Liebes, das Herz ist nichts weiter als ein Muskel mit einem weit übertriebenen Ruf.«

Letty steckte ihren Kopf herein. »Tut mir leid, dass ich so hereinplatze, Mylady. Ich hatte gehofft …« Sie stockte, als sie Phoebe sah. »Oh. Entschuldigen Sie, Lady Phoebe. Ich habe Ihre Karte unten nicht gesehen.«

Violet verfluchte die Unterbrechung mit einem unanständigen Wort, das sie eigentlich nicht kennen sollte.

Phoebe ihrerseits verbarg ihr Elend hinter einer Maske kühler Belustigung und warf den Kopf zurück. Offenbar war sie entschlossen, so zu tun, als hätte die Unterhaltung mit Violet nie stattgefunden. Sie deutete auf einen anderen Sessel, der unter einem Stapel von Büchern und Papieren versteckt war.

»Nein, es ist gut, dass Sie gekommen sind, Letty. Wir sind aus demselben Grund hier, vermute ich.«

Letty wandte sich wieder Violet zu – mit einem so süßen und ernsten Blick, dass der ein Stich durch die Brust fuhr.

»Es ist doch nichts explodiert, oder?«, fragte sie. Milly und Willy hatten gestern verdächtig fröhlich gewirkt.

»Nur der Kopf von Fanny Armitage gestern Abend«, antwortete Phoebe. »Er ist ihr vor Aufregung fast von ihrem dürren kleinen Körper gefallen, weil sie so herrlich über Sie hergezogen ist.«

Letty nickte zögernd. »Ich habe die Geschichte von Lady Olivias Cousine gehört. Sie war im Geschäft meines Vaters und hat dabei mit ihrer Tante getratscht. Es war nichts Schlimmes, nichts, was sie nicht schon häufiger gesagt hätten …«

»Es war schlimm genug«, sagte Phoebe.

Verflixt.

»Grantham ist schuld an dem Schlamassel«, sagte Violet

und wischte sich den Kohlenstaub von den Händen. »Er hat mich beschwatzt, zum Thornton-Hammersmith-Ball zu gehen und ist dann selbst gar nicht aufgetaucht. Wäre er dort gewesen, hätte Fanny kein Auge für mich übrig gehabt. Was nützt seine blonde Herrlichkeit, wenn er diese widerlichen Hühner nicht davon ablenkt, wehrlose junge Ladys zu Tode zu picken?«

Letty zog verwirrt die Brauen zusammen, und ein unbehagliches Gefühl lief Violet über den Rücken. Sie verschränkte die Arme und schob die Hände unter die Achseln. Trotz des Feuers fröstelte sie.

»Lady Olivia hat Ihr Verhalten als mehr als nur exzentrisch bezeichnet«, erklärte Letty.

»Die Ladys meiner Familie standen schon immer in dem Ruf, besonders originell zu sein«, erinnerte Violet sie.

»Ja, das ist das Problem.« Phoebe richtete sich in ihrem Stuhl auf. »Sie haben bereits eine Vergangenheit des sozialen Versagens. Bis jetzt haben Sie es geschafft, auf der Grenze zwischen unorthodox und unerhört zu balancieren. Nur Ihr Titel und die Unterstützung von Mitgliedern der Gesellschaft wie meiner werten Person halten Sie noch oben.«

Dass Letty zustimmend nickte, brachte Violet auf die Palme. Wochenlang hatten die beiden sich gestritten, und dann kamen sie ausgerechnet heute auf die Idee, gemeinsame Sache zu machen und sie zu belehren. Sie war in einer fahrenden Kutsche verführt worden – auf die bestmögliche Art und Weise, und jetzt stand ihre ganze Welt auf dem Kopf. Wer hatte da schon Zeit, sich einen Vortrag über Etikette anzuhören?

»Ich habe Althea nur einem jungen Mann vorgestellt, dessen Namen ich vergessen habe.«

Phoebe runzelte die Stirn. »Das hat nichts mit Althea zu tun.«

»Was könnte denn sonst der Grund gewesen sein?«, fragte Violet.

Letty und Phoebe sahen sich ungläubig an. Eine bange Vorahnung flatterte in Violets Magen, und sie lehnte sich in ihrem Sessel zurück. Vor ihr auf dem Boden lag das aufgeschlagene Modejournal mit dem Bild des grünen Kleides.

»Ich habe Sie mit ihm gesehen«, erwiderte Phoebe. Ihre Stimme klang ungewöhnlich weich und mitfühlend.

Einen schrecklichen Moment lang glaubte Violet, Phoebe spräche von dem, was in der Kutsche passiert war – die Intimität ihrer Tränen und Arthurs Berührung.

»Wie konnten Sie das sehen?«, flüsterte sie.

»Ich war da. Sie sind direkt an mir vorbeigewalzt«, erwiderte Phoebe. »Es überrascht mich wenig, dass Sie mich nicht bemerkt haben, wenn ich bedenke, wie Sie einander mit Ihren Blicken veschlungen haben.«

»Es war nur ein Tanz.« Die Lüge war unverkennbar.

Phoebe beugte sich vor. »Ich habe Sir Peter Forthingull Champagner auf seine Hose geschüttet, weil er Miss Lucy Petershaw eine Kuh nannte. Keiner hat auch nur mit einer Wimper gezuckt, weil sie alle Ihnen beim Tanzen zusahen.«

Letty nickte befriedigt über Forthingulls Schicksal, aber die Furchen zwischen ihren blassen Brauen vertieften sich. »Laut Lady Olivia hat Mr Kneland Sie wie ein Rohling weggeschleppt, ohne auch nur ein Wort zu sagen. Sie sagt, Sie hätten sich so dicht an ihn gepresst, dass der Cellist vor

Schreck über diese unerhörte Zurschaustellung fleischlicher Lust vom Stuhl gekippt sei.«

»Wie unverschämt!«, rief Violet. Sie legte die Decke wieder auf ihren Schoß und zupfte daran herum, bis sie perfekt glatt lag. »Ich hätte nie gedacht, dass Lady Olivia so viel Verstand besitzt, um solch eine Geschichte zu erfinden.«

»Diese Beschreibung kam von Fanny, da können Sie sicher sein«, meinte Phoebe. »Sobald die Damen anfingen zu tuscheln, habe ich allen erzählt, dass Kneland der Mann ist, der eine für Dickerson bestimmte Kugel mit seinem Körper abgefangen hat. Das hat jedoch nicht sonderlich geholfen. Fanny sagte, Dickerson sei ein Rüpel, mit zudem höchst fragwürdigen Vorstellungen von Hygiene.«

Verflucht sei Fanny Armitage. Ihre Worte besudelten die Freundlichkeit von Arthurs Rettungstat.

»Trotzdem, Sie können sich nicht einfach wie die aufmüpfige Tochter eines Marquis aufführen, die sich mit einem Kutscher einlässt!«, schimpfte Phoebe. »Die Konsequenzen dürften weit schlimmer sein als ein wütender Papa, der dem armen Mann mit der Peitsche hinterherläuft.«

»Mr Kneland ist kein Bediensteter, und das ist ohnehin eine bizarre Analogie«, widersprach Violet. »Es war ein Tanz in der Öffentlichkeit, nicht mein erster Kuss hinter der Scheune.«

Letty konnte sich nicht zurückhalten. »Hat Ihr Papa den Kutscher wirklich mit der Peitsche verprügelt?«, fragte sie Phoebe.

Phoebe schnaubte. »Natürlich nicht selbst. Er würde seine Energie niemals an einen einfachen Kutscher verschwenden. Das hat sein Kammerdiener für ihn erledigt. Papa hat sich seine Kräfte aufgespart für ... Schon gut. Sie haben ganz recht, Violet. Kneland ist kein Diener.« Sie legte ihre gespielte Zerstreutheit ab. »Aber ebenso wenig ist er ein Gentleman.«

»Der Grund, warum alle darüber geredet haben, ist der, dass Sie zu selten auf Partys oder Bälle gehen, Mylady«, meinte Letty. »Sie wissen nicht, wie Sie aussehen, wenn Sie glücklich sind.«

Violet betrachtete angelegentlich die Hände in ihrem Schoß. Sie hatte es geschafft, den Kohlenstaub nicht nur auf die Handflächen, sondern auch auf die Handschuhe zu schmieren. Dieses Missgeschick erforderte eine genaue Untersuchung, die solange dauerte, bis sie ihre Fassung wiedergewonnen hatte.

»Glücklich oder läufig, das spielt keine Rolle«, brachte Phoebe die Sache auf den Punkt. »Wenn Sie mit einem Hausangestellten herumtollen wollen, tun Sie es nach dem Ball.« Sie stand auf, schlenderte durch den Raum und spähte aus dem Fenster. »Ich muss heute Nachmittag wieder an meine Arbeit. Ich habe eine längst überfällige Korrespondenz mit einem gewissen Herrn Kolbe zu führen, bevor ich den nächsten Schritt in meiner Forschung mache. Also, nur damit die Sache klar ist. Sie stecken in Schwierigkeiten, Violet.«

»Aber niemand hat doch gestern etwas gesagt ...«, begann Letty.

»Das werden sie noch tun«, unterbrach Phoebe sie. »Sie sind in das Visier von Fanny Armitage geraten. Sie ist die Schlimmste von allen und hat eine Abneigung gegen Sie, seit Sie Daniel geheiratet haben. Sie hatte es schon seit Ewigkeiten auf ihn abgesehen.«

»Sie hätten auch viel besser zueinander gepasst. Ich habe seine Erwartungen nie erfüllt.«

Phoebe drehte sich um, ein kämpferisches Licht in ihren Augen. »Weil er grausam war. Er konnte es nicht ertragen, dass Sie einen schärferen Verstand hatten als er, und hat versucht, Sie deshalb auf jede mögliche Art und Weise herabzusetzen.«

War das wahr? War Daniel verantwortlich für Violets Unsicherheit, oder waren ihre Unzulänglichkeiten schon immer da gewesen, und er hatte sie nur darauf hingewiesen?

»Daniel die Schuld zu geben ist einfach, weil er nicht mehr hier ist«, erwiderte Violet. »Hätte ich mich gleich am Anfang durchgesetzt und darauf bestanden, dass meine Arbeit an erster Stelle steht, wäre alles anders gekommen.«

»Wie hätten Sie das tun können? Sie wollten doch, dass er Sie liebt«, flüsterte Letty, als ob es beschämend wäre.

Da war es, laut ausgesprochen, sodass alle es hören konnten. Was Violet am meisten bedauerte. Sie hatte gewollt, dass Daniel sie liebte, doch ganz gleich, was sie auch opferte, wie sie alles ablegte, was er anstößig fand – er hatte es dennoch nie getan.

Wenn sogar ihr Ehemann sie nicht lieben konnte, warum sollte es dann jemand anders tun?

»Diese ganze Selbstbetrachtung ist höchst faszinierend«, näselte Phoebe auf eine Weise, die ihnen klarmachte, dass es das Gegenteil war. »Sie ändert nur nichts an den Tatsachen. Die Gerüchteküche brodelt. Und das ist das Gegenteil von dem, was wir beabsichtigt hatten. Sie müssen sich von Mr Kneland so weit wie möglich fernhalten.«

»Lady Phoebe hat recht.« Letty war ebenso überrascht

wie die beiden anderen Frauen, dass sie und Phoebe einer Meinung waren. »Gerüchte über ein unangemessenes Verhalten Ihrerseits würde für uns alle eine Katastrophe heraufbeschwören.«

*

Arthur setzte eine gleichgültige Miene auf und nickte in angemessenen Abständen. Er hatte die Hände im Schoß gefaltet und bewegte sich ansonsten nicht.

Niemand würde vermuten, dass er nur an eins denken konnte. Küssen. Küssen und …

»Habe ich mich vielleicht nicht klar ausgedrückt? Soll ich meine Einwände zum tausendsten Mal wiederholen, Mr Kneland? Hören Sie mir überhaupt zu?« Lettys Stimme wurde zu einem unverständlichen Schnattern, während in seinem Kopf ein erbitterter Streit ausgetragen wurde.

Der eine Teil bestand darauf, dass er Violet letzte Nacht in der Kutsche nicht hätte berühren dürfen. Grey hatte Arthur engagiert, um seine Stiefmutter zu beschützen, nicht um sie zu verführen. Schlimmer noch, Arthur sorgte sich um ihre Gefühle. Er hatte mit ihr über Deoiridh gesprochen, hatte getröstet und war getröstet worden.

Wie lange würde es dauern, diese Erinnerungen tief in sich zu begraben?

Der dunklere, vorherrschendere Teil jedoch wollte Violet in ihr Zimmer folgen, um zu Ende zu führen, was sie in der Kutsche begonnen hatten. Diese kleine Kostprobe von ihr war bei Weitem nicht genug gewesen. Wenn sie nur mehr Zeit gehabt hätten!

Da er es nicht gewohnt war, dass seine niedersten Triebe bei seinen Entscheidungen mitmischten, vermutete Arthur, dass die Schuld bei Violet lag. Vielleicht war sie ein böswilliges Genie, das einen Trank erfunden hatte, der Männer wahnsinnig machte. Warum sonst sollten sich seine so schwer errungene Erfahrung und sein gesunder Menschenverstand bei ihrem Anblick einfach so verflüchtigen?

Zur Hölle, schon ihr Duft genügte.

Wenn ihm jemand vor drei Wochen gesagt hätte, dass die Kombination aus Schiefer, Lilien und Ethanol ihn erregen würde, hätte er ihm ins Gesicht gelacht.

Das heißt, vielleicht nicht gleich gelacht. Er war nicht der Typ, der viel lachte. Doch seit er Violet kennengelernt hatte, war er mehr als einmal von dem Drang heimgesucht worden zu grinsen. Und sogar leise zu lachen.

»Abschließend möchte ich Sie als Sekretärin von Athenes Refugium und in Übereinstimmung mit der Satzung unseres Clubs, insbesondere Regel Nummer 13, Paragraph 6, Absatz 18b, darauf hinweisen, dass Sie keinen Mann an der Verbindungstür zwischen dem vorderen und hinteren Teil des Clubs postieren dürfen, um die Namen und das Aussehen der Mitglieder mit einer Liste zu vergleichen und zu erfassen.«

Letty saß im Büro von Athenes Refugium hinter dem Schreibtisch, dessen poliertes Palisanderholz im Sonnenlicht schimmerte, und überschüttete Arthur mit Worten. Ein schwacher Widerhall von Violets weicher Haut kribbelte auf seinen Fingern, während er lautlos mit sich selbst diskutierte.

»Sie müssen sich von Lady Greycliff fernhalten.«

Arthur hob überrascht den Kopf und verfluchte sich für seine Unachtsamkeit. »Ich bitte um Verzeihung, Miss Fenley. Was war das mit Paragraph 6?«

»Ich habe bereits vor fünf Minuten aufgehört, über dieses Thema zu sprechen!«, schnauzte Letty ihn an. »Sie schenken unseren Regeln genauso wenig Beachtung wie den Regeln der Gesellschaft und der Unversehrtheit von Lady Greycliffs Ruf.«

Wusste sie etwa, was in der Kutsche passiert war? Aber von wem und wie hätte sie es erfahren sollen?

Arthur schluckte seine Besorgnis hinunter. »Ich bin für die Sicherheit von Lady Greycliff verantwortlich, damit sie ungestört an ihren Formeln arbeiten kann. Wenn das mit ihrem Ruf kollidiert, dann ist das eben so. Die öffentliche Sicherheit hat in dem Fall Vorrang.«

»Die öffentliche Sicherheit hat Sie dazu gezwungen, mit Lady Greycliff auf dem Thornton-Hammersmith-Ball zu tanzen?«

Arthur tippte mit dem Finger auf die Armlehne seines Stuhls und richtete seinen Blick auf Letty, ohne zu blinzeln.

Die kleine Mathematikerin war aus härterem Holz geschnitzt als die meisten Frauen, denn sie erwiderte seinen Blick ungerührt. »Und nachdem Sie sich an sie geklebt hatten wie eine Briefmarke an einen Umschlag …«

Wie bitte? Er hatte nichts dergleichen getan, um Himmels willen! An sie geklebt?

»… haben Sie sie nach draußen verschleppt, wie ein Marodeur, der sich seine Beute über die Schulter wirft und in der Nacht verschwindet!«

»Das ist eine Beschreibung direkt aus der *Minerva*

Press«, gab Arthur zurück. »Ich habe niemanden nirgendwohin geworfen. Ich habe Lady Greycliff angeboten, mit ihr zu tanzen, damit ich sie besser beschützen kann.«

»Vor den bombenschwingenden Radikalen auf der Tanzfläche?«, fragte sie. Ihr Sarkasmus war genauso spitz wie ihr Kinn.

Er widerstand dem Drang, die Arme zu verschränken. »Nein. Vor den Beleidigungen der anwesenden Ladys.«

Letty seufzte und rieb mit dem Finger an einem Fleck auf dem Schreibtisch herum. »Es ist nicht Ihre Aufgabe, sich in diese Dinge einzumischen, Mr Kneland. Diese Frauen sind ungehörig gelangweilt und außerordentlich bösartig. Fanny Armitage lebt dafür, Frauen zu kompromittieren, und verbreitet ihre Bosheit wie eine Seuche über die ganze Welt.« Ihr Finger drückte so fest gegen das Holz, dass er Angst hatte, es würde gleich unter ihren Händen zerbrechen.

»Kennen Sie sie gut?«, fragte er.

Letty erstarrte und verbarg rasch die Hände in ihrem Schoß. »Nur dem Ruf nach. Ich verfüge nicht über den angemessenen gesellschaftlichen Rang, um mit solch vornehmen Persönlichkeiten wie Mrs Armitage und ihren Freunden zu verkehren.«

»Lady Greycliff hat eine Familie, die sich beschützend um sie scharen wird«, sagte Arthur. »Greycliff wird keine Verleumdungen dulden.«

»Und wenn es keine Verleumdung ist? Wenn zum Beispiel Ihre Vergangenheit ans Licht kommt, Mr Kneland?« Das Knacken, mit dem die Armlehne seines Stuhls brach, knallte laut in der plötzlichen Stille. Behutsam löste Arthur seine Finger von dem Holz.

»Von wem haben Sie das gehört?«, fragte er.

Sie hob trotzig ihr Kinn, und ihre Stimme wurde heller. »Ist das wichtig? Die Geschichte ist bekannt. Ich bin nicht die Einzige, die sie gehört hat. Es ist nur eine Frage der Zeit, bis sie Lady Greycliff ebenfalls zu Ohren kommt.«

Je länger sich das Schweigen hinzog, desto unruhiger wurde Letty. Entweder hatte sie nicht vorgehabt, über den alten Skandal zu sprechen, oder sie fühlte sich schuldig, wie sie ihn auf den Tisch gebracht hatte.

»Meine Vergangenheit hat nichts mit meiner Fähigkeit zu tun, Lady Greycliff zu beschützen«, gab Arthur zurück. Das war die Wahrheit.

Letty runzelte die Stirn, als wäre sie enttäuscht von ihm. »Das ist eine Frage der Perspektive. Sie wird sich immer noch in der Gesellschaft zeigen müssen, auch wenn die Versuche der Omnis vereitelt worden und Sie längst weitergezogen sind. Sie wissen, wie diese Leute sind, Mr Kneland. Die Londoner Gesellschaft, die Aristokratie – sie alle. Sie wollen nicht, dass Leute wie wir glücklich sind.«

Obwohl sie nicht den »angemessenen gesellschaftlichen Rang« besaß, um in der besseren Gesellschaft willkommen zu sein, musste Letty Fenley irgendwie unter ihnen gelitten haben. Wer hatte ihr Glück zerstört? Drängte ihn ihr vielleicht etwas auf Rache?

»Lady Greycliff mag ihren Ruf irgendwie retten können«, fuhr sie fort, »aber sie wird diesen Club nicht retten können, wenn er in einen Skandal verwickelt ist. Und dieser Club ist ihr Leben.«

»Das ist kein nennenswertes Leben, wenn sie nicht sie selbst sein kann.«

»Mr Kneland.« Ein Anflug von Mitgefühl schwang in ihrem Ton mit. »Lady Greycliff hat Jahre des Spotts und der Grausamkeit ertragen, um Athenes Refugium aufzubauen. Ein Ort, der Frauen Sicherheit und Respekt garantiert. Sie hat ein gutes Leben hier unter uns. Bitte, nehmen nicht ausgerechnet Sie es ihr weg.« Mitgefühl federte die Härte ihrer Worte ab. »Grantham soll sich um diese Bande kümmern. Wenn er sie erst einmal geheiratet hat, ist Lady Greycliff ausreichend geschützt. Es kommt nichts Gutes dabei heraus, wenn Menschen wie wir uns mit der Aristokratie vermischen. Sie sind genauso, wie ich vorhin sagte: gelangweilt und grausam, und sie sind sich ihrer gehobenen Stellung erst sicher, wenn sie auf dem Rest von uns herumtrampeln können.«

Sie ging zur Tür.

»Ich bin sicher, Sie haben es gut gemeint«, warf sie über die Schulter zurück und verließ den Raum.

Gut gemeint? Er hatte nicht einmal vorgehabt, etwas zu tun. Der Vorfall von letzter Nacht war das Ergebnis reinen Instinkts. Seine über die Jahre geschärfte Disziplin hatte ihn angesichts von Violets Not im Stich gelassen.

Arthur rang mit der Frage, ob er es anders machen würde, wenn er noch einmal die Chance bekäme.

Als sich ihm die Antwort aufdrängte, legte er den Kopf in den Nacken und studierte die Decke, als wäre dort eine Alternative in den etwas herunterhängenden Putz eingeschrieben. So wie es aussah, klaffte zu beiden Seiten des sehr schmalen Pfades, auf dem er wandelte, ein Abgrund.

Und wenn er fiel, riss er nicht nur sich selbst in die Tiefe.

12. KAPITEL

»Jesus Christus!«

Was die Intensität von Explosionen anbelangt, war jene, die Grantham veranlasste, in Violets Arbeitszimmer zu stürmen und mit Blasphemien um sich zu werfen, viel zu gering, um eine solch starke Reaktion hervorzurufen. Die Leute waren heutzutage einfach zu leicht aus der Fassung zu bringen.

»Was zum Teufel war das?«, rief er, während er ein wahrhaft winziges Rauchwölkchen wegwedelte.

»Dieses Geräusch meinst du? Es gehörte zu einem einfachen Experiment, das für niemanden eine Gefahr darstellt. Möchtest du vielleicht ein Tässchen Tee?« Violet unterdrückte einen Hustenanfall, als dicke Ascheflocken von der Decke herabschwebten.

»Tee? Vi, wir sollten schon seit zwanzig Minuten auf Dunbys Dinnerparty sein«, brummte Grantham. »Wenn du dir einen Moment Zeit nehmen würdest von deinem verfluchten … Verdammt, ich soll ja nicht mehr ›verflucht‹ sagen.« Er hielt inne. »Oder ›verdammt‹. Verflucht!«

In ihrer gemeinsamen Kinderzeit war Grantham ein schlaksiger Junge mit langen dünnen Beinen, riesigen Füßen und lebhaften Händen gewesen. Im Laufe der Jahre hatte er an Muskelmasse zugelegt und war zu einem attraktiven Mann herangewachsen. Und auch sonst hatte er sich geändert. Als er sich für seine Ausdrucksweise entschuldigte, musste Violet anerkennen, dass er wirklich hart daran gearbeitet hatte, nach dem unerwarteten Erhalt dieses Titels seine Manieren aufzupolieren.

Das war ihm nicht leichtgefallen.

»Erinnerst du dich noch daran, wie die Köchin sagte, sie würde dir den Mund mit Seife auswaschen, wenn du mir das Fluchen beibringst?«, erkundigte sie sich.

Grantham schlenderte zu ihrem Arbeitstisch hinüber und begutachtete die Unordnung. »War das nicht, als wir zum ersten Mal zusammen weggelaufen sind?«

Als Älteste von – wie ihr schien – übermäßig vielen Schwestern aufgewachsen, hatte sich Violet einen ruhigeren Spielgefährten gesucht. Grantham, der Stiefsohn eines beliebten Pächters, war ihr von den Nachbarskindern im Alter am nächsten. Er passte perfekt zu ihr, da er nie weinte, wenn er hinfiel und sich ein Knie aufschürfte, und er war groß genug, um sie dorthin zu hieven, wo sie nicht hinkonnte oder -sollte. Gemeinsam trieben sie Köche, Kindermädchen und verschiedene Diener in den Wahnsinn, die alle den Versuch aufgaben, sie zu zähmen, und sich stattdessen darauf konzentrierten, sie am Leben zu erhalten. Grantham war der Bruder, den sie sich immer gewünscht hatte, mit dem zusätzlichen Vorteil, dass man ihn nach Hause schicken konnte, wenn er schlecht roch.

»Es war das zweite Mal«, sagte Violet. »Wir haben es bis zu Ashers Hain in den Wolds geschafft und uns dann verirrt. Ich habe geweint, und du sagtest, ich solle mir keine Sorgen machen, du würdest für uns jagen. Nur hast du dir dabei den Knöchel verstaucht, und mir blieb ein Käfer in der Nase stecken.«

Grantham lachte glucksend. »Das war ein großes Abenteuer, nicht wahr? Weißt du noch, wie wir beide so krank wurden, dass wir wochenlang nicht nach draußen durften?«

Violet fiel es wieder ein, aber so großartig hatte sie es nicht in Erinnerung. »Weißt du noch, wie wir Junker Pelletier die preisgekrönte Orchidee gestohlen haben, weil sie so aussah wie die Zauberorchidee in dem Buch mit den Geschichten, die dir deine Mutter vorgelesen hat? Das war auch ein großer Spaß. Außer, als sie kamen, um danach zu suchen, und wir die Blumen aßen, damit niemand sie finden konnte? Das taten sie auch nicht – allerdings mussten wir uns auf die Polster in Mamas Salon übergeben.«

Er rümpfte die Nase, warf den Stift wieder auf den Schreibtisch und trat ans Fenster, um es zu öffnen. Misstrauisch rüttelte er an dem Gitter, das Arthur an der Außenseite hatte befestigen lassen.

»Was soll ich Dunby jetzt sagen?«, beklagte er sich.

»Du hast mich auf dem letzten Ball im Stich gelassen«, erinnerte Violet ihn. »Ich habe mich in ein lächerliches Kleid gezwängt und wäre fast im wässrigen Wein ertrunken, während ich auf dein Erscheinen wartete. Dies ist deine Bestrafung. Sag, was immer du willst, ich muss arbeiten.«

»Es tut mir leid, dass ich dir keine Nachricht zukommen lassen konnte. Der Prinz hatte mich zu sich gerufen, und es hat ewig gedauert, bis ich loskonnte – du weißt ja, wie viel er redet. Er macht sich auch Sorgen um die Omnis, besonders nach dem, was mit Edward Oxford vor zwei Jahren passiert ist.«

»Du bist jetzt ein Earl, kein Soldat.« Sie strich eine Zahl aus und fing von vorne an. Die Zahlenverhältnisse waren falsch. »Du musst dem Prinzen nicht jederzeit zur Verfügung stehen. Wolltest du nicht eigentlich mehr Zeit auf dem Land verbringen?«

»Das habe ich ja«, erwiderte Grantham. »Dann bekam ich deinen Brief, in dem du mich um Hilfe für diese Saison batest, erinnerst du dich?«

Violet maß die Flüssigkeitsmenge, die sich noch in einem Kanister befand, und machte ein paar Berechnungen. »Ich bin wohl in Panik geraten, nicht wahr?«

»*Georgie, es ist, als segelte man mit einem Ruder und einem halben Segel durch einen nach Lavendel duftenden Wirbelsturm der Erbärmlichkeit. Kannst du nicht zurückkommen und dein verflixt gutes Aussehen in den Dienst der Wissenschaft stellen?*, rezitierte er ihren Brief und imitierte sie dabei perfekt.

»Dir ist vielleicht aufgefallen, dass ich dir ein Kompliment wegen deines Aussehens gemacht habe«, betonte sie.

»Ja, und hier bin ich. Du hingegen steckst bis zum Hals in Formeln und löst überall Explosionen aus.« Er ging hinüber zu einer kleinen Flamme, auf der sie eine Lösung destillierte.

»Ich helfe Grey …«

»Du bringst dich in Gefahr«, sagte Grantham. »Du musst nicht unbedingt das Gegenmittel finden. Es gibt genug andere Wissenschaftler, die diese Arbeit erledigen könnten.«

»Aber es gefällt mir, Georgie.«

Doch das war nicht ganz richtig. Sie *liebte* es. Nichts

anderes erfüllte sie mit so vollkommener Zufriedenheit, nichts ließ sie derart im Augenblick aufgehen. Wenn Violet in ihrem Labor arbeitete, wurde das summende Geräusch in ihrem Kopf leiser, und die Welt enthüllte ihr ihre Geheimnisse.

Da er damit aufgewachsen war, dass sie ständig Tränke hergestellt hatte, mit denen man eine ganze Armee hätte vergiften können, sparte sich Grantham weitere Widerworte. Er hatte ihre Faszination für Chemie zwar nie verstanden, aber er hatte sie auch nie in Frage gestellt.

»Vi, ich bin nicht zurückgekommen, um dich zu Bällen zu begleiten. Ich meinte, was ich gesagt habe, als ich angekommen bin. Darüber, zur Sache zu kommen.«

Die Zahlen zappelten auf dem Blatt, und sie versuchte, sie festzunageln. »Ich versuche zu arbeiten. Wenn wir vielleicht ein andermal – fass das Glas nicht an!«

Grantham schlenderte zu einem Schrank mit Schubladen, öffnete sie und durchwühlte den Inhalt. Er jonglierte mit einer Handvoll Bimssteine. »Wir könnten es schaffen. Wir kommen gut miteinander aus.«

Er hörte auf zu jonglieren und legte die Steine zurück. »Mama geht es immer schlechter. Ihr Gedächtnis lässt rapide nach, und ich weiß nicht, wie es weitergehen soll.«

Jetzt schenkte Violet ihm ihre volle Aufmerksamkeit. Hatte er ihr da gerade wirklich einen Antrag gemacht? Nein, das konnte nicht sein! »Es tut mir leid wegen deiner Mutter.«

»Ich brauche Hilfe bei der Verwaltung des Anwesens.« Er strich sich mit der Hand über den Hinterkopf und zerzauste sein Haar. »Ich muss das richtig machen, auch wenn meine Mutter es überhaupt nicht mehr mitbekommt. Und dann ist da noch Lizzie. Sie muss debütieren. Du könntest ihr helfen, denn Mama kann es nicht mehr.«

Nein! Nur nicht das!

Die Wände des Zimmers schienen sich um sie zu schließen, und Violet bekam nur noch mühsam Luft. »Deine Schwester ist ein Schatz, und ich will deiner Mutter helfen. Aber das kann ich alles auch tun, ohne dich zu heiraten.«

Sie legte ihren Stift beiseite und ging zur Fensterbank, um ein weiteres Fenster zu öffnen.

Grantham lehnte sich an ihren Arbeitstisch und studierte ihre Notizen. »Du wirst nicht jünger. Willst du keine Kinder?«

Ihre schwitzigen Finger rutschten an dem Fensterschloss ab. »Ich war fünf Jahre lang verheiratet. Wir hatten keine Kinder.«

Sie presste ihre Finger auf den Nasenrücken. »Ich kann jetzt nicht darüber nachdenken. Die Abendveranstaltung ist nächste Woche. Meine erste Sorge muss dem Club gelten.«

»Ist es die Ehe im Allgemeinen, die du meiden willst?« Er ließ nicht locker. »Ich bin nicht Daniel. Ich bin überhaupt nicht wie er.«

Violet verdrängte entschlossen die schlimmsten Erinnerungen. Tag für Tag hatte Daniel ihr Selbstvertrauen untergraben, um sie zu der Frau zu machen, die er wollte – was sie wollte, war dabei nicht von Bedeutung gewesen. Violet hatte das Mitleid ihrer Freunde und Familie nicht gewollt und war auch nicht bereit gewesen, sich ihre jugendlichen Fehler einzugestehen. Also hatte sie sich in Beacon House vergraben. Zuerst hatte sie sich um Daniel gekümmert, als seine Gesundheit nachließ, dann hatte sie sich in den Aufbau von Athenes Refugium gestürzt.

»Oder willst du keine Ehe mit mir?«, fragte er zögernd.

Was sollte sie sagen? Wenn sie Grantham heiratete, war das ein Rückschritt für sie.

Oh, gewiss, sie durfte ihre Instrumente und Chemikalien mitbringen, er würde einen Raum neben dem Kinderzimmer freiräumen, das sie für ihn mit Leben füllen sollte. Am Anfang würde er sie nur um wenig bitten. Dass sie sich um seine Mutter kümmerte, die immer verwirrter wurde. Dass sie seine Schwester auf dem Debütantinnenball präsentierte. Ein Kirchenfest organisierte. Sich um seine Pächter kümmerte.

Nach und nach würde sich Staub auf ihren Papieren ansammeln. Ihre Arbeit würde immer weiter hinausgeschoben werden. Erst einmal. Dann noch einmal. So würden die Jahre vergehen, und wer wäre sie dann? Die Frau von jemandem. Die Mutter von irgendjemandem. Jemand, der sehnsüchtig die Treppe hinaufblicken würde zu etwas, was hätte sein können.

Sie nestelte an den Vorhängen und versuchte, einen ausdruckslosen Blick aufzusetzen. »Du wirst für jemanden ein wunderbarer Ehemann sein«, antwortete sie.

»Aber nicht für dich?«, erkundigte er sich.

»Ich will nicht …«

»Ich frage mich, ob es einen anderen Grund gibt, warum du nicht heiraten willst.« Grantham studierte sie. »Die Leute reden. Ich habe heute Morgen in meinem Club gefrühstückt, und jemand hat einen Walzer erwähnt.«

Der tadelnde Ton irritierte Violet. Sie drehte sich um.

»Willst du mich vielleicht maßregeln? Ein Walzer, und alle tun so, als wäre ich das Flittchen vom Dienst.«

»Der erste Walzer, seit du Daniel geheiratet hast. Ich weiß, was das bedeutet, auch wenn es dir nicht klar zu sein scheint.« Er seufzte. »In vielerlei Hinsicht bist du ein Unschuldslamm. Lass mich auf dich aufpassen. Ich will nicht, dass du unglücklich wirst.«

War das tatsächlich die Wahl, die Violet hatte? Entweder der Ruin ihres Clubs oder eine weitere lieblose Ehe?

»Und wenn ich nun mit jemandem Walzer tanzen möchte? Wenn es mich glücklich macht?«, wollte sie wissen.

»Sprichst du von einer Affäre?« Er lachte auf bei dieser Frage.

Violet ballte die Fäuste angesichts Granthams herablassender Belustigung. Aber warum sollte er auch nicht lachen? Wer würde schon eine Affäre mit ihr wollen? Was hatte Arthur in der Kutsche gesagt? Sie war wie ein verrückter Kolibri. Kein Mann wollte eine Liebesaffäre mit einer Frau, der man sagen musste, was sie tun sollte. Arthur ging ihr seit jener Nacht offensichtlich aus dem Weg.

Was, wenn Arthurs schöne Worte nur das waren – Worte?

Der Antrag von Grantham war sinnvoll. Kein Zweifel, wäre Grey hier, würde er die Warnungen ihrer engsten Freunde wiederholen. Der Club wäre gesichert, Grantham würde sie gut behandeln, und ihre einsamen Nächte hätten ein Ende.

Warum konnte sie nicht Ja sagen? Was hielt sie zurück?

*

Was hielt ihn zurück? Um Himmels willen, Arthur hätte nur an die Tür klopfen und seine Frage stellen müssen, aber auf dem Weg zu Violets Arbeitszimmer hatte er Granthams Kutsche vor dem Haus gesehen, und jetzt hörte er undeutlich Stimmengemurmel hinter der Tür.

Was taten sie? Warum hatten sie die Tür geschlossen?

Arthur vertrieb die Fragen mit einem Kopfschütteln. Selbst wenn sie etwas machten – was ganz sicher nicht der Fall war –, was ging ihn das an? Letty hatte recht. Seine Vergangenheit würde früher oder später ans Licht kommen. Er sollte sich tunlichst von Violet fernhalten.

Er hatte keinen Anspruch auf sie. Er war ein Angestellter ihres Stiefsohns. Kein Grund, sich wie ein Einfaltspinsel aufzuführen. Er legte sein Ohr an die Tür und drückte gegen das Holz.

Wenn sie und Grantham etwas miteinander hatten, müsste er Geräusche hören.

Moment – war das das Rascheln von Kleidung, die ausgezogen wurde?

Er stieß verächtlich die Luft aus und trat einen Schritt von der Tür weg. Dann drehte er sich um, um sicherzugehen, dass niemand sein lächerliches Verhalten beobachtet hatte. Er beugte sich wieder vor.

Das Geräusch könnte ein winziges Stöhnen gewesen sein von jemandem, dessen besonders empfindliche Stelle berührt worden war.

Er presste sein Ohr dichter an das Holz. War das das leise Ausatmen nach einem …?

Arthur stieß, ohne anzuklopfen, die Tür auf. Der Anblick des vollständig bekleideten Grantham an einem Ende des Raumes und der ebenfalls vollständig bekleideten Violet auf der anderen Seite machte den Schock in ihren Gesichtern wett.

»Entschuldigung. Ich hätte anklopfen sollen!«, platzte er heraus.

Sie starrten ihn an, als hätte er den Verstand verloren. Was vielleicht auch der Fall war, um ehrlich zu sein. Einmal hatte er mitten im überfüllten Speisesaal des Le Grand Véfour einen Mann vor drei messerschwingenden Korsen gerettet, ohne dass ein einziger Gast etwas bemerkt hatte. Ein paar Wochen in Violets Gesellschaft, und er konnte nicht einmal einen Raum betreten, ohne sich zum Narren zu machen.

Er brauchte dringend ein kaltes Bad. Möglichst in einem anderen Land.

»Ich störe doch nicht etwa?«, erkundigte er sich.

»Das tun Sie allerdings!« Grantham warf sich in die Brust wie ein Fatzke.

Violet blickte ihn finster an, während sie eine Haarlocke hinter ihr Ohr schob. Ihr Knoten hatte sich gelockert, und ihre cremefarbene Haut wirkte blass im fahlen grauen Licht. Er hatte sie seit der Kutschfahrt nicht mehr gesehen, und ebenso wenig hatte sie ihn aufgesucht. Stattdessen hatte sie sich im Arbeitszimmer verkrochen.

Er hatte sie vermisst.

»Sie stören nicht«, antwortete Violet. »Wir sprachen nur gerade über …«

»Eine Eheschließung«, fiel Grantham ihr ins Wort.

Violet trat einen kleinen Schritt zurück und schrumpfte in sich zusammen, als hätte er ihr eine unerwünschte Last aufgebürdet.

»Es war entzückend, dass du mich aufgesucht hast, Grantham, aber ich muss wieder an meine Arbeit gehen. Es wird euch beide freuen zu hören, dass ich in den letzten zwei Tagen ein gutes Stück weitergekommen bin.« Sie richtete sich plötzlich auf und klatschte aufgeregt in die Hände. »Wo wir davon reden: Erinnern Sie sich noch daran, dass ich vom Avogadro-Gesetz gesprochen habe?«

»Haben Sie etwas Neues entdeckt?«, ging Arthur sofort auf sie ein.

»Ich habe Ihnen ja von den Schwierigkeiten erzählt, die ich hatte, diese spezielle Theorie zu beweisen. Jedoch …«

Wie ein Stein, den man über einen See hüpfen ließ und der im Sonnenlicht glänzende Tropfen aufwirbelte, eilten Violets Gedanken denen der anderen um sie herum voraus. Nach wenigen Sekunden war Arthur hoffnungslos verloren.

Ihr Intellekt war furchtlos, sprang vorwärts, ohne sich Sorgen zu machen, wo er landen könnte. Die Frau, die jetzt vor ihm stand und vor Glück strahlte, war weit entfernt von der Frau, die er am Rande des Tanzbodens gerettet hatte.

War es deshalb manchmal so einfach, sich um Violet zu kümmern? Weil sie nur jemanden brauchte, der ihr sagte, sie solle einfach weitermachen und die sein, die sie schon war?

»Faszinierend«, sagte Arthur, als er vermutete, dass sie ihre Erklärung beendet hatte.

»In der Tat«, sagte Grantham und blinzelte heftig. Seine Augen waren mitten in Violets Erklärung glasig geworden. »Dieser Avogadro. Ist wirklich ein verrückter Typ.«

Violet merkte, dass keiner von beiden ihr hatte folgen können. Sie setzte sich wieder hinter ihren Arbeitstisch. »Sie verstehen sicher, dass ich so schnell wie möglich wieder an die Arbeit gehen muss.«

»Ich muss mit Ihnen über Sicherheitsmaßnahmen sprechen«, erwiderte Arthur. »Es hat eine weitere Ausschusssitzung stattgefunden. Offenbar herrscht Uneinigkeit darüber, ob die Teilnehmerzahl auf einen Gast pro Mitglied begrenzt werden soll.«

»Noch eine Sitzung?«, fragte sie bestürzt. »Warum hat man mich nicht darüber informiert?«

Er runzelte die Stirn. »Sie haben einen Auftrag. Der hat Vorrang vor dem Club.«

Violet widersprach. »Nichts hat Vorrang vor dem Club.«

»Ist das so?«, fragte Grantham mit einer merkwürdigen Intensität. So wie Violet zusammenfuhr, hätte man meinen können, der Earl hätte die Frage geschrien. »Für mich klingt es eher so, als wüsstest du nicht genau, was zuerst kommt. Je eher du dich entscheidest, was dir am wichtigsten ist, desto besser für uns alle.«

Violet drückte eine geballte Faust gegen ihren Bauch, und die Verzweiflung stand ihr ins Gesicht geschrieben. »Ich weiß nur, dass ich diese Arbeit zu Ende bringen muss. Je eher ich damit fertig bin, desto eher kann ich zur Ruhe kommen. Wenn ich nicht zu Hause Ruhe und Frieden finden kann, gehe ich auch gern in das Labor im Club. Warum stören du …« – Violet deutete auf den Earl – »und Sie …« – sie zeigte auf Arthur – »sich nicht gegenseitig, während ich …« – sie zeigte auf ihre Brust – »weggehe. Gute Nacht.«

Mit diesen Worten schob sie sich an Arthur vorbei und verließ den Raum.

Der Drang, ihr zu folgen und sich zu entschuldigen, überrumpelte ihn. Er hatte doch nichts falsch gemacht. Oder?

»Oh, wirklich gut gemacht!« Grantham hatte seinen riesigen Körper auf Violets Lehnstuhl drapiert. Sein Smoking war mit winzigen Aschestückchen übersät.

»Was?«, fragte Arthur. »Was habe ich getan?«

»Ihr von der Sitzung zu erzählen. Sie haben sie aufgeregt.«

»Ich habe sie aufgeregt? Sie war schon aufgewühlt, als ich hereinkam. Was haben Sie zu ihr gesagt?«

Grantham stieß ein spöttisches Schnauben aus. »Nichts, was Sie etwas anginge. Alles war in Ordnung, bevor Sie wie ein verdammter Elefant hier hereingeplatzt sind. Apropos, warum sind Sie eigentlich hier hereingeplatzt? Die Tür war geschlossen. Welche Frage auch immer Sie hatten, sie hätte wohl noch etwas warten können.«

»Hereingeplatzt?«, wiederholte Arthur ungläubig. »Ich habe meine Arbeit getan. Wenn Ihnen nichts daran liegt, dass ich sie beschütze, dann …«

»Es ist mir keineswegs gleichgültig, Kneland«, unterbrach ihn der Earl. »Dieser verfluchte Daniel ist auf ihr herumgetrampelt, als er noch lebte. Jahrelang hat sie sich in ihrem Club vergraben, und jetzt, wo sie sich endlich aus ihrem Labor herauswagt, versucht jemand, ihre Arbeit zu zerstören. Ganz zu schweigen davon, dass sie kurz davor ist, sich wieder vor der feinen Gesellschaft lächerlich zu machen.«

Grantham stand auf und versuchte, den winzigen Größenunterschied zwischen ihnen zu betonen, indem er sich aufrichtete. Er richtete seinen Finger auf Arthurs Brust und tippte dagegen. »Ich sehe doch, wie Sie sie anglotzen.«

»Ich habe noch nie geglotzt«, erwiderte Arthur.

Hatte er sie tatsächlich angeglotzt?

»Sie verdienen Ihren Lebensunterhalt damit, armselige Tyrannen vor Kugeln und Klingen und so weiter zu schützen. Sie sind ein gedungener Schläger, kein Retter – und schon gar kein Gentleman.«

Arthurs gesellschaftliche Stellung hatte nichts damit zu tun, dass er zu nichts anderem taugte als zu Violets Leibwächter, aber er machte sich nicht die Mühe zu widersprechen.

Grantham nahm das Schweigen als Zustimmung. »Lady Greycliff ist die Enkelin eines Earls und die Tochter und Witwe eines Vicomtes. Zudem ist sie die liebenswürdigste und großzügigste Frau, die ich kenne. Sie dagegen werden bald ein arbeitsloser Niemand sein. Sie sind nicht gut genug für sie. Halten Sie Abstand. Und wenn Sie wissen, was gut für Sie ist, werden Sie sich auch weit, sehr weit von ihrem Bett fernhalten.«

Arthur hörte keine wirkliche Bosheit aus dieser Bemerkung heraus. Der Earl hatte recht. Violet war anmutig und großzügig und noch so viel mehr.

Und doch … Er konnte sich sehr viel mehr für sich vorstellen.

Keinen Titel. Er hatte mit Männern zu tun gehabt, die viel vornehmer waren als Grantham, und er war nie beeindruckt gewesen. Nein.

Er stellte sich vor, mehr für Violet zu sein als ihr Leibwächter. Er stellte sich vor, der Mann zu sein, mit dem sie in einer kalten Winternacht nach Hause kam und einen Drink teilte. Wie würde es sein, mit ihr schlafen zu gehen und jeden Morgen neben ihr aufzuwachen?

Hätte er eine Frau wie Violet an seiner Seite, würde er alles in seiner Macht Stehende tun, um sie glücklich zu machen. Das Licht in seiner Brust loderte eine bittersüße Sekunde hell auf, bevor die Realität ihm einen kalten Guss verpasste.

Selbst wenn Violet den Unterschied in ihrer gesellschaftlichen Stellung ignorierte, könnte sie ihm die Schmach seiner Vergangenheit nicht verzeihen.

»Die Omnis haben es schon einmal geschafft, Sie zu überrumpeln«, fuhr der Earl fort. »Wie soll ich darauf vertrauen, dass sie Sie nicht wieder überraschen?«

»Machen Sie sich keine Sorgen um das Überraschungsmoment«, gab Arthur zurück.

Er packte den aufdringlichen Zeigefinger des Earls und drehte sich auf dem Absatz herum.

Als Granthams Hinterteil auf den Bodendielen landete, erzeugte er einen gewaltigen Rumms. Noch erfreulicher jedoch war das blanke Erstaunen auf dem viel zu attraktiven Gesicht des Earls. Es konnte zwar den Schmerz in seiner Brust nicht vertreiben, aber zum Lachen brachte es Arthur doch.

»Kommen Sie zurück, Sie unmöglicher …«

Arthur riss die Tür auf und ignorierte Granthams Beschwerden, die ihm in den Flur folgten. Er nickte einem verdatterten Diener zu, der ihm entgegenkam.

Violet würde sich mit weniger begnügen, als sie verdiente, wenn sie Grantham heiratete. Der Mann behandelte sie wie eine jüngere Schwester. Sie jedoch hatte einen Mann verdient, der sie unwiderstehlich fand. Der vor ihr auf die Knie ging und ihr sagte, dass das Leben nicht lebenswert war, wenn sie es nicht an seiner Seite verbrachte.

Violet verdiente es, geliebt zu werden.

13. KAPITEL

»Bockmist!«

Violets Witwenschaft hatte viele Vorteile. Der offensichtlichste war, dass sie ihren Mann und seine schikanösen Tiraden nicht mehr tolerieren musste.

Zudem erlaubte die Witwenschaft ihr Freiheiten wie das Fluchen aus vollem Herzen, ohne sich ein einziges Wort des Vorwurfs anhören zu müssen. Während sie sich den schmerzenden Kopf rieb, durchsuchte Violet ihr Fluch-Vokabular nach weiteren passenden Begriffen.

»Bockmist« klang lustig und deckte eine breite Palette von Umständen ab. Es war viel besser als »verdammt«.

Ihr Lieblingsausdruck war natürlich …

»Geht es Ihnen gut?«

Violet schlug sich zum zweiten Mal den Kopf an der Unterseite ihres Beistelltisches an, als sie Arthurs Stimme hörte. Sie war sich sicher gewesen, dass sie allein war. Vorsichtig kroch sie auf allen vieren unter dem Tisch hervor, bis sie den Kopf ungefährdet heben konnte.

Arthur stand mit finsterer Miene in der Tür zu ihrem Arbeitszimmer, eine Kerze in der Hand. Er lehnte mit der Hüfte am Türrahmen, die Beine überkreuzt. Er hatte den Mantel abgelegt und das Halstuch gelockert. Sie hatte ihn noch nie in Hemdsärmeln gesehen. Was für einen faszinierenden

Körper er hatte! Violet hätte gewettet, dass er unbekleidet genauso unwiderstehlich aussah wie bekleidet.

Der Schlag auf ihren Kopf musste ihr kurzfristig den Verstand geraubt haben. Sie sollte nicht daran denken, Arthur nackt zu sehen.

»Mir geht es gut, danke«, sagte sie. »Warum fragen Sie?« Sie zupfte am Kragen ihres Morgenmantels und bemühte sich, gelassen zu wirken, obwohl ihr heiß war.

Verwirrt zog er die dichten schwarzen Brauen zusammen. »Sie haben gerufen ›Bockmist‹. Also nahm ich an, dass etwas nicht stimmte.«

»Ich habe dieses Wort ganz sicher nicht gerufen!«, schniefte Violet hochnäsig. »Ich habe gerufen … ›Hab ich dich!‹«

»Ah, und was hatten Sie unter dem Tisch zu suchen?« Wie immer auf der Hut, glitt Arthurs Blick durch den ganzen Raum, während er die Kerze abstellte.

Violet erhob sich vom Boden und ließ sich auf ihr etwas durchgesessenes Sofa fallen. »Ich habe ein Experiment vorbereitet und dabei ein Glas mit Zitronenbonbons umgestoßen – die waren für mich, nicht für das Experiment.«

Der Winter hatte London noch immer fest im Griff, klopfte an die Fensterscheiben, bahnte sich den Weg durch winzige Ritzen und Spalten und sogar durch die stabilen Wände von Beacon House. Trotz des Feuers im Kamin war es etwas kühl im Arbeitszimmer, und Violet hatte sich einen viel zu großen alten Schlafrock aus dicker Strickwolle übergeworfen. Darunter bedeckte ein schlichtes schmuckloses Baumwollnachthemd sie vom Schlüsselbein bis zu den Knöcheln.

»Wollen Sie sich nicht setzen?« Sie klopfte auf das Sofapolster neben sich. »Kommen Sie. Ich werde schon nicht beißen.«

Die Erinnerung daran, wie Arthur seine Zähne in ihren weichen Hals gegraben hatte, trieb ihr die Röte in die Wangen. »Ich meine, ich werde nicht wie ein tollwütiger Hund beißen … nicht, dass ich Sie auf eine andere Art beißen würde, es sei denn, Sie würden es wollen.«

Seine Augenbraue hob sich fragend, und Violet seufzte. Sie gab es auf.

»Ich habe Caro Pettigrew ermahnt, wir sollten nie das Wort ›dumm‹ benutzen, um uns zu beschreiben. Und doch verhalte ich mich genauso in deiner Nähe. Dumm und als hätte ich einen Knoten in der Zunge.«

In den letzten zwei Tagen hatte sich ein ganzer Chor von Stimmen gegen eine Verbindung mit diesem Mann ausgesprochen. Das Schicksal von Athenes Refugium schwebte jede Minute des Tages wie ein Damoklesschwert über ihr, und doch konnte sie nicht glauben, dass es falsch war, was sie wollte.

Er kam auf sie zu, und Violet bewunderte, wie geschmeidig sich sein Körper unter seiner Kleidung bewegte, wie sich die Weste über seinen breiten Schultern spannte.

»Es ist mir egal, was alle sagen«, murmelte sie. »Ich wünschte, ich könnte …«

»Du wünschst, du könntest was?«

»Mehr als alles andere wünschte ich, ich hätte genug Selbstvertrauen, um dich zu verführen«, gestand sie.

Da war es wieder – mit einem Lidschlag verwandelte er sich vom Beschützer zum Raubtier. Es war eine Veränderung in seiner Haltung, den angespannten Schenkeln, als wäre er zum Sprung bereit, die Finger leicht gekrümmt. Er räusperte sich, als sein Blick auf ihre nackten Zehen fiel.

»Ich würde wirklich gern die Person in die Finger bekommen, die dir dieses Vertrauen in dich selbst gestohlen hat«, sagte er.

Seine Worte schlugen die Mauern um sie herum in Stücke.

»Ich kann nicht glauben, dass du deine Anziehungskraft in Zweifel ziehst. Es ist keineswegs unbemerkt geblieben, dass ich von deiner Gesellschaft … beeinflusst werde.« Er rieb sich das Kinn. »Auch wenn diese Sache mit der Verführung keine gute Idee ist. Ich sollte nicht einmal hier sein.«

»Ich habe mir die gleichen Warnungen anhören müssen.« Violet schlang bei der Erinnerung an Lettys und Phoebes Kritik die Arme um ihre Schultern. »Seit unserer Rückkehr vom Ball wurde mir unaufhörlich eingeschärft, was ich nicht tun soll.«

Seit dem Besuch ihrer Freunde am Vortag schwelte ein Feuer in ihrer Brust. Und Granthams Worte hatten das Feuer noch stärker angefacht.

»Weißt du, wie ich mich gefühlt habe, als man mir sagte, ich sei unverantwortlich und würde die Clubmitglieder im Stich lassen, nur weil ich mit dir getanzt habe?« Sie ballte die Fäuste.

»Wütend?« Einen Moment lang funkelten seine Augen vor Stolz. Im nächsten Augenblick verfinsterte sich seine Miene vor Sorge, und er begann, nach einem Taschentuch zu suchen.

»Ich werde nicht weinen«, versprach sie. »Ja. Wütend. Und schuldig. Und traurig.«

Er blickte sie an und hüllte sie beide ein in jene wunderbare Stille, die sein steter Begleiter war.

»Vor allem aber wurde ich müde«, sagte sie. »Ich bin es überdrüssig, meine Leidenschaften zu verleugnen, um anderen zu gefallen. Ich bin es müde vorzugeben, etwas zu sein, was ich nicht bin. Ich bin …« Violets Stimme brach. »Ich bin es leid, allein zu sein.«

Ein Abgrund lag vor ihr. Sie sprang hinüber und entblößte ihm ihr Innerstes. »Ich will heute Nacht nicht allein sein.«

Hatte sie ihn nicht schon immer gekannt? Er musste am Rande ihrer Träume existiert haben. Nur jahrelange Vertrautheit konnte ihr ermöglichen, die Stille in seinem Gesicht zu lesen. Ein Kribbeln der Vorfreude lief ihr über die Haut, noch bevor er sich auf das Sofa sinken ließ, bereit, sich dem Verlangen hinzugeben.

»Es ist schon lange her, dass mir jemand angeboten hat, mich zu verführen«, sagte er. Sein Gewicht drückte die Sitzfläche der Couch nieder, sodass sie etwas zu ihm hinüberrutschte. »Wie willst du es anfangen?«

Sie atmete aus und presste die Schenkel zusammen, die vor Lust bebten. »Nun, du wolltest dich doch auf einen Bauernhof zurückziehen, nicht wahr?«

Sein harter Körper, der sich an sie presste, machte es ihr schwer, sich zu konzentrieren. Dass er nun auch noch einen Arm um ihre Schultern legte, tat sein Übriges.

Daran musste es gelegen haben, dass sie mit dem am wenigsten verführerischen Vorschlag herausplatzte, den man sich vorstellen konnte.

»Wir könnten über das Thema des landwirtschaftlichen Einsatzes von chemischen Methoden zur Ertragssteigerung und Krankheitsresistenz bei verschiedenen Weizensorten parlieren.«

Er legte den Kopf schief, als er über ihre Worte nachdachte. »Oder ich könnte dich einfach küssen.«

Sie stieß ein winziges Quietschen der Erleichterung aus und hob den Kopf für den versprochenen Kuss, aber er legte einen Finger auf ihre Lippen.

»Ich möchte, dass du mich um alles bittest, was du verlangst. Um alles.« Er wackelte mit seinen dichten Brauen. »Und sag mir auch, wenn du etwas nicht willst.« Seine Stimme wurde weicher, als er den Bogen ihrer Unterlippe nachzeichnete. »Ich werde zuhören.«

Violet wollte, dass er aufhörte zu reden und anfing sie zu berühren, aber er zögerte. »Heute Abend geht es um rein körperliche Leidenschaft. Es dürfen keine Gefühle im Spiel sein. Wir dürfen nicht entdeckt werden.«

»Natürlich.« Sie nickte beflissen wie ein Narr. »Wir befriedigen nur unsere leiblichen Bedürfnisse, mehr nicht.«

Sie hielt kurz inne, dann fügte sie hinzu: »Vielleicht ja auch in mehr als einer Position?«

Er lachte. *Er lacht*. Der leise, sanfte Klang wie das Rauschen von Flusswasser über runde Kiesel ließ sie lustvoll erschauern, und sie stürzte sich ohne Angst in das Gefühl.

Arthur war dunkel und weich und schmeckte nach rauchigem Gunpowder-Tee, als er sie wieder und wieder küsste. Sie begrüßte seinen Mund mit unverhohlener Gier, ihre Finger fuhren durch sein Haar, als sie ihn fest an sich zog.

Doch das war gar nicht nötig. Er stürzte sich hungrig auf

sie, drückte sie tiefer in die Couch, wie ein Wolf, der sich über seine Beute beugt. Das Bild jagte ihr einen Schauer der Lust über den Rücken.

Arthur löste sich von ihr und stützte sich auf seine Unterarme. »Warum hast du nur so viele Kleider an?«, wollte er wissen.

Sie antwortete mit einem kehligen Lachen. Beim Anblick seines wölfischen Grinsens öffnete sie unwillkürlich ihre Beine unter ihm. Er spürte, wie sein Schwanz hart wurde. Die Leichtigkeit des Augenblicks verschwand, als sie zu der Schleife ihres Nachtgewandes an ihrem Hals griff.

Arthur erhob sich von der Couch und zog sie mit sich. Er sah ihr unverwandt in die Augen, während er das ausgefranste Band an ihrem Hals aufknotete und die abgenutzten Holzknöpfe des hässlichen Schlafrocks öffnete.

»Du hast so wunderschöne Augen«, sagte er.

»Oh.« Sie war fasziniert von seinen geschickten Fingern, mit denen er daran arbeitete, sie zu befreien. »Was für ein schönes Kompliment.«

Als der Morgenmantel offen war, streifte er ihn von ihren Schultern.

»Das ist ein schreckliches Kompliment«, sagte er. Er drehte sie herum und legte seinen Mund dicht an ihr Ohr, sodass sein Atem sie kitzelte. »Ich sollte sagen, dass deine Augen wie die Teiche sind, von denen man in Märchen erzählt. Feen-Becken, die im dunkelsten Teil des Waldes die Männer locken und sie mit der Verheißung auf Vergnügen hineinziehen. Wo du, selbst wenn du ertrinkst, dankbar für einen so perfekten Tod bist. Das hätte ich sagen sollen – und noch viel mehr.«

Sanft strich er ihr das Haar über eine Schulter zurück, liebkoste mit den Fingern den Ansatz ihres Halses, während er sich mit der anderen Hand über die winzigen Knöpfe auf der Rückseite ihres Nachthemds hermachte und bald frustriert schnaufte. Sie drehte ihren Kopf, und er hielt inne.

»Noch nie hat jemand etwas auch nur halb so Schönes über meine Augen gesagt, Arthur«, flüsterte sie.

»Dann warst du wohl von Narren umgeben. Wo soll ich anfangen?«, fragte er. »Soll ich Oden an deine Lippen rezitieren? Sonette, die den Schwung deines Halses preisen, die Süße deines Mundes?«

»Oh, ja, bitte«, murmelte sie. »Und dann bin ich dran. Besonders angetan haben es mir dein Kinn und deine Handrücken.«

Eigentlich hatte Violet Arthur verführen sollen. Doch er hatte es einfach umgedreht.

Feen-Becken.

Was würde als Nächstes über seine Lippen kommen? Komplimente über ihre Haut? Vielleicht würde er ein Gedicht rezitieren, durch ihr Haar streichen, ihre Hand halten und ihre Handfläche küssen, während er sie sanft …

»Was zum Teufel?« Sie schrie auf, als ein eiskalter Luftzug vom nahen Fenster über ihr nacktes Hinterteil strich.

Er hatte das Nachthemd einfach aufgerissen!

Er ließ ihr den Bruchteil einer Sekunde Zeit, um ihren Schock zu überwinden, dann drehte er sie herum und zog ihr die Fetzen des Kleides von den Armen, hob sie hoch und setzte sie auf die Couch. Violet zog eine afghanische Decke unter sich hervor und bedeckte sich. Es war kalt im Zimmer!

»Jetzt verstehe ich, wieso du so gut fluchen kannst«, sagte er. »Diese Knöpfe sind ja unerträglich. Es müssen Tausende gewesen sein. Aber so ist es viel besser.«

Sein Lächeln verschwand, als er über ihr stand. Er riss sich das Halstuch herunter, und seine mächtige Erektion war unter der engen Hose deutlich zu erkennen. Sein Blick glitt über ihren Körper wie der eines hungrigen Mannes, der eine Mahlzeit begutachtet.

Sie sollte empört sein.

Stattdessen spürte sie die Erregung bis in ihre nackten Zehen. »Das Nachthemd habe ich sowieso noch nie gemocht«, erwiderte sie.

»Hör auf, dich zu bedecken.« Arthurs Stimme klang heiser. »Ich habe hart gearbeitet, damit ich deinen Körper sehen kann.«

Süße Lust erwärmte ihre Haut bei seiner Aufforderung. Er zog die Krawatte von seinem Hals und wog einen Augenblick den Stoffstreifen in seinen Händen. Die Art, wie er zwischen dem Stoff und ihrem Körper hin und her blickte, erregte sie noch mehr, und sie leckte sich die trockenen Lippen.

Sein Ausdruck hatte etwas Wildes. »Ein anderes Mal«, murmelte er. Seine Stimme war tief und dunkel vor Verlangen. »Nicht heute Nacht. Heute habe ich keine Geduld für Spielchen.«

Hatte sie das Zimmer wirklich kalt gefunden? Seine Worte schienen es auf hundert Grad aufgeheizt zu haben. Mit freudiger Erregung beobachtete sie Arthurs Gesicht, als sie die Decke etwas sinken ließ. Seine Augen wurden schwarz, und er ließ die Krawatte fallen. Als das raue Garn über ihre Brustwarzen streifte, rieb er sich mit einer Hand über den Mund und gab einen Laut von sich, den sie als »interessiert« interpretierte.

»Wirst du dich auch ausziehen?«, fragte sie. Sie war begierig darauf, den Körper zu sehen, den sie sich die ganze Zeit vorgestellt hatte.

Er griff zu den Verschlüssen an der Vorderseite seiner Hose, hielt dann jedoch inne.

»Erinnerst du dich an meine Verachtung für alles, was ablenkt?«, fragte er. Als sie nickte, packte er die Decke und zog sie ganz von ihrem Körper.

Als sie den Mund öffnete, um Einspruch zu erheben, erstickte er ihre Worte mit seinen weichen Lippen, strich mit seiner samtenen Zunge über ihre und vertrieb jede Klage, die ihr in den Sinn gekommen wäre. Das Gefühl seiner glatten Satinweste auf ihrer Haut ließ sie erbeben, und er unterbrach den Kuss. Mit seiner Zungenspitze zeichnete er eine Spur der Glückseligkeit über ihren Hals und verweilte in der sanften Vertiefung ihres Schlüsselbeins. Violet wollte das Verlangen zwischen ihren Schenkeln stillen und bewegte sich auffordernd unter ihm.

Große schwielige Handflächen packten ihre Schenkel, und er spreizte ihre Beine. Das kurze Gefühl von Verlegenheit wegen der Nässe in ihrer Mitte, das gegen den Stoff seiner Hose rieb, verschwand im Sog der Lust.

Sie legte die Hände auf seine Schultern, die hart und mächtig wie Felsen unter dem Leinen seines Hemdes wirkten. Er stützte den Großteil seines Gewichts auf die Ellbogen; sein Rücken gab keinen Millimeter unter ihren Liebkosungen nach. Sie wurde ungeduldig, grub ihre Finger in seine Schultern und zog ihn noch näher zu sich. Winzige Pünktchen tanzten unter ihren geschlossenen Augenlidern, als er sie belohnte, indem er seine Hüften im richtigen Winkel schob, während er ihre Brustwarzen mit der Zunge liebkoste. Violet konnte ein Stöhnen bei dem Gefühl, das dadurch in ihr ausgelöst wurde, nicht unterdrücken.

»Es tut mir leid«, flüsterte sie sofort.

»Sag das nicht«, flüsterte er an der Wölbung ihrer Rippen. »Das sollte es nie tun.«

Er begnügte sich nicht damit, sie mit seiner Zunge um den Verstand zu bringen, sondern nahm ihren harten Nippel zwischen die Zähne. Sie schrie auf, als er abwechselnd saugte und knabberte, während er die andere Brustwarze mit seinen Fingerspitzen liebkoste. Ihr Bewusstsein fokussierte sich auf seine Hände und seinen Mund und das Chaos, das er damit in ihr auslöste. Prickelnde Hitze breitete sich in ihr aus. Sie erschauerte, verlangte nach etwas, was sie nicht erreichen konnte.

Ihr Körper sehnte sich nach der Wärme von Arthurs Haut an ihrer. Sie wünschte sich mehr als alles andere, ihm im Gegenzug Freude zu bereiten, aber er verweigerte es ihr weiterhin. Stattdessen ließ er nun von ihren Brustwarzen ab und erforschte mit offenem Mund das Tal zwischen ihren Brüsten, dann ihren Bauch und schließlich ihr vor Sehnsucht schmerzendes Zentrum.

»Ist das für dich …?« Sie presste die Worte erwartungsvoll heraus, wollte sicher sein, dass es ihm auch gefiel.

»Oh, ja«, kam seine genuschelte Antwort.

Arthurs dichte Locken kitzelten ihren Bauch, und sie fuhr mit den Fingern durch sein Haar, genoss, wie es sich anfühlte. Als er mit den Daumen ihre Vulva teilte, biss sie sich auf die Lippen, um nicht noch mehr Geräusche zu machen. Sie wollte ihn auf keinen Fall von diesem Weg abbringen.

Doch in dem Moment, als er mit der Zunge die winzige Knospe in ihrem rosaglühenden Zentrum berührte, schrie sie zustimmend auf. Ein Gefühl von Glückseligkeit breitete sich in ihrem Körper aus, während er immer engere Kreise zog. Jedes Mal, wenn sie einen Laut von sich gab, belohnte er sie mit mehr Druck. Trotzdem blieb ihr der Höhepunkt verwehrt. Denn immer, wenn sie sich diesem Moment durch seine Liebkosungen näherte, verlangsamte er sein Tempo, bis sie die Qualen nicht mehr ertragen konnte.

»Oh, du bist grausam!«, rief sie.

Es folgte ein Moment des Schreckens, als er unvermittelt innehielt. »Verzeih«, brummte er. »Willst du, dass ich aufhöre?«

»Nein, oh nein, aber nein«, flehte sie. »Als ich ›grausam‹ sagte, meinte ich ›raffiniert‹. Bitte, oh bitte …«

Aufhören? Niemals! Nicht in einer Million Jahren! Sie wollte ihn an ihre Couch fesseln und ihn nie wieder gehen lassen. Sie hatte bislang nur über diese Praktiken gelesen, und die Erfahrung im wirklichen Leben übertraf selbst ihre heißesten Fantasien bei Weitem.

»Bitte, Arthur. Bitte«, keuchte sie in einem unsicheren Singsang des Begehrens.

Er erbarmte sich ihrer und widmete sich ihrer intimsten Stelle, bis die Spannung zu groß wurde und ein Feuer reiner Glückseligkeit durch sie hindurchfegte.

Ihre Lobeshymnen – auf ihn, auf den Himmel, auf welchen Gott auch immer, der für ein solches Gefühl verantwortlich sein mochte – hallten durch den Raum, und sie zerschmolz förmlich in reiner Lust.

*

Drei Jahre zuvor hatte Arthur einen Mann davor bewahrt, von einem Gebäude gestoßen zu werden, indem er selbst über eine Lücke zwischen zwei Stadthäusern sprang. Sich mit den Knien an einer Dachrinne festzuklammern, um den Mann zu retten, war ein unglaubliches Gefühl gewesen.

Doch das Gefühl der Erfüllung bei diesem Kunststück war nichts im Vergleich zu dem Ozean der Befriedigung, in dem er gerade schwamm.

»… verstehe den zugrunde liegenden physiologischen Mechanismus bis zu einem gewissen Grad«, plapperte Violet mit geschlossenen Augen und unterstrich ihre Argumentation mit nachdrücklichen Handbewegungen. »Aber die Realität ist damit nicht vergleichbar. Das hier war …«

Grandios. Erstaunlicherweise hatte er ihr die Kontrolle überlassen, obwohl sie auf dem Rücken unter ihm gelegen hatte. Ihre Seufzer hatten ihn gelenkt. Jedes Stöhnen, jedes Flehen war eine Anweisung an ihn, ihr mehr oder weniger von dem zu schenken, was sie wollte.

Arthur hob seinen Kopf von seinem bequemen Ruheplatz auf der weichen Wölbung ihres Bauches. Seine Hand zog träge Kreise auf ihrem prallen Oberschenkel, genoss das Gefühl zarter Haut unter seinen schwieligen Fingerspitzen.

»Wir sind heute Abend ein ganzes Stück weitergekommen«, sagte Violet. »Trotzdem bin ich immer noch neugierig.« Sie ließ ihre Hand zu der Stelle gleiten, wo sein hartes Glied hinter dem Stoff seiner Hose gefangen war.

Er packte ihre Hand und beendete ihre Erkundung. »Natürlich bist du neugierig. Das bin ich auch. Es gibt viele süße und seidige Stellen, die ich noch nicht entdeckt habe. Was wäre, wenn ich …« Er beugte sich vor, um eine reizvolle Stelle unter ihrem Ohr zu küssen, hörte aber auf, als sie sich versteifte.

Ein kurzer Blick auf Violets Gesicht, und Arthur verfluchte sich für seine Dummheit. Ihre Mundwinkel schienen winzige Fragezeichen zu bilden – ihr Selbstvertrauen begann zu schwinden. Er konnte ihr nicht erklären, dass das Vergnügen auf Gegenseitigkeit beruhen musste, und sie dann einfach wegstoßen.

»Wer bin ich, dass ich einer Wissenschaftlerin ihre Entdeckungen verweigere?«, fragte er und ließ sie los. Bei ihrem erfreuten Quietschen lachte er laut auf und drehte sich mit ihr herum, sodass sie auf seinen Beinen saß. Er hatte gehofft, ihr diesen Teil von sich vorenthalten zu können, damit es nicht so wehtat, wenn er ging.

Aber um Violets willen würde er den Schmerz akzeptieren.

Als sie seine Hose öffnete und ihn befreite, wäre er fast schon beim Anblick ihrer Hände an seinem Glied gekommen. Jede andere Frau ihres Standes hätte versucht, die Narben und Makel an ihren Händen zu verstecken. Doch bei ihr waren sie ein Ehrenzeichen, ein Symbol dafür, wie hart sie arbeitete und zu welchem höheren Zweck. Sie waren rau und rastlos, und er hatte noch nie etwas so Erotisches gesehen. Sie saß auf seinen Beinen, umfasste mit diesen faszinierenden Fingern den Ansatz seines Schwanzes und streichelte ihn.

»So ist gut«, versicherte er ihr. »Genau richtig.« Er stieß die Worte aus, um Violet noch weiter anzustacheln.

Die Welt versank.

Es blieben nur dieses Bett und diese Frau und die Art, wie sie ihn beobachtete, als sie sich vorbeugte und die Spitze seines Schwanzes zwischen ihre feuchten Lippen nahm. Dann verschwand auch sie, denn er konnte die Augen nicht offenhalten, während er sich darauf konzentrierte, wie sie an ihm saugte. Ihre warmen Handflächen legten sich fest um ihn, und sie streichelte ihn behutsam und quälend. Arthurs ganzer Körper schien zu brennen, jeder Zentimeter seiner Haut prickelte unter der kleinsten Reibung.

»Aaah ... Ohh ...«

Sie raubte ihm vollkommen die Sprache. Sein Gewissen drängte ihn jedoch, und so gelang es ihm mit Mühe, eine wichtige Frage zu formulieren.

»Ist es das, was du willst?«, fragte er. Es würde ihn umbringen, wenn sie diesen Akt aus einem Gefühl der Verpflichtung heraus auf sich genommen hatte.

Ihre Hände behielten ihren Rhythmus bei, während sie ihren Mund von seinem Schwanz löste, die Lippen geschwollen, die Haare in wilder Unordnung.

»Ich habe mich fast von Anfang an nach deinem Geschmack auf meiner Zunge gesehnt, Arthur. Ich will das unbedingt.«

Ihre Worte schickten eine Welle der Lust durch seinen Körper. Er hielt ihr Haar fest, packte ihren Kopf und hielt ihn so, dass er ihren Ausdruck sehen konnte, wenn sie ihn nahm. Die Röte auf ihrer Haut vertiefte sich, breitete sich von ihren Wangen bis zu ihrer Brust aus.

Das Gefühl war fast intensiver, als er ertragen konnte, als ihre Lippen immer wieder über ihn glitten. Blitze schienen durch seine Wirbelsäule zu zucken. Er verlor sich in dem Gefühl von Haut auf Haut, dem Anblick ihrer Wangen, die sich aushöhlten, und dem Geräusch des Windes, der gegen die Wände hämmerte – bis der Druck zu groß wurde und der Himmel auf sie herabstürzte.

Es hätte Sekunden oder Stunden später sein können – oder Tage? –, als Violet sich wieder in seine Arme schob. Er zog die Decke über sie beide und breitete ihre seidigen Locken über seine Brust aus. In einem Akt, der in seiner Intimität fast schmerzhaft war, fuhr er mit den Fingern durch ihr offenes Haar, als sie einschlummerte.

Sanft, um sie nicht zu wecken, drückte Arthur die Locken an seine Nase und atmete das Aroma von Zitronenbonbons und Kordit ein – Violets einzigartiger Duft.

Trotz des ungemütlich durchgesessenen Sofas und ihres Ellbogens in seiner Leiste dauerte es eine Ewigkeit, bis er sich durchringen konnte, sich aus ihren Armen zu lösen und wegzugehen. Es war besser zu verschwinden, bevor sie ihr Glück überstrapazierten.

Das würde beim nächsten Mal noch schwieriger werden.

Denn es würde ein nächstes Mal geben.

Diese Verbindung zwischen Violet und ihm hatte eine Kraft, der selbst Arthur – obwohl er zwanzig Jahre lang Buße getan hatte – nicht widerstehen konnte.

14. KAPITEL

Arthur lehnte sich an die Fensterbank und beobachtete, wie sich die blassgrauen Wolken im stahlblauen Himmel auflösten. Winzige Kügelchen aus Schnee wirbelten in den Ecken einer Gasse, gepeitscht von dem brutalen winterlichen Wind.

Der Frühling weigerte sich in diesem Jahr hartnäckig, sich in London zu zeigen, zweifellos abgeschreckt durch den unheimlichen Nebel, der mit seinen klammen schwarzbraunen Ranken die Stadt in ein Labyrinth der Finsternis verwandelte.

Bei Gott, es war ein wunderschöner Morgen.

Er drehte sich um und warf einen letzten Blick auf Violets Arbeitszimmertür, dann schlenderte er die schmale Hintertreppe hinunter, gelöst und im Frieden mit der Welt. Draußen könnten Hagelkörner in der Größe von Felsbrocken vom Himmel fallen und Schwärme von Heuschrecken ihr Unwesen treiben, und es würde ihn nicht stören.

Es war noch zu früh, und die Köchin war noch nicht aufgestanden. Der Küchenjunge schnarchte auf seinem Feldbett am Feuer. Arthur hängte eine Kanne mit Wasser über die glimmenden Kohlen. Eine schöne Tasse starker Tee war jetzt genau das Richtige.

Er kippte den Stuhl gegen die Wand und wanderte in

Gedanken in das Arbeitszimmer im Obergeschoss, zu Violet, die, in ihre Decke gewickelt, auf der durchhängenden Couch lag. So verlockend und süß waren die Bilder in seinem Kopf, dass er fast das leichte Kribbeln im Nacken ignoriert hätte. Die Vorderbeine seines Stuhls knallten auf den Boden.

Irgendetwas stimmte nicht.

Arthur legte den Kopf auf die Seite und fokussierte sich auf die Geräusche um ihn herum. Das Schnarchen des Jungen. Das Knistern der Kohlen im Kamin. Ein Pferd, das auf der Straße vor dem Haus trabte, das rumpelnde Fuhrwerk dahinter.

Nichts Ungewöhnliches. Außer, dass da noch ein anderes Geräusch war, so leise, dass es fast unbemerkt blieb.

Und ein Geruch, der an …

Hinter ihm begann das Wasser zu brodeln. Arthur rannte jedoch bereits durch den Gang, der Beacon House mit dem Club verband.

»Feuer!«, brüllte er aus Leibeskräften und hämmerte im Vorbeilaufen an Türen. Er hatte Wachen im Club aufgestellt. Wo waren sie?

Trippelnde Schritte kündigten an, dass jemand sich schnell näherte.

»Was zum Teufel haben Sie gemacht?«, schrie er. Doch es war keiner von seinen Männern. Letty Fenley kam um eine Ecke gerannt, sie trug eine der dicken braunen Schürzen, die in den Laboren des Clubs verwendet wurden.

»Im Materialschrank ist ein Feuer ausgebrochen«, rief sie. »Dort bewahrt Lady Greycliff ihre brennbaren Vorräte auf.«

Zur gleichen Zeit polterte jemand anderes aus dem dritten Stock die Treppe herunter. »Ich habe die Kanister weggeschafft, aber …« Caroline Pettigrew blieb wie angewurzelt stehen. Sie war gekleidet wie Letty, aber ihre Schürze war weitaus unordentlicher, von Fett verschmiert und mit einer glitschigen, beißend riechenden Substanz bedeckt.

»Was macht ihr zwei hier um vier Uhr morgens?«, fuhr Arthur sie an.

Jemand musste sie doch vermissen! Letty Fenley war schließlich eine unverheiratete junge Lady, selbst wenn sie nur die Tochter eines Kaufhausbesitzers war.

Endlich tauchte einer von Arthurs Männern auf. Er donnerte die Treppe hinunter. »Die dritte Etage ist gesichert, Sir. Ich habe die Zimmer überprüft, als die Ladys ›Feuer‹ riefen.«

Weitere Männer kamen angerannt, und Arthur schob die Frage beiseite, was Letty und Mrs Pettigrew dort oben getrieben hatten. Er rannte zu der Brandstelle und folgte Lettys Anweisungen durch das enge Gewirr von verwinkelten Gängen und winzigen Räumen.

Rauch quoll unter einer geschlossenen Tür im hinteren Teil des Gebäudes hervor. Arthur rief seinen Männern Befehle zu, während er versuchte, Letty wegzuschicken.

»Bringen Sie sich in Sicherheit, Miss Fenley. Wir schaffen ein kleines Feuer schon allein!«, blaffte er sie an.

Thomas, Winthram und zwei weitere Männer kamen mit Eimern, in denen Wasser schwappte, die Treppe hinauf und näherten sich dem begehbaren Schrank.

»Moment!«, befahl Arthur. »Lady Greycliff hat etwas

über den Inhalt dieses Schranks gesagt.« Wertvolle Sekunden verstrichen, während Arthur versuchte, sich zu erinnern. »Ihr müsst statt mit Wasser mit Sand löschen.«

»Sie haben sich daran erinnert. Ausgezeichnet.«

Arthurs Magen verkrampfte sich beim Klang von Violets Stimme. Ihre Locken umrahmten als wilde Mähne ihr Gesicht. Sie stolperte fast über den ausgefransten Saum ihres Schlafrocks, als sie sich das Haar aus dem Gesicht strich.

Ein Schauer hob die Härchen auf seinen Armen, als er sich daran erinnerte, wie er den Rücken ihres Nachthemdes einfach aufgerissen hatte. Was zum Teufel trug sie jetzt unter ihrem Morgenmantel?

Der kühle, ruhige Teil seines Gehirns, der die Aufgabe hatte, alle am Leben zu erhalten, wies die Diener an, die Fenster an beiden Enden des Korridors zu öffnen.

Der rot glühende, animalische Teil seines Gehirns dagegen brüllte auf bei der Vorstellung, dass Violet unter ihrem Mantel vermutlich vollkommen nackt war.

Arthur konnte sich nicht zurückhalten. Er streckte einen Arm aus und zog sie von der Hitze des Feuers weg. Sie erzitterte unter seiner Berührung, aber ihr Blick blieb hell und entschlossen, und ihre Stimme klang ruhig in dem ganzen Trubel.

»Winthram, im Zimmer nebenan steht ein Eimer mit Sand. Zeigen Sie den Männern die Labore drei, sechs, sieben und neun«, ordnete sie an. »Dort stehen ebenfalls Eimer.«

Ein teerartiger Gestank drang aus dem Materialschrank, und eine schwarze zähe Flut quoll unter der Tür und an den Seiten heraus. Während Letty den Dienern half, die

Fenster zu öffnen, wich Mrs Pettigrew vor dem Chaos zurück.

Arthur versperrte ihr die Flucht. »Was hatten Sie so spät in der Nacht hier zu suchen?«, herrschte er sie an.

»Ich befinde mich an einem kritischen Teil meiner Arbeit. Ich war im Gemeinschaftsraum, um mir eine Tasse Tee zu machen, als ich den Geruch von etwas Verbranntem wahrnahm.« Ihr nervöser Blick huschte zwischen Letty und Violet hin und her.

»Haben Sie das Aerosolverteilungssystem nicht schon perfektioniert? Was gab es da noch zu tun?«

»Caroline!«, rief Letty, »ich könnte deine Hilfe hier gebrauchen.«

Die Frau flüchtete vor Arthur, und er protestierte nicht. Er würde noch Zeit genug haben, sie zu befragen, sobald das Feuer gelöscht war.

Arthur ging zu dem ersten Diener und befahl ihm, Alarm zu schlagen. »Haben Sie jemanden in diesem Stockwerk gesehen?«, fragte er noch.

»Nein, Sir.«

Verdammt. Jemand musste doch etwas gesehen haben.

Er wandte sich an Winthram. »Wo waren Sie?«, wollte er wissen.

»Ich habe die Außentüren um halb drei abgeschlossen, wie immer.« Der Hausdiener hob halb die Hand, als wolle er sich vor Arthurs Frustration schützen. »Dann habe ich meine letzte Runde …«

Thomas und die anderen Helfer kehrten in diesem Moment mit dem Sand zurück. Violet erklärte ihnen, was sie in dem Schrank zu erwarten hatten. Der Qualm stieg über ihre Knie hoch, zog an den Seiten des Korridors entlang und bahnte sich seinen Weg in jeden der offenen Räume.

»Versuchen Sie nicht, den Inhalt des Schranks auf Kosten Ihrer Sicherheit zu retten«, wies sie sie an. »Das könnte Ihre Lunge zerstören.«

Sie öffneten die Tür, und ein Rauchpilz quoll heraus. Er kräuselte sich zu einer riesigen Welle und sackte dann zu Boden, als würde er vor ihnen flüchten. Die Diener machten sich sofort daran, Hände voller Sand auf den Brand zu werfen.

Arthur setzte seine Befragung von Winthram fort. »Um wie viel Uhr sind Sie an diesem Korridor vorbeigegangen?«

»Etwa um zwei Uhr vierzig«, antwortete der Hausdiener.

»Wo war zu der Zeit Miss Fenley?«

»Ich … Das weiß ich nicht. Ihr Arbeitszimmer liegt im ersten Stock.«

»Sie kam von dieser Etage die Treppe herunter, um uns über den Brand zu informieren«, sagte Arthur. »Was hat sie hier gemacht?«

Beide verstummten und sahen zu, wie Letty und Mrs Pettigrew wassergetränkte Tücher an die Männer verteilten, die sie sich vor den Mund halten sollten.

»Miss Fenley ist eine von Lady Greycliffs besten Freundinnen«, flüsterte Winthram.

»Freunde sind wie ein halber Penny«, bemerkte Arthur. »Sie haben zwei Gesichter und sind leicht zu fälschen.«

Winthram ließ die Schultern hängen. »Ich nehme an, in Ihrem Metier schließen Sie nicht viele Freundschaften.«

Arthur betrachtete den Mann neben sich kurz, dann

richtete er seinen Blick wieder auf Letty. »Freundschaft verlangt Vertrauen. Vertrauen ist leicht zu erschüttern und nahezu unmöglich wiederherzustellen, wenn es einmal enttäuscht wurde.«

»Aye, das ist wahr.« Winthram trug eine wissende Miene zur Schau, aber er konnte Arthur nicht täuschen. Winthram wollte unbedingt an das Gute in der Seele eines Menschen glauben.

Violet kümmerte sich um alles, spornte die Diener an, tröstete Letty wegen des Zustands der Wandfarbe und warf immer wieder kurze Seitenblicke auf Arthur.

»Alles wird gut«, wiederholte sie unablässig. »Das stimmt doch, Mr Kneland?«

Er antwortete nicht auf ihre Frage. Der beißende Gestank der Zerstörung brannte ihm in der Nase, während er die Szene studierte.

Thomas bezog Position an Arthurs Seite und fuhr unruhig mit den Fingern über sein unrasiertes Kinn. »Gehen wir systematisch vor. Alles hat damit angefangen, dass Steine gegen die Fenster flogen, um sie einzuschüchtern.«

»Ja. Dann kam die Bombe im zweiten Stock«, bestätigte Arthur.

»Danach bricht ein Dieb hier ein, um die Unterlagen der Lady zu stehlen, und jetzt hat jemand versucht, die Materialien zu zerstören, die sie benötigt, um ihre Arbeit zu beenden«, schloss Thomas.

»Was halten Sie davon?«, erkundigte sich Arthur.

Der ältere Mann hob die Brauen und richtete seinen Blick auf Letty. »Die Explosion und die zerschmetterten Fenster sind große Gesten – irgendwie sehr laut.«

»Ein Versuch der Einschüchterung«, bemerkte Arthur. »So etwas würde eine Frau niemals tun.«

»Möglicherweise nicht«, räumte Thomas ein.

»Sie müssen nicht so tun, als wären Ihre guten Ideen meine Ideen«, schimpfte Arthur. »Sie können Menschen besser lesen als ich.«

»Das liegt daran, dass ich sie mag«, betonte Thomas.

Freunde sind wie ein halber Pfennig.

Arthur verdrängte den Gedanken aus seinem Kopf. »Der versuchte Diebstahl und das Feuer ... Ist das etwas anderes?«

»Das war kein Einschüchterungsversuch«, erwiderte Thomas. »Es hatte einen Zweck.«

»Und zwar den, Lady Greycliff davon abzuhalten, ihre Arbeit zu vollenden.«

Thomas nickte. »Jemand wusste, dass sie sich von Ziegelsteinen und Bomben nicht einschüchtern lassen würde. Die Person hätte auch ihre Arbeitsräume in Brand setzen können, hat sie aber nicht. Jemand hat sorgfältig darauf geachtet, dass sie nicht persönlich zu Schaden kommt.«

»So etwas könnte ein angeblicher Freund tun«, schloss Arthur.

»Besser ein ehrlicher Feind, als ein falscher Freund«, stellte Thomas fest.

Arthur hätte ihm nicht inbrünstiger zustimmen können.

15. KAPITEL

Arthur las eine verschmierte Ausgabe des *Morning Chronicle*, während er an seinem Tee nippte. Die Küche war zu dieser frühen Morgenstunde leer.

In anderen Haushalten hatte er seine Mahlzeiten für sich allein eingenommen. Hier bestand Mrs Sweet jedoch darauf, dass er sich dem Rest des Personals in der fröhlichen Küche anschloss. So viel Lärm – Lachen, unbeschwertes Geplänkel, Geschichten, die immer wieder erzählt wurden. Wäre sein Leben anders verlaufen, hätte sich das nicht so fremd angefühlt, das war ihm klar. Seine Eltern hatten zusammen am Tisch gesessen und gescherzt, und er erinnerte sich, wie sie Besuch empfangen hatten, mit einem Spielmann in der Ecke und einem dicken Leinentuch über dem zerschrammten Eichentisch.

Es war schon viel zu lange her. Und sosehr sich Arthur auch bemühte, er konnte nicht aufhören, unter dem Lärm der anderen Diener auf das Zischen einer Klinge oder das Klicken eines Hahns zu lauschen, der gerade gespannt wurde. Doch jetzt genoss er einfach die Ruhe, die sich ihm bot, wenn die Küche noch leer war.

Noch bevor sich die Küchentür ganz öffnete, hatte er die Zeitung gefaltet und seine Hand zu der versteckten Tasche gleiten lassen, in der ein Messer steckte.

Alice schob sich rückwärts in die Küche und hielt mit der Hüfte die Tür auf, da sie ein zugedecktes Tablett in beiden Händen hielt. Sie fuhr zusammen und schrie leise auf, als sie sich umdrehte und ihn am Tisch sitzen sah.

»Guten Morgen«, begrüßte er sie.

Sie hob majestätisch das Kinn – zweifellos hatte sie sich das von Lady Phoebe abgeschaut, und nickte gefasst. »Guten Morgen, Sir.«

Ihr verächtliches Schniefen war meisterhaft. Arthur schlug die Zeitung wieder auf und versteckte seine Belustigung dahinter.

Wer konnte es ihr verdenken? Er hatte ihre freundlichen Annäherungsversuche in den letzten Wochen immer wieder zurückgewiesen. Er stellte sich vor, wie es wäre, wenn Deoiridh in London arbeiten würde, so weit weg von zu Hause. Wenn seine kleine Schwester in Alices Lage wäre, würde ihr ein freundliches Wort zweifellos das Herz wärmen.

»Ist kalt draußen«, sagte er.

Sie hob verblüfft eine Braue. »Ist es.«

Die Kohlen knackten im Kamin.

Arthur überlegte angestrengt, was er sagen sollte. Es fiel ihm nie schwer, mit Violet zu reden. Am lebhaftesten war sie, wenn er sie nach ihrer Arbeit fragte. Ob er es auch bei Alice versuchte?

»Was ist auf diesem Tablett?«, fragte er.

»Tee für Mylady«, antwortete sie knapp und stellte das Tablett auf den Küchentisch, um es abzuräumen.

»Hat sie etwas gegessen?«

Alice warf ihm einen kurzen Seitenblick zu. »Hat sie

nicht. Und es gibt offenbar nichts, womit man sie in Versuchung führen könnte. Vielleicht würden ein paar schwarze Brötchen helfen, aber davon will Mrs Sweet nichts hören.«

Auf dem Tablett stand ein unberührter Teller mit dem, was Mrs Sweet als Verdauungskekse und Thomas als »Verstopfungskekse« bezeichnete.

»Mit diesen ungenießbaren Dingern könnte ich wohl auch meine Pistole laden«, sagte Arthur. »Sie sind jedenfalls weniger kostspielig als Kugeln.«

Alice drehte sich überrascht um. »Sollte das ein Scherz sein, Sir?«

Er dachte über die Frage nach. »War es denn lustig?«

Alice trat wieder an den Tisch und knabberte an ihrer Unterlippe. »Ein bisschen.«

»Dann ja, dann war es ein Scherz.«

Sie betrachteten sich einen Moment, und Alices Mundwinkel zuckten in einem schwachen Lächeln. Arthur schwoll vor Stolz die Brust. Er konnte es also doch!

»Schwarze Brötchen«, sagte er.

»Sir?«

»Sie … Sie erwähnten schwarze Brötchen. Ich habe seit Jahren keine mehr gegessen. Ich mochte den Geruch, wenn sie heiß aus dem Ofen kamen.«

Alice legte die Hände wie zum Gebet zusammen, ihre Augen wurden weich, als sie sich erinnerte. »Meine Mum macht die schrecklichsten schwarzen Brötchen.«

»Tatsächlich?«, fragte Arthur verwirrt.

Alice lachte. »Immer. Keiner weiß, warum sie so eigenartig schmecken, wo doch ihre Kartoffeln himmlisch sind und ihr Brot so fein ist. Einmal ist mein Vater von Inverness nach Hause gelaufen, um nicht auch nur eine Nacht länger von ihr getrennt zu sein, und er neckte sie damit, dass er es gemacht hätte, weil er nicht ohne den Geschmack ihrer schwarzen Brötchen leben könnte.«

Sie seufzte. »Was vermissen Sie denn von zu Hause?«

Arthur rieb sich die Brust, während er sich an Deoiridh erinnerte, aber das behielt er besser für sich. Es machte ihm Angst, wie bereitwillig er diese Erinnerungen mit Violet geteilt hatte. Wenn er diese Erinnerungen nun zu oft hervorholte und sie zu verblassen begannen?

»Nun, Haferbrei vermisse ich jedenfalls nicht«, antwortete er stattdessen.

Alice kicherte. »Mein Bruder Finlay hasst ihn mehr als alles andere. Ein Mal …«

Das Dienstmädchen begann Geschichten aus dem Leben mit fünf Brüdern, einem Frettchen und zwei Terriern zu erzählen, während Arthur sich amüsierte und den beruhigenden Duft von Tee und Zwiebeln einatmete.

Bot ihm der Schlüssel, Freunde zu finden, auch Zugang zu dem Geheimnis, Violet glücklich zu machen?

Menschen einfach so zu akzeptieren, wie sie waren?

Einfach *da* zu sein?

Es schien ganz einfach zu sein – es sei denn, man hatte sein Leben damit verbracht, davor wegzulaufen.

*

»Sind Sie sicher, dass wir das tun sollten?«, fragte Letty. »Wenn jetzt Mr Kneland hereinkommt und uns so sieht?«

»Seien Sie nicht albern«, erwiderte Phoebe. »Wen interessiert schon, was Mr Kneland denkt? Wir sind berechtigt, mit allen Mitteln unsere Ziele zu erreichen.«

»Ich bin betrunken«, sagte Violet.

Die drei lagen Schulter an Schulter auf der Couch in Violets Arbeitszimmer. Die Beine hatten sie über die Rückenlehne gelegt.

Violet, Letty und Phoebe hatten sich mit einem Vorrat an Portwein im Zimmer versteckt. (»Vater wird es nicht merken, dass eine Flasche fehlt, und wenn doch, umso besser«, hatte Phoebe erklärt.) Letty hatte eine Schachtel mit Süßigkeiten unter ihrem Mantel hereingeschmuggelt. (»Zum Teufel mit der Reizgalle«, hatte sie auf Mrs Sweets missbilligende Ermahnung geflüstert.) Wie damals, als sie den Plan für Athenes Refugium geschmiedet hatten und Phoebe, laut und unablässig fluchend, durch den Raum marschiert war. (Violet hatte dieses Verhalten mit den staunenden Worten kommentiert: »Kein Mann wird sich diese Frau freiwillig antun, oder?«)

Dieses Gefühl der Kameradschaft hatte Violet in den letzten Monaten vermisst. Letty und Phoebe schafften es irgendwie immer, ihre Hoffnungen, die auf Athenes Refugium ruhten, mit der realen Welt und der Art und Weise, wie die feine Gesellschaft tatsächlich funktionierte, in Einklang zu bringen. Und was noch wichtiger war: Lachen mit Freunden war Balsam für die Seele.

»Was, wenn Earl Grantham uns erwischt?«, fuhr Letty fort. »Er wird ein furchtbares Drama veranstalten.«

»Liebes, nun seien Sie schon still«, beschwerte sich Phoebe. »Sie bereiten Violet Kopfschmerzen.«

»Es ist nicht Letty, die mir Kopfschmerzen bereitet. Ich muss mich wieder aufsetzen.«

»Aber wie sollen wir wieder hochkommen?«, fragte Letty. »Was, wenn wir ... Au!«

»Ihr Fuß ist so groß!«, stöhnte Phoebe. »Oh ... autsch.«

»Sie treten mich in ... ach, dieses verwünschte Korsett!«, rief Violet.

Am Ende brauchten sie zehn Minuten, bis sie wieder aufrecht standen. Violet half Letty dabei, das Kleid in eine Richtung zu ziehen, während sie ihren Körper in die andere Richtung drehte, damit ihre Unterwäsche wieder richtig saß.

Es war natürlich Phoebes verrückte Idee gewesen, wie immer. Sie war wieder einmal von ihrem Vater heruntergeputzt worden und hatte die letzten beiden Nächte Hausarrest gehabt. Obwohl sie über diese Strafen scherzte, hegten Letty und Violet aufgrund der blauen Flecken, die sie manchmal an Phoebes Armen sahen, so ihre Vermutungen, wie der Marquis seine aufrührerische Tochter zur Räson zu bringen suchte.

Als Violet versucht hatte, das Thema anzusprechen, hatte Phoebe sanft ihren Finger auf Violets Mund gelegt. »Liebes«, hatte sie gesagt. »Wir lassen unsere Albträume aus einem bestimmten Grund in der Dunkelheit zurück.« Doch sie erzählte weiter: »Er hat ein Bündel meiner Notizen über die Arbeit von Herrn Kolbe mit Herrn Schmitt gefunden und hielt sie für Liebesbriefe!«

Dann sprang sie auf die für sie typische Art und Weise bereits zum nächsten Thema: »Ich kann immer noch nicht fassen, dass Mr Kneland die Frechheit hatte, sich zu erkundigen, wo ich gestern Abend gewesen bin. Ich habe ihm gesagt, dass ich meinen Abend damit verbracht habe, metaphorische Feuer anzuzünden. Die seien weniger schmutzig und stänken weniger als echte Feuer. Aber was haben Sie überhaupt so spät noch hier gemacht, Letty?«

»Ich war einfach … Oh, meine Güte.« Lettys Portwein war über den Rand ihres Glases geschwappt. Sie ging zu einer Reihe von Schränken und kramte nach einem Lappen, um das Malheur zu beseitigen.

Phoebe richtete ihre Aufmerksamkeit wieder auf Violet. »Je schneller Sie diese Formel finden, desto schneller kann alles wieder so werden, wie es war.«

Violet schob sich ein Törtchen in den Mund und seufzte vor Vergnügen. Dann schnitt sie Phoebe eine Grimasse. »Es ist ja nicht so, dass ich nicht schon den ganzen letzten Monat daran gearbeitet hätte. Aber die Verhältnisse müssen exakt stimmen. Ich kann es nicht riskieren, irgendjemanden einer Mischung auszusetzen, die ihn noch kranker machen könnte.«

»Das Problem sind nicht die Mischungsverhältnisse«, konterte Phoebe. »Das Problem ist, dass Sie abgelenkt sind.«

Letty mischte sich ein. »Wir geben Ihnen natürlich nicht die Schuld an dem Feuer, der Explosion oder der derzeitigen Unruhe. Aber jeder wäre durch solche Ereignisse abgelenkt.«

Es war nicht das Feuer gewesen, das Violet von ihrer Arbeit abhielt, aber sie wollte Lettys Missverständnis lieber nicht aufklären.

Phoebe runzelte die Stirn. »Sie müssen alle anderen Gedanken aus Ihrem Kopf fernhalten und sich allein auf die Formel konzentrieren.«

Das war auch der Grund, weshalb die drei sich schließlich mit den Beinen über der Rückenlehne der Couch und dem Rücken auf dem Fußboden wiedergefunden hatten. Phoebe schwor auf diese Übung, aber Violets Korsett war in jeder anderen Position als im Sitzen zutiefst ungnädig. Und das erst recht, nachdem sie sich mit Törtchen vollgestopft und eine halbe Flasche Portwein geleert hatte.

Phoebe dagegen wirkte gelassen wegen des ganzen Experiments und sogar gestärkt. »Das war amüsant. Hat es funktioniert, Violet?«

Violet dachte über die Frage nach. »Ich habe gelernt, wie schwierig es ist, einen klaren Kopf zu behalten, wenn man mit dem konfrontiert wird, was unter meiner Couch lebt. Zählt das?«

Phoebes amethystfarbene Augen verdunkelten sich gereizt. »Dann überlassen Sie mir die Arbeit. Ich verstehe genug von der Chemie der Gase, um das Gegenmittel fertigstellen zu können. Dann kann die Veranstaltung wie geplant über die Bühne gehen.«

»Ich soll Sie statt meiner in Gefahr bringen?« Violet schüttelte den Kopf. »Ich habe Arthur und seine Schar falscher Diener als Verstärkung, die jeden meiner Schritte überwachen. Sie haben niemanden. Das werde ich Ihnen nicht antun.«

»Das Feuer konnten sie aber auch nicht verhindern«, gab Phoebe verärgert zurück.

»Das spielt keine Rolle. Ich bin bis zum Ende der Woche fertig. Versprochen.« Violet nahm Phoebes Hände in ihre. Der Kontrast zwischen ihren Händen mit den abgebrochenen Nägeln und dem geschmeidigen cremefarbenen Leder von Phoebes Handschuhen entging den beiden Frauen nicht.

»Ich glaube Ihnen.« Phoebe vertrieb die Verärgerung aus ihrer Miene. »Sie schaffen alles, was Sie sich in den Kopf setzen. Tatsächlich werden wir drei die Welt verändern, jede von uns auf ihre Weise.«

»Sie sind ziemlich kratzbürstig«, sagte sie zu Letty, »aber Ihr Verstand ist großartig.« Sie reichte ihr ein Glas Portwein. »Sie hassen die Aristokratie – und das aus gutem Grund. Earl Melton hat Sie wahrhaftig mies behandelt.«

»Mies?«, fragte Letty zurück. »Sie und Violet sind die einzigen Mitglieder der vornehmen Gesellschaft, die mich überhaupt noch wahrnehmen. Er hat mein ganzes Leben ruiniert.«

»Nein. Er ist nicht für Ihr Leben verantwortlich. Das sind Sie selbst«, widersprach Phoebe. »Sie sind mutig und stark, und eines Tages werden Sie dafür sorgen, dass Melton und sein Sohn sich wie unbedeutende Kröten fühlen.«

Dann reichte sie Violet einen angeschlagenen Becher, der ebenfalls mit einer großzügigen Menge Port gefüllt war. »Und Sie, Violet, sind freundlich und großzügig«, sagte sie. »Die einzige Frau, die auf die Idee kommen konnte, Athenes Refugium zu gründen, und die so wenig auf sich selbst Rücksicht nimmt, dass sie diesen Traum auch wirklich Wirklichkeit werden lassen konnte.«

Phoebe hob die Flasche an und stieg auf einen Stuhl. »Und ich bin reich und furchtlos. Zu hochwohlgeboren, um ignoriert zu werden, und viel zu hübsch, um ernst genommen zu werden. Wir haben diesen Club gemeinsam für all die Frauen ins Leben gerufen, die unseres Schutzes bedürfen. Ich schwöre bei allem, was mir heilig ist, vor allem den Göttern des Zuckers und des Alkohols, dass Athenes Refugium seine Arbeit fortsetzen wird. Egal, was oder wer sich uns auch in den Weg stellen will.«

16. KAPITEL

»Angeblich haben Sie dem Earl Grantham neulich eine Abreibung verpasst. Glauben Sie, er hatte etwas mit dem Feuer zu tun?«

Aus einer engen Gasse in Shoreditch heraus beobachteten Arthur und Winthram ein winziges Kaffeehaus auf der gegenüberliegenden Straßenseite.

»Nein«, sagte Arthur. »Grantham ist eine Nervensäge, aber er würde niemals etwas tun, was Lady Greycliff schadet.« Die Zuneigung des Earls zu Violet war echt, darauf würde Arthur wetten.

Sie hatte diese Wirkung auf Männer.

Mehr als einmal lehnte sich Arthur an die Wand, als könnte das seine Nerven beruhigen. Er fuhr mit der Hand über die rauen Steine und hoffte, die verwirrende Benommenheit in seinem Inneren zu durchbrechen. Die Nachwirkungen des Feuers und die seltsamen Gefühle, die ihn plagten, seit er am Morgen Violets Zimmer verlassen hatte, ließen ihn seinen Sinnen misstrauen.

Er steckte in großen Schwierigkeiten. Diese Sache warf ihn aus der Bahn und weckte Zweifel in ihm, wie er es seit seiner Kindheit nicht mehr erlebt hatte.

Seit er England verlassen hatte, war er Frauen begegnet, von denen die meisten raffinierter und erfahrener gewesen waren als Violet. Doch in er ganzen Zeit war er noch nie von rein körperlicher Intimität so erschüttert worden. Er besaß nur einen begrenzten Wortschatz für Interaktionen mit anderen Menschen. Wie sollte er seinen derzeitigen Zustand bezeichnen? In seinem Inneren herrschte eine beängstigende Weichheit, als hätten Violets ungeübte Liebkosungen und entzückende Erkundungen eine lebenswichtige Barriere in ihm durchbrochen.

Sein Urteilsvermögen war in Mitleidenschaft gezogen worden. Arthur erkannte seinen eigenen Verstand nicht wieder. Jedem Gedanken an eine Fortsetzung seiner Affäre mit Violet Einhalt zu gebieten, war das Klügste, was er tun konnte. Es war höchste Zeit, die Ermittlungen gegen die Omnis fortzuführen und aus dem Club zu verschwinden, bevor er etwas Dummes tat. Zum Beispiel zu ihr zurückzukehren und sich wieder von ihr verführen lassen.

»Er ist ein richtiger Hüne, dieser Earl«, fuhr Winthram fort. »James sagte, der Earl hätte auf dem Rücken gelegen, als Sie den Raum verließen, ohne dass er Ihnen auch nur ein Haar hätte krümmen können.«

»Das war ein alter Trick, den ich irgendwo aufgeschnappt habe«, erwiderte Arthur. »Sie können einen Mann, der doppelt so groß ist wie Sie, über Ihre Schulter schleudern, wenn Sie es richtig anstellen. Da ist nicht viel dabei.«

Eine Gruppe von jungen Arbeitern ging vorbei. Arthur trat in den Schatten zurück. Zwei Tage lang war er jedem Hinweis nachgegangen, den er hatte finden können, und immer wieder tauchte derselbe Name auf.

Adam Winters.

Dieses Kaffeehaus war ein Treffpunkt für verdächtige Omnis, und Adam Winters war heute dort als Redner vorgesehen. Winthram hatte darauf bestanden mitzukommen, um ihm seinen Bruder zu zeigen. Sie musterten die Menge der älteren, ernst wirkenden Männer, die herbeiströmten.

Winthram scharrte mit dem Stiefel an dem bröckelnden gelben Backstein des Gebäudes neben ihnen. Schillinggroße Schneeflocken wirbelten in einer verrückten Spirale vorbei und ließen sich auf den Haaren und Wimpern des Hausdieners nieder.

»Sie könnten in Schwierigkeiten geraten«, sagte Winthram und wich Arthurs Blick aus. »Ich bleibe eine Weile hier und helfe aufzupassen.«

Arthur runzelte die Stirn. »Das ist ein raues Publikum. Nicht dass Sie verletzt werden …«

Winthram hob ruckartig den Kopf und blickte ihn finster an. »Ich kann sehr gut auf mich selbst aufpassen. Ich war schon öfter in der Klemme.«

Arthur hob beschwichtigend die Hände. »Ich meinte nicht diese Art von Verletzung.«

Winthram bewegte die Lippen, als er darüber nachdachte. Es war unverkennbar, dass der jüngere Mann Arthurs Mitgefühl nicht wollte.

»Ich hatte genug Zeit, mich an Adams Worte über mich zu gewöhnen. Es spielt keine Rolle mehr.«

Arthur war bereits fünf gewesen, als Deoiridh geboren worden war, eine späte Überraschung für seine Eltern. Er hätte sich über den neuen Eindringling in seinem behaglichen, behüteten Leben ärgern können. Stattdessen hatte er sein Herz an die kleine Kreatur verloren, als sie ihn das erste Mal angelächelt hatte. Arthurs Schwester hatte ihm die Augen für die Schönheit der Welt geöffnet. Ihr Kichern durchbrach die bedrückende Stille der leeren Landschaft, und er stürzte sich in die Aufgabe, dieses winzige zerbrechliche Wesen durch das Leben zu führen und zu beschützen. Im Gegenzug begrüßte sie ihn jeden Morgen mit weit geöffneten Armen und vertraute darauf, dass er sie beschützen würde.

Als die Grippe ihr Tal heimgesucht hatte, starb sie so, wie sie gelebt hatte: die Arme nach ihrem älteren Bruder ausgestreckt und ihn anflehend, ihr zu helfen.

Hätte Deoiridh gelebt und dieselbe Entscheidung wie Winthram getroffen, wäre das für Arthur nicht leicht zu akzeptieren gewesen – aber er hätte sie niemals abgelehnt. Konnte sich Adam Winters denn wirklich nicht mit der Entscheidung seines Bruders arrangieren, so seltsam sie ihm anfangs auch erschienen sein musste?

Arthur wusste wenig über die Liebe. Aber er hatte sich immer vorgestellt, dass sie wuchs und dabei andere Menschen einbezog, statt im Laufe der Zeit abzuflauen.

»Es ist sein Verlust«, sagte Arthur. »Er wird es irgendwann bereuen.«

Winthrams Gesicht verzog sich ungläubig. Er hob unbehaglich die Schultern, als wollte er zeigen, dass ihm das Thema unangenehm war. Sie schwiegen, während die Fuhrleute sich untereinander mit lauten Rufen verständigten und die Menge vorbeischlurfte.

»Da ist er.« Winthram zog Arthur zurück in die Gasse. »Das Treffen scheint zu beginnen.«

Tatsächlich stieg Adam Winters aus einer Droschke auf

der anderen Straßenseite. Er ähnelte Winthram in seinem schlanken Körperbau und den gepflegten Gesichtszügen, aber er war älter, hatte kräftigere Wangen und eine breitere Brust. Ein paar stämmige Männer begleiteten ihn, die die Fußgänger nicht aus den Augen ließen.

»Gut. Ich gehe hinein«, verkündete Arthur. »Ich höre mir die Reden an und bleibe danach noch hier, um herauszufinden, ob ich etwas darüber in Erfahrung bringen kann, was die Omnis geplant haben und ob jemand den Club oder Beacon House erwähnt. Sie bleiben hier.«

Winthrams schlanker Körper sank in sich zusammen.

Arthur seufzte. »Dieser Schulterwurf ist eine einfache Bewegung. Es sollte nicht lange dauern, Ihnen das zu demonstrieren. Höchstens eine halbe Stunde.«

Winthram strahlte wie eine Kerze. Arthur drohte ihm mit dem Finger. »Aber nur diese eine Übung. Ich habe keine Zeit, um herumzutrödeln. Wer weiß, wo ich in ein paar Tagen bin.«

*

»Sind wir Leibeigene, die auf den Feldern eines Herrn schuften? Warum wird vorausgesetzt, dass unser Verstand ungenutzt bleiben muss, nur weil wir unseren Körper benutzen, um unser Tagwerk zu verrichten? Was fürchten diese Männer, wenn sie ihren Arbeitskräften eine Ausbildung angedeihen lassen? Sie fürchten, zur Rechenschaft gezogen zu werden. Sie fürchten Konsequenzen. Sie fürchten die Gerechtigkeit.«

Die schiefen, altersgeschwärzten Kiefernwände vibrierten

unter dem Scharren dutzender Füße und dem Kratzen der Stühle, als es sich eine Gruppe von etwa dreißig Männern in dem winzigen Hinterzimmer bequem machte. Aus der abgesackten Gipsdecke drang der Geruch von Tausenden Tabakpfeifen, die hier im Laufe der Jahre geraucht worden waren. Der Gestank, vermischt mit dem Odeur eines Raums voller ungewaschener Männer, drang in Arthurs Nase.

Adam Winters stand vor der Menge. Winters' tiefliegende Augen und hohe Wangenknochen waren das Spiegelbild von Winthram, aber er hatte eine düstere Ausstrahlung, die seinem jüngeren Bruder abging.

Schweiß glitzerte auf seiner Stirn, als er in einer wortgewaltigen Abrechnung mit dem Reformgesetz von 1832 nun über das allgemeine Wahlrecht sprach. Die Männer folgten seinen Worten voller Aufmerksamkeit. Die Blicke erleuchtet von einer erstaunlichen Intensität, als ob sie über ihre Begeisterung für seine Botschaft selbst verblüfft wären.

Wenn Winters schon diese raue Gruppe Männer seinem Willen unterwerfen konnte, welche Wirkung musste er dann auf seinen jüngeren Bruder oder gar eine beeinflussbare junge Frau haben? Hatte er sich womöglich so Eintritt in die Clubräume verschafft?

»Denken Sie an meine Worte, das da ist ein Mann, den man im Auge behalten muss«, sagte jemand neben ihm.

Arthur fuhr überrascht herum. Earl Grantham stand unmittelbar neben ihm.

»Was machen Sie denn hier?«, flüsterte er Grantham hitzig zu.

»Die Krone betrachtet die Omnis als eine Bedrohung«, antwortete der Earl leise und mit einem ziemlich überzeugenden Arbeiterakzent. »Edward Oxfords Attentat auf Ihre Majestät war kein Einzelfall. Die wichtigere Frage scheint mir: Was machen Sie hier?«

Arthur betrachtete Grantham genauer und verzog verwundert das Gesicht. Der Earl trug eine schlichte braune Hose unter einem locker sitzenden Mantel, sein glänzendes Haar wurde von einer Filzmütze verdeckt, und seine Stiefel waren so staubig wie die jedes anderen Mannes hier. Abgesehen von seiner Größe, fiel der Earl zwischen den Arbeitern nicht auf.

Grantham quittierte Arthurs prüfenden Blick mit einem Nicken. »Ich war nicht immer ein Earl. Es gibt eine Gruppe unter uns, die aus ähnlichen Verhältnissen stammt wie ich. Aufgrund unserer veränderten Lebensumstände können wir jetzt etwas Gutes bewirken. Ich war schon ein paar Mal bei diesen Treffen.«

»Waren Sie hier als Spion oder als Unterstützer?«, wollte Arthur wissen.

Der Earl musterte rasch die Männer, die ihnen am nächsten standen. Aber sie waren vollkommen von Winters' Rede gefesselt. Er beugte sich vor. »Überlassen Sie das hier mir, Kneland«, presste er leise zwischen den Zähnen hervor. »Und verschwinden Sie hier. Violet hat mich darüber informiert, was Sie getan haben.«

Arthur hatte das Gefühl, als würde ihm der Boden unter den Füßen weggezogen, und seine Handflächen wurden feucht. Was zum Teufel …?

»Sie sagte, das Feuer war ein Unfall«, knurrte Grantham. »Aber Sie und ich wissen es besser. Sie hatten die Verantwortung – und haben versagt.«

Arthur schwindelte, und er hätte fast laut gelacht. Einen entsetzlichen Moment hatte er gedacht, Grantham wüsste, was in Violets Zimmer geschehen war. Die Erleichterung musste sich auf seinem Gesicht gezeigt haben, denn Granthams strenger Mund verzog sich zu einem unfrohen Grinsen.

»Fangen Sie an zu packen, Kneland. Ihre Tage in Violets Gegenwart sind gezählt.«

Von den zweiundfünfzig Methoden, die Arthur kannte, um einen Mann in die Knie zu zwingen, waren einunddreißig tödlich. Einen langen Moment erwog er, eine der ihm verbliebenen einzusetzen, am liebsten jene, die auf die unteren Regionen des Gegners abzielte.

Zum Glück für Granthams Hoffnung auf Nachkommenschaft jedoch überwog der gesunde Menschenverstand.

Während die Menge als Antwort auf Adam Winters' Worte brüllte, machte sich Arthur auf den Weg zum Ausgang und ließ einen neuen Feind hinter sich zurück.

17. KAPITEL

Arthur schüttelte seine verkrampfte Hand aus, dann berührte er mit der Spitze des Daumens seine Fingerspitzen. Obwohl er Handschuhe getragen und seine Hände geschrubbt hatte, zierten immer noch blasse Tintenflecke seine Finger. Er hatte Stunden gebraucht, um den Brief fertigzustellen, den er heute geschrieben hatte, und er hatte dabei Papier im Wert von einem Schilling verbraucht.

Der Brief hatte ihn gezwungen, die Entscheidungen zu überprüfen, die er getroffen hatte, seit eine schwere Verfehlung ihn vor zwanzig Jahren auf seinen Weg gebracht hatte. Jetzt wanderte er ruhelos durch die Korridore, die Hand auf dem sanften Schmerz, der seine Brust quälte.

Er hatte sich für diesen Flur entschieden, weil eine Reihe Fenster auf der anderen Seite des Hauses ihn angreifbarer machte. Allerdings war das eine Lüge. Er wusste ganz genau, wer gerade jetzt in diesem Flügel arbeitete. Und wenn er Glück hatte, würde er um die Ecke biegen und auf …

»Hatschi!« Johnson taumelte aus einer offenen Tür, geschüttelt von einem kräftigen Niesen.

Das war nicht die Person, die Arthur zu sehen gehofft hatte. »Geht es Ihnen gut, Johns …?«

»Himmel!« Der Diener keuchte. Seine Augen waren gerötet und wässrig. Er wies mit der Hand in den Raum und schüttelte den Kopf. »Kann nicht … atmen … ’ntschuldigung.«

»Ich übernehme ab hier. Lassen Sie sich von Mrs Sweet verarzten.« Arthur seufzte mitleidig, als weitere Niesanfälle den kräftigen Körper des Dieners schüttelten.

Als Johnson außer Sichtweite war, warf Arthur einen Blick den leeren Korridor entlang, sah dann zum Himmel und nickte anerkennend.

Leise klopfte er an die offene Tür eines kleinen Destillierraums. Darin stand Violet neben einem niedrigen, in einen Tresen eingelassenen Keramikbecken, den Kopf über einen Stapel Papiere gebeugt, während sie gereizt mit dem Fuß auf den Boden klopfte. Ihre Experimente liefen wohl nicht gut. Ruß klebte an den engen Ärmeln ihres Batistkleides, und die Schürze, in der er sie vor einiger Zeit gesehen hatte, hatte sie abgelegt.

»Herein!«, rief sie mit ihrer entzückenden Stimme, ohne von ihrer Arbeit aufzublicken.

Da Johnson gegangen war, brauchte Violet eine andere Wache. Nur das war der Grund, warum Arthur eintrat und die Tür hinter sich schloss. Nicht etwa der schmale Streifen cremefarbener Haut an ihrem Schlüsselbein, den ihr verrutschter Schal freigab, und schon gar nicht der Impuls, diesen verletzlichen Teil von ihr mit Küssen zu bedecken.

Sträuße von Trockenblumen und getrockneten Kräutern hingen neben drei großen Schränken voller Gläser und Flaschen. Der Duft von Minze und Salbei schwebte in der Luft. Das einzige Licht drang durch verblichene karminrote Gardinen, die eine Reihe hoher Fenster bedeckten.

»Johnson scheint auf irgendetwas hier drinnen empfindlich zu reagieren«, sagte Violet. »Ich weiß, du willst, dass ich immer bewacht werde, aber wenn du kurz wartest …« Sie notierte hastig etwas und kaute dann auf dem Ende ihres Stiftes herum.

Man hätte ihr Verhalten für geistesabwesend oder naiv halten können, aber Arthur wusste, dass Violet in zwei Welten gleichzeitig lebte: der Welt, in der alle anderen lebten, und der Welt in ihrem Kopf, in der jede Sekunde Myriaden von Verbindungen geknüpft wurden.

Während Arthur darauf wartete, dass sie geistig zu ihm zurückkehrte, inspizierte er eine Reihe von Zapfhähnen und Rohren, die über dem Becken hingen.

Er würde diesen Ort vermissen. Jedes Mal, wenn er sich umdrehte, wartete eine neue faszinierende Entdeckung auf ihn. Wäre er ein anderer Mann oder dies eine andere Zeit …

»Meine Arbeit geht deutlich schneller voran, als ich erwartet hatte«, verkündete Violet.

Arthur nickte und drehte an einem Hahn. Wasser rauschte aus einer Leitung. Er würde also früher abreisen, als er erwartet hatte. Was sollte er sagen?

»Das ist eine gute Nachricht.«

Sie legte den Stift beiseite und schenkte ihm ihre volle Aufmerksamkeit. »Allerdings bin ich jetzt an einem Punkt angelangt, an dem ich nicht mehr weiterkomme. Ich frage mich, ob du mir helfen könntest.«

Er beugte sich über ihre Papiere. Eine Reihe von Zahlen und Symbolen bedeckte die Seite und verwandelte sich am Rand in ein Durcheinander von Strichen und unanständigen Wörtern.

»Ich bin nicht sicher, wie ich dir helfen kann, außer zu erwähnen, dass dies hier …« Er deutete auf ein Wort, »… anatomisch unmöglich ist.«

»Ich hatte etwas weniger Anspruchsvolles im Sinn.« Sie schluckte, wandte sich dem Wasserbecken zu und wusch sich die Tinte von den Händen. Sie sah ihn an und fuhr fort. »Unser gemeinsames Vergnügen hat gezeigt, dass wir beide körperlich kompatibel sind.«

Arthur hob eine Braue bei dieser massiven Untertreibung. Es sei denn, »kompatibel« hatte noch eine andere Bedeutung. »Explosiv« zum Beispiel.

Sie fuhr fort. »Manchmal, wenn ich in meiner Arbeit an eine Blockade stoße, hilft eine … energische Aktivität.«

»Eine energische Aktivität«, wiederholte er.

»Äußerst energisch. Im Interesse der Wissenschaft, versteht sich.«

»Natürlich.«

Er könnte es ihr leichter machen, aber er bewunderte ihre Wangen, die allmählich dunkler wurden.

Das zarte Lächeln um ihre Mundwinkel verschwand.

»Ich erinnere mich, dass du gesagt hast, du wolltest kein Kind«, fuhr sie fort. »Ich habe nie ein Kind mit Daniel gezeugt. Das heißt aber nicht, dass eine Schwangerschaft ausgeschlossen ist.«

Sein Bedürfnis, sie zu necken, schmolz unter der Woge von Traurigkeit, die sie plötzlich umgab. Er legte ihr seine Hand auf die Schulter. Sie neigte den Kopf, um ihre Wange an seinen Handrücken zu drücken. Einen Moment lang vergaß er zu atmen.

Violet deutete auf eine Glasschale, die zur Hälfte mit einer klaren nach Zitrusfrüchten riechenden Flüssigkeit gefüllt war. »Es gibt viele Möglichkeiten, eine Empfängnis zu verhindern. Ein paar von unseren Mitgliedern …« Sie hielt inne. »Du musst das geheim halten«, bat sie. »Wir könnten ernsthafte Schwierigkeiten bekommen, wenn jemand herausfindet, dass wir hier gewisse Methoden zur Kontrolle der Fruchtbarkeit von Frauen verfeinern.«

Arthur nickte ihr aufmunternd zu. »Ich würde niemals irgendetwas sagen.«

Sie standen so nah beieinander, dass ihre Ärmel sich berührten. Die Erinnerung an das Vergnügen ihrer gemeinsamen Nacht kribbelte unter seiner Haut.

Neugierig stieß er die Schale mit einem Finger an, und der Inhalt schwankte hin und her. Auf dem Boden der Schale lag ein zu einer kleinen Kugel gestutzter Meeresschwamm. Er steckte in einem feinmaschigen Beutel mit einer Schlaufe aus Seide am Ende.

Er glaubte zu wissen, was das war, doch dann kam ihm eine sonderbare Idee.

»Trinkt ihr das?«, erkundigte er sich.

»Aber nein. Der Schwamm saugt nur die Flüssigkeit auf«, erklärte sie. »Man kann auch Essig verwenden, aber diese spezielle Flüssigkeit enthält destilliertes Chinin.«

»Das Mittel gegen Malaria?« Er kannte natürlich Kondome, hatte aber nicht viel Erfahrung mit irgendeiner anderen Art der Empfängnisverhütung.

»Man führt den Schwamm durch die Vagina der Frau ein, bis er an die Gebärmutter stößt. Er wirkt wie eine Barriere. Hinterher zieht man den Schwamm an der Schlaufe heraus.«

Arthur runzelte die Stirn. »Würde diese Vorrichtung dein Vergnügen mindern, wenn wir uns wieder lieben?«

Lieben.

Das Wort war ihm unwillkürlich über die Lippen gekommen.

»Nein«, sagte sie. »Wenn überhaupt, dann macht es das Vergnügen für uns beide noch größer, weil wir uns keine Sorgen machen müssen.«

Diese Worte gaben seiner Selbstbeherrschung den Rest, und alle Fragen nach richtig oder falsch lösten sich auf. Arthur versuchte ein letztes Mal, sich an die Vernunft zu klammern.

»Es ist nicht klug, was wir tun«, sagte er. »Ich reise in ein paar Tagen ab. Willst du wirklich einen Skandal riskieren, Violet? Denn den wird es sicher geben, wenn diese Affäre entdeckt wird.«

Wenn er sich doch nur selbst an seine Mahnungen hätte halten können.

»Wir werden vorsichtig sein. Wir können Geheimnisse bewahren«, erwiderte sie.

Er umarmte sie von hinten, und ihr Schal rutschte zu Boden. Er hielt sie in seiner Umarmung und küsste die winzigen hervorstehenden Knochen ihrer Wirbelsäule. Dann hakte er ihr Kleid am Rücken auf, befreite sie aus ihrem Korsett und fuhr mit der Zungenspitze die Linie ihres Halses entlang. Sie schmeckte wie eine laue Sommernacht in Brest, wie Salz und Sternenlicht und wie das Wissen, dass die Heimat so nah und doch so weit weg war.

»Geheimnisse bewahren? Oh, nein«, flüsterte er, die Lippen immer noch auf ihre Haut gepresst. »Warum sollte ich geheim halten, wie sehr mir das Gefühl deines Mundes auf meinem Schwanz gefallen hat, die Art, wie du dich unter mir bewegt hast, und meinen glühenden Wunsch, in dir zu sein.«

Ihr Kleid sank raschelnd zu Boden. Das leise Geräusch stand im krassen Widerspruch zum schnellen Rhythmus ihres Atems. Violet zitterte, als er die Bänder ihres Unterrocks löste. Eine Kaskade aus elfenbeinfarbener Baumwolle wellte sich um ihre Füße.

»Und wenn jemand …?«, sagte sie.

»Ich habe die Tür abgeschlossen. Wir sind in Sicherheit.«

»Wir sind nicht sicher«, widersprach sie. »Wir sind alles andere als sicher. Ich werde mich nach der Art sehnen, wie du mich berührst. Nach den Dingen, die du sagst … Und ich glaube sie dir, Arthur. All das ist gefährlich.«

Was sollte er darauf erwidern? Er küsste sie erneut, als Antwort auf ihre Ängste, während er die Nadeln aus ihren dicken, schweren Locken zog und sie aus ihrem Gefängnis befreite. Seit ihrer ersten gemeinsamen Nacht hatte der Gedanke an Violets Haar ihn nicht mehr losgelassen. Er durchstreifte die Flure auf der Suche nach ihrem frischen, sauberen Duft. Jetzt lagen sie offen in seinen Händen, und er versuchte, sich einzuprägen, wie sie sich anfühlen.

Violet drehte sich um. Die wilden Locken umrahmten ihr Gesicht, und eine jüngere, hoffnungsvolle Frau blickte zu ihm auf. Mitgefühl für die Person, die sie als Braut gewesen war, stieg in ihm hoch. Wenn er die Zeit zurückdrehen könnte, was hätte er der achtzehnjährigen Violet gesagt? Oder dem achtzehnjährigen Arthur, wenn er jetzt darüber nachdachte?

Liebt nicht? Verschenkt euer Herz nicht an etwas, das dazu bestimmt ist, euch Schmerz zu bereiten?

Ihre jüngeren Ichs hätten niemals auf ihn gehört.

Violets dunkelbraune Augen, geheimnisvoll wie Feenbecken, blieben auf ihn fixiert, während er ihre Schönheit genüsslich in sich aufsog.

»Du hast recht. Es ist gefährlich«, sagte er und zeichnete mit seinem Daumen die Linie ihres Kiefers bis zum Bogen ihres Halses nach. »Deine seidige Haut ist mein Verderben.«

Die Träger ihres verschlissenen Unterhemdes rutschten von ihren Schultern bis zu den Ellbogen herab. Das dünne Material hing einen Moment an ihren vollen Brüsten, bevor er es herunterzog. Ihre Brustwarzen richteten sich auf. Feuerrote Linien zogen sich über ihre Brüste und Rippen. Die Abdrücke der Korsettstäbe.

Er beugte sich vor und liebkoste die Striemen mit seiner Zunge und wurde härter, während sie vor Vergnügen keuchte.

»Die Süße deiner Brüste könnte mein Verhängnis werden«, neckte er.

Er hob sie auf, drehte sich mit ihr im Kreis, und Violet schlang ihre Beine um seine Hüften. Er trug sie zu einem niedrigen Tisch, setzte sie auf der Kante ab und holte dann die Glasschale, die er neben sie stellte.

Eigentlich hätte er in dieser Situation die Macht haben müssen. Er stand voll bekleidet da und hatte einige Dolche am Leib versteckt. Sie dagegen trug nichts weiter als Strumpfgürtel und Strümpfe und eine Damenunterhose, bestehend aus nichts als zwei Beinteilen – mit einem

Schlitz dazwischen. Ihre Schuhe waren ihr von den Füßen gefallen.

Stattdessen jedoch übernahm Violet das Kommando in ihrer Begegnung. Sie stützte sich auf die Ellbogen, bog mit einem Lächeln den Rücken durch und war so mit sich im Reinen, wie er es noch nie bei ihr gesehen hatte. Im karminroten Licht verschwammen die Linien des Raums. Glühend vor Verlangen, schüttelte sie ihr Haar und spreizte ihre Beine noch weiter.

Arthur legte den winzigen Schwamm auf ihr zartes Fleisch. Sie schrie überrascht leise auf, rutschte vom Tisch und packte seine Arme. Er zog sie an sich, küsste sie, küsste ihr das Kichern von den Lippen und hielt sie mit einer Hand fest an sich gedrückt, während er mit der anderen den Schwamm leicht über ihrem Eingang rieb. Als ihre Küsse immer leidenschaftlicher und heißer wurden, drückte er seinen Daumen in einem sanften Rhythmus gegen ihren geheimsten Punkt.

Zwischen den Küssen dirigierte sie ihn, ermunterte ihn begeistert, während er seinen Daumen kreisen ließ. Der Schlitz in ihrer Unterhose lockte ihn immer wieder mit unwiderstehlichen Einblicken, und er bog den Kopf zurück, um zu sehen, wie seine Finger darin verschwanden.

»Du bist so wunderschön«, keuchte er. Seine Hände zitterten vor Verlangen. »Nein, nicht schön. Aber mir kommt in diesem Moment einfach kein anderes Wort in mein winziges Männerhirn, um dich zu beschreiben. Vielleicht ist es Anmut, die dich von allen anderen Frauen unterscheidet, denen ich je begegnet bin«, erklärte er. »Anmut und natürlich der erstaunlichste Verstand in ganz England.«

Den Kopf kokett neigend, griff Violet nach seinem Gehrock und zog Arthur zwischen ihre gespreizten Beine. »So wie du mich in der ersten Nacht, in der wir uns kennengelernt haben, herumgeschleppt hast, hätte ich nie gedacht, dass du ein so eloquenter Charmeur sein kannst, Arthur Kneland.«

Nach all den Jahren, in denen er beobachtet hatte, wie sich Männer und Frauen schrecklichste Grausamkeit zufügen und mit Ignoranz begegnen konnten, hatte er aufgehört zu hoffen, jemanden wie sie zu finden. Nicht perfekt, aber dennoch ein Licht in der Welt.

Zu wissen, dass ein solches Licht existierte, wenn man nahe an der Dunkelheit lebt, war, als schenkte ihm jemand neues Leben.

Violet legte ihre rauen Hände auf seine Wange und hielt seinen Blick.

»Mach dir keine Sorgen«, sagte sie. »Ich verstehe, dass wir an die Grenzen gebunden sind, die du in der letzten Nacht gesetzt hast. Das hier kann nicht von Dauer sein.«

Ihre Geschichte der Ablehnung und Enttäuschung verriet sich in den kleinen Falten über ihrem Nasenrücken und in der Vorsicht, mit der sie seine Komplimente entgegennahm. Sie war kein Kind, und Arthur wollte sie auch nicht wie eines behandeln, indem er ihren Worten widersprach.

»Ich kann zwanzig Jahre Wachsamkeit nicht ungeschehen machen«, sagte er. »Wir können nicht vergessen, wer ich bin. Und wer ich nicht bin.« Er musste beiseitelassen, wer er zu sein wünschte.

»Ich erwarte niemals irgendwelche plötzlichen Erklärungen. Ich bitte dich nur …« Sie fuhr mit ihren Fingern durch sein Haar und drückte seinen Kopf fest an sich. Seine Hoden zogen sich erwartungsvoll zusammen. Sie schlang ein Bein um seine Taille, zog ihn noch näher zu sich und strich mit der Zunge über seinen geschlossenen Mund. Als er die Lippen öffnete, sog sie seine Zunge in ihren Mund und saugte daran. Dann unterbrach sie den Kuss, die Lippen feucht und geschwollen. »Ich bitte dich, jetzt all diese Dinge draußen vor dieser Tür zu lassen«, sagte sie.

»Ich wünschte …«, setzte Arthur an, doch er verstummte.

Ein Wunsch ist etwas Gewichtiges, schwer von Geschichte, der Last von Erwartungen und Verantwortung. Es würde sie beide erdrücken, wenn er seinen Wunsch laut aussprach.

»Ich verspreche es«, sagte er stattdessen.

Er untermauerte sein Versprechen, indem er ihre Brüste, ihren Bauch sanft liebkoste. Indem er ihre runden Knie und ihre geschwungenen Schenkel anbetete. Er untermauerte es, indem er sich ihrem süßen Zentrum mit all dem Geschick widmete, das ihm zur Verfügung stand.

Und auch wenn er manche Dinge vielleicht nicht aussprechen konnte, so konnte er doch seine Versprechen unter ihre Haut pflanzen.

*

Violet wusste nicht, ob ihre Kehle wund war von den Worten, mit denen sie über sein Tun frohlockt hatte, oder ob es sie schmerzte, ein unausgesprochenes Gefühl zurückzuhalten. Jedenfalls lag sie völlig erschöpft vor Arthur auf dem Tisch, ein Bein über seine Schulter gelegt.

Als er seinen Kopf zwischen ihren Schenkeln hob, ein selbstgefälliges Lächeln auf dem Gesicht, begriff Violet, dass er bekleidet geblieben war. Sie dagegen war fast vollständig nackt. Sie nahm ihr Bein herunter, richtete sich auf und zerrte an seinem Hosenbund. Seine Erregung spannte den Stoff, ein Beweis dafür, dass er von ihrem Vergnügen nicht unberührt blieb.

»Das war ein ganz passabler Versuch, den menschlichen Körper von einem festen Zustand in einen flüssigen zu verwandeln«, neckte sie ihn.

»Passabel?«, erwiderte er. Sein entspannter Tonfall stand im Widerspruch zu der Art, wie er ihre Hände umfasste, als sei er unsicher, ob er sie aufhalten sollte oder nicht. »Ist das eine Herausforderung? Wenn ja, wird es dir vielleicht nicht möglich sein, weitere auszusprechen, wenn ich akzeptiere.«

Er erlaubte ihr, seine Hose aufzuknöpfen, und blickte erst zur Tür, dann zu den Fenstern.

»Du schläfst doch nachts, Arthur, richtig?«, fragte Violet.

»Ja, natürlich, ich …« Er zischte, als sie ihn in die Hand nahm. Sie streichelte ihn von der Wurzel bis zur empfindlichen Spitze und umklammerte seinen Schaft so fest, dass sie ihm ein Stöhnen entlockte. »Also ist deine Aufmerksamkeit für diese wenigen Stunden abgelenkt, und trotzdem passiert nichts Schreckliches?« Sie heuchelte Unschuld, während ihr Daumen bewusst sanft um seine empfindlichste Stelle kreiste, um eine Reaktion zu provozieren.

Rötlich und geschwollen schimmerte die Spitze seines Schwanzes im schwachen Licht. Violet erwog, ihn in den Mund zu nehmen und Arthur damit in die Knie zu zwingen. Aber das war nicht das, was sie jetzt wollte.

Sie wollte ihn nackt sehen. Sie sehnte sich nach dem Gefühl seiner Haut unter ihren Fingerspitzen. Seine Hose hing noch an seinen schmalen Hüften, und sein Leinenhemd verbarg seinen Bauch vor ihrem Blick. Dieser Versuch, seine Distanz zu wahren, indem er sich hinter Schichten von Wolle und Leinen versteckte, machte sie fast verrückt.

Verstand er es denn nicht? Sie wusste, auch ohne seine Haut zu sehen, dass er ein Mensch war.

»Es ist nur noch so wenig Zeit übrig«, erinnerte sie ihn. »Ich werde nicht zulassen, dass du es bedauerst, das ausgelassen zu haben.«

Nach kurzem Zögern schob er den Schwamm in sie hinein. Er hob sie hoch, setzte sich auf einen Stuhl mit harter Rückenlehne und schob sie auf seinen Schoß. Der raue Stoff seiner Hose scheuerte über die weiche Haut an der Innenseite ihrer Oberschenkel, als sie sich mit gespreizten Beinen auf ihn setzte.

»Nur dieses eine Mal«, flüsterte er und verteilte kleine Küsse auf ihre Wangen. Er hielt sich an ihren Hüften fest und verschob sich, sodass sie über seinem Schaft schwebte.

Sie hatte von ihm erbeten, dass sie ehrlich sein sollten, und als sie ihn langsam in sich aufnahm, sagte sie auch die Wahrheit.

»Ich werde nicht mehr von dir verlangen, als du geben kannst. Du hast mittlerweile alles von mir gesehen.« Sie verstummte einen Moment, um zu genießen, wie er sie dehnte, als er behutsam in sie eindrang.

»So entzückend«, flüsterte er, als er die Kurve ihres Halses liebkoste.

»Hmm«, erwiderte sie, zu erfüllt, um sprechen zu können, als die Schwerkraft sie langsam auf ihn herunterzog.

Sie spürte Lust und einen schwachen Schmerz, als er sie ausfüllte. Unsichtbare Fäden zogen mit einer köstlichen Spannung an ihr, von den Fingerspitzen bis zu ihrer Kopfhaut. Als sie schon glaubte, mehr von ihm würde nicht in sie hineinpassen, drückte er ihre Hüften noch ein Stück nach unten und bog sich gegen sie. Sie schaukelten mit winzigen Stößen aneinander. Schon diese Reibung erzeugte ein glückseliges Pulsieren in ihrem Körper.

Violet umklammerte Arthurs Weste, haltsuchend mit ihren Fäusten. Die Fäden der Stickerei rieben über ihre Brustwarzen. Sie wand sich auf seinem Schoß, wollte ihm die Kleidung vom Leib reißen und mit ihren Blicken verschlingen.

»Ich kann dich sehen«, warnte sie. »Durch all diese Lagen aus Stoff, hinter deinen Dolchen und der grimmigen Fassade, die du jeden Tag neu errichtest. Du bist wunderschön, Arthur, und ich wünschte, du würdest es nicht verstecken.«

Sie hielten abrupt inne. Tief in ihr pulsierte Arthur im Takt ihres Herzschlags. Violet zog sich um sein Glied zusammen. Er füllte sie völlig aus: ihre Gedanken, ihren Körper und ihr Herz.

Mit einer Zärtlichkeit, die ihr Schmerzen bereitete, strich er ihr eine Träne von der Wange und ließ seine Fassade einen Moment fallen.

Er schenkte ihr nur diese eine Sekunde.

Sie hatte eine Sekunde, in der sie ihn ohne seine Rüstung sah. Eine Sekunde, und sie konnte alles, was er fühlte, in seinem Gesicht ablesen.

Und diese eine Sekunde war alles, was sie brauchte, um sich zu verlieben.

Sie erzitterte auf ihm. Mit einem unartikulierten Schrei stieß er seine Hüften nach oben, schlang seine Arme um ihren Rücken und übernahm die Kontrolle über das Tempo. Er trieb Violet über den Punkt der Atemlosigkeit hinaus an einen Ort, der außerhalb ihrer Erfahrung lag.

Als sie ihren Höhepunkt erlebte und die Welt um sie herum auf den Kopf gestellt zu werden schien, sah Violet immer noch Arthurs Gesicht vor sich in diesem letzten, unbehüteten Moment.

18. KAPITEL

Glücklicher als eine satte Tarantel von Lady Potts, hockte Violet, fröhlich murmelnd, über ihren Formeln, als Phoebe hereinplatzte und ihr eine Haube auf den Kopf pflanzte.

»Sie werden in einer halben Stunde in den Ateliers von Mensonge erwartet!«, rief Phoebe. »Und ich will kein ›Aber … aber‹ hören. Fanny Armitage hat Ihr letztes Kleid mit einer ausgespuckten Qualle verglichen, und das kann ich nicht einfach hinnehmen.«

»Aber … aber …«, protestierte Violet, obwohl sie wusste, dass es nichts nützen würde. »Ich habe die Anprobe doch abgesagt.«

Phoebe scheuchte sie die Treppe hinunter. »Ich habe dem Atelier mitgeteilt, dass Sie auf jeden Fall kommen werden. Sie lassen sich ein neues Kleid für die Veranstaltung anfertigen, oder ich zwinge Sie dazu, eines von meinen zu tragen.«

Violet betrachtete Phoebes gelbes Seidenkleid, das mit wasserfallartigen Spitzen bedeckt war, über das sie einen hermelinbesetzten Umhang mit passendem Muff trug. Jede Naht saß perfekt, und das Material war von höchster Qualität. Allein der Anblick eines solchen Ensembles schüchterte Violet ein und machte sie gefügig.

»Ich habe Mama gesagt, dass ich in einer Stunde zurück bin«, erklärte Phoebe. »Ich muss also darauf vertrauen, dass Sie nicht in Panik geraten und das auch ohne mich durchziehen. Und jetzt gehen Sie und lassen Sie sich einkleiden.«

»Sagen Sie Mr Kneland, wohin ich gehe«, rief Violet Mrs Sweet im Weggehen zu. »Ich nehme einen Aufpasser mit, aber er ist bestimmt böse auf mich, wenn er es erfährt.«

In den luxuriösen Anproberäumen der Mensonge-Studios stand Violet auf einem von fliederfarbenen Samtvorhängen gesäumten Podest. Violet hatte ganz vergessen, wie unerträglich sie die Anprobe von Kleidern fand, besonders von solchen, die für schlankere Frauen gedacht waren. Es schmerzte sie, sich im Spiegel der Umkleidekabine zu sehen. Daniels Beschwerden klangen ihr in den Ohren, und zudem ärgerte es sie, so lange von ihrer Arbeit abgehalten zu werden.

Hatte denn niemand sonst wichtige Aufgaben zu erledigen und gefährliche Kriminelle zu bekämpfen?

Zu ihrer Überraschung präsentierte Madame Mensonge Violet ein Kleid aus Moiré, das so grün war wie die neuen Triebe im Frühling. Es hatte ein skandalöses Mieder und einen raffinierten Unterrock aus leuchtendem Gold, der unter dem drapierten Überkleid hervorlugte, und es passte, als wäre es für sie gemacht.

»Das habe ich aber nicht bestellt«, meinte Violet, als sie über das Kleid strich, während sie sich vor dem Spiegel drehte.

Ein Grund, warum Lady Potts von Vogelspinnen fasziniert war, war ihre Fähigkeit, sich zu häuten und die leeren Hüllen zurückzulassen, wenn es Zeit war. Violet spürte ein

Jucken unter ihrer Haut, als machte ihr Körper sich bereit zu schlüpfen.

Im letzten Moment verlor Violet aber doch den Mut und lehnte das Kleid ab. Stattdessen wählte sie ein kupferfarbenes, erheblich dezenter geschnittenes Kleid.

»Das war eine lächerliche Zeitverschwendung«, murmelte sie auf der Heimfahrt vor sich hin. »Wen kümmern schon alberne Kleider und dumme Handschuhe und ... oh!« Die Kutsche schwankte heftig, und sie stürzte von der Sitzbank zu Boden. Draußen ertönten wütende Männerstimmen, und ihr Kutscher brüllte den Pferden Befehle zu.

Sie bogen noch um eine Kurve, dann kam die Kutsche ruckartig zum Stehen.

Auf der linken Straßenseite hatte eine Gruppe von großen, rüde wirkenden Männern einen dünnen, verängstigten jungen Mann vor einem kleinen Vortragssaal in die Enge getrieben. Irgendetwas an der Haltung des Jünglings erregte Violets Aufmerksamkeit. Sie lehnte sich aus dem Fenster der Kutsche und rief den Männern drohend zu: »Aufhören, ihr Rüpel! Hört sofort auf!«

Violet ignorierte die panischen Proteste ihres Kutschers und sprang förmlich aus der Kutsche. Sie eilte über die Straße und drängte sich durch den Kreis der wütenden Männer an Winthrams Seite. Mit einem verblüfften Fluch sprang ihr Aufpasser vom hinteren Trittbrett der Kutsche und folgte ihr.

»Laufen Sie und holen Sie die Wache!«, rief sie ihm zu. »Mir werden sie nichts antun, aber Winthram ist in Gefahr. Bitte!«

Zwei stämmige Männer standen dicht neben Winthram,

traten aber zurück, als Violet sich ihnen näherte. Das schmale Gesicht des Hausdieners verzog sich bestürzt, als Violet ihm zu Hilfe kam.

»Aber nein, Mylady!«, rief Winthram. »Wie konnte Mr Kneland Sie einfach so allein gehen lassen? Kehren Sie sofort in die Kutsche zurück! Das hier ist kein Ort für Sie.«

Etwas in Violets Hinterkopf räumte ein, dass sie sich keineswegs vernünftig verhielt, aber jetzt war sie schon zu zornig.

»Mein Leibwächter holt die Wache«, verkündete sie mit lauter, klarer Stimme, »und in meiner Kutsche liegen Pistolen. Der Kutscher wird nicht davor zurückschrecken, sie auch zu benutzen.«

Einen Moment lang zögerten die Männer neben Winthram, bis einer von ihnen ihr spöttisch vor die Füße spuckte.

»Denkst du, wir haben Angst vor der Wache? Du hast ja keine Ahnung, was wir mit der machen können«, drohte er.

Die Gruppe strahlte pure Bosheit aus. Violets Herz schlug ihr bis in den Hals, als sich der Kreis der Männer um sie herum zusammenzog. Winthram versuchte, sie hinter sich zu schieben, während sie gleichzeitig seinen Arm ergriff, um ihn zur Kutsche zurückzuziehen.

Arthur würde außer sich sein.

Ausgerechnet hier, an einem höchst ungünstigen Ort für einen Geistesblitz, wurde ihr dennoch eine elementare Tatsache über Arthur klar. Die teilnahmslose Fassade, die er der Welt zeigte, diese Wand aus Stille, sollte nicht etwa Menschen fernhalten. Sondern diese Mauern sollten seine Gefühle kontrollieren.

Arthur würde wütend sein, aber er würde diese Wut und Sorge verbergen. Sollte Violet etwas zustoßen, würde er sich das nie verzeihen und zugleich niemanden auch nur im Geringsten merken lassen, wie sehr es ihn betrübte.

Violet umklammerte Winthrams Arm fester. Nicht in erster Linie für sich, sondern für Arthur hoffte sie, dass das hier gut ausging. Sie wollte ihm nicht noch mehr Schmerz zufügen.

Erleichterung durchströmte sie, als die Tür zum Vortragsraum hinter ihnen aufflog. Die bedrohliche Gruppe von Männern erstarrte, als ein hochgewachsener Mann heraustrat.

»Zurücktreten, zurück!«, schrie er. »Wenn ihr mit Respekt behandelt werden wollt, benehmt euch gefälligst auch so.«

Er trug die Kleidung eines Arbeiters, aber ohne die übliche Patina aus Schmutz. Der kecke Sitz der Filzmütze vermittelte Violet den Eindruck, dass seine Kleidung mehr dazu diente, eine Botschaft zu senden, als vor den Elementen zu schützen. Goldbraune Koteletten schimmerten in der fahlen Märzsonne, und der Mann blinzelte in den Himmel, als er den schlichten Batistschal an seinem Hals zurechtzog.

»Winthram, ist er mit Ihnen verwandt?«, flüsterte Violet dem Hausdiener zu, als sie die auffällige Ähnlichkeit der Gesichtszüge bemerkte.

»Nicht seiner Meinung nach«, gab Winthram zurück.

Winthrams Bruder, denn das war er wohl, schlenderte, scheinbar unbekümmert, in den Kreis der Männer und musterte Violet von Kopf bis Fuß auf eine Art und Weise, die fast beleidigend war.

»Es sind zu viele Männer hier draußen«, sagte er. »Ihr werdet noch als aufrührerische Versammlung alle festgenommen. Verschwindet besser.«

Unter gemurmeltem Protest und etwas zögernd, wichen die Männer zurück und gingen in den Vortragsraum.

Das hier war der Mann, der, wie Arthur glaubte, hinter den Angriffen auf sie steckte. Eine Welle der Besorgnis überlief Violet, aber gleichzeitig ein Kribbeln der Faszination, als er seinen Blick auf sie richtete. Obwohl sie ihn nicht als gut aussehend bezeichnen würde, ging von seiner Person etwas Unwiderstehliches aus.

»Bedauerlicherweise gibt es hier niemanden, der uns angemessen vorstellen könnte«, sagte er. »Ich bin Adam Winters.« Er deutete eine freche Verbeugung an.

Winters? Violet sah Winthram fragend an, aber die Aufmerksamkeit des jungen Mannes war auf das Gesicht seines Bruders gerichtet. Er trat zwischen Violet und Adam, obwohl er leicht zitterte.

»Ich werde nicht zulassen, dass du Lady Greycliff etwas antust«, erklärte der Jüngling.

»Sieh dich nur an.« Winters schüttelte den Kopf. »Du hast mir gesagt, du wolltest alles hinter dir lassen, selbst die Menschen, die dich geliebt haben, um dir selbst treu zu sein. Definierst du so ›Freiheit‹? Vor hochwohlgeborenen Ladys zu kriechen und zu buckeln?«

»Ich bin mir selbst treu«, protestierte Winthram. »Ich gehe einer ehrlichen Arbeit für meinen Lohn nach.«

»Das tut er in der Tat«, sekundierte Violet. »Er ist für uns von unschätzbarem Wert und wird für seine Dienste gut bezahlt.«

Winters lachte spöttisch. »Gut bezahlt? Laut wem? Wissen Sie überhaupt, was der Unterhalt einer Familie in London kostet? Sind Sie mit den langen Arbeitszeiten und der zermürbenden Arbeit vertraut, die ein Hausangestellter leisten muss, Mylady?«

»Lady Greycliff ist nicht wie andere feine Pinkel«, warf Winthram ein.

»Ach nein?« Winters' Antwort troff vor Sarkasmus. »Was hat sie denn getan, um ihr Vermögen zu verdienen, außer zu heiraten? Hat sie oder irgendjemand aus ihrer Klasse je selbst etwas produziert? Einen Beitrag zur gemeinsamen Verteidigung geleistet? Die herrschende Klasse tut nichts anderes, als sich selbst erhalten und das Wachstum und Wohlergehen der unteren Klassen zu beschneiden! Und was genau macht diese feine Dame hier anders?«

Trotz der übertriebenen Affektiertheit seiner tiefen Stimme klang Winters' Aufrichtigkeit durch. Violet hatte nie über diese Fragen nachgedacht und hatte auch keine Antwort parat.

Winters konzentrierte sich auf Winthram. »Und deine ehrliche Arbeit besteht darin, solchen Leuten zu dienen?«

»Das ist ein überzeugendes Argument«, antwortete Violet endlich. »Sie sind ein Mitglied von Omnium Democratia, nehme ich an?«

Winters lächelte, aber seine Miene war hart, und er starrte unverwandt Winthram an, als er ihr antwortete. »Diese Organisation wurde kürzlich verboten, Mylady. Obwohl ich zugebe, ihre Ideale zu teilen, habe ich mich nie an einem der Aufstände beteiligt, die die Regierung den Omnis anzulasten versucht.«

»Du hast aber auch nichts gegen sie gesagt«, konterte Winthram. »Du hast so viel Einfluss, Adam. Ich habe gesehen, wie du die Leute mit einer Rede und einem Händedruck umgestimmt hast. Jetzt reist du mit einer Gruppe von Schlägertypen umher. Deine Leute werden immer wütender und gewalttätiger. Das wird böse enden.«

Winters ließ seine Fassade der amüsierten Abneigung fallen und nahm Winthram gegenüber eine drohende Haltung ein. »Komm schon, Hen. Ich habe dir das doch selbst beigebracht. Noch nie in der Geschichte hat sich die Macht in einer Zivilisation ohne radikale Bewegung verschoben.«

»Angst und Wut sind wie Feuer«, widersprach Winthram. »Wenn sie ausgebrannt sind, wer ist am Ende der Leidtragende? Du sprachst einmal von Hoffnung. Von Solidarität.«

»Wenn du willst, dass sich etwas ändert, dann komm auf meine Seite, Hen. Komm nach Hause.«

Unverhohlene Sehnsucht färbte Winters' Stimme. Winthram musste das ebenfalls wahrgenommen haben. Er schüttelte seufzend den Kopf. »Wenn ich es täte, würdest du mich dann ›Bruder‹ nennen?«

Die Miene des älteren Mannes verschloss sich, obwohl es ihm nicht gelang, wieder eine gleichgültige Maske aufzusetzen.

»Nein. Ich will meine Schwester zurück, nicht … die Person, die du jetzt zu sein glaubst.«

Winters' Stimme schwankte zwischen Trauer und Ablehnung, als er wieder zu der Tür zurückging. »Falls du deine Meinung änderst und du deine Familie auch nur etwas vermisst, weißt du ja, wo du mich findest.«

Winthram sah zu, wie sein Bruder sich abwandte und die Tür hinter sich schloss.

»Es tut mir leid, Winthram«, sagte Violet aufrichtig. »Eines Tages …«

Er lockerte die Schultern, nahm den Hut ab, glättete sein Haar und setzte sich den Hut wieder auf. Mit zusammengepressten Lippen starrte er auf die geschlossene Tür.

Ein schriller Pfiff ertönte, als sich die Wache näherte. Violet legte ihre Hand auf den Arm, den Winthram ihr hinhielt, und sie kehrten zu ihrer Kutsche zurück.

Dann drehte Violet sich zu ihm um. »Warum waren Sie dort, wenn Sie doch wussten, was er sagen würde? Meine Güte, was Ihnen alles hätte passieren können!«

»Wenn es um Liebe geht, muss man Risiken eingehen«, gab der junge Mann zurück. Seine Stimme klang tonlos, als wäre er sich der Tragweite seiner Worte nicht bewusst. »Wir können uns nicht immer aussuchen, wen wir lieben, Mylady. Selbst wenn eine Person uns enttäuscht, tötet das nicht den Teil von ihr, der uns wichtig ist. Und das ist nur die Hälfte der Geschichte.«

»Die andere Hälfte ist man selbst«, führte sie den Gedanken zu Ende.

»Ja«, sagte Winthram. »Liebe geht nicht nur in eine Richtung. Ich kann nicht von meiner Familie geliebt werden, von niemandem, wenn ich mich nicht selbst liebe.«

Tränen brannten hinter Violets Augen.

Seit Daniels Tod hatte sie sich eingeredet, dass die Liebe zwischen ihnen vielleicht gekommen wäre, wenn sie eine bessere Ehefrau gewesen wäre oder ihm ein Kind geschenkt hätte. Hatte die Liebe die ganze Zeit auf sie gewartet? Hatte Glück nichts damit zu tun, ein Kinderzimmer einzurichten oder eine erfolgreiche Dinnerparty zu veranstalten?

Sie hatte ihre Wut, ihre Hoffnungen, ihr wahres Ich verleugnet, um in eine Schublade mit der Aufschrift »Lady und Ehefrau« zu passen.

All diese Jahre hatte sie mit dem Versuch verschwendet, Daniels Liebe zu genügen, während sie die Lektion von Winthram hätte annehmen sollen.

Alles in ihr war wie eingefroren gewesen.

Aber vor ihr wartete die Sonne.

*

»Du hättest getötet werden können!«

Arthur biss die Kiefer so fest zusammen, dass die Muskeln in seinen Wangen hervortraten.

»Winthram hat mich beschützt – und außerdem war die Wache sofort da. Meine Güte, hast du einen langen Schritt.« Violet schnaufte, und ihre Wangen waren gerötet, weil sie mit ihm kaum Schritt halten konnte, als sie über den Flur stürmten.

Arthur wurde etwas langsamer, und sie klopfte sich auf die Brust, als sich ihr Atem beruhigte. »Denk bitte daran, wie groß die durchschnittliche Lungenkapazität einer Frau ist, die ein … Es ist nicht ladylike, das Wort laut auszusprechen, aber es beginnt mit einem ›K‹ und endet mit ›-orsett‹ und hat mich in seinem knöchernen Griff.«

Er hatte Mitleid und verlangsamte seinen Schritt noch weiter, da er sich an die roten Striemen gestern auf ihrer Taille erinnerte.

»Wie ich schon sagte, es bestand keine unmittelbare Gefahr. Winthram hatte die Situation vollständig unter Kontrolle.«

Sie waren auf dem Weg zur dritten Etage, wo das Feuer ausgebrochen war. Arthur wollte eine Theorie über die Ausgänge und Eingänge dort testen. Er zweifelte daran, dass Letty Fenley und Mrs Pettigrew die Wahrheit gesagt hatten.

»Wie fandest du ihn?«, fragte er sie. »Winters, meine ich?«

Es war reizvoll, Violet zu beobachten, wenn sie über eine Frage nachdachte. Ihre Gedanken schienen durch ein komplexes System von Drehungen und Windungen zu laufen, ähnlich wie die Zapfen und Rohre in ihrem Labor, und das in einer solchen Geschwindigkeit, dass er es fast rattern hören konnte.

War es verrückt, den Geist einer Frau so anziehend zu finden wie ihren Körper?

»Er ist faszinierend – auf eine dunkle, anziehende Art.« Offensichtlich arbeitete Violets Gehirn heute etwas träge.

»Dunkel und anziehend, was?«, brummte er. »Sonst noch was? Gut riechend? Gut gebaut?«

»Gut gebaut?« Sie tippte sich mit dem Finger an ihr Kinn, und sein Kiefer krampfte sich noch mehr zusammen. Er würde später bestimmt Kopfschmerzen haben. »Ich fürchte, das ist mir leider nicht aufgefallen.«

Ausgezeichnet. Ihre geistigen Fähigkeiten funktionierten wieder.

»So charismatisch er auch auftreten wollte, er wirkte einsam und nervös. Ja, da war eindeutig ein Unterton von Angst in seinem Verhalten«, fuhr sie fort. »Er vermisst Winthram.«

»Die Omnis sind in Schwierigkeiten«, sagte Arthur. »Du bist kurz davor, ihre Waffen wirkungslos zu machen, und, was für ihn noch besorgniserregender ist, die Regierung ist drauf und dran, die Bewegungen im Norden zu zerschlagen. Ein Mann, der in die Ecke gedrängt wird, neigt dazu, dumme Dinge zu tun.«

Seine Stimme wurde härter. »Deshalb hättest du nicht allein losgehen sollen, ohne es mir vorher zu sagen.«

Es folgte eine verworrene Erklärung über kupferfarbene Roben, gelbe Seide und einschüchternde Umhänge. Die ganze Zeit über spielte sich in seinem Kopf ein Szenario nach dem anderen ab, in dem die Wache nicht kam, in dem sie und Winthram nicht aus der Kutsche stiegen, wo er auf sie wartete und bereit war, ihnen den Hals umzudrehen.

Beunruhigt von den Bildern, beschleunigte er seine Schritte wieder.

»Hast du es schon mal mit Gehen statt mit Ranpirschen versucht?«, erkundigte sie sich.

Er sah sie finster an. »Ich pirsche mich nicht ran.«

»Doch, das tust du«, widersprach sie.

»Was soll das heißen?«

»Du gehst, als würdest du eine Beute jagen, anstatt einfach nur durch einen Korridor zu schlendern wie der Rest von uns Sterblichen.«

Arthur fiel keine Antwort ein. *Der Rest von uns Sterblichen?* Als sie die Tür erreichten, die die beiden Teile des Clubs miteinander verband, kribbelte es in seinem Nacken, und er blieb wie angewurzelt stehen.

Irgendetwas an der Tür war anders. Er beugte sich vor,

um die Stelle zu untersuchen, an der sie auf dem Teppich saß, und fuhr mit dem Finger über die Türkante.

»Wäre es nicht einfacher, die Tür abzuschließen und jedem Clubmitglied einen Schlüssel zu geben?«, wollte er wissen.

Als Violet nicht antwortete, blickte er auf und sah, dass sie ihn mit unverhohlener Anerkennung musterte. Etwas von seinem Ärger schmolz dahin.

»Ist etwas nicht in Ordnung?« Er verkniff sich ein Lächeln.

»Nein. Im Gegenteil«, erwiderte Violet. »Alles ist da, wo es sein sollte, in genau den richtigen Proportionen.«

Er drehte sich auf dem Absatz zu ihr herum und berührte mit seinen Knien ihre Röcke. Er ließ sich Zeit und bewunderte die Röte, die in ihren Wangen aufstieg.

»Ich habe dich nach einem Schlüssel gefragt«, wiederholte er.

»Natürlich. Du hast mich nach …« Sie runzelte die Stirn. »Versuchst du, mich zu hypnotisieren, Arthur?«

»Dich zu hypnotisieren?«

»Ja. Lernt ihr das in der Ausbildung?«, erkundigte sie sich. »Wie man eine Frau mit einem Blick verwirrt?«

»Du bist diejenige, die mich ablenkt«, konterte er. »Lady Greycliff, gibt es einen Schlüssel zu dieser Tür?«

»Oh, jetzt kommen wir zum Geschäftlichen, was?«, neckte sie ihn. »Wir haben ausprobiert, sie immer wieder abzuschließen. Aber alle haben ständig vergessen, wo sie ihre Schlüssel hingelegt haben.«

»Alle?«

Arthur starrte Violet an. Sie erwiderte den Blick.

»Ich«, räumte sie dann ein. »Ich habe es vergessen. Ich habe ständig meinen Schlüssel verloren.« Violet schob sich an ihm vorbei und griff nach der Türklinke. »Auf jeden Fall haben wir uns eine andere Lösung ausgedacht. Und vergiss bitte nicht, dich zu ducken.«

»Was zum …?«

Zwei Sekunden lang schoss Arthurs ganzes verpfuschtes Leben vor seinen Augen vorbei, als eine riesige mit zwei Zentimeter langen Stacheln gespickte Eisenkugel direkt auf sein Gesicht zuzischte. Beim Einatmen ging er in die Knie, drehte seinen Oberkörper nach rechts und packte Violet um die Taille. Er riss sie beide zu Boden. Eine halbe Sekunde, bevor das Geschoss seine fast tödliche Bahn vollendete.

»Ich sagte: ›Duck dich‹!«, beschwerte sich Violet unter ihm. »Nicht: ›Wirf mich auf den Boden.‹«

Über Arthurs Kopf schwang die mit Stacheln besetzte Metallkugel an einer Kette hin und her.

Er rollte sich von Violet herunter, hielt aber ihre Arme umklammert, während er auf das Instrument des Todes starrte und darauf wartete, dass sein Herz seine Kehle wieder verließ.

»Duck dich? Das war deine Warnung?«

»Ich habe auf deine Reflexe vertraut«, gab sie zurück.

Arthur sah sie an, konnte aber nicht erkennen, ob sie einen Scherz machte. »Warum schwingt da ein Morgenstern über unsere Köpfe?«

»Genau das wollte ich dir zeigen. Es war Carolines Idee. Sie dachte, du würdest ihre elegante Schlichtheit zu würdigen wissen«, erklärte Violet mit heiterer Gelassenheit.

Als ob sie nicht gerade knapp dem Tod entgangen wären.

»Ein cleverer Mechanismus«, sagte sie. »Sobald man die Tür öffnet, wird ein Haken ausgelöst und …«

»Um Himmels willen, wie konntest du auf die verrückte Idee kommen, dass ein Morgenstern besser ist als ein Schlüssel?« Er war am Ende. Die Frauen in diesem Gebäude brachten ihn völlig aus der Fassung. Später würde er mit Winthram und Thomas ein Bier trinken und, wenn er Glück hatte, ein paar Dinge zerschlagen können – und so seine Welt wieder geraderücken.

»Ich war nicht die Einzige, die gegen Schlüssel gestimmt hat«, erwiderte Violet zerknirscht. »Als wir das letzte Mal welche benutzten, hat Milly uns eingeschlossen. Und der arme Winthram hat sich einen Zeh gebrochen, als er die Tür eintreten musste. Ein anderes Mal hat Miss Orphelia Higgins versucht, das Schloss mit ihren Werkzeugen zu knacken, aber sie gingen alle kaputt und blieben im Schloss stecken. Dann gab es einmal ein Feuer, als jemand die Hypothese aufstellte, dass wir doch unter Druck stehendes Gas anzünden könnten, um das Schloss zu schmelzen …«

»Hör auf!«, flehte Arthur sie an und senkte den Kopf, sodass ihre Stirnen sich berührten. »Mir tun die Ohren weh. Fliegende Morgensterne. Druckgas-Feuer.« Er hob den Kopf. »Was passiert, wenn die Clubmitglieder vergessen, sich zu ducken, wenn sie die Tür öffnen?«

Ein leichter Kopfschmerz rührte sich bei den Szenarien, die die Frage heraufbeschwor, hinter seiner Stirn, und er sog tief Violets beruhigenden Duft ein: eine absurde Mischung aus Flieder und Kupfer. »Noch einmal, ein Schlüssel würde das Problem lösen … Könnte es sein, dass der übermäßige Gebrauch deines Gehirns irgendwie mit deinem Überlebensinstinkt kollidiert?«

»Ich dachte, du würdest dich darüber freuen«, sagte Violet mit einem Schmollmund.

Arthur vergaß seine Einwände beim Anblick dieser vollen Lippen. »Fünf Minuten in deiner Gegenwart, und zwanzig Jahre Training verpuffen in meinem Gehirn, als wären sie nie da gewesen. Du bist diejenige, die mich hypnotisiert. Ich bin völlig …«

Er ließ sie los, drehte sich auf den Rücken und starrte auf die Metallkugel über ihm.

Völlig was?

Was war das Wort, das er nicht über seine Lippen bringen konnte?

*

Violet lag trotz ihres zunehmenden Unbehagens regungslos da. Sie hatte heute ein neues Korsett angezogen und sich auf die Suche nach Arthur gemacht, um zu sehen, ob er es auch aufbekommen würde. Leider hatte Alice es zu eng geschnürt. Die Stäbchen bohrten sich in ihren Rücken.

Jetzt jedoch hätte man sie in Stahlbänder einwickeln können, und sie hätte sich nicht bewegt. Sie rollte sich auf die Seite, drückte ihre Brust gegen Arthurs Arm und stützte den Kopf in die Hand.

»Wirst du es mir sagen?«, fragte sie.

Er tat nicht, als würde er sie nicht verstehen. Natürlich

nicht. Arthur hatte sie nie getäuscht. Er war von Anfang an brutal ehrlich zu ihr gewesen.

»Ich weiß nicht, ob ich das kann«, gab er zu.

Arthurs Mauern waren vielleicht so hoch, dass nicht einmal er selbst sehen konnte, welche Gefühle sich auf der anderen Seite versteckten. Und was war mit ihrer eigenen Festung? Was verbarg sie in ihrem Busen?

Freude. Bedauern. Hoffnung. Verwirrung. Sehnsucht ... War das Liebe, alles zusammengenommen?

»Ich weiß nicht, ob ich es kann«, wiederholte er. »Es ist so fremd. Ich denke ... Könnte ich vielleicht glücklich sein?«

Die Welt schien sich unter ihr zu neigen.

Glücklich! Violet machte ihn glücklich!

Sie legte sich zurück und starrte an die Decke, auch um sich selbst die Möglichkeit zu geben, mit dieser Erkenntnis klarzukommen. Verärgerung, Frustration, Peinlichkeit: Das waren normalerweise die Zustände, die sie trotz ihrer besten Absichten so oft in anderen hervorrief.

Aber nicht bei diesem Mann. Sie schob ihren kleinen Finger einen Zentimeter nach rechts und berührte Arthurs Handrücken.

»Deoiridh, meine Schwester ...« Er hielt inne, und sie schob ihre ganze Hand über seine. »In dem Sommer, bevor sie starb, habe ich eine Schaukel zu ihrem Namenstag gebaut. Es war nichts besonders Ansehnliches. Ein Stück Holz als Sitzbank, das ich geschliffen und poliert habe. Zwei Hanfstricke. Man könnte meinen, ich hätte sie aus Gold gemacht.«

Er hielt wieder inne. Seine Worte beschworen lange

Nachmittage herauf, an denen ein kleiner Junge mit seiner noch kleineren Schwester spielte, während der Himmel auf sie herabblickte und der Wind ihr Haar zerzauste.

»Manchmal bestand sie darauf, dass ich sie auf meinen Schoß setzte, damit wir zusammen schaukeln konnten. ›So hoch!‹, sagte sie dann zu mir. ›So hoch.‹ Wenn ich bei dir bin, habe ich das gleiche Gefühl, als würde ich den Boden von dieser Schaukel aus betrachten.«

Violet stimmte Arthur schweigend zu. Die Minuten verstrichen, er ergriff ihre Hand und verschränkte ihre Finger miteinander.

»Ich hätte sie gerne noch einmal gesehen«, sagte er. »Diese Schaukel. Den Hof. Mein Heim.«

»Ist es weg?«

»Ja.« Er fuhr mit dem Daumen über den Ballen ihrer Hand. »Ich wollte bleiben, aber ich war zu jung, um den Hof zu übernehmen. Ein Cousin war bereits nach London ausgewandert, und ich reiste dorthin und wohnte bei ihm. In meiner Abwesenheit umzäunte der Gutsherr das Land und riss das Haus nieder. Ich konnte nichts davon retten.«

»Ich habe eine Theorie über Geister«, flüsterte Violet. »Sie sind keine ätherischen Formen, die von der anderen Seite geschickt werden. Sie leben im schwersten Teil des Körpers, unsichtbare Gewichte, die unsere Füße auf Wege führen, die sie sonst niemals gegangen wären.«

»Kann man von einem Stück Erde heimgesucht werden?«, fragte er.

Violet schloss die Augen, als sie nach einer Antwort suchte. »Man kann von jedem Verlust heimgesucht werden.

Von jemandem, den du geliebt hast. Von einem sicheren Ort. Von der Person, die du hättest sein können.«

»Das klingt aber gar nicht wissenschaftlich«, stellte er fest.

Sie seufzte zustimmend. »Die Bürde abzuwerfen bedeutet nicht, dass wir sie vergessen hätten oder nie geliebt haben. Es bedeutet, dass wir lernen, ohne Schuldgefühle allein weiterzugehen.«

»Bist du frei von deinen Bürden?«

Es war keine unfreundliche Frage. Und Violet nahm sie ihm nicht übel. Es war schon recht kühn von ihr, Arthur zu raten, er solle seine Geister loslassen, während Daniel immer noch ihre Knöchel umklammerte.

Doch Arthur konnte sie tiefer verletzen, als Daniel es je getan hatte.

Sie hatte gelogen, als sie sagte, sie wolle keine Bindungen zwischen ihnen. Lange bevor Arthur in ihrem Körper gewesen war, hatte dieser stille, zuverlässige Mann einen Weg in ihr Herz gefunden. Und daran wollte sie auch nichts ändern.

Er hatte den Frühling in ihr eingeläutet.

»Wir sollten lieber aufstehen. Es sei denn, es kommen noch mehr Überraschungen?«

Während er den Satz beendete, verschwand Arthurs Leichtigkeit, und er setzte sich auf. Nur eine einzige Person aus Violets Bekanntenkreis konnte so viel Lärm beim bloßen Gehen machen. Die stampfenden Schritte, die den Flur entlang auf sie zukamen, gehörten zu …

»Heiliger Strohsack!«, brüllte Grantham. »Was macht ihr zwei denn da?«

»Passen Sie auf Ihren Kopf auf!«, rief Arthur warnend.

»Auf meinen … Was zum …?« Grantham blieb gerade noch rechtzeitig stehen. Trotzdem wäre er beinahe gegen den Morgenstern gerannt. »Was zum Teufel ist das? Ich bitte um Verzeihung für meine Ausdrucksweise.«

Mit einer schwungvollen Bewegung erhob sich Arthur und reichte Violet die Hand, ohne sie anzusehen.

»Das haben sich die Ladys des Clubs zu ihrem Schutz ausgedacht«, erklärte Arthur.

»Was … Warum sollte jemand mit klarem Verstand …?«, stammelte Grantham, während er einen Bogen um den Morgenstern machte. Sein Gesicht war vor Ärger oder Ungläubigkeit gerötet. Violet wusste nicht, was von beiden der Grund war. »Schloss. Schlüssel. Ein Club voller Genies, und die einfachste Lösung siehst du gerade vor dir. Aber gut. Wir werden die Frage des Schlüssels beim nächsten Clubtreffen wieder aufgreifen«, räumte sie ein.

Bei dem zufriedenen Grinsen auf Arthurs Gesicht sträubten sich Granthams Nackenhaare.

»Das ist jetzt nicht so wichtig!«, sagte der Earl. »Aber wieso haben Sie beide sich auf dem Boden herumgewälzt? Ich habe Ihnen gesagt, Sie sollen sich von ihr fernhalten, Kneland. Halten Sie das für ein Spiel?«

Kein einziges Haar auf Arthurs Kopf bewegte sich. Kein Laut kam über seine Lippen. Und doch verschwand Deoiridhs Bruder, und der Mann, der sich Kugeln in den Weg warf, kehrte zurück.

»Das war noch nie ein Spiel«, erwiderte er.

Trotz Granthams Empörung vertieften sich die Sorgenfalten auf seiner Stirn. »Du hättest auf deine Walküren hören sollen, als sie dich gewarnt haben«, sagte er zu Violet. »Ich habe an Grey geschrieben. Er wird bis Donnerstagabend hier sein.«

Arthur zuckte zusammen. Bei jedem anderen Mann wäre es vielleicht unbemerkt geblieben. Bei Arthur bedeutete es, dass er sich zum Angriff bereit machte.

»Georgie, dazu hattest du keinen Grund«, protestierte Violet.

Der Earl fuhr zu Arthur herum. »All das Gerede, dass Sie Gift essen und sich erstechen lassen, um Ihre Schützlinge zu behüten … All das ist nicht die ganze Wahrheit, richtig?«

Arthur quittierte Granthams Zorn schweigend. Eine beunruhigende Leere verwischte seine Züge, und Violet wurde ganz elend vor Sorge.

»Was willst du damit sagen, Georgie?«, stellte sie ihn zur Rede.

»Ich will damit sagen, dass er alles tun würde, um das Leben seines Schutzbefohlenen zu beschützen«, spottete Grantham. »Es sei denn, er fickt gerade dessen Frau.«

19. KAPITEL

Grantham hatte auf seine Anschuldigung vom Vortag keine Antwort erhalten.

Selbst wenn eine ganze Waffenkammer zur Verfügung gestanden hätte, hätte nichts das Fundament von Arthurs Mauern erschüttern können, als er Granthams Worte aufnahm.

Er hatte den Morgenstern wieder in Position gebracht, die Verbindungstür geschlossen und war gegangen.

»Wo wollen Sie hin?«, hatte Grantham ihm nachgerufen.

Aber der Schaden war schon angerichtet. Ganz gleich, wie laut Grantham jetzt noch polterte, er würde Arthur niemals zurück in die Welt ziehen können. Die Türen, die sich geöffnet hatten, als sie und Arthur in jenen glücklichen Momenten zusammengelegen hatten, waren wieder verschlossen.

Da sie nicht mit Arthur hatte reden können, hatte sich Violet auf Grantham gestürzt, wütend darüber, dass er eine so schwerwiegende Anschuldigung geäußert hatte.

»Wovon in aller Welt redest du da?«, hatte sie von ihm zu wissen verlangt.

»Damals waren die Klatschblätter voll davon. Es war ein ausgewachsener Skandal. Er hatte eine Affäre mit der Frau eines Mannes, den er eigentlich beschützen sollte«, zischte er. »Drei Männer haben es bestätigt.«

»Ich habe davon nie ein Wort gehört«, hatte sie gekontert.

»Weil es zwanzig Jahre her ist. Du warst ein Kind in Lincolnshire, als es passiert ist.«

»Du warst auch noch ein Kind, Georgie. Und das war er auch – wie alt kann er vor zwanzig Jahren gewesen sein? Siebzehn? Achtzehn?«

Noch während sie Arthur verteidigte, stiegen Zweifel in ihr auf. Er war jung genug gewesen, um leichtsinnig zu sein, ja, aber alt genug, um Recht von Unrecht zu unterscheiden. Alt genug, um im Bett einer verheirateten Frau zu landen.

»Was spielt es für eine Rolle, wie alt er war? Sie haben ihn danach aus dem Land gejagt, und seitdem ist er nicht mehr in England gewesen. Man kann ihm nicht trauen«, beharrte Grantham. Er fuhr sich mit der Hand durch die Haare, zweifellos verärgert darüber, dass er sie nicht mehr so leicht überzeugen konnte wie in ihrer Jugend. Aber diesmal schlichen sie sich nicht zum Angeln davon oder stahlen Pflaumenkuchen. »Ich will nur das Beste für dich.«

»Dann behandele mich wie eine erwachsene Frau und nicht wie ein Kind. Du fütterst mich mit Gerüchten. Es steckt mehr dahinter, als du sagst, und nichts davon hat etwas mit mir zu tun.«

Violet duckte sich unter dem Morgenstern weg, riss die Tür auf und schlug sie heftig hinter sich zu. Dann verfluchte sie sich, weil sie sich so kindisch benommen hatte. Doch sie ignorierte Granthams Gebrüll und eilte in ihr Arbeitszimmer, in der Hoffnung, sich in ihre Formeln vergraben zu können.

Stattdessen überdeckten Bilder von dem, was sie und Arthur getan hatten, das Gekritzel ihrer Formeln. Er war ein so schwer durchschaubarer Mann. Was wusste sie tatsächlich von ihm? War er so sehr in diese andere Frau verliebt gewesen, dass Integrität und Pflichtgefühl keine Rolle mehr gespielt hatten? Er sprach so wenig – verbarg sein Schweigen vielleicht eine ganz andere Geschichte?

Sie legte sich hin und fiel in einen unruhigen Schlaf. Als sie wieder erwachte, erfüllte sie eine dunkle Vorahnung. In einem Anfall von Gefühlsduselei hatte sie die Decke von der Couch im Arbeitszimmer genommen und sie in ihrem Bett versteckt. Jetzt, als ein kalter Regen gegen die Fensterscheiben schlug, hielt sie sich die Decke an die Nase. Wolle und Winter.

»Sei nicht so ein Dummkopf«, schalt sie sich. »Natürlich hat er vor mir schon mit anderen Frauen geschlafen. Das ändert aber nichts an seinen Gefühlen mir gegenüber.« Doch Selbstzweifel krochen unter ihre Haut, als sie aufstand und in ihre Garderobe ging. Jedes Kleid, das sie anzog, ließ sie plump und unbeholfen aussehen. Ihr Haar fiel unordentlich um ihren Kopf, und Alice reagierte nicht auf die Klingel, um ihr zu helfen, es herzurichten.

»Ich brauche keine Kammerzofe«, hatte Violet schon mehrmals widersprochen, wenn Phoebe sie auf ihr Aussehen ansprach. »Ich verlasse das Haus nur, um in den Club zu gehen, und ich kann nichts Elegantes tragen, wenn ich Experimente durchführe.«

Sie hatte vor vielen Jahren aufgehört, sich um ihr Äußeres zu kümmern, als sie sich nicht mehr für begehrenswert gehalten hatte. Ihre schlecht geflickten Hemden und hässlichen Kleider waren jedoch Symptome für ein tieferes Unwohlsein. Sie hatte so oft gehört, dass ihre Intelligenz sie weniger weiblich machte. Dies und Daniels Abneigung gegen ihre Körperlichkeit hatten sie dazu veranlasst, Kleidung als bloße Bedeckung eines Körpers zu betrachten, den sie als unattraktiv empfand.

Doch Arthur hatte sie davon überzeugt, dass er sie *wegen* ihrer Freude an dem Akt wollte, nicht trotzdem. Sie war kein asexueller Arbeitsesel. Sie fand Freude an ihrem Körper und ihrem Geist.

Dieses Gefühl, diese Stärke hatte Arthur ihr vermittelt. Was aber, wenn Violet nur einfach eine von vielen Frauen war, die er darin unterwiesen hatte, ihr Begehren zu bejahen?

Das spielte keine Rolle. Dieser Gedanke war einfach unwürdig, und sie verdrängte ihn. Er war Arthurs unwürdig, und unwürdig der Frau, zu der sie sich allmählich entwickelte.

Nichtsdestotrotz war ihr Haar immer noch ein Albtraum. Statt jedoch noch einmal die Glocke zu läuten, ging Violet selbst in die Küche hinunter. Vielleicht war Alice anderweitig beschäftigt, und eines der anderen Dienstmädchen konnte ihr helfen.

»Das muss ein Geheimnis bleiben«, hörte sie, als sie sich näherte. »Sie dürfen es keiner Menschenseele erzählen.« Arthurs tiefe Stimme verlieh dem Befehl eine übergroße Bedeutung, obwohl er ihn sanft ausgesprochen hatte.

»Das werde ich nicht, Sir. Ich verspreche es«, antwortete ihm ein leiser Schwur.

Violet spähte durch die Tür in die Küche. Arthur und Alice saßen in der Ecke. Die Köchin und Mrs Sweet waren jetzt in der Stube der Haushälterin, um das Wochenmenü zu planen, also hatten die beiden den Raum für sich. Auf dem langen Holztisch vor ihnen stand ein abgedeckter Korb.

»Na los, probieren Sie«, befahl Arthur.

Violet wusste besser als jeder andere, wie schwierig es war, dem Mann zu trotzen, deshalb war sie überrascht, als Alice zögerte.

»Und wenn sie jetzt nicht genauso schmecken wie früher?«, fragte das Dienstmädchen.

»Das werden sie nicht«, sagte er mit seiner üblichen Unverblümtheit. »Alles verändert sich. Sie. Die Leute um Sie herum. Wo Sie jetzt leben und wo Sie in zehn Jahren sein werden.«

Arthur zog das Tuch zurück und schnupperte. »Aber Ihre Erinnerungen werden sich nicht ändern. Wenn ich an diesen Brötchen rieche, erinnere ich mich, wie meine Mutter eine Ladung aus dem Ofen nahm und meiner Schwester und mir den Rücken zudrehte. Ich stibitzte zwei für uns, um sie später zu essen, und dachte, ich wäre sehr schlau. Aber natürlich hat sie es absichtlich geschehen lassen.«

Alice lachte.

»Sehen Sie.« Arthur nickte. »Man muss sie nicht einmal probieren, damit die Erinnerung kommt.«

Das Dienstmädchen nahm ein rundes, dunkles Brötchen und hielt es an ihre Nase, um daran zu schnuppern. »Einmal hat Cam, das ist mein jüngster Bruder, einmal hat er eine Rübe so zurechtgeschnitten, dass sie wie ein Finger aussah. Ich weiß nicht, wie er es gemacht hat, aber …«

Violet zog sich in den Korridor zurück und lehnte sich mit dem Rücken an die Wand. Eine Hand presste sie auf ihr hämmerndes Herz.

Alles verändert sich.

Ihr eigenes Leben war eine lange Reihe von Veränderungen. Sie hatte sich vom Kind zur Frau entwickelt, von der Ehefrau zur Witwe. Sie hatte versucht, eine Ehe aufzubauen, und zugesehen, wie sie in Scherben ging. Sie hatte den Club gegründet und einen Zufluchtsort für andere wie sie geschaffen.

Sie dachte an Lady Elva Perllan, eine junge Frau aus Herefordshire, die sich kürzlich Athenes Refugium angeschlossen hatte. Ihr Interesse galt der Botanik, und eines Abends hatte sie einen Vortrag über Tulpenzwiebeln gehalten:

Sie liegen unter der Erde, wo kein Sonnenlicht sie erreichen kann, und doch verzweifeln sie nie. Selbst in der stillen Dunkelheit wartet die Zwiebel mit untrüglichem Vertrauen auf den Frühling. Stellen Sie sich die Zwiebeln nicht schlafend vor. Sondern als zusammengekauert und bereit, ihre Blüten bei der kleinsten Ermutigung der Sonne entgegenzurecken.

Arthurs winziger Moment der Verbindung mit Alice, obwohl er versuchte, sich von allen fernzuhalten, war ein Zeichen dafür, wie kleine Gesten die stärksten Mauern durchbrechen können.

Violet könnte hundert neue Kleider kaufen, aber sie wäre immer noch dieselbe Frau – wenn sie sich nicht tief drin in sich selbst veränderte. Hatte Violet trotz all der Veränderungen, die sie in Athenes Refugium bewirkt hatte, zu viel Angst, den letzten Schritt zu tun und ihre alte Haut abzulegen?

Der Durchbruch zum Licht war nicht nur eine Veränderung, es war Wachstum. »Es sind noch welche da, wenn Sie eins probieren möchten.«

Arthur war auf den Korridor hinausgetreten. Er tat gelassen und lehnte in jener Pose an der Wand, die sie so gut von ihm kannte. Wie immer suchte er den Korridor mit seinem Blick ab, und eine Hand war frei und bereit, beim geringsten Anzeichen, dass etwas nicht stimmte, ein Messer zu ziehen.

»Verzeih die Störung«, sagte sie.

»Es ist Ihr Zuhause, Mylady. Sie können gehen, wohin Sie wollen, ohne es als Einmischung zu betrachten.«

Mylady. Sie.

Violets Gedanken waren so durcheinander von Dingen, die sich ihr gerade offenbart hatten, dass sie sich nicht die Mühe machte, ihren Schmerz zu verbergen. Sie zog ihren Schal enger und suchte nach Worten. »Sie werden Mrs Sweets Zorn wecken, wenn Sie weiterhin Süßigkeiten ins Haus bringen.«

»Das dürfte kein Problem sein, da ich noch heute abreise.«

Ein Luftzug fuhr unter Violets Röcke und umklammerte eisig ihre Knöchel. Sie konnte sich nicht an einen so kalten Frühling erinnern. Sicherlich musste es eine optische Täuschung sein, dass es mit jedem Wort aus seinem Mund um sie her dunkler zu werden schien.

»Heute?«, wiederholte sie. Das Wort gefror ihr auf den Lippen.

Arthur warf einen Blick in die Küche, dann sah er sie wieder an. »Nach dem, was Earl Grantham Ihnen gestern mitgeteilt hat, bin ich überrascht, dass Sie mich nicht sofort weggeschickt haben. Ich habe ebenfalls einen Brief an Grey geschrieben. Eine Entschuldigung.«

Er hob kurz eine Schulter. »Ich bin bereit zu gehen«, sagte er, als ob seine Worte für ihn keine Bedeutung hätten.

Violet hatte das Gefühl, in ein dunkles Loch zu fallen.

*

»Mr Kneland, Sir.« Alice schob den Kopf aus der Küchentür, ohne auf die Spannung zwischen Arthur und Violet zu achten. »Draußen steht ein Lieferwagen. Er sollte zum Club vorfahren, aber der Fahrer sagt, er muss hier … und oh je! Haben Sie sich schon wieder mit den Haaren in Mrs Pettigrews Schneebesen verfangen, Mylady?«

Violet ließ es zu, dass Alice sie neckte, aber ihr Lächeln war eine Spur melancholisch. Sie sah tatsächlich ziemlich derangiert aus. Ihr Kleid war falsch geknöpft, und Alice lag mit der Beschreibung von Violets Haar nicht allzu weit daneben. Sie hatte offenbar nicht gut geschlafen.

Arthur hätte sie am liebsten wieder nach oben gescheucht und ihre nach Zitrone duftenden Locken ausgebürstet. Dann würde er sie gegen die Wand drücken und Dinge mit ihr machen, die ihr Haar noch viel stärker durcheinanderbringen würden. Doch dazu war es jetzt zu spät. Zu spät für das und alles andere, was er aufgeschoben hatte.

Er wusste, dass seine Worte sie verletzt hatten. Doch ihm fehlte die Erfahrung mit zwischenmenschlichen Beziehungen, er hatte keine Ahnung, wie er es hätte besser machen können. Was würde Grantham an seiner Stelle zu ihr sagen?

Auf Wiedersehen. Du siehst hübsch aus?

Arthur ging, um die Probleme mit der Lieferung zu beheben, bevor er etwas Idiotisches von sich gab.

»Oy, was soll das heißen, ich muss noch eine Straße weiter fahren?« Der Fuhrmann stritt sich mit Letty Fenley draußen an den Stallungen neben dem Kutschenhaus.

»So geht das überhaupt nicht.« Letty Fenley zankte sich vollkommen unerschrocken mit dem Kutscher, der doppelt so groß war wie sie. »Ich habe dem Warenhaus ausdrücklich aufgetragen, Sie nicht nach Beacon House zu schicken. Sie sollten ohne Verzögerung direkt zu Athenes Refugium kommen.«

Lettys Kleid hing locker und faltig an ihrem dünnen Körper, und lavendelfarbene Ringe unter ihren Augen ließen sie tief in ihre Höhlen treten. Wie ein nervöser Schatten schwebte Caroline Pettigrew hinter ihr. Ein übergroßer Umhang mit weit über den Kopf gezogener Kapuze verdeckte ihr Gesicht.

Arthur schlich zur Rückseite des Kutschenhauses, damit sie ihn nicht sehen konnten.

Unter der Kapuze beugte sich Mrs Pettigrew über die Seite des Wagens und las die Etiketten laut vor.

»Ethanol, Akaziengummi, Eisensulfat«, murmelte sie. »Das sollte bis Donnerstagabend reichen, falls wir nicht entdeckt werden.«

Arthur ballte vor Wut die Fäuste. Da hatte er sich Sorgen um Alice gemacht und von Violets Haaren fantasiert, und in der Zwischenzeit erhielten diese Frauen geheime Sendungen direkt vor seiner Nase.

Der Fahrer zeigte auf eine Truhe, die durch einen Haufen Decken vom Rest der Kisten abgegrenzt war. »Das da ist Lady Greycliffs Spezialauftrag. Da Mylady es höchstpersönlich in Auftrag gegeben hat, musste ich zu diesem Eingang kommen. Ich musste es von den anderen getrennt packen, weil es exklusiv ist.«

Mrs Pettigrew blinzelte, und Letty blieb wie angewurzelt stehen. »Es ist was?«, fragte Letty.

»Exklusiv.« Der Fuhrmann starrte sie an, als seien sie taub. »Es fliegt einem um die Ohren, wenn man es herumschüttelt.«

»Sie meinen explosiv?«, fragte Mrs Pettigrew.

»Das habe ich doch gesagt!«

»Hat jemand aus dem Haus Sie kommen sehen?«, wollte Letty wissen.

»Warum sollte das von Bedeutung sein?«, fragte Arthur, als er hinter dem Kutschenhaus hervortrat.

Mrs Pettigrew quietschte überrascht, aber Letty schaute ihn finster an.

»Es ist von Bedeutung, weil ich Lady Greycliffs Personal nicht mit kleinen Unannehmlichkeiten behelligen möchte«, schnauzte sie ihn an.

Arthur verschränkte die Arme und ließ sich seine Skepsis deutlich anmerken. »Ist das alles, oder haben Sie mit diesen Chemikalien etwas für Donnerstagabend geplant? Etwas *Explosives*?«

»Exklusives«, korrigierte der Fahrer hilfreich.

»Ach du gute Güte«, murmelte Mrs Pettigrew.

»Oder versuchen Sie vielleicht, Lady Greycliff daran zu hindern, ihre Versuche zu Ende zu bringen, indem Sie ihre Vorräte abfangen?« Arthur trat einen weiteren Schritt näher und suchte auf Lettys Miene nach einem Anzeichen von Schuldgefühlen.

»Was in aller Welt ist hier los?«

Selbst Arthur zuckte bei Violets Frage leicht überrascht zusammen. Er hatte sie nicht kommen hören. Er war zu sehr damit beschäftigt gewesen, so zu tun, als sei seine Wut auf die Verschwörung zurückzuführen, die er hier offensichtlich aufgedeckt hatte, und nicht auf seine eigene Verzweiflung.

Aber er empfand keinen Triumph, als Letty erblasste und Mrs Pettigrew ihre Kapuze noch tiefer herunterzog. Bei der Aussicht auf Violets Konfrontation mit ihren verräterischen Freundinnen, verkrampfte sich sein Inneres vor Mitleid. Alice musste sich um sie gekümmert haben, denn ihre Mütze saß jetzt gerade auf ihrem Kopf und das Haar war zu einem ordentlichen Knoten frisiert. Violet fixierte nacheinander jeden von ihnen mit ihrem Blick.

»Uns bleibt nichts übrig, als die Wahrheit zu gestehen, Caro«, stellte Letty fest. Mrs Pettigrew wimmerte unter ihrer Kapuze, widersetzte sich aber nicht, als Violet mit dem Kopf in Richtung des Hauses deutete.

»Folgen Sie mir.«

Arthur begleitete sie, nur für den Fall, dass sie versuchen sollten, sich davonzustehlen, während sie in das Büro des Clubs trotteten. Violet nahm hinter dem Schreibtisch Platz, während Mrs Pettigrew und Letty mit gefalteten Händen und reumütig gesenkten Köpfen vor ihr standen.

Arthur stellte sich zwischen sie und die Tür. Sie schienen zerknirscht zu sein, aber der Schein konnte trügen.

»Es ist alles meine Schuld, Mylady«, platzte Mrs Pettigrew heraus.

»Also, Caro«, ergriff Letty das Wort, »es gibt keinen Grund, dramatisch zu werden.«

Das war nun aber wirklich genug. »Das Eingeständnis eines Mordversuchs ist sehr wohl ein Grund, dramatisch zu sein«, spottete Arthur.

»Mord?«, keuchte Mrs Pettigrew.

»Haben Sie den Verstand verloren?«, rief Letty. »Wir haben nicht versucht, jemanden zu ermorden – außer uns gegenseitig, als das hier alles aus dem Ruder lief.«

»Das ist bestimmt eine zu starke Anschuldigung, Arthur«, mahnte Violet und warf ihm einen Blick zu.

»Wie nennt man das dann, wenn man Ziegelsteine wirft oder Bomben zündet und Brände legt?«, gab er zurück. Er deutete auf Mrs Pettigrew. »Selbst wenn Sie nicht versucht haben, Lady Greycliff zu töten, haben Sie ihr Vertrauen missbraucht und alle um Sie herum in Gefahr gebracht.«

»Mit Steinen werfen? Nein, aber nein. Als ich sagte, es sei meine Schuld, meinte ich meine Verschwendung«, sagte sie. »Ich habe all unsere Vorräte verbraucht, um die richtigen Verhältnisse für die Formel zu finden. In der Nacht des Feuers habe ich mir etwas von Ihrem Akaziengummi geliehen, Mylady. Deshalb war ich dort. Und jetzt wollte ich nur das Verbrauchte ersetzen, bevor Sie merken, dass es weg ist, ich schwöre es.«

Violet hob frustriert die Hände. »Verhältnisse für welche Formeln und wofür den Akaziengummi?« Ihr verwirrter Blick glitt zwischen den beiden Frauen hin und her. »Was wolltet ihr denn überhaupt vor mir verheimlichen?«

Mrs Pettigrew warf einen Blick auf Letty, die mit einem Nicken ihr Einverständnis signalisierte, und setzte dann ihre Kapuze ab.

Violet keuchte, und Arthur beugte sich vor. Obwohl es bewölkt war, erhellte genug Tageslicht den Raum, dass sie beide die bemerkenswerte Veränderung in Caroline Pettigrews Haar sehen konnten.

»Es sieht …«, Arthur ging um die Frau herum und betrachtete ihren Kopf von allen Seiten und versuchte, eine passende Beschreibung zu finden. Wenigstens war es nicht rosa.

»Solide aus«, führte Violet seinen Satz zu Ende und legte vor Schreck eine Hand auf ihre Wange. »Caroline, was haben Sie mit Ihren Haaren gemacht?«

Mrs Pettigrews Haar war auf eine Weise frisiert, die eher für den Ballsaal als für den Alltag geeignet war. Es war in der Mitte gescheitelt, und vier oder fünf Locken hingen auf beiden Seiten an ihren Schläfen herunter. Am Hinterkopf war es geflochten und zu einem kunstvollen Muster gedreht.

Doch an sich war die Frisur nichts Außergewöhnliches. Was Arthur faszinierte, war die Tatsache, dass kein einziges Haar fehl am Platz war. Und Carolines ganzer Kopf reflektierte das Licht, als trüge sie einen Helm aus poliertem Marmor.

Gott mochte sie davor bewahren, dass Mrs Pettigrew

jemals versuchte, irgendetwas zur inneren Anwendung zu entwickeln.

»Ähem«, sagte Letty. »Darf ich kurz erklären?« Sie räusperte sich und fuhr fort: »Wäre es nicht wundervoll, wenn Sie sich nie um Ihr Haar sorgen müssten, wenn der Wind Ihnen die Mütze oder den Hut vom Kopf weht?«

»Einfach wundervoll«, wiederholte Arthur gebannt und versuchte sich zu entsinnen, ob er jemals darüber nachgedacht hatte. Nun gut, seit er diesen Auftrag angenommen hatte, waren ausgefallene Szenarien an der Tagesordnung.

Letty wies mit einer ausholenden Handbewegung auf Mrs Pettigrews Kopf, eine Spur von Unterwürfigkeit in ihrer Haltung. Mit einer Geste hatte sie sich von einer kompetenten Clubsekretärin in eine Verkäuferin am Piccadilly verwandelt. »Wenn das Haar einer Dame am Ende des Tages noch so glänzend und formschön wäre wie am Morgen«, sagte sie, »könnte sie beim Ankleiden für ein Abendessen oder einen Ball Stunden an Zeit sparen.«

»Was hat das alles mit den Vorräten von Lady Greycliff zu tun?«, unterbrach Arthur Lettys Ausführung. »Sie beide verheimlichen immer noch etwas, und das ist nicht Mrs Pettigrews Kopf.«

»Ihr habt das Aerosol-Sprühsystem benutzt, um …«

»Haarlack zu sprühen«, gab Mrs Pettigrew zu. Rote Flecken der Scham hoben sich gegen ihre fahle Haut ab. »Wir haben eine Formel für Haarlack perfektioniert, um sie bei Fenleys Fantastischer Firlefanz zu verkaufen. Ich wollte dieses Geheimnis nie für mich behalten.«

»Ich aber«, erklärte Letty. »Es ist meine Schuld.«

Violet und Letty tauschten einen Blick, um den Arthur

sie beneidete, so wütend er auch war. Sie teilten eine gemeinsame Geschichte.

»Sie glaubte, Sie würden das niemals gutheißen, Mylady«, räumte Mrs Pettigrew ein.

»Ihr Haar gutheißen?«

»Nein, die Tatsache, dass wir damit Geld verdienen wollten«, erläuterte Letty. »In unseren Statuten steht, dass unsere Arbeit der Förderung des Wissens dient. Als ich vorschlug, dic Worte ›für den Wohlstand und zum Nutzen der Mitglieder‹ hinzuzufügen, haben Sie und Lady Phoebe gegen mich gestimmt.«

»Wir müssen die Mischung bis Donnerstag perfektionieren«, erklärte Mrs Pettigrew.

»Das ist der Abend der Veranstaltung«, warf Arthur überflüssigerweise ein.

»An diesem Donnerstag gibt mein Vater die Bestellungen für die Schönheitsmittelchen auf«, erklärte Letty. »Wenn wir den Haarlack in der kommenden Saison verkaufen wollen, müssen die notwendigen Chemikalien jetzt bestellt werden.«

»Warum konntet ihr mir das nicht sagen?« Violet war der Schmerz ins Gesicht geschrieben.

Der grimmige Ausdruck um Lettys Mund wurde weicher, und Arthur rückte so nah an Violet heran, wie er konnte, ohne sie zu berühren.

»Wir konnten Sie nicht in ein solch merkantiles Projekt verwickeln, Mylady«, antwortete Mrs Pettigrew an Lettys Stelle. »Eine Adlige verkauft weder Kosmetika noch Haushaltsreiniger.«

Letty fuhr fort. »Wir wollten den Gewinn mit Fenleys

Fantastischer Firlefanz teilen und unsere Hälfte der Einnahmen in einen Fonds für unsere Mitglieder stecken.«

»Ein Fonds?«, erkundigte sich Arthur. »Wofür?«

»Nicht alle unsere Mitglieder sind wohlhabend.« Es lag ein Hauch von Entschuldigung in Mrs Pettigrews Stimme, während Letty abwehrend die Arme verschränkte und fortfuhr. »Sie müssen für ihre Materialien bezahlen und für die Stunden, die sie hier arbeiten, die Betreuung ihrer Kinder arrangieren.«

»Ich hätte nie gedacht, dass …« Violet biss sich auf die Unterlippe, als sie über Lettys Worte nachdachte. »Ich habe diese Sache nie von einem anderen Standpunkt aus betrachtet als dem meinen. Dem einer Frau mit ausreichenden Geldmitteln.«

»Wer weiß noch von diesem Projekt?«, erkundigte sich Arthur. »Irgendein anderes Clubmitglied? Lady Phoebe?«

»Natürlich nicht. Stellen Sie sich vor, was Lady Phoebe sagen würde, wenn bekannt würde, dass der Gesellschaftsclub für kommerzielle Zwecke genutzt wird«, entgegnete Letty. »Das wäre ein noch größerer Skandal als wissenschaftliche Experimente.«

Violet schüttelte den Kopf. »Sie tun Phoebe unrecht. Sie ist dafür, dass Frauen sich selbst versorgen können.«

»Sie gibt mehr Geld für eine Haube aus als eine ganze Familie in einem Jahr für Kohle«, spottete Letty, »und das selbst nachdem ihr Papa ihr Nadelgeld halbiert hat.«

Violet wandte sich an Arthur. »Was denken sie? Würde es tatsächlich zu große Aufmerksamkeit erregen, wenn wir unseren Mitgliedern erlauben würden, ihre Erfindungen zu verkaufen?«

Arthur dachte über die Frage nach. Es freute ihn, dass sie seinen Rat einholte. »Ich nehme an, es hängt davon ab, wo sie sie verkaufen«, antwortete er schließlich. »Vielleicht wäre eine Diskussion unter Ihren Mitgliedern angebracht? Die Natur von Athenes Refugium verlangt, dass Sie immer das größere Wohl gegen die Wünsche einzelner Mitglieder abwägen müssen.«

Er wollte damit nicht an seine und Violets eigene missliche Lage erinnern, aber der Nachhall seiner Worte schwebte zwischen ihnen, als Violet die Ladys bat, mit der Produktion weiterer Waren zu warten, bis sie eine Versammlung des gesamten Clubs einberufen hatten.

Es stand Arthur und Violet zwar frei, jede Entscheidung zu treffen, die sie treffen wollten. Die heutige Entdeckung jedoch diente als Mahnung, dass die Konsequenzen ihrer Entscheidungen auch alle anderen um sie herum betreffen würden.

20. KAPITEL

»Du vertraust ihnen nicht, stimmt's?«, erkundigte sich Violet.

Sie glaubte nicht, dass ihre Freundinnen für die Taten verantwortlich waren, die Arthur ihnen vorgeworfen hatte, aber sie gab zu, dass es ihr missfiel, dass keine der beiden Frauen sie in ihre Pläne einbezogen hatte.

Arthur hatte den Blick auf den verschlissenen Teppich vor dem Schreibtisch gerichtet, seit Violet Letty und Caroline in den Flur hinausgeschickt hatte.

Dann antwortete er ihr. »Die Geschichte, die sie erzählen, ist schlüssig, aber nein, ich traue ihnen nicht. Glaubst du, es handelt sich um einen Zufall, dass Mrs Pettigrews Aerosol-Erfindung derjenigen ähnelt, die die Omnis bei ihren Aufständen benutzt haben?«

»Oft entwickeln Wissenschaftler ähnliche Dinge, ohne miteinander Kontakt zu haben«, antwortete Violet. »Denk nur daran, wie Leibniz und Newton zur gleichen Zeit, aber in verschiedenen Ländern, die Infinitesimalrechnung entdeckten. Caro Pettigrew ist ein Mitglied von Athenes Refugium. Sie hat einen Eid geschworen, das Geheimnis der Arbeit, die wir hinter der Eichentür verrichten, niemals preiszugeben.«

»Einen Eid?«, spottete Arthur.

Der Mann, der die kleine Alice mit Erinnerungen an zu Hause beschenkt hatte, war verschwunden. An seiner Stelle stand wieder das zynische Rätsel aus der Nacht, in der sie sich zum ersten Mal getroffen hatten. Von dem Moment an, als Grantham Arthur der Nachlässigkeit beschuldigt hatte, hatte er begonnen, sich zurückzuziehen, um sich für einen weiteren Verlust zu wappnen.

Aber diesmal würde das nicht passieren.

»Du weißt, wie wichtig dieser Club für die Mitglieder ist«, sagte sie. »Du hast gesehen, wie sie bis spät in die Nacht an ihren Experimenten und Kreationen arbeiten. Wenn dir daran etwas liegt …«

»Es ist mir egal«, platzte er heraus. »Sich um Aerosolpumpen oder rosa Teetassen zu kümmern ist nicht meine Aufgabe. Dieser Auftrag …«

»Oh nein, es ist dir nicht egal.« Violet ging zu ihm und baute sich vor ihm auf. »Wir sind keine Aufgabe mehr oder ein Auftrag. Wir sind Menschen, die sich um dich sorgen, und dir liegt auch etwas an uns.«

»Was passiert wohl deiner Meinung nach, wenn ich mich in das Leben der Menschen einmische, die ich eigentlich beschützen soll?« Die Silben kamen vor Verzweiflung gepresst aus seinem Mund. Er hob seinen Blick vom Boden, sah sie aber nicht an, während er sprach. »Was ist, wenn mir etwas an ihnen liegt oder ich mich umgekehrt nicht um sie kümmere?«

Violet brauchte nicht lange, um zu begreifen.

Arthur zog unbehaglich die Schultern hoch, während sein Blick auf den Vorhängen hinter ihr ruhte. »Die meisten meiner … Aufträge waren grausame Männer. Männer mit schwarzen Seelen und ohne Gewissen. Einige belästigten ihre Diener oder betrogen andere Männer um ihr Vermögen. Manche schlugen ihre Ehefrauen.«

Wie muss es sich anfühlen, mit solchen Männern Seite an Seite zu leben? Daniel war nie absichtlich grausam gewesen, aber seine Enttäuschung hatte sie zermürbt, hatte ihr ganzes Sein durchdrungen. Hielt Arthur sich vielleicht von normalen Menschen fern, aus Angst, sie mit der Hässlichkeit der Männer, denen er gedient hatte, zu infizieren?

»Hätte ich davor nicht die Augen verschlossen, wäre ich vielleicht nicht bereit gewesen, alles zu tun, um sie zu schützen. Diese Männer wären gestorben. Und ich hätte ihren Tod auf dem Gewissen gehabt. Und Schlimmeres. Ihr Tod hätte schlimme Folgen für unser Land gehabt – in einigen Fällen sogar für den ganzen Kontinent. Ich habe sie beschützt und bin somit mitschuldig an einigen ihrer Taten.«

Violet hob tröstend die Hand, aber er schüttelte den Kopf.

»Ein Leibwächter darf nichts für die Menschen empfinden, die er beschützt. Er kann sie nicht hassen, und er darf sie nicht … Was Grantham gesagt hat, war die Wahrheit. Ein Mann ist gestorben, weil mein Fokus nicht auf ihm lag. Mein Fokus lag auf seiner Frau.«

Sie versteifte sich, als seine Worte sie trafen, und der Raum zwischen ihnen schien sich mit Eis zu füllen. Und doch – hatte sie nicht gewollt, dass er ihr erklärte, was Grantham gemeint hatte?

»Gleich bei meinem ersten Einsatz habe ich den ultimativen Verrat an meinen Pflichten begangen«, gestand Arthur.

»Als ich das erste Mal gefordert wurde, wurde der Mann, den ich beschützen sollte, ermordet.«

Sie sagte nichts, während Arthurs Worte in ihr arbeiteten.

Der ließ das Kinn auf die Brust sinken, und seine Stimme wurde zu einem Flüstern. »Ich wusste es besser. Ich war trainiert worden, jegliche Verwicklungen zu vermeiden. Ich habe es trotzdem getan. Diesen Fehler habe ich nie wieder gemacht. Bis jetzt. Bei dir.«

Für jedes Wort, das laut ausgesprochen wurde, schienen sie tausend weitere durch die folgende Stille anzuschreien.

»Hast du sie geliebt?«, wollte sie wissen.

»Was?« Er starrte sie an, als ob sie in einer anderen Sprache zu ihm gesprochen hätte.

»Die Frau, mit der du …« Violet wusste nicht, wie sie es nennen sollte. »Hast du sie geliebt?«

»Liebe«, wiederholte er. Das Wort klang unbeholfen aus seinem Mund, als könnte seine Zunge es nicht richtig formen. »Ja. Nein. Ich war … von ihr fasziniert.«

Eifersucht regte sich in Violets Magengrube. *Fasziniert?* »War sie selbstbewusst und schön?«, setzte sie nach.

Er hob fragend eine Braue. »Das nehme ich doch an. Ich hatte wenig Erfahrung mit Frauen, abgesehen von meiner kleinen Schwester und meiner Mutter. Und die beiden habe ich jeden Tag vermisst.« Er seufzte. »Ihr Name war Maria Bellingham. Sie war nicht nur schön, sondern sie hat mich auch bemerkt. Mehr brauchte es nicht, um mir den Kopf zu verdrehen. Die Aufmerksamkeit einer schönen Frau.«

Während er nach Worten suchte, suchte Violet sein Profil nach Spuren des Jungen ab, der er einmal gewesen war.

Einst war er unerfahren und unsicher gewesen. Es fiel ihr schwer, sich Arthur anders als unbesiegbar vorzustellen. Die gebieterische Haltung, die er wie einen Mantel trug, die Aura kontrollierter Macht, die ihn umgab, verdeckten jede Spur von Unsicherheit.

Er hob den Kopf und studierte die Schatten an der Decke. »Maria war einfach umwerfend unwiderstehlich für einen jungen Mann, der es besser hätte wissen müssen und doch begehrt werden wollte. Wichtig sein wollte.«

Geister schwebten zwischen ihnen. Unsicher, wie sie sie vertreiben sollte, schwieg Violet und ließ ihnen ihren Willen.

»Wir waren den Bellinghams insgesamt zu siebt zugeteilt. Er verkaufte Waffen an die Griechen. Er war kein sympathischer Mann, aber auch kein Rohling. Von all diesen Männern hat sich Maria ausgerechnet für mich interessiert. Wir erkannten wohl die Einsamkeit des anderen. Es war eher Mitleid als Liebe, aber nicht weniger stark.«

Violet verlagerte ihr Gewicht von einem Fuß auf den anderen, hin- und hergerissen zwischen der Sehnsucht, Arthur zu trösten, und dem Wunsch, auf Abstand zu bleiben, damit seine Worte ungestört weiterflossen.

Er studierte die Regale voller Bücher und Akten, als enthielten sie lebenswichtige Geheimnisse.

»Ich habe sie nicht geliebt, oder?«, sagte er schließlich und klang ein wenig überrascht. »Wie könnte ich auch? Ich habe nie mehr als eine Handvoll Worte mit ihr gewechselt. Ich bildete mir ein, Lancelot zu sein. Sie war Guinevere. Damals hoffte ich, sie würde etwas Besonderes in mir sehen. Ich stellte mir vor, Trost zu spenden, Beistand zu leisten.«

Ein Ausdruck von Demut huschte über sein Gesicht. »An dem Nachmittag, an dem wir uns zum ersten Mal heimlich treffen wollten, bat ich einen anderen Mann, meine Schicht zu übernehmen. Ich hatte den ganzen Tag ein schlechtes Gefühl, aber ich ignorierte es – ich dachte, es wären Schuldgefühle. Und ich war ungeduldig. Anstatt darauf zu warten, dass er mich im Salon ablöste, ging ich, sobald ich ihn draußen im Korridor hörte. Er war gerade durch die Tür, als wir Glas zerbrechen hörten. Wir eilten gemeinsam ins Zimmer, doch da war es schon zu spät. *Ich* war zu spät. Bellingham war tot, und der Mann, der mich ersetzt hatte, bekam eine Kugel ins Bein, als er versuchte, den Attentäter aufzuhalten.«

Als er sich ihr endlich zuwandte, drehte Arthur seine Handflächen nach oben, als bitte er um Erbarmen. »Abgelenkt. Tot.«

»Und seitdem hast du dafür gesorgt, dass sich dein Fehltritt nicht wiederholt?« Violet war darauf bedacht, jedes Urteil aus ihrer Stimme zu halten. »Auf keinen Fall Zuneigung zu den Menschen zulassen, die du beschützt, oder zu jemandem in ihrer Umgebung?«

»Die Erinnerung, wie meine Schwester starb, ist immer noch in meinem Kopf, so scharf und klar. Ich hoffte, indem ich andere rettete, könnte ich den Schmerz dämpfen. Und als ich das erste Mal die Chance dazu bekam, habe ich versagt.« Er legte die Fingerspitzen an die Lippen, als sei er von seinen Worten schockiert.

»Du hast den Attentäter nicht hereingelassen, Arthur. Es waren sechs andere Männer im Haus eingeteilt. Du hattest nicht einmal eine richtige Affäre mit ihr.«

Als er den Kopf schüttelte, verdunkelten Schatten die Vertiefungen unter seinen Wangen. Er starrte zu Boden, als läge Bellinghams Leiche auch jetzt noch vor ihm. »Ich war …«

»Ja. Du warst abgelenkt.« Violets Stimme durchbrach die Dunkelheit, und ihre Kraft überraschte sie beide. »Du warst ein junger Mann, mit all den Gefühlen und all den Schwächen, die in diesem Alter dazugehören. Du hast einen Fehler gemacht.«

»Als ich meine Familie verloren habe, war da so ein Loch …« Arthur stieß die Worte aus, als würden sie ihm im Mund brennen. »Ich habe versucht, es mit Maria zu füllen, aber sie passte nicht hinein. Und dann ging alles zum Teufel. Bellingham ist tot, und in all den Jahren blieb dieses Loch leer.«

»Unser Leben ist nicht das Produkt der Fehler, die wir gemacht haben, und des Unrechts, das wir begangen haben.« Hier, an diesem Ort, den sie geschaffen hatte, um ihrem eigenen Versagen zu entkommen, sprach Violet zu ihrem jüngeren Ich und auch zu Arthur.

»Unser Leben ist das, was danach kommt. Die Reisen, die wir auf der Suche nach Vergebung unternehmen. Die Lektionen, die wir auf dem Weg lernen.«

»Vergebung?«, flüsterte er. »Es existiert niemand mehr, der mir verzeihen könnte. Sie sind alle fort.«

»Du selbst musst es tun, Arthur. Wenn jemand anderes diesen Fehler begangen hätte – würdest du ihm dann Absolution erteilen?«

*

Vergebung?

Was für ein großer und sperriger Begriff. Und doch schienen die Silben sich wie weiche Wolle um alte Wunden zu wickeln.

Arthur fuhr mit seinem Geständnis fort, heute konnte, heute musste er einfach alles aussprechen. »Maria gab sich selbst die Schuld und verriet alles dem Assistenten des Premierministers, als dieser sie befragte. Ich konnte meine Anstellung behalten, aber der Assistent war indiskret. Es machten Gerüchte die Runde. Ich weiß nicht, ob sogar mein Name in der Zeitung stand, aber es wussten genug Leute, dass ich auf den Kontinent gehen musste.«

»Das ist schon lange her«, sagte Violet.

»Nicht lange genug. Earl Grantham hat davon gehört. Miss Fenley wusste es sogar noch vor Grantham.«

»Oh. Davon hat sie mir nie etwas gesagt.«

Arthur runzelte die Stirn. »Wenn wir schon mit einem einzigen Tanz einen kleinen Skandal verursacht haben, stell dir vor, was die Leute sagen werden, wenn sie erfahren, was zwischen Maria und mir passiert ist.«

»Aber du hast die Affäre nie vollzogen«, widersprach Violet.

Auf jeder Oberfläche im Büro stapelten sich Berge von Papieren. Ein neu erworbenes Hygrometer aus Messing und Teakholz stand auf der Leiste hinter ihrem Schreibtisch, und Arthur betrachtete eifrig den polierten Sockel.

»Ich habe die Details nie klargestellt. Ich ließ zu, dass die Geschichte den Anstrich der Wahrheit bekam, und nichts kann sie jetzt noch ändern. Die Leute glauben, ich hätte Bellingham ermordet. Und du kannst keinen Mörder in den Gängen von Athenes Refugium herumlaufen lassen. Es wird alles zunichtemachen, was du mit deinem Aufklärungsabend erreichen wolltest. Bald werde ich in London ein Paria sein. Deshalb ziehe ich mich in die Anonymität des Landes zurück.«

»Ja, richtig. Du kehrst nach Hause zurück.«

»Nach Hause«, wiederholte er.

Die Endgültigkeit dieses Wortes legte sich wie eine Decke über sie beide.

»Wohin wirst du gehen?«, erkundigte sie sich.

»An einen Ort, an dem ich für das Leben von niemandem verantwortlich bin.« Wo er nachts ohne Sorgen und Ängste durchschlafen würde. Wo er nicht mehr in einem fremden Haus leben und den Anweisungen eines anderen folgen musste.

Ihre Röcke streiften die Rückseite seiner Beine, als er seine Fäuste auf den glänzenden Rosenholzschreibtisch legte. Ihr Duft, eine Mischung aus den Chemikalien, mit denen sie experimentiert hatte, und duftender Seife drang ihm in die Nase, der Geruch von Trost und Mitgefühl.

Er stellte sich noch einmal die unendliche Weite des Himmels über dem Hof seiner Eltern vor, alle Farben zwischen Schwarz und Blau, die die sanften Hügel und kargen Felsen der stillen Landschaft küssten. Wenn er endlich ein Zuhause gefunden hätte, würde es dort keinen Platz für Männer mit politischen Ambitionen, Leidenschaften oder Gier geben.

Heimat bedeutete ein Leben in Frieden und Einfachheit. Heimat bedeutete die Abwesenheit von Schmerz und gesegnete Einsamkeit. Arthur sehnte sich nach einem solchen

Ort. Doch hatte er sich im Grunde seines Herzens nicht mehr gewünscht? Ein kleines Mädchen mit wilden Locken. Einen Jungen, der Marmeladentörtchen liebte. Gelächter, das draußen in der Abenddämmerung schwebte.

Hatte die Hoffnung die ganze Zeit tief in ihm gelebt und sich trotz seiner besten Absichten, sie zu vergraben, emporgedrängt? Einen Fuß entfernt von ihm, stand die personifizierte Hoffnung. Licht zu Fleisch geworden.

Wie erschreckend, wenn Träume auf der Erde wandeln. Perfekt in ihrer Unvollkommenheit: chaotisch und unordentlich und dafür umso schöner. Wenn man einen Menschen in sich hineinlässt, wird er wichtig, und wenn man ihn verliert, gehen Welten unter.

»Du musst so müde sein.« Violet lehnte sich an ihn und umarmte ihn, hüllte ihn in Regen und Blumen. »Zwanzig Jahre, und es gab nie einen Ort, an dem du richtig ankommen konntest.« Als er sich umdrehte, schob sie die Hände unter seinen Gehrock und zog ihn an ihre weiche Wärme.

»Das bin ich«, sagte er. »Zwanzig Jahre und keine einzige Nacht ungestörten Schlafs und jeden Tag im Dienst von Fremden.« Er war so müde von den endlosen einsamen Nächten, dass sein einziger Trost jetzt darin bestand, von einem leeren Haus und einem leeren Leben zu träumen.

»Geh nicht weg, Arthur.« Violet legte ihren Kopf an seine Brust. »Noch nicht.«

»Das hier hat keine Zukunft«, warnte er sie.

Er sehnte sich nach Zärtlichkeit, aber als sie zusammenkamen, erlaubte er sich nichts, als seinen Hunger zu stillen. Er schmeckte Tee und Orangen, saugte an ihrer Unterlippe, versank in ihrem weichen Körper und drückte sie beide gegen den Schreibtisch. Doch diese uneleganten, frivolen Küsse steigerten nur noch seine Gier.

»Darf ich dich hier berühren?«, keuchte er, als seine Hand unter ihre Röcke fuhr. Er sehnte sich nach ihrer Haut, die so glatt war wie das polierte Holz unter ihnen, so heiß wie die Flammen, die in den Leuchtern züngelten.

»Überall. Überall«, flüsterte sie. Ihre verruchte Zunge bahnte sich einen Weg von seinem Kinn zu seiner Wange, während er die Unterhose über ihre Hüften hinabschob.

Er öffnete mit der Hand ihr Mieder, während die andere unter ihren Röcken nach dem süßen Nektar in ihrer Mitte suchte.

»Ich will dich spüren«, sagte sie, öffnete hastig die Knöpfe seiner Hose, riss seine Hemdzipfel heraus und griff in seine Leinenunterhose, um ihn von der Wurzel bis zur Spitze zu streicheln.

»Lass mich in dich hinein«, flehte er sie an. »Ich werde nicht in dir kommen.« Er verschlang förmlich ihren Mund, während er mit den Fingern durch das weiche Haar glitt, das ihre Spalte schützte, dann drückte er leicht auf die zarte Perle unter seinem Daumen. Als sie aufstöhnte, schob er einen Finger in die feuchte Hitze und hielt sie fest, als sie sich gegen ihn bog.

Als er den Kuss unterbrach, keuchte Violet zustimmend, zog Arthur noch näher an sich heran und hakte ihr Bein um seine Taille. Trotz der Meter von Stoff, der sie umhüllte, schaffte Arthur es, in sie hineinzugleiten, obwohl er schon fast bei dem Ausdruck des Begehrens in ihrem Gesicht kam.

Sie war eng, so eng. Es dauerte eine Ewigkeit, bis er ganz in sie eingedrungen war. Ihre Blicke hingen aneinander, während er sich Zentimeter für Zentimeter in ihre süße Umarmung presste.

»Sag mir, wie es sich anfühlt, Violet«, flehte er sie an. »Sprich mit mir.« Gefangen in ihren Unterröcken, hatte Violet kaum genug Platz, um ihre Schenkel zu spreizen und sich ihm entgegenzupressen. Er ließ eine Hand zwischen ihnen und umkreiste ihre empfindlichste Stelle, während er sich mit winzigen Stößen tiefer in sie hineinschob. Sie trommelte mit den Fersen an die Rückseite seiner Schenkel und flüsterte ihm Aufmunterungen zu.

Oh ja, tiefer, fester, härter ... so groß!

Sie gab ihm, was er verlangte, stöhnte und stachelte ihn an. Ihre Aufmunterungen füllten seine Ohren und übertönten alle Fragen nach Schuld oder Unschuld. Es gab keine Gedanken mehr daran, was geschehen würde, wenn sie diesen Raum verließen. Es gab nur gestöhnte Bitten und eine Spannung, die kaum zu ertragen war.

»Lass los«, stöhnte sie und hob ihre Hüften, erwiderte seine Stöße.

In ihrem Drängen ging der Rest der Welt unter. Arthurs ganzes Dasein verengte sich auf das Klatschen von Fleisch auf Fleisch, den Geschmack von Salz auf ihrer Haut und den Anblick von Violets Lippen, die sich bewegten, als sie ihm Absolution erteilte.

21. KAPITEL

Die Flure von Beacon House wirkten in der Dämmerung dieses Märzmorgens hohl und verlassen. Der zinnfarbene Himmel schien das Gebäude zu ersticken, und Eisregen hämmerte wie mit kleinen harten Fäusten an die Fenster. Das schwächliche Feuer im Kamin konnte die Dunkelheit nicht vertreiben, aber Violet mochte diesen Salon sehr. Die Wände waren schlicht weiß getüncht, die Polster der Möbel eine beruhigende Mischung aus Pastelltönen und skurrilen Stickereien, und die alten Seidenvorhänge, die von Messingvorhanghaken vor den Fenstern zurückgehalten wurden, waren von einem angenehmen Smaragdgrün.

Eine Schale mit Treibhaus-Gardenien stand auf dem Beistelltisch neben Violets Stuhl.

Grantham hatte sie mitgebracht, zusammen mit einer Entschuldigung. »Nicht nur für meine Ausdrucksweise«, sagte er, »obwohl ich mich auch dafür entschuldigen muss. Ich hätte das Wort für das, was Kneland getan hat, nicht so herausschreien sollen.«

»Wohl eher für das, was er nicht getan hat«, erwiderte Violet und zupfte an einer Quaste an ihrem Sessel. Sie erzählte Grantham die Geschichte, aber er war unbeeindruckt.

»Ich kann nicht überall herumlaufen und erklären, dass

er Bellingham nur fast betrogen hat. Der Mann ist trotzdem unter Knelands Obhut gestorben.« Grantham warf einen Blick auf das Bücherregal. »Hast du das gesehen? Es sah aus wie eine Spinne, aber größer, wie eine …«

»Staubmotte«, unterbrach sie ihn. »Sie wirkt größer wegen der Schatten. Ich werde Alice heute Abend deswegen schelten. Komm, setz dich zu mir ans Feuer.«

Grantham würde sich keine Sekunde lang um Lady Potts' Gefühle scheren. Wenn er eine Tarantel sah, würde sie innerhalb von Sekunden unter seiner Schuhsohle platt getreten werden.

»Hmm.« Er ging zu einem kleinen Getränketisch und schenkte sich einen Brandy ein. Er roch daran, setzte die Karaffe ab, schielte hinein und nahm sie dann wieder hoch. »Die Geschichte macht jedenfalls die Runde. Ich bin Victor Armitage begegnet.«

»Er war bestimmt gerade auf der Flucht vor Fanny«, gab Violet verächtlich zurück.

»Du solltest ihn nicht unterschätzen. Er bekleidet eine hohe Position in der Regierung, und er ist nicht gerade erfreut über die Vorstellung eines Clubs für Damen. Er hat mich gefragt, was ich über Kneland weiß«, erzählte Grantham. »Fanny muss ihm etwas gesteckt haben. Und wenn Fanny Armitage etwas Unangenehmes über jemanden in Erfahrung bringt, kannst du sicher sein, dass ganz London bis zum Ende der Woche darüber informiert ist.«

Violet untersuchte ihre Hände, zupfte Fäden von ihren Röcken und rutschte auf ihrem Sitz hin und her. Ihr Gesäß war noch ein bisschen wund von dem, was sie gestern mit Arthur auf dem Schreibtisch getan hatte. Aber das Gefühl, von ihm ganz erfüllt zu sein, war jedes Ziepen und jedes Zwacken wert. Sie bedauerte nur, dass er wieder einmal bekleidet geblieben war und das letzte bisschen Abstand zwischen ihnen aufrechterhalten hatte, obwohl er ihr mit seinem Geständnis alles andere offenbart hatte.

Sie hatte mit ihm darüber sprechen wollen, aber als sie in ihr Arbeitszimmer zurückgekehrt war, war ihr ein anderer Weg eingefallen, das Gegenmittel zu mischen. Daraufhin hatte sie alles vergessen … nun alles, bis ihre Arbeit beendet gewesen war.

Die Formel war fertig.

Es hatte allerdings niemanden gegeben, dem sie es um zwei Uhr morgens hätte erzählen können. Anstatt jetzt ihren Erfolg herauszukrähen, trug sie das Wissen in ihrem Herzen, wo sie auch sonst schwierige Wahrheiten verwahrte. Verschlungen wie eine Klette, ruhte in ihrem Herzen ein komplexes Gefühlsgewirr aus glühendem Stolz, Erleichterung über den Beitrag, den sie so zur Sicherheit anderer leisten konnte, und der düsteren Wahrheit, dass Arthur jetzt keinen Grund mehr hatte zu bleiben.

»Armitage hat sich auch nach Dickerson erkundigt. Kneland hat die Ehrung der Königin nicht angenommen, als er den Mann gerettet hat, und Armitage fragte sich, ob es einen Grund dafür gab, vielleicht versteckte Scham. Ich hoffe, Kneland ist klug genug, sich nicht noch einmal mit dir in der Öffentlichkeit zu zeigen.« Granthams Drink war inzwischen leer, und er suchte auf dem unteren Regal nach Nachschub, während er weiterredete. »Vi, das wäre nicht nur für dich eine Katastrophe. Die Gerüchte würden auch dem Club schaden.«

»Ich habe dir schon gesagt, dass er nichts Falsches getan hat«, beharrte sie. Es ärgerte sie, wie kleinlich Leute sein konnten. Sie verbrachten ihre Zeit lieber damit, andere zu verunglimpfen, anstatt ihnen einfach freundlich zu begegnen.

Grantham stellte seine Suche nach mehr Trinkbarem ein und rieb sich die Augen, als bereitete ihm das Gespräch körperliche Schmerzen. »Hör zu, Vi. Ich habe früher selbst gesehen, wie viele verletzte Vögel du nach Hause gebracht hast. Und Schlangen. Und Ungeziefer.«

»Und einmal dieses Wildschwein«, fügte sie hinzu.

»Verletzte Wildschweine, Ladys, die wissenschaftlich arbeiten … das alles ist nichts im Vergleich dazu, einen Mann zu schützen, der knietief in einem Skandal steckt«, sagte er. »Du bist viel zu sanftmütig. Lass mich das für dich regeln.«

»Ich will nicht, dass etwas für mich geregelt wird. Ich bin nicht hilflos.« Vor Frustration sprang sie von ihrem Sessel hoch. Warum betrachteten sie alle, als hätte sie einen Makel? »Und ich will auch nicht, dass man mich betüdelt. Ich will geliebt werden.«

Grantham öffnete verdattert den Mund und schloss ihn wieder. Es machte fast den Eindruck, als hätte sie ihn enttäuscht.

»Wie soll ich denn …? Ich habe dir Blumen mitgebracht. Willst du stattdessen Gedichte oder dergleichen?«

Violet empfand plötzlich Mitgefühl für ihren Freund. »Das kommt dem nicht einmal nahe, Georgie. Ich will echte Liebe. Die Art Liebe, die dich erhebt und zerreißt. Die Art, die alles verändert.«

Granthams Miene nach hätte sie genauso verlangen können, dass er ihr den Mond vom Himmel holte.

»Willst du das nicht auch?«, erkundigte sie sich.

»Nein!« Er streckte die Hände aus, als wollte er schon den Gedanken abwehren. »Ich will nicht, dass sich jemand in mich verliebt. Wie könnte ich dem gerecht werden?«

Violet ging zu Grantham und steckte den Korken wieder in die Karaffe. »Ich habe Daniel in der Hoffnung geheiratet, dass ich mich bei ihm sicher fühlen würde. Stattdessen landete ich in einer Falle. Ich will nicht mehr dorthin zurück.«

»Deine Arbeit ist mir gleichgültig.« Grantham nahm ihre Hand und schnalzte missbilligend angesichts eines Brandflecks auf ihrem Handschuh. »Aber ich kann sowohl dich als auch den Club beschützen.«

»Ich will nicht beschützt werden!« Sie entzog ihm ihre Hand.

»Dann wirst du alles verlieren«, warnte sie Grantham.

»Aber dafür bekomme ich mich selbst zurück«, konterte sie. »Die Violet, die ich hätte sein können – vor Daniel, bevor ich mein Selbstvertrauen verlor.«

Grantham kratzte sich am Kopf. Obwohl er gern den sanftmütigen Trottel vortäuschte, besaß er einen scharfen Verstand und verfügte über die ausgeprägte Fähigkeit, seine Mitmenschen zu durchschauen. »Du bist in letzter Zeit so anders«, erklärte er schließlich. »Ich kann es mir nicht recht erklären.«

»Ich bin glücklich«, flüsterte sie. »Er macht mich glücklich.«

*

Arthur stand im Flur vor Violets Salon.

Ich will echte Liebe.

Er hatte nicht vermeiden können, es mitanzuhören. Violets Worte waren bis in den Flur hinausgedrungen, und er war praktisch in diese Erklärung hineingestolpert.

Ich will echte Liebe.

Thomas fand ihn vor der Tür, unschlüssig, ob er die beiden unterbrechen oder in die andere Richtung davonlaufen sollte. »Ich habe eine Nachricht von Ham Millerton bekommen«, sagte Thomas, »Greys Mann im Norden.«

Arthur starrte auf die Tür. »Und?«, fragte er, als Thomas hartnäckig schwieg.

»Miss Fenley ist vor ein paar Jahren in Schwierigkeiten geraten. Ihr Vater hat ein Vermögen ausgegeben, um sie in die Gesellschaft einzuführen. Aber anscheinend hat sie mit dem Sohn von Earl Melton das Pferd von hinten aufgezäumt. Der Junge hatte ihr versprochen, sie zu heiraten, bis sein Vater davon Wind bekam und sie kurzerhand davonjagte.«

»Hm.«

Violet nahm an, dass Letty weder an dem Brand noch an dem versuchten Diebstahl in irgendeiner Form beteiligt gewesen war. Arthur hatte ihr da nicht widersprochen, aber er hatte Thomas doch gebeten, einige Nachforschungen anzustellen.

Irgendjemand – jemand, der ihr nahestand – musste hinter der Sache stecken, und er wollte diese Person finden, bevor sie Violet noch mehr Schaden zufügte.

»Der Earl hat es zwar nicht direkt gesagt, aber unmissverständlich klargemacht, dass Miss Fenley in seinen Kreisen nicht mehr willkommen ist.«

»Das erklärt ihre Abneigung gegen den Adel«, sagte Arthur, »aber was hat das mit den Schwierigkeiten im Club zu tun?«

Thomas dachte über die Frage nach und schüttelte den Kopf. »Melton besitzt ein paar Mühlen, in denen gestreikt wurde. Aber das ist das Einzige, was ich finden konnte, das auf eine Verbindung zwischen ihr und den Omnis hindeuten würde.«

»Eine ziemlich schwache Verbindung«, räumte Arthur ein. »Das scheint mir kein zwingendes Motiv zu sein, aber wir sollten Grey trotzdem informieren.«

»Das ist nicht nötig.«

Arthur hob fragend eine Braue.

»Melton ist ein Cousin von Lord Greycliff«, erklärte Thomas. »Grey weiß bereits von Miss Fenleys Abenteuern.«

Dies warf ein neues Licht auf die Spannungen zwischen den beiden. Konkurrierten Meltons Sohn und Grey um Lettys Zuneigung? Arthur vermutete, dass dahinter etwas Komplexeres als schlichte Eifersucht steckte, aber Grey hatte offenbar keinen Grund gesehen, es zu erwähnen.

»Gibt es sonst noch jemanden, über den ich Nachforschungen anstellen soll?«, erkundigte sich Thomas.

»Lassen Sie Adam Winters immer noch beobachten?«

»Ja. Er redet mit jedem, der ihm zuhören mag, darüber, die Regierung zu stürzen, aber keiner seiner Leute hat sich ihrer Ladyschaft wieder genähert, seit dem Zwischenfall letzte Woche mit ihrer Kutsche.«

Hinter ihnen wurden Stimmen laut. Die Tür zum Salon

flog auf, und Violet stürmte heraus und lief in entgegengesetzter Richtung durch den Flur, ohne sie zu sehen.

Arthur überlegte kurz, ob er ihr folgen sollte, entschied sich aber stattdessen dafür, den Mann zur Rede zu stellen, der sie überhaupt erst verärgert hatte. Er ließ Thomas mit einem kurzen Nicken gehen und überprüfte dann, ob seine Messer alle da waren.

»Ich sollte Ihnen eine Tracht Prügel verabreichen!«, drohte Grantham ganz sachlich, als Arthur den Raum betrat. »Aber trinken Sie erst mal etwas.« Er hob einladend eine Flasche hoch. Er war doch noch fündig geworden.

Arthur schüttelte den Kopf. »Ich arbeite.«

»Richtig. Und da liegt der Hase auch im Pfeffer, was?« Der Earl setzte die Flasche ab und legte den Kopf auf die Seite. »Sie wollen auch weiterhin hierbleiben, oder?«

Wollte er das?

Arthur könnte der vornehmen Gesellschaft trotzen und bleiben, Violet jede Nacht ins Bett bringen und sie am Morgen mit glühenden Küssen und hingebungsvollen Zärtlichkeiten wecken. Dazwischen jedoch würden ihre Tage leer sein, da ihre Freunde, ihre Bekannten und die Clubmitglieder sich alle von ihr distanzieren würden.

»Nein. Ich bin nicht gesellschaftsfähig, und sie ist …« Arthur suchte nach Worten, um Violet zu beschreiben, aber dafür fehlten ihm die Worte.

»Besser als Sie«, kam Grantham ihm zu Hilfe.

»Und auch besser als Sie.«

Grantham widersprach nicht.

»Ich möchte, dass Sie etwas für mich tun«, fuhr Arthur fort.

Der Earl schnaubte verächtlich, bedeutete Arthur aber mit einem Nicken weiterzusprechen.

Bei Gott, am liebsten hätte er Grantham dieses selbstgefällige Grinsen aus dem Gesicht geschlagen. Stattdessen nahm er sich ein Herz und zeigte dem anderen Mann seine Gefühle.

»Lassen Sie nicht zu, dass sie jemanden heiratet, der nicht eine Kugel für sie abfangen würde.«

Granthams Kopf zuckte zurück, aber er erholte sich schnell und hob eine Augenbraue. »Richtig. Kugeln abfangen. Sonst noch was?«

Arthur knurrte. »Das ist kein Scherz, Grantham. Tun Sie das, oder ich komme zurück und erschieße Sie.«

Der Earl hob kapitulierend die Hände, und Arthur sprach weiter. »Sein Leben für sie zu opfern ist eine Sache, aber da ist noch mehr. Sorgen Sie dafür, dass er nicht essen kann, wenn sie hungrig ist. Lassen Sie sie von niemandem berühren, der ihr nicht zuhören kann, wie sie das Gesetz von Avogadro erklärt, ohne dass er dabei einschläft. Er darf keine Angst vor Spinnen haben, und …«

Jetzt gibt es kein Zurück mehr, dachte er.

»Er muss sie lieben mit allem, was er ist und was er je sein wird.«

Grantham spitzte die Lippen, dann atmete er lang und langsam aus. »War das jetzt alles?«

»Ich habe gehört, was sie gesagt hat«, gestand Arthur. »Sie will geliebt werden.«

»Sie haben gehört, was sie gesagt hat. Sind Sie sicher, dass bei Ihnen hier oben noch alles funktioniert?« Grantham klopfte mit dem Knöchel auf Arthurs Kopf, als wäre er ein Holzklotz.

Es kostete Arthur unglaubliche Willensstärke, dem großen Trampel kein Messer unter die Nase zu halten.

Ohne zu ahnen, wie dicht er am Tod vorbeischrammte, redete der Earl weiter. »Sie sagte, sie will von Ihnen geliebt werden, Sie Schwachkopf.«

»Nein, sie sagte, sie will eine Liebe, die erhebt und zerreißt«, argumentierte Arthur. »Sie hat nicht gesagt, von wem.«

»Erhoben und zerrissen von einem Narren, der nicht essen will, wenn sie hungrig ist, und unbedingt von einer Kugel durchbohrt werden will. Um Jesus willen, bei euch beiden klingt der Akt der Liebe wie eine Attacke der vier Apokalyptischen Reiter«, meinte Grantham staunend.

»Ich …« Arthur fuhr sich durch die Haare. »Das spielt keine Rolle. Dieser Club ist für sie wichtiger denn je. Er ist der Kern dessen, was sie ist. Er ist ihr Zuhause, und ich werde nicht zulassen, dass sie es verliert.«

Er war vollkommen leer gewesen, als er seine Familie und den Hof verloren hatte. Das Unglück hatte ihn all seiner Gefühle beraubt. Wie konnte er Violet etwas Vergleichbares antun? Niemals!

»Ich reise ab, sobald Grey eintrifft«, erklärte er.

»Sie werden nichts dergleichen tun!« Der Earl bohrte ihm einen Finger in die Brust.

»Tun Sie das nicht«, warnte Arthur ihn. Der Schock von Violets Worten war abgeklungen. Eine steigende Flut von Frustration und Panik war an seine Stelle getreten und brauchte dringend ein Ventil.

»Was soll ich nicht tun? Das hier?« Der Earl stieß erneut mit dem Finger zu. »Sie werden sie nicht verlassen. Denn das würde«– *Pock!* »ihr« – diesmal schob er Arthur mit der flachen Hand einen Schritt zurück – »das Herz brechen.«

Arthurs erster Schlag war schlecht getimt. Grantham beugte sich gerade vor, als Arthur mit der Faust ausholte, und der Hieb prallte an seinen Rippen ab, anstatt ihn in der Magengrube zu treffen. Grantham stürzte trotzdem.

»Und Sie haben um ihre Hand angehalten, Sie Riesenbaby«, stieß Arthur ungläubig hervor.

Der Earl war trotz seiner Größe schnell auf den Beinen, packte Arthurs Arm und bog ihn hinter seinen Rücken. Arthur hatte vergessen, dass Grantham einst Soldat gewesen war.

»Ja«, stieß der Earl zwischen zusammengebissenen Zähnen hervor. »Aber sie will unbedingt Sie heiraten!«

Arthur riss mit dem rechten Fuß Grantham das Standbein weg und holte ihn von den Füßen. Sie landeten ineinander verkeilt hinter dem Sofa und wälzten sich herum, während jeder versuchte, den anderen auf den Boden zu drücken.

»Aber Sie sind ein Earl. Sie können sie beschützen. Sie sollten sie heiraten!«, beharrte Arthur.

Grantham bog Arthurs Kopf zurück und erwischte seine Krawatte. »Nein, Sie heiraten sie!«

Sie rammten einen Beistelltisch, und ein Bücherstapel flog durch die Luft.

»Was in aller Welt machen Sie denn da?«, rief Lady Phoebe.

Sie erstarrten. Arthurs Finger waren nur Zentimeter von Granthams Augen entfernt, und Grantham umklammerte mit einer Hand Arthurs Hals, während er mit der anderen einen Schürhaken über dem Kopf schwang.

»Prügelt ihr beide euch etwa?« Violet schob sich an Lady Phoebe vorbei und stemmte die Hände in die Hüften. Beide Frauen zeigten ähnliche Mienen des Abscheus.

Arthur und Grantham sahen sich verlegen an. Ein überwältigender Drang zu lachen durchfuhr Arthur, und Grantham grinste unwillkürlich. Als die Schultern des Earls bebten, biss sich Arthur auf die Unterlippe und unterdrückte ein Schnauben.

»Prügeln? Aber nein, Mylady«, sagte er mit so unbewegter Miene, wie es ihm möglich war. Grantham schüttelte sich noch mehr.

Lady Phoebe verzog ungläubig die Lippen. »Was machen Sie bitte dann?«

»Ich habe ... etwas ... verloren«, stotterte Grantham und überdeckte sein Lachen mit einem Husten.

»Ihren verdammten Verstand«, flüsterte Arthur.

»Und warum seid ihr beide auf dem Boden?« Offensichtlich glaubte Violet ihnen kein Wort. Arthur stand auf und reichte Grantham die Hand, verdrehte jedoch Granthams Handgelenk, als er ihn hochzog.

»Es ist ... unter das Sofa gefallen«, keuchte der Earl und pflanzte Arthur seinen Absatz auf den Fuß. »Kneland hat mir nur bei der Suche geholfen.«

Er riss seinen Arm aus Arthurs schmerzendem Griff und klopfte ein Stäubchen von seinem Revers. Dann erwies er Arthur dieselbe Gunst, hämmerte ihm dabei aber mit etwas ungebührlicher Begeisterung auf die Brust.

»Wenn Sie beide Ihre Suche beendet haben, möchte ich

eine Ankündigung machen«, erklärte Lady Phoebe. Mit einer eleganten Handbewegung machte sie einen tiefen Knicks in Violets Richtung. »Die unbesungene Heldin der giftigen Gase hat triumphiert.«

Arthurs Freude, Grantham endlich verprügelt zu haben, verflüchtigte sich bei dieser Nachricht. Sie hatte ihre Formel gefunden. Grantham umarmte Violet herzlich, aber Arthur blieb wie angewurzelt stehen. Er wusste, was das für ihn bedeutete.

»Ich habe sie in ihrem Arbeitszimmer überrascht und ihr die Neuigkeit entlockt. Sie wollte es eigentlich erst nach der Veranstaltung heute Abend verkünden. Diese Bescheidenheit ist zwar bewundernswert, aber ich lasse mir deswegen nicht mein vormittägliches Glas Champagner nehmen«, erklärte Lady Phoebe. Violet senkte den Kopf, konnte aber ihre Freude über diese Leistung nicht verbergen. Warum auch? Von allen Chemikern im Lande war die Regierung zu ihr gekommen, und sie hatte dieses Vertrauen belohnt.

»All die Jahre habe ich dir zugehört, wie du über dieses Avocado-Gesetz gejammert hast«, spottet Grantham, »und jetzt stellt sich heraus, dass du doch keinen Unsinn erzählt hast.« Auf seinem gutaussehenden Gesicht zeigte sich echte Bewunderung. »Gut gemacht, Vi.«

Arthur schluckte das bittere Gefühl von Trauer und Selbsthass hinunter und schämte sich, dass sein erster Gedanke seinem eigenen Verlust galt und nicht ihrer großen Leistung.

»Ich werde die Köchin und Mrs Sweet bitten, etwas zum Anstoßen vorzubereiten«, sagte er. Er erwiderte Violets Blick, verbeugte sich und legte so viel Aufrichtigkeit wie möglich in seine nächsten Worte. »Gut gemacht, Mylady. Gut gemacht.«

Trotz ihrer vor Stolz geröteten Wangen verriet Violets dünnes Lächeln ihm, dass auch sie begriff, was ihr Erfolg für sie beide bedeutete.

Als sie wieder zur Tür ging, blieb sie kurz stehen und warf einen Blick über ihre Schulter.

»Hast du eigentlich gefunden, was du verloren hast, Grantham?«, erkundigte sie sich trocken.

»Nein, aber du weißt ja, was man so sagt …« Grantham legte Arthur die Hand auf die Schulter. Arthur starrte den großen Mann an, entzog sich der Berührung jedoch nicht. »Man muss erst etwas verlieren, um zu erkennen, dass es das war, wonach man die ganze Zeit gesucht hat.«

22. KAPITEL

Sprühregen rieselte auf die wenigen Knospen, die sich aus den Zweigen herauswagten. Arthur hielt eine Droschke an und erledigte seine Besorgungen, ohne sich lange aufzuhalten, eingedenk der Zeit, die ihm zwischen den Fingern zerrann.

Ganz gleich, was Grantham gesagt hatte. Der Auftrag war erledigt. Alles würde wieder so sein, wie es gewesen war, bevor Arthur Violet zum ersten Mal getroffen hatte.

Und zugleich würde nichts mehr so sein wie zuvor.

Als er seine Besorgungen beendet hatte und ins Beacon House zurückkehrte, waren die oberen Etagen menschenleer. Das gesamte Personal war im Club versammelt, wo es die letzten Vorbereitungen für den Abend traf. Eine Armee von silbernen Regentropfen marschierte im Laufschritt das Dach hinunter und warf sich gegen die Befestigungen aus Mauern und Fenstern. Im Rhythmus der winzigen Tropfen, die gegen das Glas prasselten, eilte Arthur die Treppe hinauf, ein unhandliches Paket unter dem Arm.

Er schob das Paket auf den anderen Arm und blieb kurz stehen, um zu überprüfen, ob das Schloss eines Fensterflügels gesichert war. Wie oft war er an Nachmittagen wie diesem schon durch die Hintereingänge von Häusern auf der ganzen Welt gelaufen? All die Jahre der selbst auferlegten

Distanz, um Leben zu retten. Es war eine schreckliche Ironie, dass er bei dem einen Auftrag, bei dem am meisten auf dem Spiel gestanden hatte, die Distanz nicht hatte wahren können.

Er hätte diesen ersten Kuss niemals zulassen dürfen.

Und er würde sich bis zu seinem Todestag an diesen ersten Kuss erinnern.

Arthurs Gedanken drehten sich weiter im Kreis, während er seine Runde machte, bis er an der Tür zu Violets Schlafgemach stehen blieb.

Violets Schlafgemach.

Diese zwei Worte besaßen immer noch die Kraft, Arthur zu erschüttern.

Als niemand auf sein Klopfen reagierte, betrat er das Vorzimmer und ging weiter in Violets Schlafzimmer. Die Wände hier waren in einem hellen Rosa gestrichen; der graue Himmel draußen und das Licht einer einsamen Kerze dämpften das Leuchten der Farbe. Auf dem Bett lagen Berge von Kissen und eine dicke gesteppte Tagesdecke in dunklen Pflaumen- und Burgunderfarben.

Der Skandal war nur ein Flüstern entfernt. Trotz seiner besten Absichten würde er nie der Mann sein, den Violet brauchte. Sie verdiente jemanden, der die richtigen Worte fand, wenn ihr die Tränen kamen. Einen Mann, dem kein Skandal anhaftete. Einen Vater für ihre Kinder.

Kinder.

Ein winziges Flämmchen Hoffnung, das er schon lange für tot gehalten hatte, brannte tief in ihm. Am besten löschte er es, bevor er Granthams Worten zum Opfer fiel, bevor er die Welt außerhalb dieser Türen vergaß.

Arthur legte das Paket auf ihr Bett, beugte sich vor und berührte mit der Hand die Vertiefung in ihrem Kissen. Er stellte sich vor, wie er sich hier mit Violet an seiner Seite ausruhte. Wäre er ein anderer Mann, wären seine ersten Gedanken beim Aufwachen die an sein bevorstehendes Vergnügen: Bewunderung für die pralle Kurve ihres Arms, den Bogen ihrer dunklen Wimpern auf ihrer Haut, das süße leise Keuchen, das sie von sich gab, wenn sie kam. Wäre sie eine andere Frau, träumte sie von nichts als von seinen Berührungen, die sie aus dem unruhigen Schlummer in die frühmorgendliche Glückseligkeit führten. Doch so einfach lagen die Dinge zwischen ihnen nicht.

»Zweifellos war das ein Mann!«

Auf der linken Seite von Violets Bett fiel ein helles Quadrat aus Licht aus der Tür zu ihrem Ankleidezimmer auf den Boden. Der Ausruf war aus dem Raum gekommen.

»Das ist ... *Hilfe* ... einfach lächerlich ...«, ertönte Violets gedämpfte Stimme erneut. Arthur entschied, dass ihre Worte eine Bitte um Hilfe beinhalteten.

Es lag ihm fern, eine Lady zu enttäuschen.

»Denn welche Frau würde so etwas Dummes, Quälendes erfinden? Hallo? Alice, bist du das, Liebes? Wenn du mir einen guten Grund nennen kannst, warum mein Busen bis zum Kinn hochgeschoben ist, außer zur Unterhaltung der Männer, verdopple ich deinen Lohn. Alles, wofür meine Brüste gut sind, außer zum Säugen von Kindern, ist das Ausbalancieren des Gewichts meines Hinterns.«

»Das ist eine Frage des Gesichtspunktes«, bemerkte er, als er den Raum betrat.

»Arthur?«

Sie musste in ihrem Ankleidezimmer ein explosives Experiment durchgeführt haben. Die mit einem Muster aus rosa und goldenen Chrysanthemen tapezierte Kammer verschwand fast unter einer Decke von Kleidungsstücken in verschiedenen Farbtönen. In leeren Regalen standen nur noch ein einsames Paar Stiefel und eine zerknitterte Haube aus Stroh. Eine mit orangefarbenen Duftkugeln und getrocknetem Lavendel gefüllte Glasschale stand bedenklich nahe an der Kante einer Kommode neben einer kleinen Tischlampe und einem Korb mit Taschentüchern.

Arthur konnte jedoch keine Spur von Violet entdecken. Eine Sekunde durchzuckte ihn der panische Gedanke, ob sie vielleicht lebendig unter dem Chaos begraben lag. Stattdessen jedoch blickte im selben Moment ihr Kopf hinter einem hohen Paravent hervor, der getarnt wurde durch noch mehr ausgemusterte Kleider, die darüber hingen.

Er schloss die Tür, lehnte sich an eine Kommode und begutachtete erneut das Desaster.

»Was um alles in der Welt …?«, begann er.

»Frag ja nicht«, warnte ihn Violet. »Ich habe das Chaos angerichtet, und ich werde es auch wieder beseitigen. Aber ich bin trotzdem kein Schlangenmensch. Ich stecke in diesem verflixten Korsett fest.«

Nur eine winzige Lampe und ein kleines rundes Fenster erhellten den Raum, doch ihre Haut leuchtete wie Perlmutt. Der pudrige Duft von Nelken schwebte in der Luft. In ihrer Bestürzung schwang ein Hauch von Belustigung mit, der ihre Fähigkeit zeigte, jeder schwierigen Situation mit Humor zu begegnen, einschließlich derer, in die sie sich eigenhändig manövriert hatte.

Etwas in Arthur wollte, dass die Welt für Violet stillstände, nachdem er verschwunden war. Eingefroren in der Zeit, sollte sie nie wieder Herzensleid oder Verlust erleben, nie wieder schmelzende Lust oder erhitzte Leidenschaft mit einem anderen Mann finden. Erst nachdem er Violet kennengelernt hatte, hatte sich dieser egoistische, besitzergreifende Teil seines Charakters so herauskristallisiert. Er wollte, dass sie ohne ihn genau da blieb, wo sie war.

Der bessere Teil von ihm, der Mann, von dem er hoffte, dass sie sich an ihn erinnern würde, schickte ein stilles Gebet zum Himmel, dass Violet Hughes nie aufhören würde, sie selbst zu sein. Er stellte sich eine achtzigjährige Violet vor, die über die Nutzlosigkeit von Unterwäsche und die Tyrannei der Mode schwadronierte, während sie ihre Kleider in alle Richtungen von sich warf. Er hoffte, dass sie weiterhin ihren Haushalt in Aufruhr versetzte, nie aufhörte, die Menschen um sie herum zum Besseren zu erziehen, und immer ihren Sinn für Humor behielte.

»Alice ist verschwunden, nachdem sie das Bad hat einlaufen lassen. Ich habe versucht, die Bänder selbst zu lösen, aber ich bekomme die Knoten nicht auf. Kannst du mir den Bademantel holen, damit ich mich bedecke, während du mir hilfst?« Sie trat hinter dem Wandschirm hervor. »Wie ich schon sagte, ich kann mir nicht vorstellen, warum … Oh. Du hast meine Begründung ja gehört, nicht wahr? Dieser Unsinn mit dem Busen.«

Arthur blickte zu Boden, um seine Belustigung darüber zu verbergen, wie ihre Worte sich jedes Mal zu verheddern schienen, wenn er ihr die Röte ins Gesicht trieb. Es hatte noch nie jemanden wie Violet in seinem Leben gegeben, und es würde nie wieder eine Frau geben, die ihn so sehr berührte. Es kostete ihn all seine Willenskraft, nicht einfach zu ihr zu gehen und das zu tun, wonach er sich gerade am meisten verzehrte.

»Lachst du über mich, Arthur?«

»Ich lächle«, sagte er und nahm die Hand vom Mund. Warum sollte er seine Freude und Bewunderung für sich behalten? Wenn überhaupt, dann tat es ihr gut zu sehen, was sie in ihm auslöste. »Ich habe über mein Glück nachgedacht, dass ich derjenige bin, der dich aus diesem Korsett rettet. So kann ich wenigstens noch ein letztes Mal heldenhaft erscheinen, bevor ich gehe.«

»Das ist das erhabene Ziel, das du anstrebst?«, fragte sie. »Über einen Tisch zu springen, um eine Kugel abzufangen, ist dagegen wohl nichts. Meinen Sturz von einem Bücherregal aufzufangen, einen Dieb zu verjagen, Brände zu löschen. Ist das alles denn nicht heldenhaft?«

Arthur hasste das Wort »Held«. Helden waren für ihn feige Männer an der Spitze der Meute, ohne Rücksicht auf den Schaden, den sie anrichteten. Feiglinge dagegen überlebten bis zum Ende der Schlacht und wussten, dass das Schlachtfeld ein Ort war, an dem sie nie wieder sein wollten. Ein Feigling verschwand, wenn es brenzlig wurde, minimierte die Verluste und wusste dem Leiden ein schnelles Ende zu bereiten.

Ein Held aber war ein Narr. Ein Held sprang gleich ein zweites Mal über den Rand, um den Sturz noch einmal zu erleben.

*

»Du sagtest, du brauchst meine Hilfe?«, erkundigte sich Arthur.

»Ja, bitte. Gibst du mir meinen Bademantel?«

»Deinen Mantel? Oh, ich kann ihn leider nicht finden«, murmelte er.

Ein Kribbeln der Erregung lief über Violets Haut. Sie hatte heute Morgen ein neues Korsett angezogen, das Hemd darunter schimmerte durchsichtig in einem schönen Elfenbeinton.

Wahrscheinlich musste sie sich nicht verhüllen. Immerhin hatte er sie schon viele Male nackt gesehen. Violet biss sich auf die Lippe und trat über einen Stapel von Unterröcken hinter dem Paravent hervor.

Arthurs Gesichtsausdruck verriet mehr Bewunderung, als es jedes seiner einfallsreichen Komplimente vermocht hätte.

»Ihr müsst noch etwas näher kommen, Mylady.« Sein neckischer Tonfall stand in starkem Widerspruch zu der Begierde in seinen Augen. »Es kann bei dieser schwachen Beleuchtung einige Zeit dauern, bis ich die Aufgabe erledigt habe.«

Als Violet zögerte, versteifte er sich. Er warf einen schnellen Blick durch den Raum und sah sie dann wieder an. »Es sei denn, es ist dir lieber, wenn ich Alice rufe?«

»Oh nein!«

Im Spiegel erhaschte sie einen Blick auf ihre runden Hüften und ihre schweren Brüste, die über das Korsett quollen. Mit gesenktem Kopf präsentierte sie ihm das Durcheinander, das sie geschaffen hatte.

Zweimal öffnete sie den Mund, um zu sprechen, und

zweimal schluckte sie die Worte hinunter, aus Angst, sie könnte mehr verlangen, als er geben konnte.

Was sollte sie sagen? Die Wahrheit?

Er hatte ihren Kokon zerbrochen, als er zum ersten Mal in ihr Leben getreten war, hatte die Mauer eingerissen, die sie jahrelang um sich herum aufgebaut hatte.

Und wenn er jetzt ging, würde es sie zerbrechen. Und doch war der Bruch unvermeidlich, die Teile würden sich auf eine andere Art und Weise wieder zusammenfügen. Violet war zuallererst Wissenschaftlerin. Ein Objekt bleibt in Ruhe, es sei denn, eine äußere Kraft wirkt darauf ein. Wäre Arthur nicht in ihr Leben getreten, wäre sie dieselbe einsame, unsichere Frau geblieben, die sie am Ende ihrer Ehe gewesen war.

»Ziehe ich zu fest?«, erkundigte er sich.

Violet sah Arthur über die Schulter an. »Nein, natürlich nicht. Ich habe gerade an etwas anderes gedacht. Es ist alles in Ordnung.«

Seinen Augen entging nichts.

Schließlich löste das Korsett sich unter seinen Händen. Er warf es zur Seite, und sie stand nur noch mit Unterhose und ihrem durchsichtigen Hemd, das mehr verhüllte als verbarg, vor ihm.

»Ich wünschte, ich könnte dich auch so sehen«, sagte sie. »In all der Zeit, die wir zusammen waren, hast du dich vor mir versteckt. Wenn du jetzt gehst und dies unser letztes Mal sein soll, …«

Arthur zögerte, und Violet hielt den Atem an. Was ihr ohne Korsett erheblich leichter fiel. Der Moment dehnte sich, und die Stille nahm, wie so viele andere Dinge zwischen ihnen, eine übergroße Bedeutung an. Jetzt, da ihre gemeinsame Zeit dem Ende zuging.

Dies würde die letzte Barriere zwischen ihnen sein, die fiel. Sie war so auf sein Gesicht konzentriert, dass sie fast verpasste, wie er seine Krawatte löste. Das Stück Leinen landete auf dem Boden. Der Gehrock folgte einen Augenblick später. Er zog ihn aus mit einem Schulterzucken. Seine Kleidung war auf Bewegungsfreiheit zugeschnitten. Er war kein fauler Gentleman, der sich von einem Kammerdiener ankleiden ließ. Und die Geschwindigkeit, mit der er sich seiner Kleidungsstücke entledigte, war eine Erinnerung an ihre unterschiedlichen Stellungen in der Welt da draußen.

Aber nicht hier.

Und nicht jetzt.

Sie sagte nichts, als er seine Hose aufknöpfte und sich das Hemd über den Kopf zog. Sie biss sich auf die Unterlippe und genoss den Anblick seines nackten Oberkörpers. Seine Hose saß tief auf seinen schmalen Hüften, und seine Erektion drückte gegen seine Leinenunterhose. Als Reaktion darauf wurde sie feucht zwischen den Schenkeln.

Die Umrisse seiner Anatomie zeigten sich unter seiner Haut. Die Deltoide, Muskelbahnen über seiner Schulter, die schrägen Bauchmuskeln, die Obliquen, wie Rechtecke mit abgerundeten Kanten. Hätte sie ihn aufgeschnitten, hätte sie jedem Teil von ihm einen wissenschaftlichen Namen geben können. Die Knochen seiner Arme und Hüften, die großen und kleinen Muskeln, die Organe, die ihm erlaubten, sich zu bewegen und zu atmen.

Doch all dieses Wissen bedeutete nichts, als sie die

Summe all dessen sah: seine dunklen Locken, die seine Brust zwischen zwei kupferfarbenen Brustwarzen bedeckten, die Art und Weise, wie seine Oberschenkelmuskeln hervortraten, als er sich bückte, um seine Strümpfe auszuziehen, ein paar kieselsteingroße weiße Narben an seiner Seite und eine größere leuchtend rote Narbe an seinem linken Ellbogen.

»Darf ich …?« Violet wollte seine Brust berühren, wartete aber auf die Erlaubnis.

Nach einem hinreißenden Zögern nickte er. Galant streckte er die Hand aus und nahm die ihre, legte sie auf sein Brustbein und hielt sie dort einen Moment lang fest. Er war entschlossen, die Kontrolle zu behalten und auf der Hut zu sein.

»Lass einfach los«, ermunterte sie ihn.

Mit einem kurzen Kopfschütteln ließ er seine Hand sinken, und mit ihr fielen seine Mauern.

Violet erforschte seinen Körper mit dem Staunen und der Vorfreude, die sie auch für eine neue Theorie oder ein herausforderndes Experiment empfand. Sie erfreute sich an seinem Stöhnen, als sie ihren Mund auf die Haut unter seinem Schlüsselbein legte und saugte. Der noch aktive Teil ihres Verstandes stellte fest, dass Arthur es genauso genoss, wenn sie an seiner Brustwarze knabberte, wie sie es umgekehrt tat. Der Rest ihres Gehirns löste sich dagegen bereits in einen wohligen Nebel auf. Jetzt zählte nur noch das Gefühl, der Versuch, einen Weg zu finden, in ihm zu versinken.

»Warum hast du dich nur die ganze Zeit versteckt?«, fragte sie und streichelte seine Arme, genoss das Gefühl der

Haare an seinen Beinen unter ihren Händen und die Art, wie er die Zähne zusammenbiss, als sie sein Glied streichelte.

»Es ist einfacher, einen Attentäter zu bekämpfen, wenn die empfindlichen Teile versteckt sind«, erklärte er.

Violet fuhr mit den Fingerspitzen über seine Narben und ging um Arthur herum, um seinen Körper von allen Seiten zu betrachten. Die Geschichte seines Lebens war auf seiner Haut kartographiert.

Ihr prüfender Blick machte ihn nervös. Er drehte sie herum, zog sie mit dem Rücken an seinen Bauch und schob sie vor den Spiegel. Unwillkürlich machte sie Anstalten, ihre schweren Brüste zu bedecken. Doch er packte ihr Handgelenk und hielt ihren Arm hoch, während er die andere Hand auf ihren Bauch legte.

»Hier bin ich«, sagte er zu ihrem Spiegelbild. »Hier sind wir.«

Draußen hämmerte der Wind an die Glasscheiben und buhlte um ihre Aufmerksamkeit. Eine Tischlampe flackerte keck, als wollte sie ihm antworten.

Doch die beiden hatten keine Augen dafür. Stattdessen staunte Violet einmal mehr über die Intensität von Arthurs Blick. Er war so fokussiert, als könnte er in die Zukunft sehen, wenn er nicht blinzelte. Seine Hand bewegte sich mit quälender Langsamkeit nach unten und hinterließ Feuer in ihrem Kielwasser. Dann schob er ihr Hemd hoch.

»Nicht«, flüsterte er, als sie ihren Kopf an ihn lehnte und den Blick abwandte. »Ich will dich hier bei mir haben. Wenn ich dein Vergnügen nicht sehen und hören kann, finde ich mein eigenes nicht.«

Es kostete sie Mut, ihm im Spiegel dabei zuzusehen, wie er sie berührte, und die kritische Stimme in ihrem Kopf zum Schweigen zu bringen, die ihr Dinge über ihren Bauch und ihre Hüften zuflüsterte, die sie verunsicherten.

Noch schwieriger war es, seine aufrichtige Zufriedenheit mit dem, was er sah und berührte, zu akzeptieren.

»Du bist so weich und warm«, sagte er. »Und hier, an deiner süßesten Stelle …« Er schob seine Finger in den Schlitz ihrer Unterhose und berührte sie zwischen ihren Schenkeln. »Du bist glatt und weich, wie Satin.«

Seine Erektion presste sich in ihr Kreuz, während er seine Handfläche über ihren Schamhügel kreisen ließ. Sie hielt sich an ihm fest, um nicht umzufallen.

Dann löste sie sich von ihm und drehte sich in seinen Armen herum, um die Distanz zu überwinden, die durch ihr Spiegelbild entstanden war. Jetzt, von Angesicht zu Angesicht, sah sie die Zärtlichkeit in seinem Lächeln, als er sie sanft zu Boden zog und sich mit ihr auf dem kleinen Berg aus goldenem und blauem Satin niederließ. Er stützte sich auf die Ellbogen, und seine Hüften drückten sie auf den Boden.

»Als ich beschloss, meinen Kleiderschrank auszuräumen, hätte ich nicht gedacht, dass das so einem köstlichen Zweck dienen könnte«, stellte sie fest.

Ihr bevorstehender Abschied dämpfte jedes Lachen. Dennoch funkelte ein verruchter Ausdruck in Arthurs Augen. Innerhalb von Sekunden hatte er Violet ihre Unterhose abgestreift, sodass sie nur noch das zarte Unterhemd trug.

Er zog den Stoff fest um ihre Brüste und saugte durch

den durchsichtigen Stoff an ihren Nippeln. Die Wärme seines Mundes und die Reibung des Stoffes an ihrer Haut steigerten ihre Lust noch mehr.

Sie sehnte sich nach der Wärme seiner Haut und suchte mit ihren Händen nach seinen Geheimnissen. Sie merkte sich, wie seine Bauchmuskeln zuckten, wenn sie mit den Fingerspitzen darüberstrich, umfasste begierig seine Hoden und streichelte seine breiten Schultern.

Ein goldener Glanz erhellte den Raum und dämpfte die leuchtenden Farben um Violet her. Befreit von seiner Kleidung, wirkte Arthur größer, elementarer. Blauschwarze Schatten zeichneten sein Kinn, und ein paar graue Haare leuchteten in seinen dichten Locken. Er strahlte Macht aus, obwohl er sich auf ihren Wunsch hin so verwundbar gemacht hatte.

»Bevor wir weitermachen«, sagte er. »Hast du noch einen Seeschwamm?«

»Ich bin nicht in der fruchtbaren Phase meines Zyklus. Es sollte gefahrlos sein, wenn du dich zurückziehst«, antwortete sie. »Aber nichts ist sicher, Arthur. Wenn wir kein Risiko eingehen wollen, dann können wir es jetzt beenden. Du bist der einzige Mann …«

Egal, was sie noch sagen wollte – es wurde von einem leidenschaftlichen Kuss erstickt. Er küsste sie, um ihr das zu sagen, was er nicht laut aussprechen konnte. Er küsste sie, als wollte er sich ihr aufprägen. Kein anderer Kuss würde jemals so schmecken.

In ihm lag die Sonne. Der brennende Stern bedeckte ihren Körper und verströmte seine Hitze tief in sie hinein. Die Flammen leckten an ihren Lippen, ihren Brüsten, in ihrem

Innersten – und erweckten die Frau, die tief in ihr verborgen war.

Ohne ein einziges Wort auszusprechen, erzählte er eine Geschichte vom Frühling.

Mit aufreizender Langsamkeit bereitete er sie mit Händen und mit dem Mund vor. Sie spürte das unausgesprochene Vergnügen in seiner Berührung, sah, wie sein Kiefer vor Erwartung mahlte, schmeckte die Schweißperlen an seiner Schläfe. Violet ließ sämtliche Hemmungen fahren und gab sich ihm hin, vertraute ihm, wie sie noch nie einem anderen vertraut hatte.

»Ich war noch nie so sehr und ganz in meiner Haut, wie wenn du mich berührst«, sagte sie. »Zum ersten Mal zieht mich das Gewicht meines Körpers nicht nach unten. Es hält mich fest unter dir. Erst seit ich dich getroffen habe, fühle ich mich wirklich schön.«

Sie hatte Jahre des Glücks verloren, begraben unter der erstickenden Decke von Daniels Worten. Das Zusammensein mit Arthur hatte diese erdrückende Bürde weggebrannt.

Über ihr schwebend, legte Arthur seine Lippen auf ihre Stirn, als wollte er den Duft ihrer Haut in seine Lunge saugen.

»Du hast eine außergewöhnliche Gabe, Violet Hughes.« Er fuhr mit den Lippen über ihre Wimpern und küsste sie zart wie ein Schmetterling. »Ob du jemandes Welt einfach auf den Kopf stellst oder ihn nur in die richtige Richtung drehst, damit er weiter sehen kann – du hast die Macht, alles und jeden um dich herum besser zu machen. Vor allem mich.«

Die letzten Worte flüsterte er. Violet hoffte mehr als alles andere, dass das, was sie heute taten, ihm in den kommenden Jahren helfen würde. Sie betete, dass es Arthur den Trost und den Frieden brachte, den er verdiente, wo auch immer er sein Zuhause fand.

Sie waren zwei Teile eines Puzzles, die sich zusammenfügten, als er langsam in sie eindrang. Sie schlang ein Bein um seine Hüfte und presste ihre Ferse gegen seine Wirbelsäule.

»Bitte.« Das Wort war Einladung und Befehl zugleich.

»Ja«, erwiderte er. Eine Antwort und eine Unterwerfung.

So süß waren die ersten vorsichtigen, aber bedächtigen Stöße. Sie öffnete sich ihm, noch eng, aber feucht vor Erwartung. Behutsam zunächst, verloren sie bald ihr Zeitgefühl, als er langsam und immer tiefer seinen Weg in sie hinein fand. In ihrem Kokon aus Seide waren die einzigen Geräusche das leise Klatschen von Fleisch auf Fleisch und Violets Keuchen im Takt von Arthurs Stößen.

Der Höhepunkt winkte bereits, als er das Tempo erhöhte, mehr Stoff unter sie schob und ihre Hüften nach oben kippte. Als er sich über sie erhob, mit verzerrtem Mund und wildem Blick, grub sie ihre Finger in seine Hüften und spornte ihn an. Unfähig, sich zurückzuhalten, schrie sie auf, als er tief in sie stieß und fast bis zu ihrer Gebärmutter vordrang. Er sah hinab und beobachtete, wie er ihr Fleisch teilte, und stöhnte befriedigt auf.

Jeder Teil ihres Körpers zitterte vor Verlangen, als sie seinen Stößen ebenso leidenschaftlich begegnete. Draußen schüttelte der Wind die Stadt durch. Der Raum um sie herum drehte sich. Immer schneller bewegten sie sich gemeinsam, suchten unerbittlich und fast verzweifelt den Weg in die Haut des anderen.

Blüten öffneten sich, und Farben explodierten hinter Violets Augenlidern. In dem Moment, bevor sie davonflog, rief sie Arthurs Namen. Und trotz ihrer lauten Schreie hörte sie auch seine Stimme.

»Für immer …«

*

Kurze Zeit später verließ Arthur sie.

Körperlich blieb er an ihrer Seite, aber er zog sich zurück in die Stille, immer noch ihr zugewandt und doch entfernt. Schritt er die Grenzen seines zukünftigen Hofs ab? Sah er sich selbst, wie er einsame Mahlzeiten verzehrte, ein Buch am Kamin las, während die Nächte von den Highlands herabsickerten und seine Felder bedeckten?

»Wenn ich … weg bin«, sagte er zurückhaltend und tonlos, »lass dich von Greycliff nicht mit noch so einem Aufpasser belasten, es sei denn, er wäre wirklich hier, um dich zu beschützen.«

Diese Forderung schmerzte, und Violet bog sich von ihm weg. »Du bist nicht mehr mein Beschützer«, sagte sie. »Nach heute Abend wirst du dich darauf beschränken müssen, für die Sicherheit deiner Kühe und Ziegen zu sorgen. Oder vielleicht hast du ja Erfolg mit deiner Anzeige und findest eine Frau, die du beschützen kannst.«

Er nahm eine ihrer Locken zwischen Zeigefinger und Daumen und wickelte sie auf seinen Finger auf, bevor er antwortete.

»Ich hatte nie vor, das zu tun – eine Anzeige für eine Ehefrau aufzugeben. Ich kann mir nicht vorstellen, dass ich einen guten Ehemann abgeben würde.«

Violet setzte sich auf und musterte sein Gesicht. »Willst du wirklich den Rest deines Lebens allein verbringen? Was wirst du ohne Gesellschaft tun? Was ist, wenn du krank wirst?«

Sie stellte sich den Mann vor, der Arthur werden könnte, wenn er so weitermachte. Tagelang schweigend, aus Angst, sich um jemanden oder etwas kümmern zu müssen. Unerlöst. Unerbittlich.

Wenn sie mehr Mut hätte, würde sie ihm die Frage stellen, die sie schon seit Tagen quälte:

Warum ziehst du ein Leben in Isolation vor, anstatt hier bei mir zu bleiben?

Stattdessen fragte sie: »Wer wird dir Kuchen backen und auf dich warten, wenn du bis abends spät unterwegs bist?«

Ein klarer Tropfen Flüssigkeit lief ihr über die Wange und fiel auf den Boden. Wie merkwürdig. Die Decke des Ankleidezimmers musste undicht sein. Sie hätte die tropfende Stelle gesucht, wenn ihr nicht alles vor den Augen verschwommen wäre.

»Oh, Liebes. Weine nicht.« Arthur sprach sanft, als ob seine Worte sie auffangen könnten.

Aber Violet war bereits gefallen. Hart gefallen. Und sie zerbrach so gründlich, dass alles aus ihr herausquoll.

Violet kam taumelnd auf die Füße und stolperte.

Gewohnt geschickt sprang Arthur hoch und fing sie auf. Er bewahrte sie davor, die Schale mit den getrockneten Blüten umzustoßen.

»Wenn du mich entschuldigen würdest«, sagte sie, »ich muss …« Sie räusperte sich und versuchte es erneut. »Alice wird bald zurückkommen, um mir beim Ankleiden für die Veranstaltung heute Abend zu helfen.«

»Natürlich«, antwortete er. »Der heutige Abend wird ein Erfolg werden, da bin ich mir sicher. Ich wünschte …«

Was nützte es, seine Wünsche zu äußern? Sie hatten ihre Entscheidungen getroffen. Wenn sich die Welt da draußen in der Zwischenzeit nicht verändert hatte, waren sie daran gebunden.

Den unvermeidlichen Abschied aufschiebend, flüchtete Violet in das Badezimmer. Sie schloss die Tür hinter sich und rollte sich auf dem Boden zu einem kleinen Ball zusammen. Eine Weile starrte sie an die Decke und fand Bilder in den Rissen im Putz. Der schwache Geruch von Rosenparfüm stieg ihr in die Nase.

Warum war der Schmerz nicht stärker?

Doch anstelle von Schmerz war ihr überwältigendes Gefühl … Nichts. Mit distanziertem Interesse drückte sie ihre Fingerspitzen auf die kalten Fliesen unter sich und beobachtete, wie sich ihre Haut von rosa zu weiß verfärbte. Nichts.

Eisiger Regen prasselte so laut gegen die Fensterscheibe, dass er ihre Aufmerksamkeit erregte. Aber nicht laut genug, um Arthurs Schritte zu übertönen, als er ihr Ankleidezimmer verließ.

Endlich richtete sich Violet quälend langsam zu einer sitzenden Position auf und zog sich dann auf die Füße. Hatte sie Arthur nicht gesagt, hatte sie nicht allen gesagt, dass der Club Vorrang vor allem und jedem hatte?

Und dieses »alles und jedes« musste jetzt wohl auch ihr gebrochenes Herz einschließen.

Sie füllte eine Schüssel mit Wasser und wusch sich seinen Geruch ab, rieb ihre Tränen weg, bis der letzte Beweis ihrer Sehnsucht nur noch der Schmerz in ihrer Brust war. Seltsam, dass es nur wenige Minuten gedauert hatte, die Zeugen dessen, was sie und Arthur geteilt hatten, zu beseitigen. Wie lange würde die Wirkung seiner Worte in ihrem Kopf und in ihrem Herzen anhalten? Konnte sie weiterhin an sich glauben, nachdem er gegangen war?

Fröstelnd ging Violet ins Schlafzimmer, um ihren wärmsten Bademantel zu holen. Dort, auf ihrer verblichenen Überdecke, lag ein in blassblauen Musselin gehülltes dickes Paket, das mit einem roten Band verschnürt war und aus dem der schwache Duft getrockneter Orangenschalen aufstieg.

Sie griff vorsichtig danach, als ob das Paket aufspringen und nach ihr schnappen könnte. Einen Moment verharrte ihre Hand in der Luft über dem verknoteten Band.

Mit zitternden Fingern öffnete Violet das Paket.

Das Kleid aus den Ateliers von Madame Mensonge lag vor ihr. Das Kleid, das zu kaufen sie sich nicht erlaubt hatte.

Tränen verschleierten das Gold und das Grün, als sie mit ihren Händen über die kühle Seide fuhr. Ein Gefühl, Freude oder Schmerz, sie wusste es nicht, legte sich wie eine Klammer um ihr Herz. Sie hob das Kleid hoch, um es auszuschütteln. Dabei entdeckte sie ein weiteres Bündel darunter. Violet legte das Kleid beiseite und zerrte an einem weiteren Band, diesmal einem blauen.

Feenflügel. Die Worte schossen ihr in den Kopf, als sie

das durchsichtige Material erblickte. Es hätte sogar aus etwas noch Zarterem als Spinnweben gefertigt sein können. Spitze in zartem Rosa säumte ein roséfarbenes Hemd mit winzigen Rosenknospen, die in den Ausschnitt gestickt waren.

Violet zog sich das Hemd über den Kopf und ging zum Spiegel, die Haare nass herabhängend. Die Feuchtigkeit ihrer Haut klebte das Hemd an die Schwellung ihrer Brüste. Ohne die Rüstung aus Korsett, Petticoats, Kleid und Schal erkannte sie sich selbst kaum wieder.

Wer stand hier vor dem Spiegel?

Eine Witwe.

Eine Chemikerin.

Eine Geliebte.

Eine Freundin.

Violet füllte mehr Rollen aus, als sie Kleider besaß. Welche würde sie wählen?

Oder würde sie sie alle aufgeben?

23. KAPITEL

Am Donnerstagabend um achtzehn Uhr zwanzig, vierzig Minuten bevor die Türen von Athenes Refugium für die Öffentlichkeit geöffnet werden sollten, behauptete Milly Thornton, sie hätte ihre Handschuhe verlegt, und machte sich auf den Weg zur Hintertür.

»Ich muss sie in der Kutsche vergessen haben. Oder zu Hause. Oder in Herefordshire«, rief sie über die Schulter zurück, während sie zum Ausgang eilte.

»Sie gehen nirgendwo hin«, erklärte Lady Potts und versperrte ihr den Weg. Die auberginefarbenen Röcke der älteren Frau, die über mehrere steife Unterröcke in einer Kaskade von losen Raffungen fielen, nahmen mehr Platz ein als zwei andere Frauen nebeneinander.

Milly hatte nicht die geringste Chance.

»Wir siegen zusammen, oder wir fallen zusammen. Also, Kopf hoch und helfen Sie mir, die Klappstühle rauszustellen.«

»Sie haben leicht reden«, erwiderte Willy. »Sie haben einen Titel. Wir anderen haben nur einander, wenn der Abend schlecht läuft. Es kommen so viele Leute – was, wenn jemand von unserer Arbeit erfährt?«

Lady Potts senkte langsam ihr Kinn – ihre Frisur hätte keine plötzliche Bewegung überstanden – und betrachtete Milly überrascht.

»Seien Sie nicht albern. Sie haben uns. Athenes Refugium ist Ihr Zuhause, und wir sind Ihre Familie.«

Sie standen in dem kleinen Hörsaal und bereiteten sich auf den Vortrag des renommierten Sir Thaddeus Limpenpot vor. Riesige Lilien- und Rosensträuße von Violets Familie waren kunstvoll im Raum verteilt, zusammen mit Karten und Aufmunterungsschreiben. Der Duft im Raum erinnerte an Frühlingsstürme.

Während ihre Freunde sich unterhielten, kümmerte sich Violet um ein hübsches Veilchenarrangement von Grey. In dem begleitenden Brief drückte er sein aufrichtiges Bedauern darüber aus, dass er wegen einer Verzögerung auf seiner Reise das eigentliche Ereignis verpassen würde, gab jedoch seiner Hoffnung Ausdruck, am nächsten Morgen nach Beacon House zurückzukehren.

Violet fühlte sich melancholisch, wollte das jedoch eher auf Greys Abwesenheit zurückführen als auf Arthurs bevorstehende Abreise.

»Versprechen Sie uns, dass Sie nichts in die Luft jagen?«, sagte Phoebe zu Milly. »Wenn Sie sich von Ihrem Labor fernhalten und sich mit Small Talk begnügen, wird alles gut.«

»Und wenn ich über die Stränge schlage und eine Diskussion über Säurekatalyse beginne?«, fragte Milly.

»Lasst uns eine Regel aufstellen«, schlug Violet vor, unterdrückte ihre Niedergeschlagenheit und konzentrierte sich wieder auf ihre Freunde. »Wir versprechen, kein Thema zu erwähnen, das wir nicht auch im Salon der Königin ansprechen würden.«

»Oh, das ist eine ausgezeichnete Idee«, sagte Milly. »Ich

wüsste nicht, wie wir in Schwierigkeiten kommen sollten, wenn wir über das Wetter plaudern.«

»Es sei denn, man wäre Student der Arbeiten von Joseph Priestley und interessierte sich für das Phänomen des Blitzes …« Willy brach ab, als die anderen Ladys sie anstarrten. »Schon gut. Ich begnüge mich mit dem Regen.«

Um sechs Uhr vierzig hatte Violet die letzten Details mit den Musikern besprochen und befahl den Dienern, die Kerzen anzuzünden. Sie besprach gerade mit Mrs Sweet, wann genau die Erfrischungen gereicht werden sollten, als Letty sie am Arm packte und in eine Nische zog.

»Reginald Pettigrew ist hier, und er sieht nicht sehr erfreut aus.« Letty rang die Hände, und eine schreckliche Vorahnung des Scheiterns machte sich in Violets Magengrube breit.

Sie beide hatten Maisy Whites entsetztes Gesicht, als ihr Mann sie davonschleppte, deutlich vor Augen.

»Holen Sie sofort Winthram«, befahl ihr Violet.

Letty eilte davon, während Violet sich auf den Weg zur Eingangstür machte und ihren grauen Schal fest um sich zog und den weichen Stoff mit den Händen zerknüllte, während sie überlegte, ob sie den Abend beenden sollte, bevor er überhaupt begonnen hatte.

»Brillant. Einfach brillant, finden Sie nicht auch, Mr Kneland?«, ertönte eine Männerstimme. »Es ist einfach brillant, meine Liebe.«

Die Eichentür wurde geöffnet, und Caroline Pettigrew, gekleidet in ein hübsches eierschalenfarbenes Kleid, schritt am Arm ihres Mannes hindurch. Arthur kam hinter den beiden her. Er schloss die Tür, und als er sich Violets Aufmerksamkeit sicher war, hob er den Daumen. Sie nickte verständnislos.

»Lady Greycliff, darf ich Ihnen meinen Mann vorstellen, Mr Reginald Pettigrew.« Carolines Gesicht strahlte vor Glück.

Reginald Pettigrew, ein gertenschlanker Mann mit hohen, kantigen Wangenknochen, war fast genauso groß wie Arthur, nahm aber nur halb so viel Platz ein. Er trug einen braunen Cutaway und eine braungelbe Hose. Am Kragen prangte ein butterblumengelber Strauß, der zum Besatz von Carolines Kleid passte. Sein Haar glänzte, und der Geruch von Akaziengummi hing in der Luft.

Violet gab sich erfreut über sein Auftauchen, während sie gleichzeitig versuchte, nicht auf seinen Kopf zu starren.

»Ich schäme mich, es zuzugeben, Lady Greycliff, aber ich begann bereits zu argwöhnen, dass Caroline meiner Gesellschaft überdrüssig geworden wäre«, erklärte Reginald, nachdem die Vorstellungsrunde vorüber war. »Ich arbeite sehr lange als Angestellter, und ich fürchte, ich habe sie vernachlässigt.«

»Aber ganz und gar nicht, Reginald«, protestierte Caroline.

Er schüttelte den Kopf. »Es ist wahr. Ich wurde immer misstrauischer gegenüber ihrer ›Wohltätigkeitsarbeit‹, bis ich ihr schließlich heute Abend hierher gefolgt bin. Ich hatte ja keine Ahnung, Lady Greycliff, dass meine Caro ein Genie ist.«

Caroline biss sich auf die Unterlippe und errötete, während Reginald vor Stolz strahlte.

»Ich traf Mr Pettigrew, als er auf der Suche nach seiner

Frau durch die Flure schlenderte«, mischte sich Arthur ein. »Wir unterhielten uns über die Notwendigkeit, die Arbeit hier geheim zu halten.«

Reginald räusperte sich, und er verlor etwas Farbe bei der Erwähnung des Gesprächs, nickte jedoch zustimmend. »Ja, es war tatsächlich eine erhellende kleine Unterhaltung. Mr Kneland hat mir erklärt, wie der Club funktioniert. Ich stimme seiner Philosophie über meine Pflicht als Ehemann von ganzem Herzen zu.«

»Und welche Pflicht wäre das, Mr Pettigrew?«, erkundigte sich Violet.

»Meine Pflicht, die Mitglieder von Athenes Refugium zu beschützen«, antwortete er. Reginald blickte auf die Hand seiner Frau, die auf seinem Arm ruhte, und bedeckte sie mit seiner eigenen. »Schließlich schützen wir Ehemänner nicht nur die Körper unserer Gemahlinnen, wir beschützen auch ihre Herzen.«

»Ihre Herzen?«, fragte Violet leise. Obwohl sie zu Reginald sprach, war ihr Blick auf Arthurs Gesicht gerichtet. Seine Miene war wie immer undurchdringlich, aber Violet versuchte trotzdem, darin zu lesen, was er mit Pettigrew angestellt hatte.

»In der Tat«, antwortete Reginald. »Caros Herz ist hier. Ich bin ihr Beschützer – und folglich auch Ihrer und der aller Wissenschaftlerinnen. Und sehen Sie sich nur mein Haar an!«

Reginald ruckte mit dem Kopf hin und her, um die Effektivität von Carolines Erfindung zu demonstrieren.

Selbst Arthur, der stoischste Mann, dem Violet je begegnet war, verbiss sich sichtlich ein Lachen.

Sie schlenderten zu den öffentlichen Räumen zurück, während das Orchester die ersten Takte einer Cracovienne spielte.

Arthur wartete, bis die Pettigrews sich anderen Dingen zugewandt hatten, dann beugte er sich vor. »Trägt man jetzt wieder große graue Schals, Mylady?«, flüsterte er in Violets Ohr. »Ich dachte, dies sei eine formellere Veranstaltung.«

Violet schaute ihn unter gesenkten Wimpern an. »Die Türen sind noch nicht geöffnet. Noch bin ich nicht bereit, meine ganze Pracht zur Schau zu stellen.«

»Lady Greycliff«, rief Letty vom anderen Ende des Raumes.

Bevor Arthur sich zurückziehen konnte, vertrat Violet ihm den Weg. Etwas hatte sich in ihr verändert, als sie ihr neues Kleid angezogen hatte. Sie war einfach nicht bereit, sich endgültig von ihm zu verabschieden.

»Das Orchester wurde angewiesen, als letzten Tanz einen Walzer zu spielen«, sagte sie ihm.

Arthur schenkte ihr ein seltenes Lächeln. »Nun denn, dann betrachte dich als vergeben.«

*

Um Punkt neunzehn Uhr wurden die Türen von Athenes Refugium aufgestoßen, Limonade wurde ausgeschenkt, und Lady Greycliff begrüßte am Eingang des ersten Londoner Damenclubs ihre Gäste.

Die Tanzfläche säumten lange Reihen von Armleuchtern mit frisch angezündeten Bienenwachskerzen. Zwei große

Tische, mit feinen weißen Tafeldecken bedeckt, waren in der Mitte des Gemeinschaftsbereichs des Clubs aufgestellt. Erfrischungen standen gut sortiert bereit, um die Gäste nach dem Vortrag und vor dem Tanzen zu verwöhnen.

Fräulein Althea Dertlinger eilte zu Violet, um sie zu begrüßen, gefolgt von ihrer Mutter in einem weit gemächlicheren Tempo.

»Was für ein aufregender Abend!«, rief das Mädchen aus. »Ich kann mich nicht erinnern, dass alles so schön war, als wir das letzte Mal hier waren. Ich nehme an, Kerzenlicht macht es romantischer, nicht wahr?«

»In der Tat«, sagte Violet. »Freuen Sie sich auf den Vortrag heute Abend?«

Althea runzelte die Stirn. »Mama sagt, das wäre der aufregendste Teil des Abends. Aber, und das ist streng vertraulich, Mylady …«

Violet nickte zustimmend und lehnte ihren Kopf zu der jungen Frau. »Sie können mir alles anvertrauen, meine Liebe.«

»Mr Smithfield sagt …«

»Wer?«

Althea blinzelte. »Mr Smithfield?«

Violet hob fragend die Schultern.

»Mr Robert Smithfield? Sie sind mit seiner Tante befreundet?«

Richtig. Der Junge vom Ball. »Oh, ja. Verzeihung. Der gute Robbie.«

Althea runzelte erneut die Stirn, setzte ihre Erzählung aber fort. »Mr Smithfield sagt, dass Sir Limpenpot eine etwas … archaische Auffassung von Naturgeschichte hat.«

»Ist das so?«, erkundigte sich Violet. Immerhin saß Sir Limpenpot im Vorstand der Royal Society. Vor allem aber war er der einzige Wissenschaftler, der auf ihre Einladung, hier zu sprechen, überhaupt geantwortet hatte. »Nun, hören wir uns an, was er zu sagen hat.«

Lady Potts kündigte mit lautem Händeklatschen den Beginn des Vortrags an. Althea wurde von ihrer nervösen Mama entführt, die sie in die erste Reihe des kleinen Vortragsraums manövrierte. Es waren so viele Gäste anwesend, dass Phoebe, Grantham und Violet im hinteren Teil stehen mussten.

»Phantasie? Märchen? Nein, oh, nein. Drachen, meine teuren Ladys, gab es wirklich, und sie lebten eben hier in England.«

Sir Thaddeus Limpenpot stand vorne und nickte weise bei den schockierten Atemzügen, die seiner Ankündigung folgten. Er trat hinter dem Rednerpult hervor und positionierte sich im Lichtkegel der im Raum verteilten Wandleuchter. Hinter ihm hing die Darstellung der skelettierten Überreste einer fantastischen Kreatur.

»Sprechende Esel, meine teuren Ladys«, flüsterte Phoebe. »Es gibt sie wirklich, und sie leben eben hier in England.«

»Wenn es keine Drachen gibt, was ist das dann?«, Grantham deutete auf das Bild hinter Limpenpot.

Der Schädel des Skeletts ähnelte dem Kopf einer Eidechse, und die Wirbelsäule war gewunden gekrümmt. Wäre man ein Romancier, hätte man es leicht als Fabelwesen beschreiben können. Sir Limpenpot jedoch bezeichnete sich selbst als Geologe und Experte für Fossilienkunde.

»Das ist ein schon vor langer Zeit ausgestorbenes Tier, kein Drache«, erwiderte Phoebe. »Männer wie Limpenpot verbreiten hanebüchene Geschichten über diese Fossilien, in der Hoffnung, berühmt zu werden, der alte Betrüger.«

»Wollen Sie ihn vielleicht zu einem Duell herausfordern?«, stichelte Grantham.

Phoebe runzelte die Stirn. »Sie scherzen, aber er macht jahrelange wissenschaftliche Arbeit zum Gespött. Warum sollten Frauen Männer nicht herausfordern, wenn sie so etwas Unverzeihliches tun?«

Granthams straffte die Schultern und riss seinen Blick von Limpenpot los. »Sie sollten einen anderen Gentleman bitten, für Sie einzutreten, wenn Sie Hilfe brauchen. Stattdessen drängen Sie sich in den Vordergrund.«

»Ich dränge mich in den Vordergrund, weil sonst niemand auf mich hört!«, zischte Phoebe. Ein paar Köpfe drehten sich in ihre Richtung.

»Würden die Leute auf mich hören«, fuhr sie ungerührt fort, »müsste ich nicht so unverschämt weit gehen, um auf Ungerechtigkeiten aufmerksam zu machen.«

Der Schmerz in Phoebes Stimme zerriss etwas in Violet. Als sie zu Althea Dertlinger hinübersah, die ihr Gesicht vor Elend verkniff, während Limpenpot mit seinem albernen Geschwätz fortfuhr, wurde Violet klar, dass etwas unternommen werden musste.

Althea und Phoebe waren nicht die einzigen Frauen, die über Limpenpots Unsinn empört waren. Doris Whitstone verzog vor Wut die Lippen und machte Anstalten, sich von ihrem Platz zu erheben. Sie war Amateur-Fossilienjägerin und ziemlich muskulös, da sie ständig auf den Klippen herumkletterte und Steine und Erde bewegte. Violet hegte keinen Zweifel daran, dass sie aus einem Handgemenge als Siegerin hervorgehen würde.

Es reichte.

Violet stieß gereizt den Atem aus und ging zur Bühne. Wenn sie zuließ, dass Arthur sie verließ, um Athenes Refugium zu schützen, dann musste das Refugium auch ein Ort sein, der dieses Opfers würdig war.

Sie blieb neben Doris stehen und flüsterte ihr etwas ins Ohr. Dann ging sie weiter nach vorne, während Doris eilig den Raum verließ.

Als sie in den Lichtkegel trat, verließ Violet fast der Mut, bis sie Letty Fenley erblickte, die ihr aufmunternd zunickte. Willy und Milly grinsten auf ihren Plätzen, Phoebe und Grantham unterbrachen ihr Gezänk und beugten sich vor. Und im Augenwinkel sah Violet eine große, kräftige Gestalt, die wie immer im Schatten stand.

Sie konnte es schaffen.

Sie würde es schaffen.

Sir Limpenpot achtete nicht auf Violet, während er dem Publikum weiter seine Theorien erläuterte. »In der Tat, Myladys«, sagte er, »manche glauben, die Drachen seien in der großen Flut ausgestorben, weil Noah sie aus der Arche ausgeschlossen hat.«

»Nur würde ganz gewiss kein Wissenschaftler, der etwas auf sich hält, eine solch lächerliche Idee verbreiten.« Mit dem strahlendsten Lächeln, zu dem sie fähig war, unterbrach Violet den erschrockenen Sir Limpenpot und stellte sich neben ihn. »Unser exzellenter Dozent hat hervorragende Arbeit geleistet, indem er uns eine längst überholte

Denkschule präsentiert hat. Da sind Sie ihm ganz schön auf den Leim gegangen, nicht wahr?«

Verwirrtes Gemurmel erhob sich unter den Zuhörern. Althea sah sich kurz um und blickte dann erleichtert auf Violet.

»Habe ich das?« Limpenpot zuckte verwirrt mit den Brauen.

»Sie waren großartig«, versicherte ihm Violet. »Ist er nicht großartig? Es bedarf eines wahrhaft begnadeten Geistes, um den Advocatus Diaboli so gut zu spielen, wie Sie es getan haben.«

Gott segne Lady Potts. Sie hatte sich schnell gefangen und begann herzlich zu applaudieren, und die anderen Zuhörer stimmten ein. Daraufhin schwoll Sir Limpenpots Brust fast auf das Doppelte seiner normalen Größe an, und er glotzte strahlend ins Publikum.

Violet nickte wie ein Kuckuck. »Wahrlich, niemand würde glauben, dass ein Wissenschaftler in der heutigen Zeit noch mit der gleichen Sensationsmache hausieren geht, wie es das British Museum tat, als es dieses Fossil 1828 als Flugdrachen bezeichnete.«

Doris Whitstone war zurückgekehrt, ein Bündel Papiere unter dem Arm, und Violet winkte sie zu sich.

»Natürlich nicht«, sagte Limpenpot schwach. Dann drehte er sich verdutzt herum und betrachtete die Illustration hinter sich. »Aber … wenn es kein Drache ist, was …?«

»Ein Pterosaurier.« Doris breitete ihre Notizen auf dem Rednerpult aus und deutete mit einem Nicken auf die Abbildung. »Dieser spezielle Fund hier wurde von der großen Fossiliensucherin Mary Anning im Jahr 1828 entdeckt. Ich glaube, es ist der erste seiner Art, der außerhalb Deutschlands gefunden wurde. Es gibt immer noch eine große Kontroverse um die korrekte Einordnung dieser Gattung.« Doris hob den Kopf und starrte Sir Limpenpot an. »Ist das nicht so, Sir Limpenpot?«

Limpenpot, der die Situation mittlerweile durchschaut hatte, nickte. »In der Tat, Miss …«, er beugte sich mit ernster Miene vor, als Violet ihm etwas ins Ohr flüsterte.

»In der Tat, Miss Whitstone«, fuhr er fort. Er verneigte sich vor Doris und wand sich wieder ans Publikum. »Diese schöne Lady wird mit dem Abschluss unserer gemeinsamen Präsentation fortfahren. Danach stelle ich mich gerne Ihren Fragen zu unserem Fachgebiet.«

Doris blinzelte ungläubig, beherrschte sich aber und klatschte höflich. Nach einer zweiten Runde Applaus nahm Limpenpot Platz. Doris widmete sich ihren Notizen und lieferte einen gründlichen, wenn auch weit weniger sensationsheischenden Vortrag über die Gattung Pterosauria und über Dinosaurier im Allgemeinen. Wie durch ein Wunder schien Sir Limpenpot seine neue Rolle als Advocatus Diaboli zu genießen und beteiligte sich wohlwollend an der Fragerunde danach, wobei er allerdings die Beantwortung des Großteils der Fragen Doris überließ.

Tatsächlich entpuppte sich zu Violets Erstaunen und großer Erleichterung der gesamte Abend der Erbauung und Unterhaltung als uneingeschränkter, ungetrübter Erfolg.

Nach dem Vortrag stürzten sich die Gäste mit Ausrufen des Entzückens auf die Erfrischungen. Die getrocknete und aus einem Konzentrat erzeugte Limonade wurde als köstlich und zeitsparend angepriesen. Mrs Sweets Seetang-

Canapés waren fast schon in dem Moment vergriffen, in dem sie aus der Küche kamen.

Die Geschichte von Mrs Pettigrew und dem rosa Porzellan hatte sich verbreitet. Anstatt zum Gegenstand des allgemeinen Gelächters wurde sie rasch zum Mittelpunkt einer Schar von Ladys, die begierig darauf waren, etwas über diese wunderbare Erfindung zu erfahren, die sowohl ihr Haar unverrückbar an Ort und Stelle halten sowie eine Teetasse mit interessanten Mustern verzieren konnte.

Violet zuckte zusammen und nahm ihr Gewicht von ihrem linken Zeh, auf den ihr jemand während eines ungestümen Country-Reels getreten hatte. Dieser Reel war der erste von vielen Tänzen gewesen, die sie heute Abend hatte genießen können. Ihre neugewonnene Beliebtheit bei den Gentlemen verdankte sie vermutlich Madame Mensonges Kreation. Die Seide fing das Kerzenlicht ein, warf es zehnfach zurück und ließ die winzigen Kristalle in ihren Haarnadeln funkeln.

Das Dekolleté, das Madame Mensonge entworfen hatte, war ebenso verblüffend wie ihre Materialien. Mehr als einmal während des Abends wünschte Violet, sie hätte ihren Schal nicht abgelegt. Arthur hatte vielleicht nicht gewusst, in was er sie da hineinmanövrierte, als er ihr das Kleid schenkte.

Grantham hielt wie üblich mit seiner Meinung nicht hinter dem Berg, als er ihr ein Glas Limonade brachte. »Heiliger Strohsack! Wentworth wäre fast in dein Dekolleté gefallen, so wie er sich über dich gebeugt hat. Wo ist Kneland?«

»Ich weiß es nicht.« Sie hatte nur einmal in dieser Nacht einen Blick auf ihn erhascht, und zwar in jenem Moment, als sie all ihren Mut zusammengenommen und Sir Limpenpot von der Bühne gefegt hatte. Ihre Kühnheit ließ ihr Herz immer noch höher schlagen.

»Er sollte hier sein«, erklärte Grantham.

Violet neigte überrascht den Kopf. »Wieso das?«

»Es ist nicht meine Aufgabe, deine Verehrer zu verscheuchen«, gab er fröhlich zurück.

Das war nun wirklich eine Überraschung. »Sag mir, Grantham, worum ging es eigentlich gestern bei dem Streit zwischen dir und Arthur?«, erkundigte sie sich.

»Um dein Glück«, erwiderte er gutgelaunt und drückte ihr das Glas Limonade in die Hand, bevor er wegging.

Kurz darauf gesellte sich Letty zu Violet. Sie hatte den Abend bislang damit verbracht, sich in Ecken zu verkriechen. Wegen Melton und der damit verbundenen Gerüchte vermied sie normalerweise große Veranstaltungen. Dass sie trotzdem so hart für diesen Abend gearbeitet hatte, war ein Beweis für ihre Hingabe an Athenes Refugium.

»Lady Phoebe hat Earl Grantham mit einer Shrimpgabel gestochen«, verkündete sie. »Außerdem hat Reginalds Haar angefangen zu qualmen, aber Caro hat das schnell wieder in Ordnung gebracht.«

Eine Bewegung von Seide an der Tür erregte Violets Aufmerksamkeit. Sie sah noch, wie Phoebe aus dem Zimmer stürmte und Grantham in die entgegengesetzte Richtung davonstapfte. Zwei Matronen standen in der Ecke und hielten ihre rosa Teetassen ins Licht. Althea und der junge

Robbie fegten über die Tanzfläche. Milly holte einen Teller mit Torten für Willy, die sich angeregt mit Lady Potts unterhielt. Der nächste Tanz war der letzte, dann konnten alle aufatmen.

Alle außer Violet.

In dem Moment, als Arthur den Raum betrat und sich an die Wand lehnte, schien sich die Luft im Saal aufzuladen. Das Schwarz seiner Smokingjacke bildete einen markanten Kontrast zu den puderblauen Streifen auf der Tapete hinter ihm. Violet wunderte sich, dass der Fußboden zwischen ihnen durch die Hitze seines Blicks nicht in Flammen aufging.

»Geht es Ihnen gut?« Letty folgte Violets Blick und biss verärgert die Zähne zusammen. »Warum ist Mr Kneland so elegant gekleidet? Er hält sich doch wohl nicht für einen Gast.«

Violet presste eine Hand auf ihren Bauch. Schmetterlinge schienen darin umherzuflattern, als ihr dämmerte, dass er genau wusste, was sie unter ihrem Kleid trug.

Wie schmutzig, wie hinreißend verdorben.

Arthur musste ihre Gedanken gelesen haben, denn er grinste wölfisch, als er sich verbeugte. Die Lust pulsierte zwischen Violets Schenkeln, und sie fuhr sich mit der Zunge über die Unterlippe.

»Er sollte Sie nicht so anstarren …« Letty blickte wiederholt zwischen ihnen hin und her. »Sie sollten ihn nicht so anstarren …«

»Würden Sie mich entschuldigen, Letty?«, sagte Violet, ohne Arthur aus den Augen zu lassen. »Es gibt da eine Frage der Sicherheit, die ich besprechen muss.«

»Das können Sie nicht tun, Violet«, flüsterte Letty. »Sie werden heute Abend von allen beobachtet. Was werden die Leute sagen?«

»Warum sollten sie etwas sagen?«

Letty zuckte bei Violets Tonfall zurück, ließ sich aber nicht einschüchtern. »Mr Kneland ist kein Gentleman. Er ist nicht mal ein Parvenü wie ich. Er ist etwas gänzlich anderes.« Sie hielt inne. »Sie wissen doch, was die Leute sagen: Dass er einen Mann dem Tod auslieferte, weil er eine Affäre mit dessen Frau hatte. Das ist abstoßend.«

»Es ist eine Lüge.« Violets Stimme klang laut und deutlich. Zwei Frauen, die einige Meter von ihnen entfernt waren, hörten auf zu sprechen und sahen zu ihnen hin.

Letty errötete und hustete, um Violets Worte zu übertönen, aber es war zu spät.

»Er gehörte zu einer Gruppe von Männern, deren Auftrag gescheitert war«, fuhr Violet fort, »und seit diesem Tag schleppt er die Bürde dieses Versagens mit sich herum. Er mag kein eleganter Mann sein, aber er ist ein guter Mann. Ein freundlicher Mann. Ein anständiger Mann, und wenn Sie wirklich meine Freundin sind, werden Sie nie wieder schlecht über ihn sprechen.«

Auf der anderen Seite des Raumes nickte Arthur ihr zu und schob sich dann durch die Menge, wobei er geschickt den Paaren auswich, die sich auf der engen Tanzfläche drängten.

»Was wird Lord Greycliff sagen?«, flüsterte Letty und blickte sich um. »Ihr Ruf ist wichtig, wenn er einer Lady aus gutem Hause den Hof machen will.«

»Grey würde sagen, dass ich es verdient habe, glücklich zu sein«, erwiderte Violet. »Selbst wenn es nur für eine kurze Zeit ist.«

Für wenige Stunden.

Mehr Zeit blieb ihnen nicht.

Letty hob die Brauen. »Glück ist vergänglich. Aber der Schmerz und die Demütigung eines ruinierten Rufs bleiben für immer bestehen.« Sie verzog besorgt ihr zartes Gesicht; Lettys Unbehagen war aufrichtig. Sie hatte sich gegen die Regeln der Gesellschaft gestellt und hatte tiefe Narben davongetragen.

Violet hegte tiefes Mitgefühl mit ihr. Hatte sie selbst nicht jahrelang vergeblich versucht, dieselben Leute zu beeindrucken?

Aber den gleichen Weg wie Letty einzuschlagen würde bedeuten, nie wieder ein Risiko einzugehen. Es wäre ein sicherer Weg, aber Sicherheit würde Violets Zweifel nicht vertreiben oder ihr Versagen ungeschehen machen. Ganz gleich welchen Weg sie einschlug, sie würde ihre Unvollkommenheiten mit sich tragen.

Es war besser, einen Weg der Freude zu wählen, als auf der Suche nach Vollkommenheit ein Leben ohne Liebe zu führen.

»Er muss morgen fort. Er hat noch andere Dinge zu tun«, fuhr Violet fort. »Ich werde weder Sie noch den Club im Stich lassen, aber der heutige Abend ...«

Letty wirkte noch unglücklicher, als sie protestierte. »Ich protestiere nicht wegen der Mitglieder. Ich möchte nur, dass Sie auf Ihr Herz achten.«

Achte auf dein Herz.

Als Violet zu ihm ging, vorbei an den Ellenbogen und

Knien der vornehmen Gesellschaft, schlug das zerbrechliche, hoffnungsvolle kleine Organ doppelt so schnell wie gewöhnlich.

Es könnte verletzt werden.

Es könnte sogar zerbrechen.

Es gab nur einen Weg, es unversehrt zu lassen – wenn Violet sich niemals davon leiten ließ.

24. KAPITEL

Arthur musterte angelegentlich die pinkfarbenen Tassen und Untertassen auf dem Erfrischungstisch, als der einzigartige Duft von feuchtem Schiefer und Lilien ihm Violets Auftauchen ankündigte. Seine Kehle schmerzte, als er sich umwandte, um sie zu begrüßen.

Obwohl ihre Röcke im Kerzenlicht schimmerten und die Juwelen in ihrem Haar und um ihren Hals ihn nahezu blendeten, konnten sie nicht im Entferntesten mit Violets strahlendem Lächeln mithalten.

Madame Mensonge mochte eine Halsabschneiderin sein, aber dieses Kleid war jeden Schilling wert, den er zusammengekratzt hatte.

Wie seltsam. Auf diesen Moment hatte er gewartet, seit er ihr heute Nachmittag das Päckchen aufs Bett gelegt hatte. Doch was sollte er jetzt mit seinen Händen tun? Und warum nur hatte er seine Krawatte so fest gebunden, und war das alles ein riesiger Fehler gewesen?

»Ich wollte …«, begann sie.

»Du solltest …«, platzte er gleichzeitig heraus.

Sie verstummten und starrten einander an. Arthur hätte in diesem Moment vielleicht etwas unwiderruflich Dummes getan – eine Bemerkung über die Vielzahl der Gäste gemacht oder schlimmer noch, ihr gesagt, er wolle Winthram aufsuchen und sich bei ihm erkundigen, ob auch alles in Ordnung sei –, wenn er nicht gesehen hätte, wie Violet ihre Hände hielt. Die linke Hand lag an ihrer Seite, der kleine Finger war abwehrbereit abgespreizt. Sie wartete auf einen unsichtbaren Hieb.

Aber nicht heute Abend. Nicht von ihm. »Rosarot«, sagte er.

Ihre Wangen färbten sich in genau diesem Ton, und seine Nervosität verflog. Jedwede Sorge wegen irgendetwas oder irgendjemandem verpuffte einfach.

»W … was?«, stammelte sie.

In gefährlichen Situationen übernahm Arthurs Training die Führung. Er konnte mit seiner linken Hand genauso gut kämpfen wie mit seiner rechten. Auch wenn er durch eine Explosion geblendet oder schwerhörig war, ließ seine Treffsicherheit nie nach. Über die Jahre war ihm das Töten zur zweiten Natur geworden.

Die Verbindung zwischen ihm und Violet war ihm genauso in Fleisch und Blut übergegangen: Sie war so natürlich wie Atmen und Schlafen. Blind oder taub, jetzt oder in hundert Jahren, würde Arthur wissen, was er sagen musste, damit ihre Wangen diesen herrlichen Schimmer bekamen, damit sie stammelte und ihr Puls sichtbar in ihrer Kehle schlug.

Es gab einen Namen für dieses Gefühl. Aber er wollte ihn nicht aussprechen. Nicht einmal vor sich selbst.

»Die Farbe deines Unterhemds«, sagte er. »Ich nannte es rosa und wurde schärfstens korrigiert. Es ist rosarot.«

Sie strich die Röcke des Kleides glatt. »Woher wusstest du, dass von all den Kleidern, die ich anprobiert habe, dies das richtige war?«

»Es ist meine Aufgabe, so etwas zu wissen«, antwortete er und wiederholte damit die Worte, die er in der Nacht, als sie sich zum ersten Mal trafen, gesagt hatte.

»Hast du auch Lord Dickerson Unterwäsche gekauft?«

Mit unbewegtem Gesicht verbeugte er sich. »Lord Dickerson zieht Wolle der Baumwolle vor und steht weniger auf Spitzenbesatz.«

Violets Grübchen vertieften sich anerkennend, und der Boden unter seinen Füßen schien einen Moment zu kippen.

»Du siehst …« Er brach ab. »Mein kümmerlicher Vorrat an Komplimenten beschreibt nicht annähernd, wie reizend du heute Abend in diesem Kleid aussiehst.« Violet senkte die Lider, und ein sinnliches Lächeln spielte um die Winkel ihrer vollen Lippen. Ein ungewohntes Gefühl von Freude rann durch Arthurs Adern.

Sechs Musiker hatten sich in den Graben unter der Vortragsbühne gezwängt. Es hätte ein ganzes Orchester sein können, so wie die Musik um sie herum anschwoll.

Der Walzer begann. Eins-zwei-drei. Eins-zwei-drei …

»Auf drei« springt man, um große Dinge zu wagen. Das Zählen auf drei umfasst die Zeit, die man braucht, um einen Atemzug zu tun, einen Eid zu schwören oder einen Walzer zu tanzen.

»Darf ich um das Vergnügen bitten …?« Er hielt inne, als Violets Grübchen plötzlich verschwanden. Er folgte ihrem Blick und entdeckte Fanny Armitage am Rand der Tanzfläche. Ihre Augen glitzerten bösartig. Lady Potts stand händeringend neben ihr, während Althea Dertlinger sich schockiert die Hand vor den Mund hielt. Letty Fenley kam aus der entgegengesetzten Richtung auf sie zugestürmt.

Violet riss den Blick los, sie drehte den Kopf und erwiderte Arthurs Blick. Zwischen ihnen lief eine rasend schnelle Abfolge von Alternativen ab, die geprüft und verworfen wurden.

Er erinnerte sich an Violets Theorie über Geister, über die Bürden, die die Menschen mit sich herumtrugen. Er hatte dreißig Jahre lang mit dem Verlust seines Zuhauses gelebt, und der Schmerz hatte ihn zu einem Leben ohne Beziehungen verdammt. Athenes Refugium war Violets Zuhause. Was würde aus ihr werden, wenn sie es verlor? Heute Abend sollte alles gefeiert werden, wofür sie so hart gearbeitet hatte, und er würde es nur ruinieren, wenn er blieb.

Er bemühte sich um eine gleichgültige Miene, als er sagte: »Sie zum Tanz aufzufordern war egoistisch. Sie haben andere Verpflichtungen. Ich werde mich verabschieden. Gute Nacht, Lady Greycliff.«

Leises Gemurmel hatte sich inzwischen erhoben. Es war höchste Zeit. Arthur drehte sich gerade um, um die Tanzfläche zu verlassen, als Violet das Undenkbare tat – sie nahm seine Hand.

Eins.

Der tiefe Ton des Cellos, das den Bogen einer Drehung in der nach Bienenwachs duftenden Luft nachzeichnet.

Zwei.

Die einzigen Stellen, an denen er sie berührte, waren ihr schmales Kreuz und ihre Handfläche, als sie den Tanz begannen.

Drei.

Ein Schritt vorwärts, ein Schritt zur Seite, die Füße schließen und dann in die andere Richtung.

Ein Muster, immer wieder dasselbe. Was hatte Violet ihm noch über die Gesetze der Physik erzählt, die ihre Welt zusammenhielten? Für jede Aktion gibt es eine entgegengesetzte Reaktion. Ein Schritt vorwärts, und das Universum diktierte, dass ein Schritt zurück folgen musste.

Und am Ende schloss sich der Kreis.

Einige goldene Momente lang genoss Arthur das Gefühl, mit der Frau in seinen Armen zu tanzen, die ihn ganz und gar kannte. Er hatte aufgehört, sich vor ihr verstecken zu wollen. Was immer sie sah, war die Wahrheit, und die Wahrheit war …

Unsichtbare Nadeln stachen ihm prickelnd in den Nacken.

Auf seiner linken Seite erschien Grantham in einem Türrahmen, beobachtete ihn scharf und runzelte finster die Stirn.

Noch nicht.

Arthur führte Violet weiterhin durch die wirbelnden Kreise aus bunten Kleidern und funkelnden Krawattennadeln. Zwei Männer standen mit dem Rücken zu den Gästen. Einer hatte kastanienbraunes Haar, das im Kerzenlicht schimmerte.

Das Kribbeln verwandelte sich in Nervenkitzel, und seine Nasenflügel blähten sich auf. Die Zeit war um.

»Ich muss gehen«, flüsterte er in Violets Ohr.

»Jetzt? Ich dachte …«

Thomas war nirgends zu sehen, und die Geräusche und Gerüche des Balls verblassten zu einem Nichts. Auch die beiden Männer, die er gesehen hatte, waren plötzlich verschwunden. Arthur beherrschte sich jedoch, denn er wusste, dass er und Violet immer noch Gegenstand von Spekulationen waren.

»Geh mit niemandem allein irgendwo hin«, warnte er Violet. »Bleib hier, bis ich zurückkomme und dich hole.«

Als er ging, streifte der Luftzug von Fanny Armitages Röcken seine Hosenbeine, aber er würdigte sie keines Blickes. Wenn Arthur sich jetzt einer Sache sicher war, dann der, dass Violet von nun an mit Fanny fertigwürde.

Besonders in diesem Kleid.

*

Violet beobachtete, wie Arthur wie ein Segelboot durch die Wogen blasser, farbloser Aristokraten schnitt. Es erschien ihr völlig unlogisch, dass die Omnis heute Abend einen Anschlag verüben sollten. Es waren zu viele Leute hier. Wie gut, dass sie die Formeln für das Gegenmittel fertig hatte. Sie lagen sicher verschlossen in einem Schrank in ihrem Arbeitszimmer.

Der Walzer hatte sie so gefangen genommen, dass sie nicht nur die Omnis, sondern auch ihre restliche Umgebung völlig vergessen hatte, aber der Anblick von Fanny Armitage riss sie aus der Verzückung wie ein Eimer kaltes Wasser. Violets Lippen und Fingerspitzen wurden taub, und sie presste ihre Hand auf den Bauch. Es gab kein Entrinnen vor den Gesetzen der Physik. Newton lehrte, dass jede Aktion im Universum eine gleiche und eine entgegengesetzte Reaktion hatte.

»Ich begreife nicht, warum es so viel Aufregung um Ihren Club gibt«, trat Fanny nun auf Violet zu. »Ich sehe nur ein paar schäbige Zimmer und grellbuntes Geschirr. Obwohl ich annehmen muss, dass wohl jeder für eine Nacht den Schein wahren kann.«

Violet ignorierte Fannys schrille Stimme und zwang sich zur Ruhe. Wie tief wurzelte doch der Instinkt in ihr, sich zurückzuhalten, ihren eigenen Wünschen zuwiderzuhandeln.

»Dieses Kleid ähnelt einer Kreation von Mensonge«, fuhr Fanny fort. »Die Frau verlangt wahrhaft schockierende Preise, wenn man bedenkt, wie wenig Material sie für das Mieder verwendet.«

Fannys Ohrringe baumelten wie kleine Rasseln, als sie missmutig den Kopf schüttelte, und ihre kleinen scharfen Zähne blitzten im Licht. »Wer war noch gleich der Gentleman, mit dem Sie gerade getanzt haben? Er scheint bekannt zu sein«, sagte sie. »Oder sollte ich lieber sagen, berüchtigt?«

»Sie sind nicht dumm«, erwiderte Violet.

Fannys höhnische Miene erstarrte, und ihre Lippen bildeten vor Überraschung ein schmales Oval. »Wie bitte?«

»Sie sind nicht dumm«, wiederholte Violet. »Sie sind nicht arm. Sie haben vermögend geheiratet und haben drei gesunde Kinder. Sie werden fast überallhin eingeladen, und soweit ich weiß, wurden Sie noch nie schikaniert oder gar verleumdet.«

Fanny wusste nicht, wie sie auf diese Rede antworten sollte. Ihre Lippen öffneten und schlossen sich, die schlaffe Haut unter ihrem Kinn zitterte vor Verwirrung. »Worauf wollen Sie hinaus, Lady Greycliff?«

»Ich will darauf hinaus, dass Sie offenbar alles haben,

was Sie sich nur wünschen könnten, und doch verbringen Sie Ihre Zeit damit, sich über andere das Maul zu zerreißen. Sie verbreiten Bosheit statt Freude. Anstatt die Hand auszustrecken, um zu helfen, schlagen Sie damit andere Frauen nieder.«

Die hektische Röte der Bösartigkeit schwand aus Fannys Wangen. Sie wurde blass und wirkte plötzlich unsicher.

»Sie sind eine zutiefst unglückliche Person.« Violet schüttelte den Kopf, als Fanny zu protestieren begann. »Ich habe ein Auge dafür. Denn das war ich auch.«

Es waren viele Menschen im Raum, aber Violet und Fanny schienen meilenweit von ihnen entfernt zu sein – mit einem Fuß in der Vergangenheit.

»Ich weiß nicht, wer oder was Ihnen Ihre Freude gestohlen hat«, fuhr Violet fort. »Vielleicht kommt es daher, dass Sie sich ein Leben lang mit anderen gemessen haben. Oder es gab jemanden in Ihrem Leben, der so herablassend zu Ihnen gesprochen hat wie mein verstorbener Mann zu mir sprach.«

Fanny richtete sich empört auf. »Sie ... Sie sind betrunken. Woher nehmen Sie die Frechheit, so etwas zu behaupten?«

Arthur. Arthur half Violet, ihre Stimme zu finden.

»Gehen Sie nach Hause, Fanny. Sie sind in Athenes Refugium nicht willkommen, aber ich wünsche Ihnen nichts Schlechtes.«

Obwohl Fanny ungläubig schnaubte, war das die Wahrheit. Violet hasste Fanny Armitage nicht.

»Ich wünsche Ihnen stattdessen Veränderung. Ich wünsche Ihnen Einfühlungsvermögen. Ich wünsche Ihnen

Glück«, erklärte Violet. »Davon gibt es längst nicht genug auf der Welt. Und sollten Sie welches finden, können Sie es ja vielleicht weiterverbreiten.«

Einen kurzen Augenblick dachte Violet an jene Entscheidungen, die sie hierher gebracht hatten. Doch schon im nächsten Augenblick ließ sie Vergangenheit Vergangenheit sein und schloss sich dem Rest der Clubmitglieder an, die sich von ihren Gästen verabschiedeten. Sie wusste nicht, welche Miene sie aufgesetzt hatte, aber sie schien ihre Freunde davor zu warnen, das Thema Arthur und den abgebrochenen Walzer anzusprechen.

Alle außer Lady Phoebe natürlich.

»Fanny Armitage hat anscheinend vergessen, wie man atmet. Sie schnappt nach Luft wie ein sterbender Fisch«, sagte Phoebe. »Ihr Teint gleicht übrigens auch einem toten Fisch, jetzt, wo ich darüber nachdenke.«

»Still, Lady Phoebe«, schimpfte Letty.

»Sprechen Sie leise, Liebes«, fügte Violet hinzu. »Haben Sie Grantham gesehen? Ich wollte ihn fragen, ob er weiß, wann Grey ankommt.«

»Das habe ich«, sagte Phoebe. »Ihm wurde gerade eine Nachricht überbracht.«

»Ich frage mich, wann endlich alle weg sind«, sagte Letty.

Die beiden Frauen unterhielten sich weiter, während Violet das Gespräch mit Fanny in ihrem Kopf noch einmal durchspielte. Hatte sie durch ihr Verhalten Athenes Refugium in Gefahr gebracht?

Und wie weit wollte sie noch gehen? War sie bereit für ein grundsätzlich verändertes Leben?

Sie fand keine Antwort darauf, bis sich ihre Freundin vorbeugte und in Violets Ohr flüsterte.

Während alle um sie herum weitermachten, als sei nichts geschehen, brach für Violet alles zusammen, woran sie je geglaubt hatte.

25. KAPITEL

Arthur drängte sich rücksichtslos an einer Schar von Bediensteten vorbei und suchte nach den beiden Männern.

»Verdammt«, murmelte er vor sich hin. Eine böse Vorahnung breitete sich in seiner Magengrube aus, als er die anderen Mitarbeiter nach den Männern fragte. Obwohl sich keiner daran erinnerte, gesehen zu haben, wie zwei Männer hier hinausgegangen waren, erinnerte sich einer, dass sich Grantham kurz hatte blicken lassen.

Johnson beendete seinen Flirt mit dem Dienstmädchen im Obergeschoss und erstattet ebenfalls Bericht. »Er hat sich Winthram geschnappt und ihm befohlen, mit ihm rüber ins Haus zu gehen. Winthram wollte bleiben, weil er auf seine Lady aufpassen müsse, wie er sagte, aber der Earl erklärte ihm, das wäre Ihre Aufgabe.«

Arthur rieb sich den Nacken und machte sich auf den Weg zur Küche von Beacon House. Zu seiner Bestürzung stand die Verbindungstür zwischen den beiden Gebäuden offen. Thomas saß zusammengesunken auf einem Stuhl vor dem Kamin, und die Köchin rang die Hände. Ein beißender Gestank nach verbrannten Zwiebeln hing in der Luft.

Mrs Sweet kniete vor Thomas, tupfte sein Gesicht mit einem nassen Tuch ab und murmelte beruhigende Worte.

»Was und wann?«, fragte Arthur ohne Vorrede.

Thomas hob den Kopf. Seine Augen waren rot und geschwollen, und er atmete schwer. »Zwei Männer. Sie hatten einen Sprühkanister, wie ihn die Omnis benutzen. Das Spray hat …«

Thomas hustete Blut in einen Lappen. Mrs Sweet kam auf die Beine. »Genug. Zwingen Sie ihn nicht, noch mehr zu reden. Er muss seine Lunge schonen.«

»Hören Sie«, röchelte Thomas. »Sie wollten nach oben …«

»Sie sind hier durchgestürmt«, sagte Mrs Sweet, »und wollten die Dienstbotentreppe hinauf, als Earl Grantham und Winthram hereinkamen. Thomas bekam das Spray voll ins Gesicht, aber sie haben alle etwas davon eingeatmet. Die Männer rannten durch die Hintertür hinaus, verfolgt vom Earl.«

»Ich habe mein Bestes versucht«, sagte Thomas.

»Sie haben sich nichts vorzuwerfen.« Arthur legte ihm eine Hand auf die Schulter, als Thomas protestieren wollte. »Diese Männer werden dafür bezahlen, Thomas. Das schwöre ich.«

Seine Wut über das, was sie Thomas angetan hatten, wurde durch das Wissen gemildert, dass Violet in der Menge der Gäste im anderen Gebäude in Sicherheit war. Adam Winters und sein Mitverschwörer mussten auf der Suche nach der Formel für das Gegenmittel sein.

»Sie waren vor nicht einmal fünf Minuten hier«, erklärte Mrs Sweet.

Arthur stürmte durch die Hintertür hinaus und lief durch den winzigen Gemüsegarten. Am Ende des Weges befanden sich die Stallungen, von denen eine gepflasterte Auffahrt auf die Hauptstraße führte. Das Licht vom Haus reichte nicht bis hierher, und die Remise war unbeleuchtet. Er verlangsamte seine Schritte und lauschte aufmerksam.

Ein Flüstern in der Luft hinter ihm war die einzige Warnung, aber sie genügte, dass Arthurs Reflexe reagierten. Er wirbelte nach rechts, und eine fleischige Faust zischte an seinem Wangenknochen vorbei. Dann schlug er selbst zu und hörte ein befriedigendes Stöhnen, als seine Faust einen weichen, lebenswichtigen Teil der Anatomie eines anderen Mannes traf. Als sich Arthurs Augen an die Dunkelheit gewöhnt hatten, konnte er die Umrisse einer massigen Gestalt ausmachen. Sie gehörte einem Mann, der noch größer war als Earl Grantham.

Der Hüne musste etwas von seinem eigenen Gift eingeatmet haben. Seine Schläge waren träge, und er schwankte. Arthur schoss durch den Kopf, dass er Winthram diesen Trick beibringen sollte, während er mit dem Fuß weit ausholte und dem Mann in die Kniekehlen trat. Der Riese stürzte wie gefällt zu Boden.

»Wo ist Winters?«, fuhr er den Mann an. Er ging in die Hocke und packte ihn an den Haaren. Arthur hatte seine Arbeit jedoch zu gründlich gemacht. Der Mann verdrehte die Augen und gab keinen Mucks mehr von sich.

»Ich bin hier.«

Arthur ließ den Kopf des Hünen los und warf einen Blick über seine Schulter.

Arthur erkannte Winters zuerst kaum wieder. Er trug elegante Abendgarderobe und hatte sein kastanienbraunes Haar mit Pomade geglättet. Seine Krawatte jedoch saß schief, und er zitterte keuchend. Die Hand, mit der er den Sprühkanister hielt, war allerdings ruhig.

»Es ist vorbei, Winters. Legen Sie das weg!«, befahl Arthur. »Die Formel ist fertig. Und Ihre Waffe ist nutzlos.«

»Es ist vorbei, wenn ich sage, dass es vorbei ist«, gab Winters zurück. Aber seine Stimme klang verdrießlich. »Diese verdammte Formel interessiert mich nicht mehr. Und Ihre Lady ist mir auch gleichgültig. Treten Sie zur Seite, dann muss ich das hier nicht benutzen.«

»Warum sind Sie überhaupt das Risiko eingegangen, sich hier blicken zu lassen?«

»Diese herzlose Frau hat alles ruiniert, und ich werde mich rächen.«

»Was hat sie getan?« Arthur richtete sich langsam aus der Hocke auf und packte unter der Jacke den Griff seines Messers, bereit, es jederzeit zu schleudern.

»Was sie getan hat? Sie hat mich gründlich getäuscht.« Winters legte eine Hand auf seine Brust, genau auf die Stelle, an der ein Verrat am meisten schmerzte. »Sie kam, um eine Rede von mir zu hören, und hat mich danach angesprochen. Sie sagte, meine Botschaft habe sie bewegt. Ich schilderte ihr, wie Frauen jahrhundertelang wie Vieh behandelt wurden, nicht anders als der gemeine Mann. Sie behauptete, ich hätte sie verstanden wie kein Mann zuvor.«

»*Sie* haben *ihr* erklärt, wie Frauen in unserer Gesellschaft unterdrückt werden?«, erkundigte sich Arthur.

Winters nickte, ohne seine Ironie zu bemerken. »Als ich ihr anvertraute, dass wir den Kampf auf die Straße bringen wollten, hat sie uns diese Gasdruckkanister besorgt.« Er runzelte die Brauen und verzog mürrisch den Mund. »Ich hatte nicht vor, jemanden zu töten. Ich hätte auf sie hören sollen, als sie mir dringend riet, die Lösung zu verdünnen.«

Arthur neigte den Kopf, und Winters Blick verfinsterte sich bei diesem stummen Tadel. »Sie haben keine Ahnung, wie viel diese Frau redet. Ich hatte nicht die Zeit, mir alles anzuhören, was sie sagte, weil ich das Schicksal von Englands Arbeiterklasse in meinen Händen hielt. Und dann arbeitete plötzlich Lady Greycliff an diesem Gegenmittel.«

»Und Sie haben versucht zu verhindern, dass sie ihre Arbeit zu Ende brachte.« Arthur verlor langsam die Geduld mit Winters und trat einen Schritt vor.

Winters schüttelte den Kopf. »Nein. Das heißt, zuerst schon, aber dann hatte ich eine geniale Idee.« Als Arthur ungläubig die Luft ausstieß, hielt er inne. »*Wir* hatten die geniale Idee, das Gegenmittel zu stehlen, dann eine Kehrtwendung zu machen und es der Königin zu präsentieren, um so unser Land von der Angst vor den Aufständischen zu befreien.«

Arthur machte einen weiteren Schritt auf den Mann zu. »Was ist mit den Omnis? Haben Sie Ihre Unterstützung für den Republikanismus und das allgemeine Wahlrecht aufgegeben?«

»Alles hat seine Zeit. Vor allem aber brauchte ich Geld.« Winters zuckte mit den Schultern. »Ideale kann man nicht essen. Und diese Erfindung hätte für mich die Sicherheit eines festen Einkommens mit sich gebracht.«

Die Selbstsicherheit, die Winters in Shoreditch an den Tag gelegt hatte, kehrte zurück, und er gestikulierte mit der freien Hand, während seine Stimme anschwoll. »Wenn man Veränderungen übereilt herbeiführen will, riskiert man, alles zu verlieren. Meine Anhänger werden verstehen, dass nichts Wertvolles verloren geht, wenn man sich Zeit lässt.«

Er drohte mit der Faust in Richtung Beacon House. »Das ist natürlich ein Konzept, das dieses Weib nicht begreift. Sie hat meine Kanister gestohlen, mit der Absicht, die Welt von Albanien bis nach Afghanistan zu bereisen, wo auch immer Krieg herrscht, und diese Gaskanister an die eine Seite zu verkaufen, um dann das Gegenmittel an die andere Seite zu verschachern. Perfidie, dein Name ist Weib!«

Arthur blinzelte überrascht. »Ich glaube nicht, dass dies genau zitiert ist.«

Winters ignorierte ihn. »Lassen Sie mich vorbei, sage ich. Ich werde ihr ein letztes Mal ins Gesicht sehen und sie gründlich verfluchen. Sie hat keine Ehre. Aber ich muss zugeben, dass sie einmal mein Herz erobert hatte.« Er blickte an Arthurs Schulter vorbei zu den erleuchteten Fenstern von Beacon House. »Die Liebe bringt uns am Ende alle zu Fall, nicht wahr?«

Die Zeit für Gespräche war vorbei. Winters hob den Kanister. Als er die Düse auf Arthurs Gesicht richtete, riss er plötzlich wie erstaunt die Augen auf, stieß ein Stöhnen aus und sackte zu Boden. Hinter ihm stand Winthram mit einem Ziegelstein in der Hand. Er sah aus, als müsste er sich übergeben.

»Wird er es überstehen?«, flüsterte der Hausdiener.

Arthur trat über Winters hinweg und sah Winthram in die Augen. »Das wird er. Sie haben richtig gehandelt. Ich bin stolz auf Sie.«

Er klopfte Winthram anerkennend auf die Schulter und

ließ seine Hand dort einen Moment ruhen. Trotz seines Zorns auf Winters erfüllte ihn auch echte Freude über Winthrams Mut.

»Ich muss Letty Fenley finden und der Sache ein Ende bereiten«, sagte Arthur. »Wissen Sie, wohin Grantham gegangen ist?« Er hatte gewusst, dass Lettys Geschichte über den Haarlack zu weit hergeholt war, um wahr zu sein.

»Oh nein. Sie ist es nicht.« Winthram wirkte bestürzt. »Miss Fenley hat mich geholt. Sie sagte, Lady Greycliff und Lady Phoebe seien vor nicht einmal zwanzig Minuten verschwunden, und sie könne sie nirgends finden. Der Earl durchsucht den Club – wussten Sie das nicht?«

Eiskalte Angst raubte Arthur den Atem. »Verschwunden?«

Er kannte die Antwort, bevor er die Frage beendet hatte.

»Ich habe versucht, es Ihnen zu erklären«, ertönte eine matte Stimme hinter ihnen. Winthram und Arthur drehten sich um. Winters richtete sich langsam auf und rieb sich den Hinterkopf. »Sie hat kein Herz, aber sie hat eine Waffe.«

*

Die Besorgnis darüber, dass man ihr eine Pistole in die Rippen drückte, war nichts im Vergleich zu dem Schock, dass Lady Phoebe Hunt diejenige war, die sie in der Hand hielt.

Phoebe hatte Violet ins Ohr geflüstert und sie ermahnt, ihren Anweisungen zu folgen und nicht zu schreien. »Die Angelegenheit ist ziemlich ernst geworden, Liebes.«

Es schwang keinerlei Humor in Phoebes Stimme mit,

und Violet tat, was sie ihr sagte. Sie verließ den Club vor Phoebe in einem gleichmäßigen, aber zügigen Tempo. In dem Gewühl der aufbrechenden Gäste um sie herum bemerkte niemand, dass sie ohne ihre Mäntel hinausgingen.

»Ihr Mr Kneland wird die Verbindungstür zum Beacon House bewachen, also nehmen wir den Dienstboteneingang«, erklärte Phoebe. »Wenn Sie versuchen, jemanden zu warnen, dürfen Sie mir glauben, wenn ich sage, dass eine Kugel Ihr schönes Kleid ruinieren wird. Ich bin bereit, jeden zu erschießen, der Ihnen zu Hilfe kommt. Dafür wollen Sie doch sicher nicht die Verantwortung übernehmen, oder?«

Violet sagte nichts, bis sie im Haus waren und die Dienstbotentreppe hinaufstiegen.

»Phoebe Eleanor Margarethe Hunt«, zischte sie. »Was hat das zu bedeuten?«

Phoebe seufzte gereizt, als spräche sie zu einem kleinen Kind. »Ich werde Sie erschießen, wenn Sie mir Ihre Formel nicht aushändigen.«

»Das weiß ich, aber …«, Violet stieß die Tür zu ihrem Arbeitszimmer auf. Sie hatte gehofft, dass dort jemand wartete, aber der Raum war leer.

Phoebe bohrte die Waffe tiefer in Violets Rippen. »Es ist keiner hier, der Sie retten wird.« Sie stieß Violet weiter. »Holen Sie mir die Formel.«

»Sie haben meine Frage nicht beantwortet.« Violet schob die Pistole einfach beiseite, als sie sich umdrehte und Phoebe anstarrte. »Ich verstehe, warum Adam Winters mich davon abhalten will, seine Waffe zu neutralisieren …«

»*Seine* Waffe?«, rief Phoebe. Echte Wut schwang in ihrer

Stimme mit. »Violet, nicht auch Sie! Ich kann nicht glauben, dass Sie diesem aufgeblasenen Rüpel meine Errungenschaften zutrauen.«

Als Phoebes Worte in ihr Bewusstsein drangen, verfestigten sich Violets Schmerz und Verzweiflung zu eiskaltem Entsetzen.

»Sie haben diese Giftgas-Kanister erfunden? Mein Gott, Phoebe. Ein Mann ist Ihretwegen gestorben. Wie konnten Sie nur? Warum?«

»Warum?« Phoebe presste vor Entschlossenheit die Kiefer zusammen. »Weil ich nicht länger dasitzen und darauf warten werde, dass sich die Welt ändert. Ich werde die Welt selbst verändern.«

»Die Welt verändern?«, wiederholte Violet, verblüfft von Phoebes Worten. »Sie sagten, wir drei würden die Welt durch Athenes Refugium verändern. Stattdessen haben Sie mit den Omnis zusammengearbeitet? Sie scheren sich doch einen Dreck um die Rechte der Arbeiter.«

»Mich kümmern die Rechte der Frauen«, entgegnete Phoebe. Das tief ausgeschnittene Mieder ihres Kleides, eine elegante Kreation aus safranfarbener Seide, enthüllte ihr zartes Schlüsselbein, das unter ihrer kreideweißen Haut zu erkennen war. Der Puls an ihrer Kehle schlug außerordentlich schnell. »Diese korrupten alten Männer in diesem Land werden uns niemals aus ihrer Knechtschaft entlassen. Gruppen wie die Omnis sind nur Werkzeuge, mit denen wir uns aus der Unterdrückung befreien können.«

Violet faltete flehend die Hände, verzweifelt darauf bedacht, Phoebe wieder zur Vernunft zu bringen. »Sie müssen keine Leute vergiften, um sich für politische Reformen einzusetzen. Sie stammen aus einer der mächtigsten Familien Englands. Ihre Stimme allein …«

»Meine Stimme?« Phoebe bot in ihrer Wut einen furchterregenden Anblick. Ihr Zorn loderte so heiß, als würde er gleich ihre Haut wegbrennen und die Muskeln und Knochen freilegen. »Ich schreie schon mein ganzes Leben lang aus voller Kehle.« Sie keuchte die letzten Worte und bemühte sich, sich verständlich zu machen. »Mein Stand macht mich ohnmächtig, nicht mächtiger. Ich könnte mich mitten in einen Ballsaal stellen und zwei Stunden über Carboxylierung referieren. Am nächsten Tag würde man sich nur an die Farbe und den Schnitt meines Kleides erinnern.«

Violet empfand Mitleid mit ihr, obwohl ihr klar war, dass Phoebe einen Weg beschritten hatte, der weder moralisch richtig, noch zielführend war. Doch dann fiel ihr Blick auf die drohende Waffe in Phoebes Hand.

»Haben Sie denn nie an die anderen gedacht?«, wollte Violet wissen. »Alles, was Sie unternommen haben, um meine Arbeit zu behindern, hätte fatale Folgen haben können. Und Ihre Gaskanister haben sogar einen Mann getötet. Bomben zünden, Feuer legen … Wer sind Sie wirklich?«

»Ich bin der Schurke«, verkündete Phoebe. Sie hob gebieterisch den Kopf und posierte wie für das Porträt einer Kriegerkönigin. »In jeder Geschichte und jedem Theaterstück nimmt fast immer ein Mann diese Rolle ein. Ich habe sie ihnen weggeschnappt. Ich bin der verrückte Wissenschaftler, Sie sind die Jungfrau in Nöten, und der Held ist diesmal nirgends zu sehen.«

Ihre letzten Worte knallten wie eine Peitsche. »Ich bin diejenige, die Fanny von dem Skandal erzählt hat, in den er verwickelt war, wissen Sie. Ich hatte gehofft, er wäre schon längst unterwegs nach Schottland, in dem heldenhaften Versuch, Ihren Ruf zu retten.«

»Sie sind egoistisch, das ist alles, was Sie sind«, fuhr Violet sie wütend an. »Sie haben meine Freundschaft und das Vertrauen aller anderen Frauen im Club verraten. Wie können Sie ernsthaft behaupten, Sie wollten, dass die Stimmen von uns Frauen gehört werden, wenn Sie das Vertrauen der einzigen Gemeinschaft missbraucht haben, die immer zu Ihnen gehalten hat?«

»Ich habe für solche Spitzfindigkeiten keine Zeit.« Phoebe richtete die Mündung der Pistole wieder auf Violets Herz und deutete mit dem Kinn in Richtung des Eichenschrankes, in dem die Formel eingeschlossen war. »Machen Sie die Schublade auf und händigen Sie mir die Formel aus.«

»Ich habe vergessen, wo ich den Schlüssel aufbewahre.« Violet kam sich ziemlich gerissen vor.

Phoebe schüttelte missbilligend den Kopf. »Jeder weiß, dass Sie ihn im Glas mit den Zitronenbonbons aufbewahren.«

Verflixt.

Violet ging widerwillig zu einer Reihe von Regalen und stieg dort auf einen Hocker. Sie stellte sich auf die Zehenspitzen und schob Gläser mit Pulvern und Fläschchen mit Flüssigkeiten beiseite.

»Es muss doch auch andere Wege geben als den der Gewalt.« Sie wühlte in dem Regal herum, bis sie das Glas gefunden hatte. Eine Handvoll Zitronenbonbons rollten auf dem Boden des Glases herum, darunter verbarg sich ein verrosteter kleiner Schlüssel.

»Das ist der einzige Weg, um respektiert zu werden.« Phoebes Stimme war weicher geworden. »Waren Sie in den Jahren, in denen Sie mit Daniel verheiratet waren, nicht versucht, Gewalt anzuwenden, als er Sie immer und immer kleiner gemacht hat?«

Sie senkte die Waffe, während sie weitersprach. »Zuerst hat er Sie von einer brillanten Wissenschaftlerin zur bloßen Ehefrau gemacht. Dann waren Sie nur noch Gastgeberin. Dann wurden Sie noch kleiner. Zur bloßen Platzanweiserin. Haben den Tee serviert. Wie haben Sie sich dabei gefühlt?«

»Ich habe ihn gehasst«, gestand Violet und drückte das Glas fest an ihre Brust. »Ich habe ihn gehasst, und manchmal habe ich mich selbst gehasst.«

Phoebe entspannte sich noch mehr und nickte zustimmend. »Seit Anbeginn der Zeit hatten die Männer aufgrund ihrer physischen Stärke Macht über uns. Wann immer wir uns widersetzten, brachten sie uns mit Schlägen zum Schweigen.«

»Ach, Phoebe.« Violet brach fast das Herz bei dem Gedanken, was ihre Freundin durch die Hand ihres Vaters an Verletzungen davongetragen hatte, sowohl äußerlich als auch innerlich.

Phoebe schüttelte den Kopf, als wollte sie Violets Mitgefühl abwehren. »Die Wissenschaft hat uns die Möglichkeit zur Gleichheit gegeben. Ihnen ist doch klar, dass die Substanz aus den Kanistern nicht tödlich sein sollte? Adam hat mich ignoriert, als ich ihm sagte, er solle die Mischung verdünnen, um die Wahrscheinlichkeit von Todesfällen zu verringern. Er hat die Dosis eigenmächtig erhöht, ohne Rücksicht auf die Konsequenzen. Aber jetzt haben wir unser Schicksal in unserer Hand. Wir können Waffen entwickeln, um uns selbst zu schützen und gefährliche Männer in Schach zu halten.«

Hätte Daniel noch gelebt und hätte es Athenes Refugium nicht gegeben – hätte Violet sich dann Phoebes verrücktem Unterfangen vielleicht angeschlossen? Eine so unverdünnte Wut wie Phoebes war in der Tat fast unwiderstehlich. Hatte nicht dieselbe unsichtbare Barriere Violet von der Welt abgeschottet, als sie versucht hatte, einen Standpunkt zu vertreten, während die Männer um sie herum einfach durch sie hindurchschauten?

»Unsere Entdeckungen auf diese Art und Weise zu verwenden bedeutet ...« Violet formulierte die Theorie laut.

»... die Waage ins Gleichgewicht zu bringen«, beharrte Phoebe.

Der Gedanke war faszinierend, aber die Folgen wogen zu schwer. War es richtig, anderen zu schaden, weil einem selbst Schaden zugefügt worden war? Man setzte nur einen endlosen Kreislauf des Schmerzes in Gang. Was würde mit der Gemeinschaft geschehen, die sie geschaffen hatten, wenn ihr Ziel darin bestand, Angst zu verbreiten und einzuschüchtern? Letztendlich würde die Wut sie alle vergiften.

»Es muss einen anderen Weg geben, Phoebe. Man bekämpft keine Tyrannei, indem man eine noch größere Bedrohung erzeugt.«

Phoebe starrte auf die graue Pistole in ihrer Hand. »Gewalt ist die einzige Sprache, auf die sie hören.«

»Nein.« Violet breitete die Arme aus, als wollte sie Phoebe und all die anderen Frauen auf der anderen Seite der Mauern umarmen. »Sie und ich, Letty, die Mitglieder, all die jungen Mädchen da draußen, die eines Tages in unsere Fußstapfen treten werden, wir alle müssen diese Sprache nicht akzeptieren. Wir können die Wissenschaft nutzen, um ein völlig neues Vokabular zu schaffen. Gewalt ist zu einfach. Die Denkweise der Menschen zu ändern ist schwierig. Wir können es schaffen, wenn wir zusammenarbeiten.«

Violet wollte ihre Freundin umarmen. Sie sprang vom Hocker und trat prompt auf die Röcke ihres Kleides. Beide Frauen stießen ein entsetztes Keuchen aus, als die Seide zerriss.

»Mein Kleid!«, rief Violet bestürzt.

»Das erste anständige Kleid, das Sie seit Jahren hatten«, betrauerte Phoebe das Werk der Zerstörung. »Und noch dazu eine Mensonge-Kreation!«

Als Violet einen weiteren Schritt machte, stolperte sie über den zerrissenen Saum und fiel ungeschickt zu Boden, wobei ihr das Glas aus den Händen rutschte und am Boden zerschellte. Überall lagen Glasscherben und Zitronenbonbons. Sie stieß einen herzhaften Fluch aus.

Phoebe schnappte nach Luft. »Ich hatte keine Ahnung, dass Sie dieses Wort überhaupt kennen«, stellte sie fest. »Wirklich beeindruckend.«

Violet grinste, aber ihr Missgeschick hatte Phoebe wieder ins Hier und Jetzt zurückgeholt und an ihre Absichten erinnert. Sie war längst zu weit gegangen, um sich von ihrer Freundschaft zu Violet aufhalten zu lassen.

»Und jetzt keine weiteren Verzögerungen«, befahl sie ruhig. »Der Schlüssel liegt neben Ihrem Knie. Heben Sie ihn auf und öffnen Sie den Schrank.«

»Ich habe mir den Knöchel verstaucht!«, jammerte Violet. Sie setzte sich auf und griff nach ihrem Fuß. »Sie werden mich doch nicht erschießen. Oder doch?«

Phoebe justierte ihren Griff am Elfenbeingriff der Waffe neu und spannte den Hahn. Mit einem leisen Klicken rastete der Zylinder ein. Das Geräusch beschleunigte Violets Herzschlag. Der Abzug klappte aus der Waffe, und Phoebe legte ihren Finger auf den kleinen Metallhaken.

»Sie haben recht. Das werde ich nicht. Aber ich richte meine Waffe auf die Tür. Wer auch immer hereinkommt, riskiert es, eine Kugel ins Herz zu bekommen. Wollen Sie das?«

Violet schüttelte den Kopf. »Nein, und Sie auch nicht. Legen Sie die Waffe weg.«

Bedauern zeigte sich auf Phoebes Gesicht. »Für mich gibt es kein Zurück, Violet. Mein Vater terrorisiert jede Person in seinem Leben, ohne dass dieses Verhalten irgendwelche Konsequenzen für ihn hätte. Im Gegenteil. Wenn er mir etwas beigebracht hat, dann, dass Angst Macht erzeugt, und ich will Macht. Ich will nie wieder von der Gnade eines anderen abhängig sein.«

Violet war überzeugt, dass sie ihre Freundin umstimmen konnte, und suchte nach einem Argument, das stark genug war, um für sie den Kampf zwischen Liebe und Angst zu gewinnen.

*

Arthur rannte los. Er nahm nicht die Dienstbotentreppe, sondern stürmte ohne Rücksicht durch den Hauptflur. Der Schreck drohte ihn zu lähmen. Er hatte gewusst, dass genau so etwas passieren würde. Er hatte gegen seine Hauptregel verstoßen und etwas Schönes und Warmes in seine karge Welt gelassen.

Er hatte Violet umgebracht. Er hatte sie mit seinem dummen, egoistischen Bedürfnis nach etwas Kostbarem, das er – und sei es nur für ein paar Stunden – sein Eigen nennen konnte, getötet. Lady Phoebe hatte die ganze Zeit vor seiner Nase gestanden, und was hatte er gemacht? Schwarze Brötchen gegessen. Taranteln gejagt. Walzer getanzt.

Die Tür zu Violets Arbeitszimmer war verschlossen, aber Arthur stieß sie auf, als wäre sie aus Papier. Phoebe stand ein paar Meter von Violet entfernt und zielte mit einem kleinen Revolver direkt auf ihn.

»Gehen Sie weg, Mr Kneland, wenn Sie nicht wollen, dass Lady Greycliff verletzt wird!«

Blanke Wut erfüllte ihn.

Arthur hatte in seinem Leben noch nie eine Frau geschlagen. Selbst als Mirabelle Delacroix ihm bei dem Versuch, einen spanischen Herzog zu ermorden, ein Brett auf den Kopf geschlagen hatte, hatte er sie überwältigt, ohne ihr auch nur einen Schlag zu versetzen. Doch der Anblick von Violet, die mit leichenblassem Gesicht auf dem Boden kauerte, stellte seine Entschlossenheit auf eine harte Probe.

Arthur streckte die Hände aus, um seinen Herzschlag zu kontrollieren und seinen Verstand zu schärfen. »Adam Winters ist verhaftet worden«, sagte er. »Er hat seine Beteiligung an Ihrem Plan gestanden.«

»Gestanden?« Phoebe schnaubte verächtlich. »Er hat wohl eher zuerst geprahlt, dann vor sich hin geschwätzt und schließlich gejammert.«

Während sie sprach, bemerkte Arthur den ungeschickten Griff, mit dem sie die Waffe hielt, und schätzte den Abstand zwischen ihr und Violet ab.

»Er hat mir auch einen Vortrag über die Perfidie gewisser Frauen gehalten«, fügte Arthur hinzu.

Phoebe verzog verächtlich die Lippen. »Er liebt dieses Wort.

»Er behauptet außerdem, dass er Sie liebt«, fuhr Arthur fort.

»Liebe?« Phoebe fuchtelte mit der Pistole herum, als wäre es ihr Zeigefinger, und Arthurs Magen verkrampfte sich. »Davon versteht er noch weniger als von dem Begriff ›Perfidie‹. Sex ist keine Liebe. Kontrolle ist keine Liebe. Besessenheit ist keine Liebe.« Sie stöhnte frustriert. »Warum sollte es jemanden überraschen, dass ich Männer in ihre Schranken weisen will?«

»Sie haben nicht nur Männer verletzt«, betonte Violet.

»Sie haben eine Bombe gezündet.« Arthur erhob seine Stimme und lenkte die Aufmerksamkeit wieder auf sich. »Und der Mann, der Ihretwegen gestorben ist, hatte Familie.«

Phoebe umklammerte die Waffe so fest, dass die Naht ihres Handschuhs an der Seite aufriss. »Ja, ich habe die Bombe gebaut, die letzten Monat in den Räumen des zweiten Stocks hochging. Sie sollte so viel Lärm und Rauch wie möglich erzeugen, aber so wenig Schaden wie möglich anrichten«, sagte sie. »Wissen Sie, was Adam getan hat?«

Arthur schüttelte den Kopf und blickte zwischen der Waffe und Violet hin und her.

»Er hat seine Männer gebeten, meine Arbeit zu überprüfen«, sagte Phoebe. »Sie nahmen meine Bombe und verkabelten sie neu – denn was weiß schon eine Lady? Ich sagte Adam, er solle nicht an den Kanistern herumhantieren, schärfte ihm ein, dass zu viel Reaktant die Mischung tödlich machen würde. Ich hätte genauso gut eine andere Sprache sprechen können. Oder gar keine Sprache.«

Ihr Arm blieb ruhig, und Arthur wusste, dass sie schießen würde, bevor er die Waffe packen konnte.

»Wenn einer die Schuld an allem trägt, dann Sie«, erklärte sie. »Wären Sie nicht einer von Violets hoffnungslosen Fällen gewesen, hätte sie die Formel schon vor Wochen fertiggestellt.«

Die Angst drohte ihn zu ersticken, als Phoebe mit der Waffe in Richtung Violet gestikulierte.

»Sie versucht ständig, die Natur der Männer zu ändern. Es wird nicht funktionieren. Geduld!« Phoebe spuckte das Wort aus, als ob der Geschmack sie anwiderte. »Freundlichkeit. Für mächtige Männer ist das nur eine andere Art, ›Schwäche‹ zu sagen.«

»Sie haben das falsch verstanden«, widersprach er. Obwohl er einer Waffe und möglicherweise Schlimmerem gegenüberstand, beschloss er, ihr seine Gefühle zu offenbaren. »Violet ist einer der stärksten Menschen, die ich kenne, und ihre Geduld und Freundlichkeit sind die Quelle dieser Stärke. Noch beeindruckender ist ihr Mitgefühl. Ihr Wissen, ihre Freundschaft, ihr Zuhause: Sie teilt all das mit einer Großzügigkeit, die mich erstaunt und demütig werden lässt. Sie bringt mich dazu, ein besserer Mensch sein zu wollen.«

Arthur holte Luft. Nicht, weil Phoebes ausgestreckter Arm jetzt zitterte, sondern weil er es aussprechen wollte, ja, musste, bevor er für immer von Violet getrennt sein würde – auf die eine oder andere Weise.

»Sie haben diese Geschenke schlecht vergolten und sollten sich schämen«, sagte er zu Phoebe. »Solche Gaben sind selten. Sie sind kostbar, und wer damit beschenkt wird, verändert sich für immer zum Besseren. Von Violet Hughes geliebt zu werden kommt dem Himmel am nächsten.«

In Phoebes schönen Augen schimmerten Tränen. Hätte sie mehr Zeit gehabt, hätte sie sich vielleicht entschuldigt oder ihre Meinung geändert.

Aber sie bekam die Chance dafür nicht.

Arthur nutzte den Moment und stürzte auf sie zu. Sie wäre nicht dazu gekommen zu feuern, wäre er nicht auf etwas Rundes und Hartes getreten. Er verlor das Gleichgewicht, prallte gegen Phoebe und schleuderte sie zu Boden. Ein Knall, und ein greller Blitz erleuchtete den Raum. Alles drehte sich, und der scharfe Geruch von Schießpulver brannte ihm in der Nase.

Verdammt! Nicht schon wieder.

Neben dem Rauschen des Blutes in seinen Ohren hörte er Violets Schreie.

Er wünschte, sie würde aufhören. Er wollte ihr doch sagen, wie sehr er sie vermissen würde.

Denn in wenigen Sekunden würde er Lebewohl sagen.

26. KAPITEL

»Ich wollte niemanden erschießen.«

Erschöpft von den Ereignissen des Abends, verbiss sich Violet einen Fluch und starrte Phoebe an. »Man benutzt keine Waffe, die zum Töten bestimmt ist, ohne stillschweigend zu akzeptieren, dass sie ihren Zweck auch erfüllt. Sie haben sie geladen. Was Sie beabsichtigt hatten, ist im Nachhinein irrelevant.«

Dass Violet sehen konnte, wie sich Arthurs Brustkorb hob und senkte, während er schlief, war der einzige Grund, warum Phoebe sich in Mrs Sweets Büro und nicht im Gefängnis befand.

Grey lehnte mit verschränkten Armen an der gegenüberliegenden Wand. Er beobachtete jede von Phoebes Bewegungen – wenn er nicht gerade das Skelett in der Ecke betrachtete.

Als er angekommen war, hatte er einen nach Atem ringenden Grantham vorgefunden, der die Treppe zu Beacon House hinaufkroch. Dann war er in das Arbeitszimmer gestürmt, wo Violet und Phoebe Arthurs Blutungen stillten. Nachdem Arthur Mrs Sweets Obhut übergeben worden war, hatte Grey Phoebe aus dem Zimmer geführt und sie gefesselt, bis Violet wieder zu ihnen getreten war.

Grey sprach mit tiefer, tonloser Stimme. »Arthur mag offiziell nicht mehr im Dienst der Regierung stehen, aber er wurde von einer Frau angeschossen, während er Geheimnisse der Regierung schützte.«

Phoebe zupfte an der Taille ihres Kleides, das nun unrettbar zerknittert und mit Flecken von Arthurs Blut übersät war. »Mein Vater würde niemals zulassen, dass ein Mitglied seiner Familie seinen Namen besudelt, indem es für eine so abscheuliche Anklage vor Gericht gestellt wird.«

Grey schnippte ein imaginäres Staubkorn vom Ärmel seines Gehrocks. »Ich frage mich, wie er dieses Problem wohl lösen wird, wenn ich Sie ihm ausliefere.«

Phoebe zuckte zusammen, und ihre Finger krallten sich in den dünnen Stoff ihrer Röcke.

»Nein«, sagte Violet.

»Ich kann nicht zulassen, dass sie weiter frei herumläuft.« Grey studierte Phoebe, wie man die Objekte in Mrs Sweets Gläsern untersuchen würde – mit einer Mischung aus Neugier und Abscheu.

Zuerst erwiderte Phoebe seinen Blick, aber nach einer Weile schlug sie die Augen nieder.

»Warum?«, flüsterte Violet.

Phoebe runzelte die Stirn. »Ich habe es schon gesagt. Die Omnis waren ein Werkzeug ...«

»Nein«, sagte Violet. »Warum konnten Sie es mir nicht sagen? Warum konnten Sie nicht mit uns über Ihren Vater sprechen?«

»Was hätten Sie schon tun können?« Phoebes ganzes Feuer war von Arthurs Blut und Violets Tränen erstickt worden, aber ihr Zorn schwelte weiter, ein dickköpfiger Puls, der unter ihren Worten schlug. »Ich gehöre meinem

Vater, bis ich an einen Ehemann verschachert werde. Jeder Schritt, den ich in den von ihm gekauften Schuhen aus dem Haus mache, wird von der Länge seiner Leine diktiert. Werden Sie die gesetzlichen Beschränkungen für Frauen aufheben? Können die Ladys von Athenes Refugium die Ehegesetze ändern? Die Eigentumsgesetze? Können Sie das Parlament davon überzeugen, den Reform Act rückgängig zu machen und den Frauen das Wahlrecht zu gewähren?«

Violet rieb sich die Stirn, berührt von Phoebes Schmerz, aber frustriert von der verdrehten Argumentation ihrer Freundin.

»Wir haben nicht nur die Wahl, ob wir uns wie ein Mob von wütenden Männern verhalten oder nichts tun«, sagte Violet. »Warum können wir nicht einen dritten Weg finden? Schauen Sie doch, was bei der Vorlesung passiert ist. Wir haben verhindert, dass Limpenpot sein Gefasel fortsetzte, aber wir haben ihn dafür nicht gleich in die Luft gesprengt.«

Phoebe verschränkte die Arme und stieß mit dem Zeh gegen die Kohlenschütte. »Aber Sie hätten ihn am liebsten in die Luft gejagt«, murmelte sie.

»Sir Thaddeus Limpenpot?«, erkundigte sich Grey. Als Violet nickte, schnaubte er. »Den würde ich auch in die Luft jagen wollen.«

Violet konnte sich gerade noch davon abhalten, mit dem Fuß aufzustampfen. »Ich will darauf hinaus, dass wir einen anderen Weg gefunden haben, seinen Unsinn abzuwenden, ohne ihn körperlich zu verletzen.«

An Phoebe gewandt, fuhr sie fort. »Die Welt kann ein schrecklicher Ort sein, und ich vermute, dass Ihr Vater seinen Beitrag dazu leistet, diese Schrecken immer weiter zu verbreiten. Aber Sie haben sich von Ihrer Wut blenden lassen. Ihr ständiger Kampf gegen diese Welt hat unschuldige Opfer hinterlassen. Winters hat vielleicht Ihre Formel verändert, aber es war Ihre Idee, und ein Mann ist deswegen gestorben.«

Zwei winzige Fältchen erschienen auf Phoebes Stirn, das einzige äußere Zeichen von Angst, das Violet bisher an ihr bemerkt hatte. »Das weiß ich, Violet«, sagte sie. »Ich habe meine Handlungen zurückverfolgt, von der ersten Begegnung mit Adam bei einer dieser dummen Reden, die ich mit Grantham besucht habe, bis hin zu dem Zeitpunkt, als er und die Omnis die Produktion der Kanister übernahmen. Es ist klar, wo mein Urteilsvermögen von meinem Stolz und meiner Wut getrübt wurde, aber wenn ich die Wut aufgebe, wer bin ich dann noch? Wer bleibt dann noch übrig, außer dem verängstigten Mädchen, das ich einmal war, bevor ich einen Weg fand, mich zu wehren?«

»Sie sind immer noch Phoebe Hunt«, beruhigte Violet sie. »Sie sind immer noch eine Wissenschaftlerin, eine Kämpferin für den Schutz der Frauen.« Sie lächelte. »Immer noch ein Stern am Modehimmel.«

»Immer noch eine Freundin?«, fragte Phoebe leise.

Grey öffnete den Mund, schloss ihn jedoch wieder. Er war klug genug, um Violet selbst ihre Entscheidung treffen zu lassen.

Sie starrte auf die Gläser voller wissenschaftlicher Exemplare, die Mrs Sweets Wände säumten, dachte an aufgeschobene Träume, an den Schmerz, entstanden aus der Ungeduld angesichts einer Welt, die unwillig war, sich zu ändern. Sie dachte an das langsame Hochkochen der Frustration, die so viele Frauen als ihr Los im Leben akzeptierten.

»Sie müssen einen Weg finden, um das alles wiedergutzumachen«, sagte Violet schließlich. »Denken Sie an Letty, die bereits so schrecklich von jemandem verraten wurde, den sie liebte. Wenn sie von Ihren Lügen erfährt, wird ihr Schmerz noch größer. Was ist mit den Clubmitgliedern, die Ihnen ihre Arbeit anvertraut haben, nur um festzustellen, dass Sie sie benutzten, um Menschen zu schaden?«

Phoebe senkte erneut den Blick und nickte. »Ihnen allen schulde ich eine Erklärung und eine Entschuldigung. Und der Mann, der gestorben ist … Ich werde seiner Familie Wiedergutmachung leisten. Irgendwie.«

Als sie Greys kühlem Blick begegnete, straffte Phoebe die Schultern und ließ ihre Röcke los. »Wenn Sie mich vor meinem Vater schützen können, finde ich einen Weg zur Wiedergutmachung. Meine Ziele werde ich nicht ändern, wohl aber die Art und Weise, wie ich sie zu erreichen suche.«

Es war Phoebes Glück, dass ausgerechnet Grey die letzte Entscheidung über ihr Schicksal zu treffen hatte. Er verstand besser als die meisten anderen, wie Unfähigkeit oder Vernachlässigung durch einen Vater die Handlungen eines Kindes beeinflussen konnten. Daniel war an dem Zustand seines Sohnes verzweifelt, hatte sich geschämt und Angst vor seinen plötzlichen Anfällen gehabt. Das Aufwachsen in Isolation und die Qual der »Kuren«, die eher Strafe denn Heilmittel gewesen waren, verliehen Grey ein einzigartiges Einfühlungsvermögen für die Ausgestoßenen und Verlassenen.

»Ich kenne da eine Gruppe, die vielleicht eine Agentin brauchen kann«, erlaubte er. »Sie werden nicht mehr Lady Phoebe sein und Ihr Zuhause ganz gewiss für lange Zeit nicht mehr sehen.«

»Ich glaube nicht, dass ich zurückkommen möchte, bis ich ein paar Dinge geändert habe«, antwortete Phoebe. Ihre amethystfarbenen Augen schimmerten noch immer besorgt, aber ihr Gesicht wirkte jünger, irgendwie heller, und Violet konnte sich ein Lächeln nicht verkneifen.

»Werden Sie mir verzeihen, Violet?«, fragte Phoebe.

Violet tippte nachdenklich mit dem Finger an ihren Mund. »Vielleicht, nach einer Weile.«

»Wenn Mr Kneland sich nicht wieder erholt«, fuhr Phoebe fort, »würden Sie mir dann auch verzeihen?«

All die Jahre hatte Violet Phoebes Achtlosigkeit anderen gegenüber als ungeschickten Versuch entschuldigt, eine grausame Welt in Schach zu halten. Doch ihr Verständnis dafür hatte ihre Grenzen.

Violet antwortete vollkommen aufrichtig. »Ich werde Sie immer lieben, Phoebe. Aber sollte Arthur sich nicht erholen, werde ich dafür sorgen, dass Sie vor Gericht gestellt werden, und zwar ohne einen Funken Bedauern.«

*

»Ich hasse es, angeschossen zu werden«, sagte Arthur.

Mrs Sweet blickte bei dieser Beschwerde auf, dann widmete sie ihre Aufmerksamkeit wieder seiner Wunde. Sie zog an einem Stück Katzendarm und beendete die letzten Stiche.

»Vielleicht sollten Sie dann besser aufhören, Kugeln in den Weg zu springen«, schlug sie vor.

»Ich bin nicht gesprungen«, murmelte er. »Ich bin ausgerutscht.«

Er wurde von den Schmerzen abgelenkt, die Mrs Sweets Nähkünste ihm bereiteten, als Thomas, Alice, Winthram und sogar Grey durch Mrs Sweets Behandlungszimmer marschierten und ihm in der Reihenfolge ihres Auftauchens ihre Meinung, ihr Mitgefühl, ihre Ermutigung und ihre Kritik vortrugen.

Obwohl Arthur seine Verletzung als »Kleinigkeit« bezeichnete, war Alice besonders aufgeregt. Sie riskierte Mrs Sweets Zorn und brachte ihm drei etwas altbackene schwarze Brötchen, die sie für sich selbst aufbewahrt hatte. Arthur aß eines unter ihrer Aufsicht und erklärte, es sei fast so köstlich wie das von seiner Mutter.

Er genoss es tatsächlich mehr als die Tüte mit selbst gemachten Zitronenbonbons, die Thomas ihm mit einem teuflischen Augenzwinkern auf den Nachttisch gelegt hatte.

»Scheint so, als hätten Sie am Ende doch ein paar Freunde gefunden«, bemerkte Mrs Sweet.

Freunde. Kaum vorstellbar.

Mrs Sweet schmierte die Wunde mit Honig und Rosmarin ein und ermahnte ihn, den Verband nicht zu verschieben.

Dann musste er eingeschlafen sein, denn als er die Augen wieder aufschlug, sah er Grantham. Der Earl beugte sich über sein Krankenlager.

»Schon wieder angeschossen, was? Sie passen wohl einfach nicht auf, wohin Sie gehen?«, brummte Grantham.

Da die betäubende Wirkung von Angst und Schock langsam nachließ, wusste Arthur nicht, was schlimmer war, Grantham oder die Schusswunde.

»Himmel hilf, ich bin nicht gefallen!«, sagte Arthur. »Ich bin ausgerutscht.«

Grantham räusperte sich ungläubig. »Sie wollten wohl Violet den Hof machen, indem Sie ihr buchstäblich vor die Füße fallen?«

Jeder Nerv in Arthurs Körper protestierte, aber er zwang sich, sich aufzusetzen. »Ich habe nicht vor, Lady Greycliff zu umwerben.«

»Nein?« Der Hüne kratzte sich am Kopf. »Muss ich Sie wieder verprügeln? Ist schlechter Stil, einen Mann mit einem Loch in der Brust windelweich zu schlagen.« Grantham beugte sich vor und blinzelte. »Na ja, aus der Nähe betrachtet, ist die Wunde gar nicht so beeindruckend.«

»Ihnen ist klar, dass ich immer noch mein Messer habe?«, erkundigte sich Arthur.

In diesem Moment steckte Grey seinen Kopf in die Krankenstube, um ihnen Neuigkeiten mitzuteilen: Violets verstauchter Knöchel wurde endlich versorgt. Sie hatte am Vorabend die Behandlung durch Mrs Sweet verweigert und darauf bestanden, an Arthurs Bett zu wachen, während er schlief, bis Alice sie überredet hatte, eine Schüssel von Mrs Sweets Suppe zu essen. Sie hatten eine ordentliche Portion Laudanum hineingegeben und Violet anschließend nach oben getragen.

»Der Seetang hat den Geschmack von Laudanum überdeckt«, erklärte Grey. »Mrs Sweet bandagiert gerade ihren Knöchel. Ich habe vor, Winters zu befragen. Kommen Sie mit?«

Arthur schwang seine Füße auf den Boden. Als Grantham eine Hand ausstreckte, um ihn aufzuhalten, winkte Grey ihn zurück.

»Der Bursche ist aus Stein. Der spürt nichts.«

Aus Stein, tatsächlich.

Etwas über sture Schotten grummelnd, half Grantham Arthur aufzustehen.

»Heute kam die Post.« Grey zog einen Umschlag aus seiner Westentasche und reichte ihn Arthur. »Der hier ist an Sie adressiert.«

Grantham pfiff, als er die Frankierung sah. »Was hat die Königin wohl einem kleinen Schotten zu sagen, der vor Blut nur so trieft?«

»Wahrscheinlich dasselbe, was sie einem zahnlosen Earl sagen würde«, erwiderte Arthur und ballte die Faust seines gesunden Arms.

»Ich habe auch die Zugfahrkarte, um die Sie gebeten haben«, fuhr Grey fort. »Bleiben Sie oder gehen Sie?«

»Ich weiß es nicht«, antwortete Arthur. »Diese Entscheidung habe nicht ich zu treffen.«

27. KAPITEL

Arthur lag in seiner kargen Kammer auf dem wackligen Bett, das Mrs Sweet ihm am Tag seiner Ankunft zugewiesen hatte.

Wenn er erst einmal ein Haus hatte, würde er für eine Einrichtung sorgen, die die Jahrzehnte überdauern würde. Riesige Holzbetten, die man auseinandernehmen müsste, um sie aus dem Zimmer zu schaffen, nachdem er gestorben war. Seine Zimmer würden von Kommoden aus Eichenholz und Vorhängen aus Stoff und allem, womit andere Leute ihre Häuser füllten, nur so bersten.

Zumindest redete er sich das an diesem Morgen ein, an dem sich die Sonne zum ersten Mal herabließ, in London zu scheinen, seitdem er nach Beacon House gekommen war. Seit er aufgewacht war, lag er wie eine Leiche auf seiner schmalen Pritsche, starrte an die Decke und erzählte sich jede Menge dummer Geschichten. Seine Wunde pochte unter dem Verband, aber Mrs Sweet hatte sie vor einer Stunde untersucht und ihn für körperlich gesund erklärt, wenn auch etwas lädiert im Kopf.

Der Tee, den sie ihm gegen die Schmerzen gegeben hatte, zeigte seine Wirkung, und er schlief eine Weile. Er erwachte durch ein Kribbeln in seinem Nacken.

»Schafe!«, zwitscherte eine Stimme aus der Ecke des Raumes.

»Verdammt!« Arthur fuhr hoch und fiel von der Pritsche. Hastig rappelte er sich auf, zog die Nachttischschublade auf und griff nach der Pistole, während er mit der anderen das Messer aus der Scheide zog. Die Nähte seiner Wunde spannten sich schmerzhaft an.

»Laut Flavia Smythe-Harrows sind diese Tiere intelligent. Dass sie in dem Ruf stehen, dumm zu sein, ist das Ergebnis des Hüteverhaltens. Flavias Vater besitzt eine große Schaffarm, und sie interessierte sich für ihre Gewohnheiten, obwohl ihre erste Liebe immer dem *Tetrao urogallus* gelten wird.«

Arthur ließ die Pistole los und stöhnte. Ihm gegenüber in einem Stuhl am kalten Herd saß Violet.

Ihr leuchtend grüner, mit Goldborten besetzter Schal bedeckte ein Seidenkleid in der Farbe von Rosen. Sie sah aus wie ein blühender Frühlingsgarten in seinem Zimmer. Die berauschende Kombination aus Schiefer und Jasmin drang in seine Nase. Er musste einfach fragen.

»Was ist *Tetrao urogallus*?«

»Der westliche Auerhahn. Bekannt für seinen Geschlechtsdimorphismus.« Violets fröhliche Erklärung klang in seinen Ohren wie Glockengeläut. Sie blinzelte. »Habe ich dich erschreckt?«

»Nicht wirklich«, log er. »Warum erzählst du mir von Schafen und Auerhähnen?«

»Grey hat mir heute Morgen gesagt, dass er dir ein Ticket nach Schottland besorgt hat. Ich nehme an, du willst abreisen und deinen Hof in den Highlands suchen. Meine Nachforschungen haben ergeben, dass in der Region vor allem Schafzucht betrieben wird. Du erinnerst dich doch an mein Interesse an den neuesten landwirtschaftlichen Innovationen?«

Er lachte, und sie lächelte erfreut zurück.

Ein winziger Sonnenstrahl schob sich durch die Vorhänge und streichelte ihre Wange. Draußen wölbte sich blauer Himmel über die Stadt, und Singvögel übertönten fast das Klappern von Wagenrädern und die Schreie von Kaffeeverkäufern. »Ich wollte mich entschuldigen. Ohne meine Ungeschicklichkeit wärst du nie verletzt worden«, sagte sie. Die Aufrichtigkeit ihrer Worte verriet die Angst, die sie empfand.

»Entschuldigen? Ich war derjenige, der dich im Stich gelassen hat. Ich hatte Phoebe die ganze Zeit vor der Nase. Und ich hätte Adam Winters nie frei herumlaufen lassen dürfen, als ich von der Verbindung zwischen ihm und dem Club erfuhr. Er hat die Bombe dort platziert, um dich zu bestrafen.«

Die Wahrheit war ans Licht gekommen, als sie Winters verhört hatten. Er hatte zugegeben, das Fenster eingeschlagen zu haben, aber darauf bestanden, dass sie nur Lärm und Aufmerksamkeit erregen und niemandem hatten schaden wollen. Als er nach der Bombe gefragt wurde, hatte Winters trotzig reagiert.

»Henrietta wäre nie so lange von zu Hause weggeblieben, wenn der Club nicht gewesen wäre. Ich dachte mir, wenn der Club schließt, muss Hen wieder nach Hause kommen. Ich weiß, was das Beste für sie ist. Sobald ich die Formel in den Händen gehabt hätte, hätte ich genug Geld verdient, dass sie nicht mehr arbeiten hätte gehen müssen.«

Allerdings hatte er Phoebes Darstellung abgestritten,

dass seine Männer die Bombe nur neu verkabelt hatten, weil sie eine Frau war.

»Das haben wir nur gemacht, weil sie so vorschnell war«, hatte Winters gesagt. »Man konnte sich nicht darauf verlassen, dass sie die Arbeit richtig machte. Genauso wie bei ihren Druckgas-Kanistern. Sie stahl die Arbeit der anderen Ladys, mischte sie zusammen und gab sie dann als ihre eigene aus.«

»Ich habe dich enttäuscht«, sagte Arthur jetzt zu Violet.

»Du hast dir für mich eine Kugel eingefangen.«

Er durchquerte den Raum, kniete vor ihr nieder und ergriff ihre Hände. »Das war meine Schuld. Ich hatte wochenlang Winthram, Letty und sogar Caroline Pettigrew im Verdacht – es waren die ganze Zeit die falschen Leute. Und das nur, weil mir mein Urteilsvermögen abhandengekommen war«, gestand er. »Ich habe zugelassen, dass ich abgelenkt wurde. Das wird mir in deiner Nähe immer so gehen.«

Violet rutschte vom Stuhl und ließ sich mit seiner Hilfe auf dem Boden ihm gegenüber nieder. Sie knieten nebeneinander, nur einen Fingerbreit voneinander entfernt. Er atmete ihren Duft ein, als wäre er in einer luftleeren Kiste eingesperrt gewesen.

»Es spielt keine Rolle mehr«, flüsterte sie, »denn ich bin nicht mehr in Gefahr.«

Er wandte den Kopf ab, um ihrem flehenden Blick auszuweichen. »Aber du könntest es wieder sein. Ich bin nicht der richtige Mann für dich.«

*

Violet hatte den ganzen Tag auf diesen Moment gewartet. Na ja, nicht genau auf diesen Moment. Sie hatte sich ihr Wiedersehen nicht so ausgemalt, dass sie bekleidet war und Arthur sich weigerte, auch nur in ihre Richtung zu blicken.

Sie hatte sich vorgestellt, wie er sich ihr zu Füßen warf und ihr seine Liebe erklärte. Das hatte er allerdings nicht getan. Sie hatte ein neues Kleid angezogen, das heute Morgen angekommen war, aber das Korsett drückte. Das alles und das Pochen in ihrem Knöchel machten sie reizbar.

»Arthur«, sagte sie. »Ich habe zwar Verständnis für deine sensible Natur, aber ich fürchte, meine Geduld mit deinen empfindlichen Nerven ist allmählich erschöpft.«

Eine tiefe Falte bildete sich zwischen seinen Brauen, als er über ihre Aussage nachdachte.

»Empfindliche Nerven?«, fragte er verwundert.

»Ja. Es ist schön und gut, ein Gefühl der Verantwortung für mich zu hegen«, begann sie.

»Ich habe keine empfindlichen Nerven«, erklärte er.

»Du bist nur ein Sterblicher, mit all den Einschränkungen, die dieser Zustand mit sich bringt. Ob du dich nun auf mich konzentrierst oder nicht, du kannst den Rest der Welt nicht kontrollieren. Wir könnten Arm in Arm gehen, und ein Blitz erschlägt mich. Ist das dann deine Schuld?«

»Nein«, gab er zögernd zu.

»Eine Kutsche könnte mich überrollen, wenn ich die Straße überquere, um dich zu begrüßen. Das Haus könnte über meinem Kopf zusammenbrechen, während wir zusammen in einem Bett schlafen.«

Sie blinzelten gleichzeitig, als sie diese letzten Worte sagte, und ihre Ohren brannten.

Zusammen im Bett schlafen.

Eins nach dem anderen.

»Das Studium der Wissenschaft ist ein Studium des Rationalen.« Violet milderte ihre Lektion mit einem Lächeln ab. »Wir beschäftigen uns nicht mit Mythen, Träumen oder dunklen Vorahnungen. Wir arbeiten mit den Sinnen. Wir lernen ohne Vorurteile. Wir überprüfen unsere Hypothesen.«

»Ich finde es unglaublich erotisch, wenn du das Wort ›Hypothese‹ aussprichst«, bemerkte Arthur.

Seine Mundwinkel hoben sich eine Spur, und Violets Herz schlug schneller.

»Dann denke an den Gegenbeweis zu deiner Theorie«, fuhr sie fort. »Es war nicht der Tod, sondern das Leben, das du mir geschenkt hast.«

Er zog sie sanft auf seinen Schoß.

»Oh, sei vorsichtig. Ich will dir nicht wehtun«, rief sie.

»Leg deinen Kopf hierhin.« Arthur positionierte sie so, dass sie auf der gegenüberliegenden Seite des Verbands ruhte, und machte sich dann daran, ihr die Handschuhe auszuziehen.

Er strahlte Wärme aus, und sie schmiegte sich eng an ihn, um diese Wärme zu genießen. Eine kribbelnde Welle der Freude durchströmte sie, angefangen bei ihren Zehenspitzen bis hinauf zu ihrer Kopfhaut.

»Als Daniel starb, war ich nur noch eine winzige Version meiner selbst«, gestand sie. »Ich war unter dem Gewicht seiner Enttäuschung geschrumpft und wusste nicht mehr, wie es ist, aufrecht zu gehen. Die Jahre, die ich mit dem Aufbau von Athenes Refugium verbracht habe, haben mich nie zufriedengestellt. Ich dachte immer, ich würde mich nicht genug anstrengen, nicht genug tun, um die Mitglieder zu unterstützen.«

Glücklicherweise fand Arthur irgendwoher die Geduld, ihre Handschuhe aufzuknöpfen und sie nicht abzureißen. Alice hatte Stunden damit verbracht, sie auszusuchen, und sie wäre nicht sehr erfreut gewesen, wenn ihnen etwas Derartiges widerfahren wäre. Nachdem Arthur ihre Hände aus ihrem Gefängnis befreit hatte, begrüßte er sie, als hätte er sie Ewigkeiten nicht gesehen, er ließ seine Lippen über ihre Fingerrücken gleiten und rieb ihre Handflächen über seine unrasierten Wangen.

»Ich brauchte gar keinen geheimen Club zu gründen, um mich glücklich zu machen«, fuhr sie fort. »Ich musste mich selbst glücklich machen. Du hast mich daran erinnert, wie man wieder leben kann, wie man liebevoll mit sich selbst umgehen kann und mit anderen. Du hast mich daran erinnert, die Freude zu ergreifen und sie festzuhalten, wenn sie kommt.« Violets Stimme brach, und sie fuhr flüsternd fort. »Du hast mich gelehrt, Trauer und Bedauern loszulassen, wenn sie übermächtig werden.«

Arthur legte seine Hand an ihre Wange und zeichnete mit seinem Daumen ihre Lippen nach.

»Ich habe alles verloren, was ich je geliebt habe«, sagte er. »Meine Familie. Mein Zuhause. Aber dich zu verlieren? Diesen Kummer könnte ich nie überstehen.«

»Ist es ein so großer Kummer wie der, wenn wir aus Angst ohneeinander leben würden?«, fragte Violet. »Diese wenigen Wochen haben mich gelehrt, die Angst in all ihren Formen zu bekämpfen. Ich werde mich nie wieder unterkriegen lassen. Das habe ich dir zu verdanken. Du hast mich erweckt.« Sie blickte in diese wundervollen Augen, die einst so undurchdringlich gewesen waren und die ihr nun den Mut gaben, sich unter ihrem Blick zu entblößen.

»Ich liebe dich, Arthur Kneland. Du hast mich wieder zum Leben erweckt, und ich will nicht ohne dich leben. Jemand anderes kann die Galionsfigur des Clubs sein. Das muss nicht ich sein. Ich werde lernen, auch außerhalb dieser Mauern mutig zu sein. Meine Arbeit wird weitergehen, egal was passiert. Ich schäme mich nicht für dich.«

Sie hielt inne. Auf seinem Nachttisch lag ein Ticket. »Aber du bist auf der Suche nach einem Zuhause …« Sie verstummte, als sie sah, wie seine Hand bei dem Wort »Zuhause« zu seinem Herzen wanderte. Es war besser, ihn an einen Ort zu verlieren als an die Angst, sagte sie sich.

»Ich möchte dir dasselbe schenken, was du mir geschenkt hast«, fuhr sie fort. »Wenn du ohne einen Hof nicht glücklich sein kannst, dann …«

Es war unheimlich, wie schnell und geräuschlos er sich bewegen konnte. Bevor sie auch nur blinzeln konnte, presste er seinen Mund auf ihren. Der Kuss war alles, wonach sie sich gesehnt hatte, seit sie sich zuletzt in den Armen gehalten hatten: dunkle Intensität und sanfte Zärtlichkeit zugleich. Er schmeckte nach Tee und Sehnsucht und roch wie der erste Hauch von Frühling.

Perfekt.

Viel zu früh brach er den Kuss ab. »Ein Zuhause ist kein Ort. Und ganz gewiss ist es keine Schaffarm«, antwortete er. »Für mich ist Zuhause der Geruch von Graphit und Lavendel. Das Geräusch von klappernden Glasflaschen, wenn du vergessen hast, sie vom Feuer zu nehmen.«

»Ein Mal«, sagte Violet. »Höchstens zweimal. Aber nicht häufiger.«

Er stahl ihr die Lüge mit einem weiteren Kuss von den Lippen, dann fuhr er fort.

»Zuhause ist der Geschmack deiner Lippen und die Art, wie sich deine Augenbrauen heben, wenn du über das Verhalten idealer Gase sprichst. Du hast mich viel über die Welt gelehrt, aber deine wichtigste Lektion war die über das Herz. Zuhause ist dort, wo ich liebe. Nicht, wo ich lebe. Ich liebe dich, Violet. Du bist mein Zuhause.«

Seine Worte steigerten ihr Glück nahezu ins Unermessliche. Sie waren wie Balsam auf einer Wunde, die nach all den Jahren immer noch schmerzte. Dieser Mann liebte sie – die echte Violet, unordentlich und unbeholfen und alles, was dazwischen lag.

»Ich war wohl die ganze Zeit auch auf der Suche nach einem Zuhause«, gestand sie.

»Zuhause sind *wir*, zusammen«, flüsterte er an ihrem Mund. »Ich kann nicht versprechen, dass ich die Worte finden werde, um dich zu trösten, wenn du Trost brauchst, oder dich zu ermutigen, wenn du Ermutigung brauchst«, gestand er. »Es ist zu viele Jahre her, seit ich so etwas das letzte Mal versucht habe. Ich kann aber versprechen, dass ich mein Bestes tun werde, um dir zu zeigen, wie viel du mir bedeutest.«

Arthur legte eine Hand auf seine Brust, als ob das, was darin ruhte, nach außen drängte. »Und ich fürchte, auch darin werde ich nicht sonderlich gut sein.«

»Du wirst es schon richtig machen«, sagte sie.

»Ich muss dir noch etwas sagen«, sagte er. »Vor einer Weile, als ich nicht wusste, wie lange es dauern würde, bis du die Formel fertig hast, habe ich …«

Violet bewegte sich unbehaglich und stieß versehentlich mit der Schulter gegen seine Wunde.

»Himmel!« Er keuchte.

»Oh je, ich bin so …«

»Wenn du vielleicht …«, bat er sie.

Die beiden rappelten sich auf die Füße, stießen zusammen, zuckten zurück und stolperten.

Violet setzte sich auf das Bett und klopfte auf die Matratze. »Komm, setz dich her«, sagte sie. »Ich werde schon nicht beißen.«

Als er enttäuscht die Stirn runzelte, lachte Violet. »Oder vielleicht doch.«

Sie zuckte zusammen, ihr Knöchel gab keine Ruhe. Arthur setzte sich mit seiner verletzten Seite von ihr abgewandt neben sie.

»Ich werde ihr nie verzeihen, was sie dir angetan hat«, sagte er.

Violet klopfte ihm beruhigend auf den Arm. »Sie war egoistisch und gedankenlos.«

Er kniff die Augen zusammen und betrachtete forschend Violets Gesicht. »Du hast sie gehen lassen, nicht wahr?« Vor Empörung stieg ihm das Blut in die Wangen.

Violet betrachtete ihn einen Moment bewundernd. »Wusstest du, dass Grantham dafür gesorgt hat, dass Winters nach Australien umgesiedelt wird – als Gegenleistung dafür, dass er Phoebes Rolle bei den Omnis nicht verrät?

Winters interessiert sich für die Schafzucht, seltsamerweise.«

Arthur wollte sich nicht ablenken lassen. »Lady Phoebe darf für das, was sie getan hat, nicht ungestraft davonkommen, Violet. Sie hat dich verraten und trägt eine Mitschuld am Tod eines Mannes.«

»Ja, ich weiß.« Der Schmerz über diesen Verrat würde erst nach langer Zeit verblassen. »Phoebe war so von Wut zerfressen, dass sie für ihr Ziel zu unverzeihlichen Mitteln gegriffen hat. Fortschritte, die man mit Gewalt macht, halten nur so lange an, wie man die Waffe in der Hand hält. Jetzt muss sie lernen zu leben, nachdem sie die Waffe weggelegt hat.«

»Bist du … Es klingt so, als ob du ihr verzeihen könntest«, stellte er fest. »Wie kann das sein?«

»Glaubst du immer noch nicht an Vergebung, Arthur? Du hast zwanzig Jahre lang im Exil gelebt, weil du dir selbst nicht verzeihen konntest. Willst du Phoebe ihre Chance auf Sühne verweigern?«

Arthur stand auf und trat ans Fenster. Er zog den Vorhang zurück und starrte grübelnd auf die Straße hinaus.

»Sie hat dich verletzt«, murmelte er.

»Sie hat vor allem dich verletzt«, erwiderte Violet. »Nur die Tatsache, dass du auf den Beinen bist und ausgezeichnet aussiehst, hat sie vor meinem Zorn bewahrt.«

»Hmm. Ich sehe ›ausgezeichnet‹ aus?«

»Ich will nicht abstreiten, dass sie Schaden angerichtet und viel zerstört hat, aber sie hat auch selbst Schaden erlitten.« Violet schüttelte den Kopf und unterdrückte ihre Betrübnis darüber. »Phoebe ist brillant und kämpferisch. Sie wird ihren eigenen Weg in der Welt finden – einen neuen Weg. Ich glaube wirklich, dass sie irgendwann die Waage ins Gleichgewicht bringen wird. Außerdem hat Grey die perfekte Sühne für sie gefunden.«

Arthur verschränkte ungläubig die Arme. »Was könnte das sein?«

»Sie wird nach Amerika geschickt«, vertraute Violet ihm genüsslich an. »In die westlichen Territorien.«

»Amerika?« Arthur kratzte sich am Kinn. »Ich nehme an, das ist fast so schlimm wie eingesperrt zu werden«, gab er zu. »Die westlichen Territorien, sagtest du? Das ist der demokratischste Ort, den man sich nur vorstellen kann. Da draußen herrschen schwierige Verhältnisse. Es gibt kaum große Städte. Das Land ist voller Missionare und Trapper.« Er grinste boshaft. »Sie wird es hassen.«

»Das bedeutet, dass die Gefahr jetzt vorbei ist«, erinnerte sie ihn.

Seine Belustigung verblasste, und er ließ die Arme sinken, die Hände zu lockeren Fäusten geballt.

»Ich habe einen Brief geschrieben«, sagte er und starrte auf die Fensterscheiben. Sonnenstrahlen fielen auf den blanken Holzboden und verschmolzen dort zu goldenen Pfützen.

Nach einer Pause fuhr er fort. »An Maria Bellingham.«

Violet wurde fast übel. Es musste das Korsett sein, das ihre Lunge zusammendrückte.

»Als ich ihre Antwort erhielt, habe ich einen weiteren Brief geschrieben«, fuhr er fort. »Diesmal an die Königin.«

»An … die Königin?« Jetzt dämmerte es ihr. »Oh, Arthur!«

»Es ist nicht leicht, einer Monarchin einen Jugendfehler zu gestehen, vor allem, weil er so schlimme Folgen hatte«, sagte er. »Ich schilderte Ihrer Majestät, warum ich das Angebot der Verleihung eines Ordens nach dem Vorfall mit Dickerson abgelehnt hatte. Sie bot mir eine zweite Chance, ihre Glückwünsche und die damit verbundenen Ehrungen anzunehmen. Ich habe akzeptiert.«

Dieser so zurückhaltende Mann hatte sich auf seine Vergangenheit besonnen und um Hilfe gebeten. Violet würde nie wieder daran zweifeln, dass dieser Mann ihr geschickt worden war, um sie zu lieben.

Arthur kehrte der Welt vor dem Fenster den Rücken zu und wandte sich ihr zu. »Ich wollte meinen Namen reinwaschen. Nicht nur, um Athenes Refugium zu schützen, sondern auch für mich selbst. Ich möchte nicht, dass mein Kind durch einen Skandal gebrandmarkt wird.«

Violet eilte zu ihm und nahm seine Hände in die ihren. »Ich brauche weder die Zustimmung der Königin, um dich zu heiraten, noch eine Schärpe voller Orden, die deine breite Brust bedeckt. Der einfache Arthur Kneland, Sohn von schottischen Hochlandbauern, ist mehr als gut genug für mich.«

Arthur runzelte die Stirn, aber in seinen Augen schimmerte Humor. »Bist du dir so sicher, dass ich dir einen Antrag machen wollte?«

»Ganz und gar nicht.« Sie lachte und drückte seine Hände. »Ich bin vielmehr davon ausgegangen, dass du mir keinen Antrag machst – unter dem fadenscheinigen Vorwand, dass unsere unterschiedliche gesellschaftliche Stellung das nicht zulässt.«

»Es werden gewiss einige sagen …«

»Es kümmert mich keinen Deut, was andere sagen, wenn es um mein Herz geht. Ich höre nicht auf Neinsager und Klatschbasen«, erklärte sie und legte ihre Handfläche an seine Wange. »Heirate mich, Arthur Kneland. Wache jeden Morgen mit mir auf und schlafe jede Nacht neben mir ein.«

Arthur streichelte ihren Arm, dann legte er seine Hand auf ihre und drückte seine Stirn gegen ihre.

»Ich werde mit dir aufwachen, Violet Hughes«, gelobte er. »Deine Augen werden meine Morgensonne sein. Deine Freude wird die Luft sein, die ich atme, dein Name das letzte Wort auf meinen Lippen, jede Nacht bis zum Ende meiner Tage. Ich werde dich heiraten und mich damit zum glücklichsten Mann auf der Welt machen.«

Arthur unterstrich seine Zustimmung zu ihrem Antrag mit einem Kuss, der sowohl heftig als auch fast schmerzhaft zärtlich war. Dann küsste er sie erneut, und dann noch einmal. Widerstrebend löste sich Violet von ihm. »Ich fürchte, mein Bedürfnis nach Sauerstoff muss dem Ganzen ein Ende setzen.« Sie sah unter gesenkten Wimpern zu ihm hoch. »Es sei denn, du könntest mir helfen?«

Arthur verstand sofort und machte sich augenblicklich an die Arbeit – so gut er es angesichts des Zustands seiner Wunde konnte. Sie verließen sich auf Violets überlegene Kenntnisse der Anatomie, um die bequemste Position zu finden, in der er ihr helfen konnte, ihre Atemnot zu lindern.

»Arthur«, sagte sie, griff nach hinten und legte ihre Hand auf seinen Handrücken, um dem hastigen Aufschnüren ihres verflixten Korsetts Einhalt zu gebieten. »Es ist gut möglich, dass ich nicht schwanger werden kann. Wirst du …?«

Er zog sie in seine Arme und flüsterte ihr ein Gelübde ins Ohr. »Du und ich werden eine Familie gründen. Ob mit einem eigenen Kind oder indem wir uns um die Frauen kümmern, die in Athenes Refugium Hilfe suchen. Wann immer wir zusammen sind, schaffen wir ein Zuhause. Das ist es, wonach ich mein ganzes Leben lang gesucht habe.«

Als der letzte Hauch des Winters in der strahlenden Aprilsonne schmolz, entfalteten die Bäume ihre winzigen Knospen, und die Bäume reckten ihre Gesichter zum Himmel. Überall um sie herum und tief in ihnen war der Frühling angebrochen.

Anmerkung der Autorin

Warum ein geheimer Club? Im frühen neunzehnten Jahrhundert gab es durchaus angesehene Wissenschaftlerinnen. Allerdings gab es nur wenige, und sie waren weit verstreut. Nur eine Handvoll von ihnen wurde von ihren männlichen Kollegen anerkannt, darunter Elizabeth Fulhame, Sophie Germain und Mary Somerville, die mir Inspiration für einige der Figuren in *Die Lady und der Leibwächter* waren.

Trotz der harten Arbeit und der wichtigen Entdeckungen dieser Frauen wehrte sich die Gesellschaft gegen ihre Vorstöße in die von Männern dominierte Welt der Wissenschaft. Wissenschaftlerinnen, von denen viele Autodidaktinnen waren, wurden oft lächerlich gemacht, ihre Arbeit wurde ohne Anerkennung weiterverwendet, und sie selbst wurden als »unnatürlich« bezeichnet.

Diejenigen unter Ihnen, die mit der Wissenschaftsgeschichte vertraut sind, wissen, dass einige der Entdeckungen unserer Clubmitglieder, wie zum Beispiel das Aerosol-Verteilungssystem, den eigentlichen Entdeckungen um einige Jahre vorausgreifen. Wer weiß, welche anderen realen Fortschritte nie realisiert wurden, weil Athenes Refugium im Bereich der Fiktion liegt? Und von der mangelnden Kinderbetreuung will ich gar nicht erst anfangen …

Alle Fehler in diesem Buch sind meine eigenen und höchstwahrscheinlich das Produkt von Wunschdenken.

Danksagungen

Dieses Buch existiert wegen der unerschütterlichen und großzügigen Unterstützung meines Mannes. Er ist einer von den Guten. Dank auch an meine Kinder, die mein Leben erhellen und mir solche Freude bereiten, und an Mom und Doug für all ihre Hilfe. Danke an meine reizende und sehr geduldige Agentin, Ann Leslie Tuttle. Vielen Dank an meine entzückende Lektorin, Sarah Blumenstock, die mir und den Damen von Athenes Refugium eine Chance gegeben hat. Ebenso danke ich Anita Mumm, deren Stimme ich in meinem Kopf höre, wenn ich mich frage, ob ich nett zu einer Figur bin. Danke an Jessica Mangicaro und das fleißige Berkley-Marketing/PR-Team. Ich habe das große Glück, mit einer erstaunlichen Gruppe von Frauen gesegnet zu sein, die mich aufrichten und durch gute und schlechte Zeiten tragen. Dank an die Park Ave Moms und die Highland Hotties für all die Ermutigung, die Weisheit und das Lachen. Danke an meine RWA-Wettbewerbskolleginnen Felicia Grossman und Jeanine Englert für ihre Unterstützung, und ein besonderes Lob an Minerva Spencer für ihre Ratschläge und ihre Zuversicht in den letzten drei Jahren.

Zuletzt ein Dankeschön an all die Mütter, die gerade die Kinder ins Bett gebracht und den Abwasch erledigt haben und jetzt gegen die Müdigkeit ankämpfen, um das zu tun, was sie am meisten lieben – ich sehe euch. Es wird geschehen.

ENDE